KB020080

그치지 않는 밖의 선물

긁지 않은 복권

2016년 3월 31일 초판 1쇄 발행
2016년 8월 10일 초판 3쇄 발행

지은이 박샛별
발행인 이종주

기획 편집 정시연 주수지
경영 지원 배진경 김슬기
마케팅 김정수 신은경

발행처 (주)로크미디어
출판등록 2003년 3월 24일
주소 서울특별시 마포구 성암로 330(상암동) DMC첨단산업센터 3층 14호
Tel (02)3273-5135 **Fax** (02)3273-5134
홈페이지 rokmedia.com rokmedia.blog.me
E-mail romance@rokmedia.com

굴리지 않은 벽돌

박샛별 장편소설

ROCOJO

Contents

BJ, 반은하

대략 다섯 평쯤 되는 방은 무채색 계열의 벽지가 발라져 있어 차분한 분위기였다.

주변에 늘어놓은 물건 하나 없이 깔끔하게 정리된 공간이었다. 특이할 정도로 책상 외에 다른 가구가 없었다.

자정이 넘은 시각이었지만 백열등 불빛은 여전히 빛을 발하였고 조용한 공간에 오로지 조곤조곤한 목소리만 울렸다.

"……그래요, 인생이란 게 뭐 있나요? 똑똑하고 착한 자식으로 사는 게 얼마나 피곤한데요. 그저 상황에 맞을 만큼만 유연하게 사는 게 제일이에요."

컴퓨터 모니터를 마주하고 있는 여인의 등이 의자 등받이를 훨씬 웃돌아 넘쳤다. 마시멜로처럼 말랑말랑한 살들이 XXL 사이즈의 티셔츠가 무색하게 그대로 드러났다.

한 자세로 계속 앉아 있기 부담스러워 엉덩이를 들썩거리며 종종 자세를 바꾸었다. 이번에도 다시 의자에 눌리는 허벅지 안쪽이 아파 꼼지락거렸다. 방석을 깔고 앉아도 처음만 편할 뿐, 시간이 지나면 의자에 푹 파묻혀 허벅지가 저렸다.

"저도 학창 시절에 다원 님처럼 부모님 기대에 숨이 막힐 때가 있었어요."

한숨을 폭 쉬고는 조곤조곤 말하는 음성이 자장가를 부르듯 다정했다. 비록 통통한 살에 이목구비가 묻혔으나 눈빛만큼은 내담자의 마음을 진정으로 달래는 사려 깊은 이해자의 것이었다.

"분명히 내가 하고 싶은 일은 따로 있는데 공부 공부 하는 부모님이 너무 야속하더라고요. 그래서 '에라, 모르겠다.' 하고 성적을 아예 떨어뜨렸죠. 성적이 확 떨어졌으니 부모님이 얼마나 놀라고 걱정하셨겠어요. 처음엔 정말 화도 엄청 내시고 실망도 많이 하셨는데 나중에는 너 알아서 하라고 포기하시더라고요."

잠시 말을 멈추고 채팅창을 본 여자의 눈이 호선을 그렸다.

"제가 좀 극단적이긴 했죠. 이건 특수한 상황임을 말씀드립니다. 절대로 그냥 따라 하시면 안 돼요? 가정들 분위기에 따라서 오히려 독이 될 수 있어요. 자칫 잘못하면 부모님이 24시간 감시망을 펼치실 수도 있으니까요."

채팅창에 올라오는 댓글들을 모니터링했다. 다양한 의견들이 나오는 것을 보며 여자는 이내 고개를 끄덕였다.

"여기서 기억해야 하는 건 한 가지. 모든 건 케이스 바이 케이스라는 거예요. 유연성을 기르세요. 이 상황에서 이 행동이 통할까? 치고 빠지기 잘하셔야 해요. 다원 님도 부모님을 납득시킬 수 있는 방법을 꼭 찾으시길 바라고요. 제가 당부드리고 싶은 바는 어떤 상황에서도 자기 자신을 놓지 마시라는 거예요. 스스로 중심을 잘 잡고 있어야 꿈도 이룰 수 있을 테니까요. 다원 님 파이팅!"

마지막으로 응원을 덧붙이자 채팅창에 연이어 응원 댓글들이 올라왔다. 그녀는 흐뭇하게 미소 지었다.

"역시 〈보름달이 빛나는 밤에〉 시청자분들은 마음이 따뜻하세요. 아마 다원 님도 지금 채팅창 보면서 힘 얻으실 것 같아요."

그녀의 멘트에 곧장 반응이 날아왔다. 그중에서 유독 눈에 띄는 닉네임은 '은하수'였다.

은하수: 목소리도 예쁘고 마음씨는 더 예쁜 은하 님에게 감화받아서요.

그 글은 단연 돋보이는 분홍, 바로 열혈 팬을 뜻하는 색이었다.

인터넷 방송인 그녀의 〈보름달이 빛나는 밤에〉는 그리 화제성 있는 방송은 아니었다.

대다수 인기 여성 BJ들처럼 외모, 애교 등 이성에게 매력을 어필할 수 있는 여성미가 없는 데다 기본적으로 방송의 재미인 자극적인 요소라고는 전혀 없었다.

하지만 고정 애청자들이 있었고, 인기가 많은 만큼 말도 많고 탈도 많은 다른 BJ들의 채팅창과 달리 여기는 대개 온화한 분위기가 흘렀다.

물론 개울가 미꾸라지 같은 이들이 아예 없는 건 아니었다.

노예상인: 돼지 같은 년 얼굴 더럽게 역겹네.

노예상인: 이 시간에 저딴 돼지 보러 몰려온 놈들은 변태냐?

수위 높은 댓글이 올라오자 다른 시청자들이 분개했다. 방금 전까지 훈훈했던 분위기가 깨지고 금방 진흙탕 싸움터로 변했다.

미새오빠내남편: 어그로꾼 진짜 개짜증.

반반치킨무많이: 꺼지셈.

지나가다: 너야말로 거울은 보고 사냐?

평소 온화한 대화가 오간다 하더라도 시청자들이 모두 그들이 작성하는 댓글처럼 부드럽기만 한 성격은 아니었다. 그녀는 새 댓글들이 빠르게 올라가는 채팅창을 보며 낭패감을 느꼈다.

'이러다가 은하수 님에게 단단히 혼날 텐데.'

그리 생각할 무렵 때마침 은하수가 쓴 장문의 글이 올라왔다.

은하수: '노예상인' 당신 같은 부류의 인간 군상에 대해서 얘기해 볼까?

은하수: 뭘 해도 안 돼. 그런데 그 이유가 전부 남 탓이거든. 회사가 날 알아주지 않아서, 세상이 날 힘들게 해서. 이런 부류가 꿈은 또 얼마나 원대한지. 차 기종은 벤츠 이상, 주거지는 강남 역세권 40평 이상 아파트, 와이프는 껍데기 멀쩡한 팔등신 미녀.

은하수: 생길 것 같지? 안 생겨. 현실은 그냥 인터넷에 똥 지르는 게 인생의 낙인 찌질한 방구석 폐인이지.

육두문자 하나 사용하지 않으면서도 어쩌면 저렇게 콕콕 속을 찌르는 말만 하는지, 보는 사람으로서 속이 시원하면서도 얼굴이 화끈거렸다.

닉네임 노예상인이 광분하여 18로 도배된 필살의 댓글을 남기자 은하수는 짧은 두 음절로 대응했다.

> 은하수: 반사.

여자는 웃음이 터지려고 했지만 웹캠을 의식해서 가까스로 표정을 관리했다. 웃겨서 슬픈 그녀를 대신해 다른 시청자들이 시원하게 'ㅋ'의 향연을 열었다.

'진짜 은하수 이분은 뭐 하는 분인지 궁금하네.'

하지만 생각은 여기서 끝, 방송 중이라는 걸 잊지 않았다. 채팅창 분위기를 계속해서 흐리는 주범인 노예상인을 강제 퇴장시키고 가볍게 손뼉을 쳤다.

"워워. 분위기가 너무 과열되었네요. 이쯤에서 분위기를 한번 바꿔 볼까요?"

그녀의 멘트에 채팅창의 분위기가 열띠었다.

'어후, 더워라.'

열대야 탓에 선풍기를 틀었는데도 공기가 뜨끈뜨끈했다.

MR을 틀면서 고개를 살짝 돌리고는 땀을 훔쳤다. 웹캠으로 보기에도 얼굴이 땀 때문에 번들번들했다.

'전기료 더 내더라도 방송할 땐 에어컨이 필수고만.'

그녀는 책상에 놓아둔 탁상용 선풍기를 향해 흘끗 원망스러운 시선을 던졌다.

반반치킨무많이: 거위의 꿈이다!!!
닉넴쓸거없다: 이런 클리셰 같은 노래…… 넘나 좋은 것~
미새오빠내남편: 전주부터 소름ㄷㄷㄷㄷ

시청자들의 실시간 반응을 확인하고 미소가 절로 났지만 감정을 잡기 위해 모니터를 비껴 고개를 돌렸다.

시청자들과 소통을 하며 멘트하는 것에 즐거움을 느끼고 있지만 역시 그녀를 가장 행복하게 하는 건 이처럼 노래하는 순간이었다.

그녀에게 고민을 상담했던 다원을 응원하기 위해 선택한 곡이면서도 한편으로 자신에게 위로가 되는 노래였다.

"난, 난 꿈이 있었죠."

한숨처럼 내뱉은 첫 소절. 떨리는 숨결에서 흘러나오는 곡조에 부응하듯 채팅창은 시청자들의 반응으로 금방 채워졌다.

그녀의 외양에 관해서 비아냥거리는 사람들도 이때만큼은 잠잠했다.

닉넴쓸거없다: 은하 님, 파프리카TV로만 만족하지 마시고
　　　　　　　가수에 도전해 보세요.
반반치킨무많이: 이게 바로 반은하 클라스다ㄷㄷㄷㄷ
지나가다: 고음 진짜 소오오름

잠깐 사이에 시청자 수가 확 늘었다. 애청자들은 거기에 남다른 자부심을 가졌다. 모니터 안에 있는 채팅창일 뿐인데 들썩들썩거리는 분위기가 물씬 풍겼다.

미새오빠내남편: 대애애애박
교수너나랑내적갈등: 언제 들어도 은하 님 노래 쩌네요.

혼신의 힘을 다해 노래를 부르고 난 뒤 잠시 숨을 고르고 있을 무렵이었다. 채팅창은 다시 한 번 난리가 났다. 채팅창에 폭죽이 터진 것이다. 은하수가 달풍선 3만 개를 터뜨렸다.

달풍선 한 개는 100원이었다. 인기 BJ들이 더 많은 비율로 가져가는 데 반해 그녀는 세금을 포함한 수수료를 떼면 60% 정도를 갖는다.

교수너나랑내적갈등: 회장님이 나타났다!!!!
닉넴쓸거없다: 은하수 님은 진짜 뭐 하는 분일까?

"은하수 님께서 제 심장 폭행하셨네요. 잠깐만 심호흡 좀 하고요."

장난스럽게 호들갑을 떠는 척하던 은하는 곧 캠을 바라보면서 빙긋 웃었다.

"은하수 님, 달풍선 감사합니다."

언제나 그렇듯이 달풍선을 선물하고 나면 은하수는 채팅방에 나타나지 않고 잠잠했다.

매번 달풍선을 만 개 이상씩 터뜨리는 위엄 탓에 시청자들은 그를 종종 회장님이라고 불렀다. 또 다른 별칭으로는 '은하 바라기'가 있었다.

"〈보름달이 빛나는 밤에〉 내일은 달콤 살벌한 연애와 관련된 주제로 돌아오겠습니다. 마지막 곡으로 〈Super Star〉를 들려 드리며 방송 마치도록 할게요."

그녀는 미리 준비해 둔 MR을 틀며 웹캠을 향해 손을 흔들었다. 방송을 마친 뒤 컴퓨터를 종료시키고 나서야 늘어지듯 의자에 등을 기대었다.

"아, 덥다."

선풍기에 얼굴을 들이대 보지만 잔뜩 열이 받은 선풍기에서는 더운 바람만 나왔다.

BJ 반은하에서 일반인 1人 반은하로 돌아온 그녀는 어차피 보는 사람도 없는 터라 티셔츠를 끌어 올려 펄럭펄럭 바람을 일으켰다.

그녀의 훌륭한 인격을 상징하는 두툼한 허리가 옷이 들썩거릴 때마다 그 자태를 수줍게 드러냈다. 키는 그리 크지 않은 160cm 초반인 데 비해 체중은 90kg이 넘는 고도비만이어서 가만히 있어도 땀이 났다.

은하는 한참 더위에 몸부림을 치다가 벌떡 일어났다.

"덥고 땀나는데 이열치열로 매운 족발이나 먹자."

짜증기가 있던 얼굴이 언제 그랬냐는 듯이 눈에 띄게 밝아졌다. 냉장고로 향하는 그녀의 스텝은 경쾌하기까지 했다.

일을 마치고 12시부터 시작한 방송은 1시가 돼서야 끝났다. 캄캄한 한밤중이었지만 그녀에게는 해당 사항이 없었다.

1시간 넘게 멘트를 하고 노래까지 하다 보니 8시 넘어서 먹은 저녁은 옛적에 소화됐다. 족발을 떠올리니 급격한 허기가 밀려들었다.

은하는 냉장고에서 서둘러 족발을 꺼냈다. 그저께 남아서 냉장고에 넣어 둔 족발은 이미 다 식어 빠졌지만 그걸 보는 은하의 눈동자는 반짝반짝 빛났다.

그녀는 찬장에서 볼을 꺼내 곧바로 양념 제조를 시작했다. 고추장, 설탕, 간장, 다진 마늘 등 기본 재료를 섞은 뒤 청양 고추 다섯 개를 써는 손놀림은 신속 정확했다.

전문가다운 손길로 족발을 양념에 버무린 후 윤기가 나도록 마지막엔 물엿까지 발랐다.

은하는 양손에 든 먹음직스러운 자태의 족발을 마치 제 아이 보듯 사랑스러운 눈길로 바라보았다.

"때깔 봐라, 완전 섹시하네."

완벽한 비주얼에 절로 찬사가 터졌다. 미리 예열해 둔 오븐에 족발을 넣고 나니 벌써부터 입안에 침이 고였다.

"빨리 익어라, 빨리 익어라."

그녀는 차마 오븐 곁을 떠나지 못하고 재촉했다. 하는 양을 봐서는 타이머가 울릴 때까지 내리 그러고 있을 기세였다.

귀찮도록 닦달당하는 오븐이 가여웠던 것일까, 때마침 은하의 핸드폰이 소란스럽게 울었다.

"이 시간에 누구야?"

온전히 족발에 집중하고 싶었던 차에 걸려 온 전화가 썩 반갑지 않았다. 핸드폰은 방에 있어서 오가는 게 영 귀찮았다. 은하는 한숨을 폭 쉬고는 느릿느릿하게 움직였다. 하지만 발신인을 확인하곤 찌푸렸던 표정을 폈다.

"알로allo?"

짐짓 장난이 섞인 인사에 상대방 역시 가볍게 응했다.

"촬영 끝났어?"

─ 응. 피곤해 죽겠어. 너희 집 들렀다가 가려고. 10분 있으면 도착해.

"하여튼 윤이나, 먹을 복 하나는 있어. 어?"

─ 야식 만들었구나. 뭐 했어?

이나의 말끝이 고공 행진했다.

기꺼운 감정이 그대로 묻어나는 터라 은하의 얼굴도 환했다. 같이 먹는 재미가 있는 친구였다.

"매운 족발."

─ 꺄아아아아!

"이런 격한 반응 좋은데?"

─ 필요한 거 있어?

"매운 족발이랑 소맥이나 말자. 맥주는 집에 있으니까 소주만 사 와."

─ 알았어.

─ 대표님이 누나 관리해야 한다고 했는데.

옆에서 매니저가 투덜거리며 이나를 나무라는 말이 들렸다. 은하는 새삼 그의 존재를 확인하고 덧붙였다.

"경태도 먹을 거냐고 물어봐."

– 이 자식 뭐가 예쁘다고.

퉁명스럽게 말했지만 매니저에게 은하의 말을 전했다.

– 이 밤에 야식 먹으면 다 살로 가요.

– 매운 족발인데?

– …….

– 소맥도 말 건데?

– …….

매니저의 침묵은 길어졌다. 결론은 난 듯 보여 은하는 키득거리며 전화를 끊었다.

두 입이 더 추가되었으니 지금 오븐에 있는 양으로는 어림도 없었다. 은하는 바쁘게 움직였다.

전화를 끊고 30분가량 지났을 때 현관에서 인기척이 들렸다. 제집처럼 문을 열고 들어온 이나의 얼굴엔 피로한 기색이 역력했다.

하지만 들어오자마자 현관 입구까지 퍼진 매콤달콤한 냄새에 흐느적거리며 곧장 주방으로 난입했다.

"왔어?"

지금 막 다용도실에서 큰 상을 거뜬하게 들고 나오던 은하가 그녀를 발견하고 알은체했다.

"동태야, 이리 와서 상 옮겨라."

이나는 인사를 받는 대신 경태를 불렀다.

비닐 부스럭거리는 소리와 함께 경태가 주방으로 걸어왔다.

그의 얼굴에 불평불만이 가득했다.

"이름 좀 똑바로 불러요. 동태 싫다는데 만날 동태 타령이야."

"알았어, 명태. 상이나 날라."

"아유, 됐어. 얼마나 무겁다고."

은하가 사양을 했지만 그녀의 의사와는 상관없이 이나가 빤히 경태를 주시했다.

한국의 대표 미녀 배우였지만 그 어여쁜 얼굴로 표정 없이 바라보면 꽤나 박력이 있었다. 결국 경태는 은하에게서 상을 넘겨받았다.

"어휴, 내 신세야. 거실에다 펴면 되죠?"

"으응. 고마워."

경태는 빈손을 휘휘 젓고는 상을 들고 거실로 갔다. 은하는 팔꿈치로 이나의 허리를 쿡 찔렀지만 그녀는 태연자약했다.

"족발 다 된 거지?"

테이블 위에 놓인 10인분에 가까운 족발을 보고 화색이 만연한 얼굴로 냉큼 그릇을 들었다. 양팔에서 느껴지는 묵직함도 그녀의 행복을 깨지 못했다.

"웬 족발이 이렇게 많아?"

"주방 아줌마 한 분이 생일이라고 하셔서 넉넉하게 만들었더니 아줌마들 다 나눠 드리고도 남더라고."

은하가 말하는 넉넉함의 기준은 일반인과 사뭇 달랐다. 이나는 굳이 평범함이란 타이틀을 뒤집어쓴 세간의 기준을 은하에게 들이대려 하지 않았다.

이런들 어떠하고 저런들 어떠하리. 눈앞에 족발이 있다는 사실이 가장 중요했다.

이나는 희희낙락 경태를 뒤따랐다. 아웅다웅하는 이나와 경태의 모습은 항상 보지만 볼 때마다 새로웠다. 은하는 혀를 끌끌 차고는 시간이 남아서 간단하게 입가심할 요량으로 무친 골뱅이 소면을 챙겼다.

"진짜 어마어마하네요."

늘 투덜이 스머프 같은 경태도 상다리가 휘어질 정도로 푸짐한 음식 앞에선 입이 쏙 들어갔다.

맥주와 소주병들은 셈하지 않는다고 해도 눈앞에 펼쳐진 야식 앞에선 절로 맘이 경건해졌다.

"골뱅이 소면 얘긴 못 들었는데?"

미나리와 양파만 넣고 무친 골뱅이 소면은 어찌나 먹음직스러워 보이는지 벌써부터 침샘을 자극했다. 밀가루, 특히 면에 환장하는 경태는 감격에 차서 중얼거렸다.

"지난번에 보니 맛있게 잘 먹어서."

상냥하게 말하는 은하는 이미 경태의 눈에서는 성모와 동급이었다.

술잔을 돌리고서 먹기 시작했다. 경태는 골뱅이 소면을 한입 털어 넣자마자 발을 바동거리며 난리 법석이었다.

"애 운다."

이나는 경태를 한심해하며 비닐장갑을 낀 손으로 족발을 집었다. 반질반질 윤이 나는 자태를 눈으로 한 번 감상하고 입에 앙 문 순간 그녀 역시 경태 못지않은 춤사위를 뽐냈다.

"족발이 너무 질기지 않고 부드러워. 그렇다고 피부조직이 너무 풀어진 것도 아니고 적당히 쫄깃쫄깃해. 양념은 또 어떻고? 너무 맵지도, 달지도, 짜지도 않은 이 황금 비율. 거기다가 양념만 따로 놀지 않고 족발에 적당히 배어들어서 씹을수록 혀가 얼얼해지는데 자꾸 손이 가게 만드네."

차갑고 도도한 외모만큼이나 성격도 그러한 이나가 푼수처럼 말을 쏟아 내자 국수를 먹다가 족발로 손을 뻗던 경태가 고개를 절레절레 흔들었다.

"이렇게 말을 잘하면서 방송에서는 왜 그랬대."

"MSG 범벅이네요, 하는 것보단 낫잖니?"

경태가 말로 이나를 이기는 건 머나멀었다. 입술을 삐죽이고는 족발을 뜯다가 금세 눈이 휘둥그레져서 말없이 족발을 흡입했다.

"손맛으로 은하 따라올 사람은 없어."

정도 이상으로 낯을 세워 주는 말이 민망하기도 했지만 칭찬 싫어하는 사람 없듯 은하 역시도 기분이 썩 나쁘지 않아 엄지를 척 올렸다.

사람다운 대화는 거기까지였다. 이후로 세 사람은 허겁지겁 음식을 먹기 바빴다. 대략 1시간 후. 세 사람은 누구랄 것도 없이 입 주변이 전부 불긋불긋한 채로 부른 배를 두드렸다.

"네가 만든 음식은 마약이야 아주. 먹어도 먹어도 자꾸 들어가."

이나가 괜히 찡찡거려 본다. 경태는 질색팔색하는 눈으로 이나를 흘기다가 어느 정도는 동의하듯 고개를 끄덕였다.

"은하 누나 음식 솜씨 보면 진짜 반할 것 같아요. 이나 누나 매니저 된 후로는 쓸데없이 입맛만 비싸져서 뭘 먹어도 맛있질 않으니까요."

"은하한테 반하지 마."

이나가 경계심을 세우며 톡 쏘아붙이자 맛있는 음식으로 한껏 관대해졌던 경태의 안색이 보통 때처럼 야박하게 바뀌었다.

"말이 그렇다는 거죠. 은하 누나는 제 취향이 아니에요."

그 말을 하고 곧바로 은하를 돌아보았다.

"전 귀염성 있는 강아지상 얼굴을 좋아해서요."

확실히 은하는 귀염성과는 거리가 먼 외모였다. 눈은 큰 편이지만 외까풀에 옆으로 길게 찢어진 눈매는 다소 날카로웠다. 물론 눈두덩이와 뺨에 살이 오동통하게 올라서 자세히 봐야 알 수 있는 개성이었다.

경태는 보기 드물게 은하의 뚱뚱한 겉모습에 신경 쓰지 않는 사람이었다. 이 나라에는 신기하게도 뚱뚱함을 죄악시하는 사람들이 많았다. 지금껏 살아오면서 가만히 있어도 그녀를 불쾌하게 여기는 인간 군상들을 제법 많이 봤다.

경태는 제법 신경질적인 성격을 가졌지만 그 예민함은 오로지 자기 자신에게만 쏠려 있었다. 남이 뚱뚱하든 말았든 저와 관련이 없다면 굳이 꼬아 생각할 시간조차 아까워하는 위인이었다. 그래서 방금 전 한 말도 자신을 비방하려 한 말이 아니란 걸 잘 알았다.

은하는 너그럽게 웃으며 대꾸했다.

"나도 너 취향 아니야. 난 성격 시원시원한 연상남이 좋거든."

바늘도 안 꽂힐 것 같은 단호함에 경태는 표정이 불퉁해졌다.

그래요, 전 성격 쪼잔한 연하남이죠. 그가 툴툴대건 말건 은하의 정신은 다른 데로 쏙 빠졌다.

"그리고 애당초 난 썸남이 따로 있고."

은하는 자신의 그이를 떠올리고는 뺨을 붉혔다. 그녀의 반응을 보고 이나는 대번에 그 상대를 알아차렸다.

"이건?"

"어우야."

은하는 멋쩍고 쑥스러운 기분에 슬쩍 이나를 밀었다. 그 반동으로 이나가 1m쯤 밀려났으나 놀라는 은하와 달리 그녀는 괜찮다는 듯이 손을 휘휘 내저었다.

"이건이 그렇게 좋아?"

"응."

고민의 여지도 없이 바로 인정하는 은하를 보며 이나는 잠시 묘한 눈길을 보내다가 슬쩍 고개를 돌렸다.

"졸려."

한참 후에 내뱉은 한 마디였다.

창문 너머로 어스름히 밝아 오는 새벽녘. 주변 사물이 슬슬 구별이 가기 시작했다. 침대 위에 커다란 인영 하나와 침대 바로 밑에 누워 있는 가냘픈 인영의 모습도 여명에 의해 고스란히 드러났다.

알람을 맞춰 둔 것처럼 탁상시계 시침이 5를 가리키자마자 은하는 번뜩 눈을 떴다.

"으으으윽!"

읽지 않은 부권

침대 밑에서 자고 있는 이나를 의식한 소리 죽인 신음과 함께 기지개를 켰다. 자고 일어나기만 하면 온몸이 저리고 뻐근한 것이, 생생했던 20대 초중반과 달랐다. 그리 기껍지 않게 새삼 제 나이를 셈하며 자리에서 일어났다.

늦게까지 먹고 잔 여파로 인해 눈을 다 떴는데도 퉁퉁 부어서 감고 있는지 뜨고 있는지 분간이 어려웠다. 얼굴 크기도 1.5배는 우습지도 않게 부었다.

은하는 호빵처럼 탱탱하게 부푼 얼굴을 손바닥으로 툭툭 때리며 이불과 아쉬운 이별을 했다. 마음 같아서는 침대에 누워 더 게으름을 피우고 싶지만 정말 일어나야 할 때였다.

곤히 자는 이나가 깰까 살금살금 깨금발로 방을 나오자 거실 바닥에 홑이불 하나만 덮고 자는 경태가 눈에 들어왔다. 새우잠을 자고 있는 모습이 웃겨 너털웃음을 지었다.

세면과 양치질을 마치고 주방에 들어간 은하는 분주히 움직였다. 냉장고에서 모든 재료를 한 번에 꺼내 손질을 하는 은하의 얼굴은 진지하기만 했다.

간밤에 짜게 먹어서 갈증이 난 탓에 억지로 일어나 주방으로 들어온 경태는 고소한 참기름 냄새에 급격히 허기가 생겼다. 예상대로 가스레인지 앞에 낯익은 뒤태가 있었다.

"뭐 만드셨어요?"

"일어났어?"

갑작스레 뒤에서 들리는 목소리에 놀랄 법도 한데 은하는 느긋하게 인사를 건넸다. 그에게 대꾸하면서도 손을 쉬지 않고 냄비에 끓였던 죽을 통에 옮겼다.

죽이 통으로 들어가는 순간 드러난 황금빛깔을 발견한 경태가 냉큼 그녀 곁으로 다가왔다.

"죽이네요. 무슨 죽이에요?"

"전복죽. 넉넉하게 해 놨으니까 먹고 가."

가까이에서 냄새를 맡으니 벌써부터 식욕이 당겼다. 경태의 눈동자는 죽에서 떨어질 줄 몰랐다.

넉넉하게 했다는 말이 빈말이 아닌 게 정말 한 솥 가득이었다. 손이 큰 그녀답게 탱탱한 전복을 큼직큼직하게 썰어 넣었다. 그리고 알알이 죽과 섞여 있는 당근과 양파는 환상의 컬래버레이션이었다.

화룡정점은 밥알들에 촉촉이 스며든 참기름이었다. 노오랗게 물든 죽이 어찌나 먹음직스러운지 여기에 황금을 뿌렸대도 지금보다 감격스럽진 않을 것이다.

"지중해의 태양을 영접한 것 같아요."

경태가 제 두 손을 공손하게 모으고 중얼거린 말에 은하가 빵 터졌다. 어제는 이나가 그러더니만 평소에 아웅다웅해도 역시 잘 맞는 배우와 매니저였다.

"야야, 뻘소리 그만하고 술 냄새 나니까 좀 떨어져."

은하는 짓궂게 말하며 경태를 밀어냈지만 그는 죽에서 좀처럼 시선을 떼지 못했다. 보다 못한 은하가 한마디를 더 보탰다.

"주방엔 왜 왔어?"

"아, 물 마시려고."

그 말을 입 밖으로 꺼내고 나서야 새삼 다시 갈증을 느꼈다. 은하는 냉장고 문을 열고 2L짜리 대용량 물병을 꺼냈다.

"결명자차야. 이나 일어나면 걔도 마시게 해."

"넵."

통에 죽 담는 것을 마치고 소중하게 끌어안은 은하는 방으로 들어갔다. 조심한다고는 했는데 부산함을 느낀 탓인지 이나가 눈을 가늘게 떴다.

"시장 가게?"

잔뜩 가라앉은 목소리였으나 어제 늦게 같이 먹어 놓고서도 이나의 얼굴에선 부기라곤 찾을 수 없었다.

'저건 인간이 아니야.'

같은 여자로서 부럽기도 하고 신기하기도 해서 잠시 이나를 빤히 들여다보다 이내 고개를 끄덕였다.

"전복죽 끓여 놨으니까 경태랑 같이 먹고 가."

"웬 전복죽이야?"

"건이 오빠 술병 났대."

"아아."

이나는 썩 개운치 않았으나 은하의 행동에 금세 수긍했다. 은하는 차 키, 핸드폰, 지갑을 챙기고 급히 걸음을 옮겼다.

"쉬다 가."

"응."

이나는 방을 나가는 은하의 등 뒤로 손을 살래살래 흔들었다. 주방에서 죽을 덜던 경태가 은하가 나가는 소리를 듣고 인사했지만 정신이 팔린 은하는 대답을 하는 둥 마는 둥 급하게 현관을 나섰다.

집과 가게는 고작 10m 남짓 떨어져 있었다. 가게 앞에 널찍한 주차장이 있기 때문에 트럭은 항상 주차장 한구석에 세워 두었다.

"어후."

트럭을 올라갈 때가 항상 고비였다. 오늘도 그녀는 한 손으로는 차 문, 다른 손으로는 손잡이를 꽉 붙든 후에 안간힘을 썼다. 힘겹게 도약을 한 뒤에도 한동안 바둥거리다가 무사히 운전석에 안착했다.

매일 새벽 여간 귀찮은 일이 아니었다. 배달 받으면 그녀 몸이야 편하지만 그럼에도 가게에서 쓸 채소는 반드시 눈으로 확인하고 사는 게 오랜 버릇이었다.

'돼지가 시집가는 날'. 커다란 명조체 글씨 양옆에 귀엽게 연지 곤지 바른 돼지 아가씨 그림이 그려진 간판을 제 자식 보듯 한번 봐 주고는 시장으로 향했다. 하루 일과의 시작이었다.

❋ ✳ ❋

어제도 술을 빨았더니 컨디션이 영 엉망이었다. 회사원의 비애라면 비애로 그런 자리에 빠질 수는 없었다.

"아! 아! 아아아아."

목소리를 내 보는데 역시나 잔뜩 갈라졌다. 이건은 해쓱한 얼굴을 쓸며 생수통을 열었다. 물을 마셔도 시원하긴커녕 갈증만 계속됐다.

"신 과장 빌어먹을 새끼."

이제 대리를 단 그의 직장 생활에서 가장 큰 암석은 선임, 신 과장이었다.

사사건건 시비를 거는 건 예사요, 툭하면 제 기획안을 빼돌렸다. 어제도 제 공을 고스란히 가로채고 회식 자리에서 희희낙락하는 모습에 분이 치밀어 몸 생각하지 않고 술을 푼 결과가 지독한 두통과 갈증이었다.

속이 여전히 불편해 라면이라도 끓여 먹을까 찬장에서 봉지 하나를 꺼냈다. 그런데 정작 봉지에 그려진 시뻘건 국물을 보니 속이 뒤틀렸다.

"젠장."

어제 안주가 국물 요리였던 게 떠올랐다. 어느 때라면 뜨끈하고 매운 국물이 당길 텐데 속만 불편했다. 신경질적으로 라면을 찬장에 다시 던져 버린 뒤 요란하게 소리를 내며 주방에서 나왔다.

그의 친구들은 대기업에 취직해서 대리 직함을 달고 있는 그를 제법 성공한 인생이라고 말했다. 못해도 과장까지는 길이 열린 거 아니냐며 부러워했다. 정확히는 회사 명패와 월급을 부러워하는 거지만.

중소기업보다 분명히 나은 복지에 높은 연봉이었으나 생활의 윤택함보다는 당장의 스트레스가 피를 말렸다. 사람들이 사는 곳 어딘들 갈등은 존재하겠지만 규모가 큰 만큼 사내 정글의 비정함 역시 만만치 않았다.

얼마 전만 해도 위에서 벌어진 왕자의 난으로 줄을 잘못 잡은 탓에 옷 벗은 인사들이 줄을 이었다.

사내 정치 따위 애당초 월급쟁이인 이건에게 해당 사항이 없지만 그 여파로 떨어진 일감들이 그를 괴롭혔다. 이번 왕자의 난으로 수혜를 본 사람들에 신 과장이 속해 있는 것 역시 그의 불행 중 하나였다.

하루하루 쌓여 가는 스트레스 탓에 멀끔한 얼굴에는 점차 다크서클이 짙어졌고 웃음기도 줄어들었다. 대학 다닐 때만 해도 엄친아의 표상이었던 자신이 이토록 처량한 신세가 될 줄은 짐작도 못했다. 안 그래도 마른 몸이 요즘은 운동할 시간도 부족한 탓에 근육이 빠져 더 말랐다.

정 배고프면 가는 길에 샌드위치나 하나 사야겠다고 생각하며 출근 시간을 확인하는데 이 이른 시각부터 초인종이 울렸다.

"집주인……일 리가 없지?"

건은 의아한 기색을 한 채 현관으로 향했다. 인터폰으로 확인하지도 않고 문을 열었더니 낯익은 얼굴이 문밖을 가득 채우고 있었다.

"아직 출근 안 했네요. 다행이다."

은하가 죽 통을 꼭 끌어안은 채 활짝 웃었다.

'얘가 이 시간에 웬일이야' 하다가 문득 그녀가 들고 있는 죽 통으로 눈길이 갔다.

'아아.'

건은 단번에 상황을 이해했다. 어제 퇴근할 때 잠깐 메시지를 주고받다가 지나가는 말로 술병이 났다고 했더니 잊지 않고 기억해 둔 모양이다.

"아침부터 어쩐 일이야?"

그녀의 방문 목적은 이미 짐작했지만 짐짓 모른 척하자 은하가 죽 통을 수줍게 내밀었다.

"오빠 술병 때문에 고생한다고 해서 전복죽 좀 쒀 왔어요."

"이야, 역시 내 생각 해 주는 사람은 은하밖에 없네."

그가 은하의 머리를 쓰다듬으며 반갑게 죽 통을 받아 들었다. 갑작스러운 접촉에 은하의 얼굴이 빨갛게 익었다.

"아직 아침 안 드셨죠?"

"응. 영 입안이 깔깔해서."

은하가 눈을 반짝거리며 건을 바라봤다. 웃음기 어린 채 그녀를 보던 건이 손목으로 눈을 내렸다. 그리고 다소 곤혹스러운 표정을 지었다.

"이런, 시간이 벌써 이렇게 됐네. 모처럼 아침부터 죽까지 가져다줬는데 미안해서 어쩌지?"

홀린 눈으로 건을 보던 은하는 그의 말에 화들짝 놀라 냉큼 고개를 흔들었다.

"아니요, 괜찮아요. 오빠 하는 일도 바쁘신데 어서 출근하셔야죠."

"은하는 요리도 잘하지, 배려심도 깊어서 결혼하면 좋은 아내가 될 거야. 은하한테 장가들고 싶다."

은하는 얼굴이 뜨끈해지는 걸 느끼고 황급히 고개를 숙였다. 귀까지 뜨끈뜨끈하고 속이 홧홧 달아올랐다.

"……출근 준비 하셔야 하니까 저 이만 갈게요. 시간 없다고 거르지 마시고 탕비실에서라도 꼭 드세요."

"그래, 고마워. 나중에 전화할게."

"네."

은하는 마지막까지 당부하고는 붕 뜨는 기분으로 돌아섰다.

문이 완전히 닫힐 때까지 손을 흔들던 건은 문이 닫히자마자 주방으로 향했다. 대접에 뚜껑을 연 죽 통을 기울이니 아직 뜨거운 죽이 김을 내며 쏟아졌다.

건은 나직이 휘파람을 불며 숟가락을 챙겼다.

무사히 죽을 전한 은하는 콧노래를 부르며 아파트를 나왔다. 제가 먹은 것도 아닌데 배가 부른 기분이었다. 기분이 좋아 실실 웃음을 짓다가 우연히 그녀 앞에 있는 자동차 주인과 눈이 마주쳤다.

파란색 민소매 원피스를 입은 차주는 체형이 늘씬했다. 박스티를 입어도 옷태가 나는 이나에는 미치지 못하지만 여성스러운 맵시가 제법 부러웠다.

거기까지 생각한 은하는 여상하게 걸음을 옮겼다. 그때 등 뒤로 작고 빠르게 말이 지나쳤다.

"돼지 같은 게 쳐다보고 지랄이야. 아침부터 재수 없게."

은하는 제가 들은 것이 못 미더워 설마 하는 심정으로 흘끗 고개를 돌렸는데 차주는 눈이 마주치자 새침한 얼굴로 차를 탔다. 유리창 너머로 비치는 얼굴에는 그녀를 조롱하는 기색이 떠올랐다. 작게 움직이는 입 모양이 왠지 욕설 같았다.

"뭐냐, 방금?"

반응할 새도 없이 상황은 순식간에 종료되었으나 은하는 이 상황이 황당 그 자체였다. 제가 들은 말이 아직도 현실감 없었다.

"아니, 내가 뭘 어쨌다고?"

적잖이 억울했다. 얼굴이 일그러졌지만 곧 요란하게 콧방귀를 뀌며 기분을 탈탈 털어 냈다.

"우리나라 사람들은 하여간 남의 몸매에 관심이 너무 많아. 나 살쪘는데 지가 보태 준 거 있어? 밥 한 번이라도 사 줬으면 억울하지라도 않지. 웃겨."

흥!

은하는 일부러 더 쿵쿵 발을 구르며 제 차로 걸어갔다.

저 여자가 유독 과했을 뿐이지, 이런 경우를 제법 겪었다. 남의 몸매에 감 놔라 배 놔라 하는 사람들과 일일이 대응해 봤자 괜히 심력만 소모했다.

이럴 땐 그냥 정신이 많이 아픈 사람이구나 하고 넘겼다. 물론 이런 일을 당할 때마다 마음이 씁쓸해지는 것까지 적응이 되지는 않았다.

설레던 기분이 보기 좋게 망가졌다.

❊ ✱ ❊

탁 트인 전경. 널찍한 공간에는 사이클을 비롯한 몇 가지 운동 기구가 배열되어 있었다. 에어컨을 틀어 놓아 적당히 온도가 내려갔지만 운동을 하는 사람 주변은 열기로 후끈했다.

이 넓은 운동실을 홀로 독점한 남자는 흰색 민소매 셔츠와 남색 트레이닝바지의 단출한 차림이었다.

벌써 40분이 넘도록 러닝머신을 달린 게 무색하지 않게 벨트 위 곳곳에 땀이 떨어져 있었다. 호흡은 다소 흐트러졌지만 잠시도 요령을 피우지 않은 채 쉼 없이 달렸다.

이어폰을 끼고 있는 남자의 시선은 계기판에 내려 둔 핸드폰을 향해 있었다. 지칠 법도 한데 아랑곳없이 그 자그마한 화면에 오롯이 집중했다.

화면에는 눈을 지그시 감은 채 노래를 부르고 있는 여자의 모습이 비쳤다. 젖살이 통통하게 올라붙은 아이마냥 혈색 좋은 둥근 뺨은 복숭아색이 살짝 감돌았다.

전체적으로 둥글둥글하지만 끝이 살짝 올라간 코는 은근한 고집이 보였고 열창을 하느라 벌린 입술 사이로 보이는 치아는 치약 광고 모델의 것만큼이나 가지런했다.

온화한 눈빛으로 그녀를 바라보는 남자의 입가에 부드러운 미소가 서렸다. 이제는 눈을 감고도 그녀를 묘사할 자신이 있었다. 하지만 그는 눈으로 보기보다 들리는 소리에 더 집중했다.

한껏 몰입을 해서 부르는 노래는 〈가슴이 뛴다〉였다. 여자 키로, 그리고 그녀의 목소리를 통해 재해석된 노래는 새로웠다.

그녀는 자신이 노래를 부를 때 얼마나 반짝반짝 빛나는지 과연 알고 있을까?

노래를 부를 때 감추지 못하고 풍기는 행복한 기운은 시청자에게도 전해졌다. 이래서 사람들은 그녀의 노래를 좋아하는 것이다.

어느새 러닝머신을 멈춘 채 마치 핸드폰으로 빠져들 듯 깊은 시선으로 응시했다.

여러 번 곱씹고 음미하고 싶은 음색은 달콤 쌉쌀했다. 마치 카푸치노처럼. 진한 에스프레소 향기와 달콤하고 부드러운 우유의 조화처럼 자꾸 빠져들게 만들었다.

　─정말 들을 때마다 연애가 하고 싶어지는 노래 같아요. 누군가에게 보는 것만으로 벅차고 가슴 설레는 사람이 되는 건 상상만으로도 기분이 좋은 일이에요.

　노래가 끝나고 그녀는 그 깊었던 감정이 거짓이었던 것처럼 분위기를 확 바꾼 채 멘트했다.

　그가 시청하는 방송은 그녀의 것이 전부였기에 정확히 알지는 못하나 대충 인터넷 방송의 구조는 이해하고 있었다. 그녀의 방송은 자극적이지 않고 유흥 요소가 없으며 시류에 편승하지 않았다.

　이야깃거리가 넘쳐나는 방송들과 달리 잔잔하고 고요한 분위기는 누군가는 고리타분하다고 할 수도 있을 것이다. 하지만 그는 이 분위기에 제법 마음이 끌렸다.

　그의 손가락이 거침없이 키패드 위를 오갔다. 그리고 완성된 문장을 망설임 없이 등록했다. 이윽고 채팅창에 그의 댓글이 올라왔다.

> 은하수: 제겐 은하 님이 그래요. 방송을 보면서 늘 설레고 벅찹니다.

　댓글을 확인한 건지 순간 은하의 눈이 동그랗게 커졌다. 놀란 얼굴을 보니 웃음을 참기 어려웠다. 굼뜬 그녀보다 시끌시끌한 건 정작 채팅창이었다.

그는 은하의 얼굴을 바라보다가 댓글을 다는 대신 달풍선 1만 개를 선물했다. 채팅창에 폭죽이 터지고 알림이 뜨자 시청자들은 퍽 흥미진진해했다.

─〈보름달이 빛나는 밤에〉 시청자분들은 왜 이렇게 짓궂으시지?

금세 평정을 찾은 은하가 미간을 살짝 좁힌 채 투덜거렸다. 하얀 얼굴에 새치름한 표정을 지었지만 음색은 상냥하기만 한 게 장난스러운 응수였다.

그녀의 목소리가 카푸치노라면 그녀 자체는 카푸치노 위에 올린 휘핑크림 같았다. 사르르 녹아 버리는 달콤함.

그는 설핏 웃고는 더 이상 아무런 제스처도 없이 방송을 마저 시청했다. 마지막 멘트, 그리고 이어지는 그녀의 선곡이 끝날 때까지 감상을 하다가 방송이 완전히 끝나자 그 역시 미련 없이 사이트를 종료했다.

그는 러닝머신 위에서 내려오며 이어폰을 뺐다. 여전히 핸드폰이 이어폰 줄과 연결되어 있었지만 그는 연결된 상태 그대로 테이블에 던졌다. 그리고 그 옆에 가지런히 접힌 수건으로 이마와 목을 적신 땀을 대충 훑은 뒤 생수로 마른 목을 축였다.

이미 한참 전부터 땀으로 푹 젖은 티셔츠가 몸에 달라붙었으나 개의치 않고 단번에 벗었다.

건장한 어깨와 보기 좋게 그물처럼 촘촘히 잡힌 근육이 드러났다. 그가 움직일 때마다 이완되고 수축되는 근육들의 매끄러운 움직임이 재규어 같았다.

그는 좌우로 고개를 꺾으며 샤워실로 향했다.

이면의 관계

　처음이자 마지막으로 가졌던 꿈은 하나, 가수였다. 이유는 모르겠다. 기억도 나지 않는 어린 시절부터 노래를 부르는 게 그저 행복했다. 주변에서 '목소리가 좋다', '가수해 봐라' 소리를 질리도록 들었다.

　방송에서 어느 누가 말했던 것처럼 '노래하고 있을 때 비로소 살아 있는 것 같은 기분'이라고 하기엔 너무 거창했고, 그저 볼품없는 자신도 굉장히 중요한 사람이 된 것 같아 좋았다. 왜냐하면 단지 뚱뚱하다는 이유로 그녀를 놀리고 욕하던 급우들도 음악 시간에는 눈이 휘둥그레진 채 그녀를 보곤 했으니까.

　그녀가 본격적으로 가수의 꿈을 꾸기 시작한 건 중학생 때부터였다. 음악 실기 시험 이후 놀란 건 아이들만이 아니었다. 음악 교사도 크지 않은 눈을 휘둥그렇게 뜨며 합창부에 들어오길 권했다.

그녀는 흔쾌히 입부했다. 합창부에서 가장 노래를 잘하는 사람은 그녀였다. 하지만 정작 솔로 파트는 다른 부원의 몫이었다. 처음 한두 번은 서운함은 느꼈을지언정 납득했다. 어쨌거나 그녀는 굴러들어 온 돌이었으니까.

그런데 그게 세 번이 되고 네 번이 되자 진짜 이유를 모를 수가 없게 되었다. 그녀의 뚱뚱하고 볼품없는 겉모습, 솔로를 맡기에는 그게 걸림돌이 되었던 것이다. 실력이 다소 떨어지더라도 겉보기 좋은 부원을 솔로로 세워 보는 눈들을 즐겁게 하기 위한 안배.

그녀가 다녔던 학교 합창부가 유난스러웠던 건지도 모르지만 그런 차별을 겪으며 부당함을 느꼈다. 그리고 무대에 대한 갈망이 커졌다. 가수가 되고자 결심했다.

나만의 무대에 대한 욕심이 더는 감출 수 없이 커졌던 때였다. 처음 그녀의 생각을 들은 부모님의 반응은 '공부나 해라'였다. 그녀의 학교 성적이 나쁘지 않았기 때문에 부모님의 기대가 꽤 컸다. 괜한 헛바람 버리고 나면 성적이 더욱 쑥쑥 오를 거라 꿈꿨는지 제법 그녀를 괴롭혔다.

어차피 마음이 떠난 합창부여서 부모님의 요구대로 그만두고 난 뒤부터가 그녀 혼자만의 투쟁이었다. 중학교 성적은 대학 가는 데 전혀 상관이 없기도 했지만 설령 고등학생이었어도 그녀는 똑같이 행동했을 것이다.

부모님의 거센 반대를 받고 곧바로 이어진 기말고사에서 성적을 뚝 떨어뜨렸다. 반 등수가 10등이 떨어지고 전체 등수에서는 거의 100등이 하락한 성적이었다. 당연히 부모님은 기함을 했고 부랴부랴 학원을 등록시켰다. 그때도 그녀는 군말 없이 학원에 갔다. 하지만 학원에 간 보람이 없게 성적은 계속해서 하향 곡선을 그렸다.

먼저 두 손을 든 건 부모님이었다. 원래부터 자유로운 양육 방침을 갖고 있던 부모님이었기에 결국 그렇게 좋으면 어쩔 수 없겠다며 너 좋을 대로 하라고 선언했다. 그 뒤부터 그녀는 본격적으로 오디션에 쫓아다녔다.

당시 핫한 가수 중 빅사이즈 여성 그룹이 있었다. 오로지 하모니와 가창력으로만 승부한 4인 그룹이었는데 그들이 그녀에게 영감과 희망을 주었다. 그들이 얼마나 좁은 바늘귀를 통과하였는지 그때만 해도 알지 못했다.

지금이야 기획사들이 우후죽순으로 늘어나고 방송사들마다 오디션 프로그램을 제작하여 가수로의 등용문이 커졌으나 당시만 해도 당장 데뷔할 수 있는 마스크를 더 선호했다. 요즘처럼 오디션 방송에서 미리 대중들에게 눈도장을 찍을 수 있는 기회가 없기 때문에 빨리빨리 순환되는 연예계 특성상 신선한 얼굴들을 곧바로 선보여야 하는 기획사의 입장 때문이기도 했다.

여하간 오디션을 거쳤던 기획사들은 그녀의 가능성을 크게 보지 않았다. 아이돌 생산에 관심이 많았던 터라 그녀는 애당초 논외 대상이었다. 간혹 악질적인 심사 위원을 만날 때는 그녀의 외모에 대해 신랄하게 비방당하기도 했다.

태어나기부터 우량아로 태어난 그녀는 자연 수순처럼 소아 비만을 거쳐 고도비만으로 발전했다. 원체 먹는 걸 좋아하는 데다 성격이 무던한 편이어서 외모에 대한 비평을 듣고 당장은 기분 좋지 않더라도 돌아서면 잊곤 했다. 모진 말들을 마음에 담아 두고 스스로를 깎아내리는 성격은 아니었다. 다만 다이어트에 대한 고민은 있었다.

꿈을 이루는 데 자신의 체형이 걸림돌이라는 자각이 슬슬 들던 차에 오디션에서 몇 차례 고배를 마시고 무작정 다이어트에 돌입했다. 의지는 남달랐으나 고도비만이었기에 일반 사람들처럼 단지 5~6kg 정도 덜어 내는 수준이 아니었다. 정상 체중이 되기 위해선 대략 30kg을 넘게 빼야 했다.

까마득한 수치와 다이어트 지식에 대한 무지가 겹치자 이후로는 요요와의 전쟁이었다. 5kg을 빼면 7kg이, 10kg을 빼면 15kg이 돌아오는 악순환의 연속이었다. 무작정 굶으며 다이어트를 한 결과는 탈모와 생리 불순으로 돌아왔다. 섣부른 지식을 가지고 다이어트를 한 폐해였다.

마지막으로 3주 정도 삼시 세끼 죽만 먹는 다이어트를 하고 영양실조로 병원에 입원하기까지 했다. 성적이 떨어져도 손 한 번 올리지 않았던 엄마에게 먼지가 나도록 맞고 다이어트 포기 각서를 쓴 후에야 우여곡절 많았던 다이어트의 역사가 끝났다.

그 후로 눈에 불을 켜고 감시한 부모님 탓에—다이어트나 가수 둘 중 하나를 선택하라고 양자택일을 강요하기까지 했음에—다이어트는 완전히 물 건너갔지만 마음은 다시 행복으로 풍요로워졌다.

항상 즐겁게 사는 것이 천성인 그녀라도 다이어트 기간 동안 드는 자괴감과 스스로에 대한 불신, 미움은 피할 길이 없었다.

그래서 자신을 불행하게만 하는 다이어트를 과감하게 포기했다.

비록 다이어트는 실패했지만 여전히 가수의 꿈을 놓지 않고 고등학교에 입학하고서도 계속 오디션에 도전했다. 그리고 공개 오디션 공고가 뜨자 누구보다 빨리 접수를 했고 오디션을 보기 위해 신속히 달려갔다.

"집에 돈 많니?"

심사 위원 한 명이 그녀를 보자마자 던진 말이었다.

"먹고살 정도는 돼요."

당황스러웠지만 그녀는 능청스럽게 대꾸했다. 그녀가 들어오자 단박에 기대치가 내려간 심사 위원들은 감흥 없이 그녀를 보거나 아니면 아예 다른 서류를 뒤적거렸는데, 그녀의 말을 들은 한 심사 위원은 피식 웃으며 귀엽다고 중얼거렸다. 하지만 정작 그녀에게 툭 말을 던진 심사 위원은 시큰둥했다.

"너 보니까 먹고살기는 충분한 것 같네."

"엄마 아빠가 고생이죠."

자칫 상처가 될 말에도 그녀는 표정 한 번 굳히지 않았다.

노래가 시작되고 그녀에게 관심을 껐던 심사 위원들의 시선이 하나둘 모아지는 걸 느끼며 흥분감에 마음이 들떴다. 자신의 목소리가 통한다는 건 이토록 행복한 일이다. 노래를 제대로 배운 건 아니었기에 두성이니 흉성이니 하는 지식은 없었다. 그저 솔직하게 목소리 하나만으로 승부했다.

"노래 잘하네."

한 심사 위원의 칭찬에 환하게 웃었다.

"그 영화 있잖아, 〈미녀는 즐거워〉였나? 거기처럼 얼굴 없는 가수 하면 딱이겠다."

　그녀가 입장했을 때부터 뾰족하게 굴던 심사 위원이 기어이 사족을 더했다. 앞선 빈정거림에도 크게 개의치 않았으나 뒤의 '얼굴 없는 가수'라는 말에 저도 모르게 표정이 굳어졌다.

　"아니면 죽을 각오를 하고 시술해. 물정을 모르는 거야 뭐야. 아무리 어리다 해도 최소한의 양심이 있어야지. 저 몸으로 가수는 무슨."

　수십 번의 오디션 동안 매번 같은 이유로 탈락의 고배를 마신 그녀지만 이번에는 타격이 있었다. 잠자코 있는 심사 위원들도 말만 하지 않을 뿐이지 같은 마음이었는지, 아니면 그 심사 위원의 파워가 컸는지 몰라도 오디션에서 떨어졌다.

　얄궂게도 오디션장에 따라온 친구가 그녀를 기다리는 동안 한 관계자의 눈에 들어 캐스팅 제의를 받았다. 비로소 그녀는 현실과 타협을 하며 오랜 꿈을 접었다. 노래는 그저 취미로만 여기자 다짐하고 조금 늦은 수험 생활을 시작했다.

　부모님에게 자식은 그녀밖에 없기에 가게는 그녀가 이어받을 수밖에 없었다. 가수의 꿈을 접은 그녀가 안타까웠는지 부모님은 다른 일이 하고 싶다면 굳이 가게 일을 하지 않아도 된다며 다독였다.

　하지만 가수 외길만 바라보고 산 그녀에게 당장 그 꿈을 대신할 만한 것은 없었다. 다행히 그녀는 먹는 것도, 요리를 만드는 것도 좋아했다. 고깃집을 운영하는 데 학력이 그리 필요할까 싶지만 그럴듯한 대학 간판은 그간 자신을 믿어 준 부모님을 위한 보상 심리에서 어느 정도 비롯되기도 했다.

기본부터 닦아 볼 요량으로 전공은 경영학을 선택했다. 대학 합격 통지서가 날아오자 부모님은 친인척과 지인들에게 전화를 돌렸다. 그간 은하가 가수에 꿈을 두고 있는 것에 대해 걱정을 위장한 자기 자식 자랑을 쏟아 냈던 그들에게 그대로 되갚아 주며 어찌나 개운해하던지. 결과가 뜨자마자 전화기를 놓지 않는 부모님을 보며 은하는 그저 웃었다.

　대학에 다니면서 각종 요리 자격증을 취득했다. 그 결과 소지한 요리 자격증만 다섯 개였다. 대학을 졸업하고 나서는 본격적으로 가게 일을 도왔고 그녀가 어느 정도 가게 사정에 환해지자 부모님은 기다렸다는 듯이 가게를 맡기고는 필리핀으로 은퇴 이민을 갔다.

　흔히 뚱뚱한 사람들에게 가지고 있는 게으르다는 편견이 무색하게 성실함으로 무장한 그녀는 가게 일에 밤낮을 아끼지 않았다. 그 결과 부모님 대보다 더 손님이 늘었고 수입이 증가했다.

　하지만 버린 줄만 알았던 노래에 대한 미련이 모두가 잠든 이른 새벽 불현듯 그녀를 덮쳤고 한번 자각한 열망은 몸살을 앓게 했다.

　"그런 의미에서 요즘 세상 정말 살기 편해졌지. 2년 전만 해도 내가 BJ를 할 거라고 상상이나 했겠어?"

　은하가 실실 웃으며 중얼거리자 이나는 그에 동의했다.

　"처음에 너 방송한다는 거 안 믿었잖아."

　선글라스와 모자로 중무장을 한 채 주방 한 켠에서 냉면을 흡입하고 있는 모습이 다소 없어 보였으나 이나는 전혀 개의치 않았다. 이 시간이면 어마어마하게 사람이 많을 때라서 도저히 손님석에 앉을 수가 없었다. 그녀는 남녀노소를 불문하고 온 국민이 알고 있는 유명한 배우였으니.

이미 1년 매상이 대기업 임원 부럽지 않은 수준이었기에 친구의 유명세로 더 복작이게 할 욕심이 없을뿐더러 오히려 이쪽에서 사양하고 싶었다. 맛집으로 방송에 소개된 적은 없지만 식도락가라고 자부하는 사람들 중 돼지가 시집가는 날을 모르는 이가 없었다. 사실 몇 번 방송 제안이 들어오기도 했으나 번번이 거절했다. 이 상황에서 방송은 득보다 실이 많았다.

여하간 사람들의 눈을 피해서 뒷문으로 들어온 윤이나가 주방에서 이러고 있다면 기자들이 얼씨구나 할 것이다. 아무리 홀과 차단되어 있다고 해도 이렇게 쪼그려 앉아서 궁상맞게 먹고 있는 모습이 짠했다. 정작 본인은 개의치 않았음에도.

"사리 추가."

어느새 한 그릇을 다 비운 이나가 빈 그릇을 내밀었다. 2인분 같은 1인분이었는데도 게 눈 감추듯 순식간에 해치웠다. 은하는 그릇에 미리 데쳐서 씻어 둔 사리와 고기, 채소 고명을 먹음직스럽게 올리고는 살얼음이 송송 얼어 있는 특제 육수를 부었다.

"나 다대기도."

이나는 주문 사항을 잊지 않고 첨언했다. 그에 은하는 겨자 소스를 뿌리며 다른 손으로는 다대기도 한 술 떠 넣었다.

그릇을 받자마자 시원한 국물부터 들이켰다. 국물이 입안으로 들어가자마자 머릿속까지 얼어 버릴 듯이 쨍한 자극을 느꼈다. 동치미 국물과 사골 육수의 절묘한 하모니에 오랫동안 혀끝에 풍미가 감돌았다.

금지/ 않은 분란

한 번 마시고 두 번, 세 번······. 자꾸만 입맛을 당기는 중독성에 연거푸 육수를 들이켜게 됐다. 육수의 새콤달콤함과 다대기에서 우러나는 매콤함에 정신을 못 차리고 국물만 마시다가 배가 차오름을 느끼고서야 겨우 그릇을 입에서 뗐다.

"진짜 미치겠다."

스케줄 사이 남는 시간에 매니저도 모르게 업무 수행을 하는 요원마냥 은밀히 가게로 빠져나온 이나는 행복감을 온몸으로 표현했다.

"당장 나한테 시집와, 돈은 내가 벌게."

메밀 면과 수육을 함께 집어 입으로 가져갔다. 쫄깃쫄깃한 면과 담백하고 고소한 고기는 씹으면 씹을수록 즐거움이 더했다. 음식을 만든 입장에서 이나는 요리한 보람을 느끼게 하는 상대였다.

"애기 사장, 할배 오셨어."

서빙하는 아주머니가 주방에 빼꼼 고개를 내밀었다. '애기 사장'은 그녀의 부친과 구별하기 위해 아주머니들이 마음대로 가져다 붙인 호칭이었다. 원체 어렸을 때부터 봤던 아주머니들도 있어서 그렇게 부르는 데 위화감이 전혀 없었다.

그녀의 전언에 은하는 젖은 손을 앞치마에 슥슥 문지르고는 홀로 나갔다. 바쁜 주방만큼이나 손님이 가득한 홀 역시 시끌시끌했다. 자리가 부족해서 가게 입구 쪽에는 대기 손님들이 줄지어 서 있었다.

그녀를 알아보는 손님들과 인사를 나누며 자리 한구석을 차지하고 앉아 있는 노인에게 다가갔다.

"할아버지 오셨네요?"

넉살 좋게 말을 건네며 은하가 통로 쪽에 주저앉았다. 커다란 그림자가 지자 노인이 고개를 돌렸다.

하도 입어 끝이 해진 반팔 소매 셔츠에 마찬가지로 구제 느낌이 드는 물 빠진 청바지 차림, 그럼에도 각 잡아 쓴 중절모. 익숙한 모습에 은하가 활짝 웃었다.

"고기가 너무 적어."

얼굴을 보자마자 노인이 툴툴거렸다. 매번 하는 투정에 배시시 미소를 짓자 꼬장꼬장해 뵈는 노인의 눈꼬리가 가늘어졌다.

"할아버지 오시면 특별히 2인분 같은 1인분 내 드리라고 했는데 많이 부족하세요?"

확실히 얼핏 봐도 곱빼기보다 많은 양이었다. 수육 역시 도저히 1인분이라고 보긴 어려웠다. 돼지가 시집가는 날에 처음 오기 시작한 이래로 주문은 항상 물냉면 1인분으로 통일하는 양반이 오늘따라 곱빼기 내지 2인분을 시켰을 리 없었다.

"남겨도 너무 남기려고 하는구먼."

투덜거리며 노인이 호록 면을 들이켰다. 짜도 너무 짠 이 자린고비 할아버지가 은하의 눈에는 귀여워 보였다. 비록 단돈 6천 원에 계산을 할 적마다 손을 부들부들 떠는 양반임에도 맛에 대해 부당하게 따지는 경우가 없었다.

"에이, 할아버지도. 냉면 한 그릇에 단가 6천 원이면 얼마 남지도 않아요. 저도 먹고는 살아야죠. 이 몸이 가성비가 얼마나 많이 드는데요."

"그래 보인다만 본인 입으로 말하는 거 민망하지도 않냐? 시집도 안 갔다면서 말하는 건 순 능구렁이야."

"항상 담백하게 살려고 노력하고 있어요."

넉살 좋게 말을 받아치자 노인은 못 당하겠다는 듯이 고개를 절레절레 흔들었다. 은하는 다시 냉면을 호록호록 마시는 노인을 물끄러미 보다가 문득 그가 처음 가게에 왔던 때를 떠올렸다.

노인이 가게에 처음 온 건 아직 무더위가 시작되기 전인 초여름 무렵이었다.

주변을 두리번거리며 가게에 들어와 여섯 사람이 앉을 수 있는 자리를 차지한 채 냉면 하나를 시키고 주거니 받거니 서로에게 먹여 주며 온갖 닭살을 떨고 있는 커플 사이에 떡하니 엉덩이를 붙이고 앉았다.

빈자리라고는 그 커플이 앉아 있는 자리뿐이었다지만 그렇대도 다른 대기 손님들 중 그들 옆에 앉으려는 엄두를 내는 사람은 없었다.

그 커플은 대번에 인상을 찡그리며 갖은 싫은 티를 다 냈다.

"왜 남의 자리에 앉으세요?"

연인 중 남자 쪽에서 기어이 따져 물었다. 여자 친구 앞이라 부러 더 우쭐거리는 게 분명한 행동이었다.

"비어 있는 자리가 앉으라고 둔 거지, 구경하라 둔 장식품인 줄 아는가?"

그러나 노인은 밀리는 성격이 아니었다. 한심한 눈으로 둘을 번갈아 보다가 두 사람 가운데 놓인 그릇 하나를 보고 대번에 상황을 이해했다.

"밥상머리 앞에서 밥은 안 먹고 노닥거리기는. 냉면 하나 나눠 먹다가 한세월이 다 가겠구먼. 쯧쯧쯧."

"아니, 이 노친네가……."

"오빠, 그만하고 빨리 나가자."

남자가 성질을 벌컥 내는데 옆에서 여자가 얼른 말렸다. 사람들의 시선이 집중되자 민망한 모양이었다. 그럼에도 남자는 애인 앞에서 자존심 구기는 게 싫었는지 노인에게 얼굴을 불쑥 들이댔다.

"식사 주문하시겠어요?"

사고를 치기 전에 은하가 먼저 끼어들었다. 메뉴판을 들고 온 은하를 보고 남자는 입만 씰룩거리다가 결국 그사이 머리에 열을 식히고는 쫓기듯 일어났다.

"또 오세요."

진상이어도 손님은 손님이기에 은하는 상냥하게 인사를 보내고 노인에게 고개를 돌렸다. 그런데 마치 무언가를 가늠하듯, 혹은 경매 오른 소를 보듯 그녀를 관찰하고 있는 노인과 눈이 마주쳤다.

한참을 그리 보다가 꺼낸 첫마디는 제법 인상적이었다.

"처자 그 딴따라?"

"네? 제가 뭐라고요?"

"딴따란지 뭔지 아니냐고."

은하는 대답 대신 황당하다는 웃음만 터뜨렸다. 아니라고 하는데도 한참 의심스럽게 지켜보다가 결국 물냉면을 하나 시킨 게 단골 노인의 첫 주문이었다.

"육수가 진짜 진국이네. 처자가 직접 담근다고 했지?"

"네."

"손맛 하나는 타고났구먼."

퉁명스러운 말투와 어울리지 않는 칭찬에 은하의 표정이 짓궂게 변했다.

"할아버지 하여튼 츤데레라니까. 만날 츤츤거리셔."

"츤, 뭐라고?"

"할아버지 좋다고요."

"아부해도 나오는 거 없다."

"사람을 뭘 바라고 좋아하나요?"

노인은 냉면을 먹다가 빤히 은하를 봤다. 나이가 들었음에도 안광이 부리부리하게 살아 있어 제법 매서운데 그 시선을 갑자기 맞고서도 은하는 놀라기는커녕 눈웃음 지었다.

"부모님이 잘 키웠어. 얼굴만 둥글둥글한 게 아니라 성격도 모난 데 없이 둥글둥글하니."

"제가 뚱뚱하다고 욕은 제법 얻어먹었어도 성격 못났다는 소리는 들은 적이 없어요."

"살은 좀 빼."

말 떨어지기가 무섭게 첨언했다.

"그렇다고 외양 가지고 잡것들이 왈가왈부하는 말에 익숙해지진 말고. 그럴 땐 화를 내야지."

그럼에도 노인의 말이 고깝게 들리지 않는 건 나무라는 내용에 진정이 담겨 있어서였다. 당최 돌려 말할 줄 모르는 사람이었으나 그 직언에는 분명 배려가 존재했다.

"결혼해서 건강하게 애기 낳으려면 눈 딱 감고 두 근만 덜어 내."

"에이, 너무 예쁘게 봐 주셨다. 이왕 빼려면 30kg은 빼야죠."

"빼려면 뺄 수 있고?"

"헤헤. 아무래도 힘들겠죠?"

"실없는 소리 말고. 10kg만 빼면 멀쩡한 놈 하나 붙여 줄 테니 애써 봐."

"예쁘게 봐 주셔서 감사한데요. 아시잖아요? 저 썸남 있어요."

"썸남은 또 뭐야? 요즘 젊은 것들은 알아듣지 못할 말만 해선."

"왜, 그, 노래에도 있잖아요. 내 거인 듯 내 거 아닌 내 거 같은 뭐 그런 관계죠."

"그런 관계는 보다 처음이네. 애인이면 애인이고 아니면 아닌 게지."

노인의 얼굴이 대번에 일그러졌다. 팩 토라진 얼굴을 하는 게 어째 삐친 모양이다.

"전에 봤던 그 삐쩍 마르고 얼굴만 반반하던 놈이냐?"

"히히, 네."

은하가 부끄럼에 몸을 배배 꼬자 노인이 못마땅한 눈빛을 지었다.

"대학 선배라며. 사귀려면 진즉에 사귀고 남았지, 인연이 아니니까 여직 물에 물 탄 듯 술에 술 탄 듯한 사이이질 않아?"

"어우, 할아버지 질투하셔요?"

은하가 기분 나쁜 내색 없이 노인의 팔을 손가락으로 쿡쿡 찌르며 응수하자 그는 귀찮은 파리 쫓아내듯 손을 휘휘 내저었다.

"일없다. 여기서 노닥거리지 말고 네 일이나 봐라."

"옙. 맛있게 드시고 가세요."

은하가 끙끙거리며 자리에서 일어날 때였다.

"어차피 안 될 인연, 빨리 고백해서 단번에 정리해라."

"네?"

노인이 뭔가 중얼거리는 것 같아 은하가 되물었지만 등 돌린 그에게선 아무 대꾸도 돌아오지 않았다. 은하는 영 이상하다는 듯이 고개를 갸웃거리다가 이내 귀를 팡팡 두드리며 주방으로 돌아갔다.

"무슨 얘기를 그렇게 오래 해?"

어느새 식사를 다 마친 이나가 여태껏 그녀를 기다리고 있었다.

"저 할아버지가 원체 나를 좋아하셔."

"흐음."

궁금하다고 해서 홀을 내다볼 수 있는 상황이 아니라 팔짱만 꼈다. 눈빛은 의심에 한껏 날카로웠다.

"괜히 수작 거는 이상한 사람은 아니고?"

"전혀 아냐."

이나의 의심에 은하가 단박에 웃음을 터뜨리며 손을 내저었다. 수작이란 자고로 살살 구슬리는 언행이어야 하는데 노인이 입안의 혀처럼 행동하는 건 상상하기도 어려웠다.

"진짜?"

"됐거든요, 윤이나 씨?"

"아니면 됐어."

미심쩍은 부분이 없잖아 있었지만 당사자가 아니라고 하니 이나는 거기에 굳이 왈가왈부하지 않았다. 주섬주섬 주변 정리를 하고 일어나자 가려도 자체 발광이 되는 게 조금 전 백수 같던 모습은 연상이 되지 않았다. 배우 윤이나였다. 여자가 봐도 매력적인 모습이어서 은하는 퍽 이 상황이 재미있었다.

"가려고?"

"응. 경태가 가게 앞에 와 있다고 빨리 빠져나오라네. 어떻게 안 거지?"

"네 행선지야 빤하니까. 이다음에 스케줄 있다며. 사람들 눈에 띄지 않게 어서 가."

은하가 그릇을 치우려고 허리를 굽히는데 이나는 밖으로 나가는 대신 빤히 그녀를 봤다. 하루도 손에 물 마를 날 없이 바쁘고 고되게 일하는 친구를 보자니 좀 전까지 황홀했던 입맛이 어쩐지 씁쓸해졌다.

"은하야."

"어?"

"……아니다. 전화할게."

"응. 일 열심히 하고."

은하가 살랑살랑 손을 흔들어 주었다.

'네 자리를 빼앗고 있는 것 같다고, 언제라도 이것들을 모두 너에게 돌려주고 싶다고 어떻게 말해.'

뒷문으로 나오며 이나는 쓰게 생각했다. 아직도 은하의 오디션을 따라갔던 그날의 기억이 그녀를 괴롭혔다. 마치 친구의 행운을 자신이 도둑질한 기분이었다.

　가게 주차장에 그녀의 검은색 밴이 서 있었다. 이나는 긴 다리를 성큼성큼 내디디며 차에 올랐다.

　당시 그녀는 재능이란 것도, 장래 희망도 없는 소녀였다. 그래서 비웃는 이들도 있었으나 언제나 가수의 꿈을 향해 반짝반짝 빛나는 은하가 신기했다. 제대로 된 귀와 마음이 있다면 그녀만큼 가수가 될 자질을 가진 사람이 없다고 생각할 것이다.

　이나는 새삼 그 현장이 궁금해 은하를 따라갔다. 그리고 거기에서 선택된 건 은하가 아닌, 볼 거라곤 얼굴뿐인 자신이었다. 오디션장에서 어떤 모멸감을 받았는지 전혀 내색조차 하지 않고 캐스팅 제안을 받은 것에 은하는 마치 자기 일처럼 기뻐해 주었다. 심사 위원에게 그런 모욕을 당한 걸 뒤늦게야 알았다. 그때는 이미 계약서에 사인을 한 후였다.

　되돌리고자 한다면 충분히 가능했으나 진심 어린 응원을 던지는 은하를 보며 차마 입이 떨어지지 않았다. 그녀의 소소한 복수는 계약 기간 5년을 채우자마자 기획사를 걷어차고 다른 곳으로 옮긴 일이었다. 예전 기획사를 떠나며 그 심사 위원에 대해 언급한 건 덤이었다.

　"누나도 참. 가면 간다고 말을 해야 할 것 아니에요. 그리고 기껏 회사에서 다이어트 하라고 그러는데 탄수화물 잔뜩 먹으면 어떻게……."

　차에 타자마자 잔소리를 하던 경태는 룸미러에 비친 이나를 보고는 말끝을 흐렸다. 웃음기를 뺀 채 싸늘하게 내리뜬 시선에 기가 눌린 것이다.

'뭐 때문에 언짢아진 거야?'

경태는 영문을 알 수 없는 일에 심력을 소모하는 대신 조용히 차를 몰았다. 그가 입을 다물자 한결 차 안이 조용해졌다. 말없이 차창 밖을 바라보는 이나의 얼굴에 복잡 미묘한 감정이 빠르게 스쳤다.

저녁 식사 타임이 되기 전, 잠깐 생긴 여유 시간에 은하는 쉬는 대신 내일 쓸 고기를 손질했다. 가게 뒷문으로 이어진 마당에 대야를 늘어놓고 돼지가 시집가는 날의 가장 인기 메뉴인 돼지갈비를 간장 양념에 재고 있었다.

삼겹살이나 항정살이야 그냥 굽기만 하면 돼서 숙성된 고기를 자르면 끝이지만 양념 고기는 보다 수고가 컸다. 빨간 고무장갑을 낀 채 고기들에 양념이 잘 배라고 조물조물 주무르는 손이 바빴다.

이 일이 끝나면 족발도 한 솥 끓여야 했다. 오늘은 일찌감치 족발이 떨어지는 바람에 양을 얼마나 더 늘려야 할지 계산하느라 머릿속이 바삐 돌아갔다.

"아, 육수도 확인해야겠다."

요즘 날이 더워서 냉면 수요가 컸던지라 육수 소비가 많았다. 가게의 모든 일이 그녀의 손을 거치지 않는 게 없어서 몸이 여러 개라도 부족했다.

"애기 사장, 와서 밥 먹어."

주방 아줌마 한 분이 그녀를 부르러 왔다. 손님이 드문 때를 노려 든든히 식사를 해야 했다. 은하는 영차, 몸을 일으켰다.

"이것만 냉장고에 옮겨 두고요."

"아이고, 벌써 다 했어? 하여간 애기 사장 다른 건 다 느려도 손 하나는 빠르다니까?"

아주머니들과 재 둔 고기를 냉장고로 모두 옮긴 후에 비로소 늦은 점심을 먹게 됐다. 펼쳐진 큰 상 위에는 쌈 채소와 밑반찬들이 올라와 있었다. 특별할 것 없는 식단이었지만 상을 보는 은하의 눈이 반짝 빛났다.

"비빔밥 먹어야겠다. 계란 프라이 드실 분?"

커다란 양푼에 각종 채소와 나물을 넣고 쓱쓱 비비는 상상을 하자 벌써부터 침이 고였다.

"난 완숙."

"난 반숙."

아줌마들이 각자 취향에 맞게 주문했다. 은하는 기꺼이 주방으로 들어가 커다란 프라이팬에 기름을 둘렀다. 달아오른 팬에 달걀을 능숙하게 깨서 넣자 치이익 소리를 내며 기름이 자글자글 끓어올랐다.

반숙 계란을 따로 담고 완숙은 더 익힌 후에 다른 접시에 담았다.

"자, 하나씩 받아 가세요."

그녀는 계란 배식까지 끝낸 후 주방에 들어간 김에 가져온 양푼에다가 밥을 옮기고 쌈 채소를 손으로 북북 찢었다. 상추와 함께 섞여 있던 쌈싸래하고 향긋한 깻잎 냄새가 진동을 했다. 참기름과 고추장을 양껏 덜고 그 위에 반숙 계란 두 개를 올리니 평범했던 밥상이 풍부해 보였다.

은하는 기대로 부푼 가슴을 두근거리며 숟갈로 노른자를 톡 쳤다. 노른자가 깨지며 노오란 물이 재료로 스며들어 갔다. 젓가락이 다 뭐냐, 은하는 숟가락 고대로 씩씩하게 밥을 비볐다.

각종 채소와 나물이 밥과 섞이는 중간중간 으깨진 계란이 쏙쏙 박혔다. 밥을 비비면 비빌수록 풍기는 진한 참기름 향이 고소했다.

얼추 밥을 다 비빈 후 은하가 한 술 크게 떠 입으로 향했다.

"으음."

먹는 즉시 입안 가득 참기름 향이 훅 퍼졌다. 매콤짭짤한 밥은 노른자가 얼마나 잘 배었는지 알알이 촉촉했다. 금방이라도 밥알이 입안에서 탱글탱글하니 굴러다닐 것만 같았다.

채소만 넣었으면 자못 심심할 수도 있는데 계란이 부족한 2%를 확 채워 주었다. 절로 콧소리가 났다.

"같은 재료라도 애기 사장 손을 거치면 더 맛있어 보인단 말이야. 나 한 입만."

"나도 한 입."

얼마나 맛있게 먹는지 같은 밥을 먹고 있으면서도 아줌마들이 은하의 몫을 욕심냈다. 어차피 넉넉하게 만든 참이어서 은하는 순순히 내주었다.

"손맛이란 게 진짜 있나 봐. 어쩜 이렇게 맛깔스럽게 비볐니?"

"애기 사장은 음식도 얼마나 복스럽게 먹는지, 볼 때마다 아주 예뻐 죽겠어."

"뭘 또 쑥스럽게."

아줌마들이 엄지를 치켜세우자 은하는 볼을 붉적이면서 실실 웃었다.

"우리 애기 사장도 빨리 결혼해야 할 텐데. 좋은 소식 없어?"

"만날 가게에 붙어 있으니 남자 만날 시간이 있나. 좀 쉬기라도 해. 밖으로 나가야 남자도 만나지."

"오늘 진짜 무슨 날인가? 아까 할아버지도 그러더니만 아줌마들까지 제 결혼에 관심이 왜 이렇게 많아요?"

아직 건과 정식으로 교제하는 게 아니라서 연애니 결혼이니 하는 것에 딱히 할 말이 없었다. 젊은 세대야 썸도 연애의 범주에 넣지만 나이 드신 분들은 '오늘부터 1일' 카운트를 세야 진짜 연애로 봤다.

"애기 사장은 순진하니까 이 남자다 싶으면 우리한테 데려와야 해."

"그래, 어른들 눈으로 봐야 괜찮은 놈인지 아닌지 알 수 있으니까."

아니나 다를까, 건과의 관계는 아예 논의 범주에도 두지 않았다. 은하는 가타부타 말하는 대신에 눈동자를 이리저리 굴리며 밥만 꾸역꾸역 삼켰다.

짧은 점심 식사를 끝내고 상을 치우기가 무섭게 가게를 찾는 손님들의 수가 늘기 시작했다. 은하는 반찬 뚜껑을 닫으며 가게 중앙에 달린 커다란 괘종시계를 봤다.

"이제 4시네."

저녁에 다시 손님들이 몰리기 때문에 지금이라도 틈틈이 허리를 펴 두어야 했다. 은하는 묵직하니 둔통이 느껴지는 허벅지를 주먹으로 툭툭 두드리다 문득 생각이 나 핸드폰을 꺼냈다. 자주 확인하지 못하지만 시간이 날 때면 부재중 통화 목록을 확인하곤 했다.

"어? 건이 오빠가 웬일이지?"

부재중 통화 몇 개 중에서 눈에 확 들어오는 발신자 이름에 깜짝 놀랐다. 건이 먼저 연락을 하는 일은 드물었다. 시간을 보니 지금 당장 전화해 보기에는 애매했다.

'업무 시간에 통화하면 눈치 보일 테니까.'

> 은하: 오빠, 무슨 일로 전화하셨어요?

그녀는 메시지 창에 들어가 꾹꾹 키패드를 눌렀다. 보내 놓고 잠시 답변을 기다리느라 멍한데 얼마 후 알림음이 울렸다.

> 이건: 가게 예약해 두려고 했는데
> 이건: 통화 안 돼서 가게에 직접 연락해 뒀어.
> 은하: 오늘 회식이에요?
> 이건: ㅇ
> 이건: 회식 싫다.

메시지에 이어 엎어져서 울고 있는 고양이 이모티콘을 덧붙였다. 술병이 났다고 하더니 어지간히 질색인 모양이다.

> 은하: 이 기회에 오빠 보니까 좋다고 하면 너무 눈치 없죠?ㅋㅋㅋ
> 이건: 나도 은하 보니까 그건 좋네.

글지 않은 부권

"사람 설레게."

은하는 두 뺨을 발그레 물들인 채 몸을 배배 꼬았다. 지나가던 아줌마가 지적할 때까지 그 상태가 이어졌다. 그녀는 다부지게 주먹을 쥐었다.

"오늘은 더 특별히 힘 좀 써 봐야지."

잠시 지쳤던 게 거짓말이었던 것처럼 의욕이 샘솟았다.

건이 동료들과 가게를 찾은 시각은 7시가 막 지난 무렵이었다. 북적북적한 가게에 들어온 한 무리의 일행으로 홀은 만원이 되었다.

"이걸으로 예약해 뒀습니다."

건이 서빙 아주머니를 붙잡아 얘기를 하자 곧 빠른 안내가 이루어졌다.

"이런 데는 하루 매상이 얼마나 되려나?"

신 과장이 주변을 두리번거리며 나직이 휘파람을 불었다. 그 경박스러운 모습을 보며 건이 낯을 살짝 찌푸렸다. 하지만 자리에 앉고서도 그 주제가 이어졌다.

"이 정도로 손님 끌면 회사 다니지 않고 장사해도 되겠어. 맛집 소개 보면 1~2억이 우습던데."

"가게 터도 좋아서 벌이가 무척 좋을걸요?"

신 과장의 딸랑이, 고 대리가 얼른 맞장구를 쳤다.

만날 보는 장면이지만 그때마다 꼴 보기 싫은 모습이라 건은 물을 들이켰다.

"그런데 여기 사장이랑 이 대리가 아는 사이랬지?"

"진짜야?"

"네. 의외로 젊은 여자랍니다."

하마터면 물을 뱉어 낼 뻔했다. 헛소리를 할 거면 저들끼리 할 것이지, 애먼 자신을 끌어들이는 고 대리를 향해 잠시 눈살을 굽히는데 신 과장의 관심이 자신에게로 옮겨 왔다.

"뭐야, 이 대리. 돈 잘 버는 젊은 여사장과 아는 사이라니, 구체적으로 무슨 관계야?"

신 과장의 목소리가 워낙 커서 일행들의 시선이 모두 이건에게 쏠렸다. 속으로야 신 과장과 고 대리 둘을 골백번은 더 밟았지만 겉으로 표를 내진 않았다.

"대학 후배입니다."

"심지어 어리기까지 해? 오, 이 대리 능력 좋은데?"

놀리는 투로 말했지만 말속에 뼈가 담겼다. 분명한 질투였다. 평소에도 자신만 바라보며 입 벌리고 있는 처자식이 지긋지긋하다고 농담 삼아 떠들고 다니는 위인이었다. 건은 뭐라 답하는 대신 잔잔한 미소를 지었다.

신 과장은 그에 더욱 속이 비틀렸다. 그러나 마주 보면서 웃고 있는 건 역시 눈앞의 상대가 마뜩지 않긴 마찬가지였다.

'재수 없는 새끼.'

'찌질한 새끼.'

두 사람은 웃는 겉과 달리 속으로 상대를 박하게 평가했다.

"후배라니까 사장 얼굴 한번 보자. 이리 불러 봐."

잠시 숨 고르기를 하던 신 과장이 예상치 못한 어택을 날렸다. 건은 순간 흠칫했다. 하지만 능숙하게 내색을 숨겼다.

"일하는데 방해할 수 없죠. 한창 바쁜 시간인데."

"생각하는 마음이 아주 극진한데? 바쁜 건 일하는 사람들이지, 사장쯤 되는 사람이 할 게 뭐 있어?"

하나부터 열까지 솔선수범하는 은하의 사정을 전혀 모르고 하는 소리였다. 신 과장은 그에 그치지 않고 밑반찬을 내오는 아줌마를 붙들고 은하를 불러 달라고 했다. 그녀는 '뭐 이런 병신이 다 있어?' 하는 얼굴로 신 과장을 훑었다.

"이 친구가 여기 사장이랑 친하다며."

건은 지금 당장 손으로 얼굴을 가리고 싶은 마음이 굴뚝같았지만 애써 참고 담담히 웃고만 있었다. 아줌마는 몇 번 식사를 하러 온 건의 얼굴을 기억해 냈는지 살짝 고개를 끄덕였다.

맡겨 둔 물건 내놓으라는 듯이 사장을 오라 가라 하는 신 과장의 언행이 마음에 안 들었으나 은하가 건에게 가진 감정을 알고 있는 터라 그저 잠깐 기다려 보라고 대꾸한 후 돌아섰다.

얼마 지나지 않아 이동 트레이에 주문한 고기를 한 아름 싣고 은하가 나타났다. 그녀는 주변을 살피다가 금세 건을 찾았고 그와 눈이 마주치자 희색이 만연했다.

"아줌마, 사장은 언제 와?"

신 과장이 은하를 보자마자 타박을 줬다. 아직 결혼도 안 한 아가씨 입장에서 '아줌마' 소리가 듣기 좋은 건 아니나 은하는 불쾌한 내색을 하지 않았다. 대신 여전히 인상 좋은 얼굴로 달군 팬에 고기를 나란히 정렬하기 시작했다.

"제가 사장입니다."

은하는 지나가는 투로 가볍게 말했다.

너무 아무렇지 않게 얘기하자 신 과장이 멍한 얼굴로 그녀를 봤다. 그리고 곧 뇌를 거치지 않은 말이 입 밖으로 튀어나왔다.

　"후배라며?"

　오해의 소지가 전혀 없는, 의미가 분명한 말이었다.

　치이이익!

　신 과장이 던진 말 이후로 정적이 내려앉은 곳에 오로지 불판 위의 고기가 구워지는 소리만 BGM처럼 들렸다.

　"건이 오빠가 동안이긴 하죠?"

　자칫 어색한 침묵이 길어질 수 있었으나 은하가 부드럽게 상황을 넘겼다. 건과 눈이 마주치자 그는 미안한 눈치였다. 은하는 다정히 미소 지으며 괜찮다는 듯 고개를 살짝 흔들었다.

　"고기 너무 자주 뒤집으시면 육즙이 다 빠져나가서 질겨지니까 이렇게 한 면을 다 익히고 나서 한 번씩만 뒤집으세요."

　그녀가 다 구워진 고기를 먹기 좋은 크기로 잘랐다.

　"인상이 좋으시네."

　신 과장이 건을 보며 이죽거렸다. 명백히 조롱기가 어린 눈빛이었다. 그 의미를 모를 건이 아니기에 심기가 불편했지만 눌러 참았다.

　"그런 소리 자주 들어요. 타기 전에 어서 드세요."

　그녀가 권하자 직원들이 젓가락을 불판 위로 분주히 움직였다. 각종 과일로 재 두어서 고기 잡내가 전혀 없는 데다 달콤 짭짤한 간장 양념이 잘 배어들어서 말 그대로 입안에서 살살 녹는 맛이었다.

　"정말 맛있어요."

"다이어트 물 건너갔다."

직원들이 맛있게 먹는 모습을 보다가 건을 봤다. 그녀 요리에 익숙한 건도 언제나 그랬듯이 잘 먹었다. 그 모습을 보고 마음이 훈훈해져서 기분이 좋아졌다.

"그럼 맛있게 드시고 가세요."

이곳의 불청객인 입장을 고수한 채 제 할 일을 마치고 자리를 비켜 주었다. 그녀가 가는 모습을 지켜보고 있다가 신 과장이 입을 뗐다.

"돈 잘 벌고 성격 나쁘지 않겠다. 잘해 봐, 이 대리."

낄낄 웃는 모습이 무척 얄미웠다.

"부럽다, 부러워. 이 정도 규모에 이 정도 손님이면 힘들게 회사 다닐 필요도 없을 거 아냐?"

"그런 거 아닙니다."

건은 최대한 심기 불편한 티를 내지 않으려 했으나 신 과장은 이때다 하며 속을 긁었다.

"너무 퉁퉁해서 그러나? 에이, 불 끄고 누우면 여잔 다 거기서 거기야."

건수를 잡아서 약 올리기에 흥이 붙은 신 과장을 막기는 요원했다. 건은 노선을 바꿔 아예 신경을 껐다.

설거지를 하는 속도보다 더 빠르게 쌓여 가는 그릇들에 손을 보태던 은하는 무언가를 생각하고 '허, 참' 감탄사를 연발했다.

"뭔 생각을 그렇게 해?"

"아뇨. 회사 생활도 쉽지는 않겠구나 싶어서요."

"그렇지. 우리 아들만 해도 만날 죽는소리하니까."

아줌마는 별일 아닌 주제에 다시 제 일에 몰두했다. 은하는 빠르게 손을 움직였으나 머릿속으로는 좀 전 일을 떠올렸다.

'건이 오빠도 힘들겠네.'

신 과장이 했던 말을 가슴에 담아 둔 건 아니었다. 가게를 하다 보면 별의별 진상을 다 만나는데 그때마다 신경을 곤두세우면 스트레스 받아 못 살았을 것이다.

어차피 자주 볼 사이가 아니니 똥 밟았다 생각하면 되지만 건은 사정이 달랐다. 직속 상사가 그런 사람이라니 매일 속병을 앓고 있는 이유가 짐작이 갔다.

'어휴, 당장 내가 어쩌지도 못하고.'

건이 안쓰러웠다.

'그냥 속이라도 든든하게 식사라도 잘 챙겨 줘야겠다.'

은하는 굳게 결심하고는 눈을 빛냈다. 그러다 문득 건이 어쩌고 있을지 궁금해 홀을 빼꼼 내다보았는데 술을 퍼붓고 있는 모습이 들어왔다.

"얼마 전에도 술병이 났는데 또 아프면 어쩌려고."

은하는 가서 말리지 못하는 입장에 발을 동동 구르며 전전긍긍했다. 걱정으로 안색이 어두워지는 줄도 몰랐다.

얼마나 지났을까. 그렇게 술을 들이켜더니 금세 얼굴이 불콰해져서 자리에서 일어났다.

술을 깰 겸 밖으로 나가는 모양이었다.

"숙취 해소제가 어디에 있더라?"

은하는 부리나케 주방 냉장고를 뒤졌다. 분명 하나 굴러다니던 걸 집에 가져가려고 잠시 냉장고에 뒀다가 그대로 잊었던 기억이 떠올라 얼른 찾았다. 빠르게 눈으로 냉장고를 훑던 은하는 소스병 사이에서 초록색 유리병을 발견하고 화색을 띠었다.

"아줌마, 저 잠깐만 다녀올게요."

"어딜?"

"요 앞요. 얼마 안 걸려요."

은하는 종종걸음으로 뛰듯이 뒷문을 나섰다. 의식하지 않았지만 저도 모르게 살금살금 발을 내디디며 주변을 둘러보았다. 혹시라도 놓칠까 눈을 크게 뜨고 건을 찾으며 가게 주변을 도는데 주차장 한구석에서 모락모락 담배 연기가 피어오르고 있었다.

고개를 갸웃거리며 그쪽으로 걸음을 옮겼다.

"제수씨 착하더라."

"너까지 왜 그래?"

도란도란 나누는 대화 속에 건의 목소리가 들리자 은하는 반가운 마음에 걷는 속도를 높였다.

"신 과장이 말을 재수 없게 하기는 했는데 제수씨랑 잘되면 나쁠 것도 없잖아. 그쪽에서는 너 좋아하는 게 확실해 보이던데."

"그런 소리 하지 마."

제법 매몰차게 끊는 목소리가 낯설어 은하는 미소 짓던 그대로 굳었다. 이후 그녀의 귀로 건의 말이 흘러들어 왔다.

"걘 그냥 대학 후배야. 벌써 몇 년을 알고 지냈는데 그럴 여지가 있었으면 진즉에 관계가 달라졌겠지."

"그쪽은 감정이 다른데?"

"내가 마음이 동하지 않는데 무슨 상관이야. 너 같으면 그 덩치가 여자로 보이겠어? 난 나보다 몸무게 많이 나가는 여자는 여자로 안 봐. 살이 찌는 건 게을러서 자기 관리 못했다는 건데, 그런 사람들 보기만 해도 답답하고 역겨워.”

숙취 해소제를 들고 있던 은하의 손이 조금씩 떨렸다.

“뚱뚱한 사람들 그렇게 싫어하면서 사상하고는 어떻게 친해졌어? 아, 그때는 살찌기 전?”

“그때나 지금이나 똑같아.”

“에이, 모순적이잖아. 너도 은연중에 마음이 있었던 건 아니고?”

“어쩌다 보니 지금까지 알고 지내는 것뿐이야. 걘 그래도 걔 친구는 다르거든. 친하게 지내면서 소개받으면 좋겠다고 생각했는데 눈치가 별론지 도통 알아차리질 못하더라.”

건과 마주 보고 있던 동료는 ‘이 나쁜 놈’ 하고 장난스럽게 타박하며 담배를 물었다. 한껏 니코틴을 흡입하다가 어른거리는 그림자를 발견했다.

“큽! 콜록콜록.”

그러곤 뭔가에 놀라 숨이 넘어갈 듯 기침을 하자 건이 의아해했다.

“뭔데, 왜?”

동료는 대답하는 대신 기침을 하느라 괴로움 반, 놀람 반인 표정으로 건의 어깨를 툭툭 두드렸다.

어깨를 치며 한곳을 가리키는데 심드렁히 고개를 돌린 건의 안색이 굳었다. 손가락 사이에 껴 있던 담배가 미처 다 타지도 못하고 바닥으로 떨어지는 줄도 몰랐다.

"……그냥, 숙취 해소제나 가져다주려고……."

건의 시선을 받자 변명을 하듯 주억거리던 은하는 채 말을 다 잇지 못했다.

힘없이 고개를 숙이다가 제 손에 들린 병이 보였다. 나올 때는 미처 알지 못했으나 지금 제 눈의 이 작은 병이 그토록 초라할 수가 없었다.

사실 진짜 초라한 건 저 자신이었다.

한낱 꿈이었음을

"은하? 예쁜 이름이네."

어느 여름날이었다. 방학이 끝났지만 여전히 무더위는 가시지 않은 그저 그런 늦여름. 친구와 점심을 먹은 뒤 다음 강의 교재를 가지러 과방에 들렀다.

과방은 유난히 웅성웅성 소란스러웠고 낯선 한 사람이 사람들 사이에 있었다. 누가 봐도 갓 전역한 티가 나는 짧은 머리, 그리고 햇볕에 그을린 피부였다. 대학에 들어와서 종종 전역한 복학생 선배를 본 일이 있었다.

학우들이 유독 그를 반겼다. 웃는 인상에 여자들이 좋아할 법한 귀여운 외모였다. 웃을 때마다 볼우물이 깊게 패었다.

"누구야?"

"우리 과 손준기. 드디어 복학했나 보네."

옆에 친구에게 물어봤더니 무척 흥미롭게 선배를 관찰하던 그녀가 학부 최고 정보통답게 술술 대답을 했다. 하필이면 사물함 근처에서 얘기를 나누고 있는 바람에 멀뚱멀뚱 보고 있어야만 했다.

그때 다른 선배가 두 사람을 발견하고 어서 와서 인사하라고 뜻하지 않은 오지랖을 부렸다. 얼결에 선배 앞에 섰다. 예쁜 후배만 후배 취급을 하는 남자 선배들의 대접이 익숙하기에 별 기대도 없이 인사를 했다.

신입생 오리엔테이션에서 치졸하고 성격 더러운 선배를 겪어 봤기에 이미 마음은 단단해진 상태였다. 강약의 차이만 있을 뿐이지, 상당수의 남자들이 첫인상에서 제게 비호의적인 태도를 보내는 것에 익숙했다. 이 선배도 마찬가지겠거니 했다.

그런데 들려온 대답은 의외였다. 이름이 예쁘다며 방긋 웃어 주었다. 두 눈이 닿고 친절한 미소를 마주한 순간 그 선배 주변에 여름 햇살이 환하게 비쳤다.

그녀의 눈에는 빛에 휩싸인 선배가 보석처럼 반짝반짝 빛나 보였다. 가슴으로 확 들이찬 마음의 정체가 무언지 곧바로 깨닫진 못했다.

그 후로 종종 부딪칠 때마다 선배는 여느 다른 남자들과 달랐다. 어떤 날인가는 행사 때문에 강의실을 치워야 할 일이 있었다. 그녀는 익숙하게 책상을 번쩍 들어 날랐다.

"남자 새끼들 뭐 하는 거야? 여자애한테 이런 일을 시키고 있어. 은하 너 힘드니까 그만해."

그가 잔뜩 화난 얼굴로 은하의 손에서 책상을 빼앗아 갔다. 그리고 다른 무거운 물건 역시 들지 못하게 하고 자잘한 심부름을 맡겼다. 극진한 여자 대우에 어쩔 줄 모르게 만든 남자는 그가 처음이었다.

"네가 쟤 애인이냐? 왜 그렇게 극성이야?"

"애인이라 쳐. 그럼."

어떤 선배가 반장난으로 던진 말에 선배는 찌푸린 기색 없이 생생하게 받아쳤다. 감싸주고 다정하게 대해 주는 선배도 저와 같은 마음이라고 생각했다.

이제까지는.

❋ ❋ ❋

"하아."

자려고 누웠던 은하는 가슴이 갑갑해 내내 뒤척이다가 기어이 몸을 일으켰다. 서랍장 위에 놓아둔 물을 한 컵 따라 마시며 속을 달래려 했다.

어느새 미지근해진 온도는 그녀의 기대만큼 속을 청량하게 만들어 주지는 못했다. 한 컵 더 따르려다가 속을 달래긴커녕 배만 부르겠다는 생각에 방을 나왔다.

냉장고에 여러 개 쌓아 둔 사이다 캔 중 하나를 땄다. 차갑게 식혀 있던 사이다는 그녀의 기대대로 톡 쏘는 강렬한 자극을 주었다.

"후우."

벌컥벌컥 캔 하나를 다 비우고 나서야 손등으로 입술을 닦았다. 갈증은 달랬지만 플래시백처럼 지나가는 기억은 여전히 그녀를 괴롭혔다. 건이 했던 말들이 귀에서 떠나지 않았다.

그 난감했던 상황을 둘러싸고 있던 긴 침묵은 누군가 요란스럽게 토를 하는 소리로 깨졌다. 멈췄던 시간이 흐르기 시작하자 어영부영 그도, 자신도 가게로 돌아갔다.

머릿속이 멍했지만 몸은 기계적으로 해야 할 일을 잊지 않고 척척 해 냈다. 몇 번이라도 손을 베이고도 남을 상황이었는데 넋이 나간 주인을 대신해 몸은 기억을 가지고 착실히 일을 마무리 지었다.

건의 테이블이 언제 비워졌는지도 몰랐다. 평소라면 그가 가는 것을 놓쳤을 일도, 혹시라도 그런 일이 있었다면 아쉬워서 전화나 메시지라도 했을 텐데 이번만은 오히려 안도감을 느꼈다.

"제대로 얘기를 해 봐야 하는데."

상사 때문에 기분이 잔뜩 상한 채 술을 마신 상태였다. 취중진담이라고 하지만 그녀는 기본적으로 진지한 대화는 멀쩡한 정신으로 하자는 주의였다.

그를 보는 게 조금 무섭긴 해도 일단 정식으로 얘기를 들어 보고자 하는 결심은 꺾지 않았다. 이성적인 생각과 다르게 충격을 입은 마음은 쓰렸다.

❀ ✱ ❀

화면 속의 은하는 잠시 당황한 듯 눈을 끔벅거렸다.

–다이어트 고민을 왜 저한테……. 이건 전문가랑 상담하셔야죠.

당황도 잠시, 콧잔등을 찌푸리며 이내 개구진 미소를 지었다.

─저도 다이어트라면 뭐, 할 말이 많은 사람이긴 해요. 굶는 건 기본이고 원 푸드 다이어트니, 황제 다이어트니 많이 해 봤으니까요. 굶으면 빠지긴 해요. 그런데 평생 굶을 자신이 없으면 굶어서 빼면 안 돼요. 저도 호되게 혼나 봤거든요.

습관처럼 뺨을 긁적이며 멘트를 이어 가는 은하는 제법 진지하게 고민하는 낯이었다.

─실컷 빼 놓고 요요가 오는 경우가 많은데 생활 습관이 바뀌지 않아서예요. 치수가 줄고 중량이 가벼워져도 입은 예전 그대로라면 먹은 대로 다시 찌는 거죠. 그래서 운동보다 식이가 더 중요하다고 하는 거고요. 그런데 가장 바보 같은 짓이 먹고 토하는 거예요. 몸이 얼마나 많이 상하는데요? 혹시 식이 장애가 의심이 된다면 병원을 찾도록 하세요. 뚱뚱하든 날씬하든 자신을 아끼는 게 가장 중요해요.

화면에 막혀 있지만 실제로 눈이 마주친 기분이었다.

또렷한 검은자위를 보고 있자니 그 깊은 눈빛에 빨려 들어갈 것 같았다.

─제가 숱한 다이어트와 실패를 겪으면서 얻은 교훈은 다이어트의 목표가 나 자신의 행복이나 필요여야지, 남들의 시선이어서는 안 된다는 거예요. 분명 뚱뚱하다는 이유만으로 면식조차 없는 사이인데도 욕하는 사람들이 있는데 저는 그런 사람들은 마음의 병이 있다고 생각하면서 무시하려 노력해요.

그녀가 하는 말을 들으면서 남자의 입가에 잔잔한 미소가 스쳤다.

─물론 관점에 따라 게으르고 둔해 보인다고 싫은 마음을 가질 수는 있

지만 그걸 죄로 몰아갈 근거 또한 없어요. 뚱뚱한 사람들은 전부 게으르고 날씬한 사람들은 전부 부지런할 거라는 보장이 어디 있어요? 빅사이즈인 분들 중에도 하루하루 열심히 사시는 분들이 얼마나 많은데요. 저도 포함해서요. 하루 종일 서서 일하고, 또 일주일에 두 번씩 이렇게 꾸준히 방송하고. 저 진짜 성실하지 않나요?

앞서 어두운 주제가 완화되도록 뒷말은 한결 가벼웠다.

채팅창에는 댓글들이 죽죽 올라왔다.

교수너나랑내적갈등: 성실하세요.

지나가다: 그런 사람들은 너나 잘하라고 해요.

내안에흑렴룡: 맞는 말씀이지만 건강을 위해서 어느 정도 감량은
　　　　　　　필요한 듯.

—제 걱정 감사합니다. 건강을 위한 감량은 물론 필요하죠. 결국엔 감량도 저 자신을 사랑하는 마음으로 해야 하는데 다이어트를 하다 보면 너무 미워하게 되더라고요. 닭가슴비려 님께서 숱한 실패를 겪고도 다시 시작하려고 하시는데 너무 조급해하지 마시라고 말씀드리고 싶네요. 거울 속에 비친 내 모습이 흉하고 보기 싫다해도 '내 몸아, 고생이 많다' 하며 꼭 끌어안아 주시고요. 성공적인 다이어트 빌어 드릴게요. 아 참, 병원은 꼭 다녀와 보세요!

은하는 마지막까지 당부를 잊지 않았다.

남자는 턱을 문지르며 생각에 잠긴 눈으로 은하의 얼굴만 바라보다가 잠시 후 손을 움직였다.

은하수: 은하 님은 누구보다 마음이 단단하신 분이에요.

은하수: 지금도 충분히 매력이 넘치세요.

채팅창을 봤는지 은하의 눈이 커졌다. 어느 때처럼 달콤하게 웃을 거라 여겼는데 그녀의 눈동자가 잘게 떨렸다. 남자는 턱을 두드리던 손을 멈칫했다.

"이상한데?"

의구심이 깃든 음성이 나직이 흘러나왔다. 그녀가 평소와 다른 것을 알아차린 이는 남자 혼자였는지 채팅창의 활기는 여전했다.

반반치킨무많이: 은하수 님 오늘도 진격의 대시ㅋㅋㅋ

미새오빠내남편: 은하수 님 이 방송만 들으시는 것 같더라고요.

전설의레전드컴백언제: 은진요 회원 모집합니다.
                    '은하수 님께 진실을 요구합니다' ㅋㅋㅋㅋ

그의 댓글에 말꼬리를 잡는 듯하다가 금세 다른 화제로 넘어갔다. 은하 역시 곧 활기차게 참여를 했으나 남자의 눈에 깃든 의혹은 여전히 가시지 않았다.

살짝 가늘어진 눈매에 설핏 염려가 어렸다.

그의 감정과는 별개로 화면 속 은하는 막힘없이 방송을 진행해 나갔다.

컴퓨터를 껐을 때 시간은 1시가 넘어 있었다. 은하는 까맣게 변해 버린 모니터를 멍하니 바라보다 얼굴을 쓸었다.

"마음이 단단하기는."

그 말을 중얼거리는 은하의 눈썹이 팔자로 처졌다. 주말 다 보내고 오늘까지도 건과 대화할 용기를 내지 못했다. 이럴수록 유예기간만 늘 뿐이라는 건 알지만 선뜻 먼저 전화를 할 엄두가 나지 않았다.

그렇게 차일피일 미루다 보니 오늘까지 왔다. 건 역시 그날 이후로 그녀에게 연락을 취하지 않았다.

싱숭생숭한 마음을 감추고 방송을 하는데 은하수가 남긴 댓글에 하마터면 보기 흉하게 눈물이 날 뻔했다. 자신은 그의 생각처럼 강한 사람이 못 되었다. 하지만 그는 있는 그대로가 보기 좋다고 말해 주었다.

마음을 다잡고 있는데 간신히 붙들어 놓은 끈이 저도 모르게 풀어지는 듯했다. 방송이란 걸 자각하지 않았다면 사고로 이어졌으리라.

그녀의 방송을 즐기는 애청자가 은하수만 있는 건 아니지만 이렇게 진솔하고 속을 드러내 표현하는 이는 유일했다. 직접 만나 본 건 아니나 좋은 사람 같았다.

오늘 그녀가 했던 말들은 저 자신에게 다짐시키듯 한 말이나 다름없었다. 순간이지만 초라하게 느껴진 자신을 감추고 싶었던 마음 또한 진실이었다.

은하는 저 자신을 아끼지만 그만큼 스스로를 잘 알았다. 겉모습은 아줌마라고 불리기에 위화감이 없는 고도비만의 여자였다.

외모만으로 상대방에게 호감을 심어 주기 어려웠다.

하물며 은하수는 직접 얼굴을 맞대고 대화를 나눠 본 적이 없는 상대였다. 그런데도 예쁘다, 매력 있다는 말을 아끼지 않고 해 주었다. 그가 해 준 말들은 사실 모두 건에게서 듣고 싶은 것들이었다. 수년간 봐 왔던 건의 입으로는 한 번도 들어 보지 못했던 말들.

자신은 강하지 않았다. 포기하고 주저앉아만 있는 성격이 못되기에 의연하고 씩씩한 체했을 뿐이다. 은하수가 말한 것들 중 어느 하나도 저를 보고 말한 것 같지 않다.

"그래도 내일은 얘기해 보자."

사적으로 만날 일도 없거니와 그가 저의 신변에 대해 알지도 못할 테지만 전전긍긍하며 스스로를 비참하게 여기는 건 어쩐지 그를 배신하는 기분이었다.

은하는 양손으로 뺨을 찰싹찰싹 때리며 의기소침해지려는 자신을 북돋았다.

❀ ✳ ❀

은하의 연락을 받고 처음 든 생각은 '올 것이 왔구나'였다.

회식이 있었던 그날 일은 건으로선 잊고 싶은 흑역사였다. 곧바로 사과해야 한다고 머리로는 알고 있었지만 비겁하게 회피하는 걸 선택했다.

제 잘못을 잊으려 회사 일에 더 몰두했다. 바쁘다는 게 면죄부는 되지 못하지만 이대로 없었던 일로 넘기고픈 마음이었다.

한편으론 마음 한구석이 개운했다. 그간 은하가 저에게 헌신적으로 할 때마다 그것들을 받는 마음이 마냥 편하지만은 않았다. 그녀를 여자로 볼 수 없는 건 제 사정이고 인간적으로 분명 좋은 사람이었기에.

하지만 좋은 사람이자 좋은 후배라 해도 애인으로 삼을 수는 없었다. 마음을 숨기지 않는 은하에게 언젠가는 거절을 해야 했다. 최악의 상황으로 거절하는 결과가 되었지만 부채감을 한결 덜었다.

"야, 저 여자 좀 봐."

"몸이 아주 옷을 뚫고 나오겠다."

은하를 기다리며 오늘 대화를 어찌 풀어 나갈지 궁리하고 있는데 건너편 테이블 여자 손님들이 떠드는 소리가 들렸다. 낯설지 않은 기분에 혹시나 하고 고개를 돌리니 은하가 카페로 들어오고 있었다.

살집이 두툼한 몸, 조금만 움직여도 금세 지치는 체력, 여름만 되면 늘 달아오르는 피부. 그는 뚱뚱한 사람들의 특징을 무엇 하나 탐탁지 않게 여겼다. 건이 이토록 오래 은하와 인연을 지속해 온 것이 신기할 만큼.

사실 은하와 처음 인사를 나누기 전에 그는 그녀를 본 적이 있었다. 여느 때라면 질색하고 고개를 돌린 직후 까맣게 잊었을 텐데 은하에 대한 거부감보다도 그녀의 동행에 대한 관심이 컸다.

20대 초입의 윤이나는 지나가다 걸음을 멈춘 채 넋을 잃고 돌아볼 만큼 청초하고 예뻤다. 더욱이 연예인이라는 높은 진입 장벽이 있었는데 저와 조금도 어울리지 않는 은하와 절친해 보이는 게 신기해서 기억에 남았다.

과방에서 은하를 다시 봤을 때 아직 치기 어린 나이의 그는 이런 상상을 했다. 그녀와 친해지면 이나와 연결 고리가 생기겠노라고. 지금보다 더 어렸던 그때의 자신은 예쁜 연예인 여자 친구를 동경했다.

그의 기대대로 이나와 몇 번인가 만난 적은 있었다. 다만 그의 예상보다 훨씬 허들이 높았고 이제 와서 떠올리면 자다가 이불을 펑펑 걷어차고 싶은 기억일 뿐이었다.

"제가 좀 늦었죠?"

알은척을 하지 않았는데도 은하는 쉽게 그를 찾아냈다. 오다가 뛰었는지 호흡이 다소 흐트러진 상태였다. 그걸 보며 가슴이 다시 답답해졌다.

"너 바쁠 시간인 거 아는데 뭘. 괜찮아."

마음 한편에 이 자리를 피하고 싶은 생각으로 그녀의 사정을 뻔히 알면서도 부러 무리한 시간대에 약속을 잡았다. 반쯤은 예상했지만 역시 그녀는 거절하지 않고 나왔다.

"뭐라도 시킬래?"

"물이면 되는데."

"너는 그래도 점원들을 그렇게 생각 안 할걸?"

"아, 그렇죠."

은하는 보기보다 더 긴장했는지 평소처럼 유연한 생각을 하지 못하는 듯했다. 허둥지둥 자리에서 일어나 카운터로 갔다. 그녀의 동선을 살피던 중 건너편 여자들과 눈이 마주쳤다. 호기심 가득해서 이쪽을 보던 그들은 건과 눈이 마주치자 냉큼 시선을 피하고 저들끼리 소곤거렸다.

그들이 무슨 대화를 나누는지 내심 신경이 쓰였다. 분명 자신과 은하에 관해서 얘기를 나누리라 짐작이 갔다.

'약속 장소를 더 한적한 곳으로 할 걸 그랬나?'

카페 손님들의 시선이 모두 저를 향한 것만 같았다. 이건은 신 과장이 애인 운운을 한 뒤로 스스로가 느끼기에도 퍽 예민해졌다.

주문을 마치고 자리로 돌아온 은하는 말없이 진동 벨만 만지작거렸다. 그녀 나름대로 긴장을 풀려는 노력 같았다.

'내가 먼저 얘기해야 하나?'

건은 은하를 보지 않은 채 음료 잔을 노려봤다. 어려운 이야기를 선뜻 꺼내기엔 용기가 나지 않았다. 본인이 벌인 일이니 수습은 당연히 자신의 몫이었으나 그녀가 먼저 운을 떼길 바랐다.

하지만 눈앞에 있는 그녀에게 그런 배려를 기대하는 건 제 욕심이었다. 건은 기어들어 가려는 목소리를 가까스로 밖으로 냈다.

"그날은 내가 많이 취해서 말을 잘못했어. 마음 상했으면 미안하다."

머리 위로 떨어진 사과에 은하가 고개를 들었다. 그와 만나자고 전화를 할 때부터 죽 긴장하고 있던 그녀의 얼굴에 비로소 한 줄기 미소가 스쳤다.

"취해서요. 네, 취했으면 실수할 수도 있는 거죠. 그날 오빠 좀 과하게 마시긴 하는 것 같더라고요."

풀 죽었던 표정이 살아나 한결 밝아졌.

은하는 발치까지 떨어졌던 기대를 다시 주워 올렸다. 곱게 품에 안은 기대가 다시 꿈틀거렸다.

"미안해."

"괜찮아요."

"아니."

재차 사과하는 그를 만류하는데 건이 짐짓 심각한 얼굴을 했다. 겨우 해소됐던 불안이 다시 슬그머니 고개를 들었다. 은하는 마른 입술을 초조하게 적셨다.

"그날은 일부러 널 상처 입히려고 한 건 아니었어. 하지만."

건이 뒤이어 한층 더 묵직한 어조로 덧붙였다.

"널 여자로 보지 않는다는 건, 그 말은 진심이야."

"아."

"난 널 좋은 후배이자 동생으로 보고 있어. 이왕 이렇게 된 거 확실히 정리를 하자. 난 앞으로도 우리가 지금처럼 친한 오빠 동생으로 지냈으면 좋겠어."

"……오빠 동생요?"

"응."

하기 어려웠던 말을 꺼내자 그 이후로는 일사천리였다. 말을 시작할 때에 비해 건의 표정이 한결 편안해졌다. 하지만 반대로 은하는 울 듯 말 듯 미묘한 얼굴로 변했다.

"저 오빠 좋아해요."

"응."

직접적으로 얘기를 꺼낼 거라 미처 생각 못 한 탓에 순간 멈칫하긴 했으나 선선히 고개를 끄덕였다. 혹시나 하고 기대했던 은하의 안색이 어두워졌다.

"오빠도 저하고 같은 마음인 줄 알았어요."

"내가 착각하게 한 적이 있던가?"

건의 목소리에 피로가 묻어나자 은하는 어깨를 움츠렸다. 그간 건이 했던 말들이 머릿속을 지나쳤다.

"우리 집에 와 본 여자는 네가 처음이네."

"매일 네 요리를 먹고 싶어."

"너랑 결혼할 놈 참 부럽네."

"너한테 장가들고 싶다."

그 외에도 여러 가지가 더 있었으나 당장 떠오르는 기억에 은하는 공연히 가슴이 먹먹했다. 그것들이 전부 건이 보내는 신호라고 여겼다. 정식으로 사귀지 않을 뿐이지, 그 전초 관계쯤은 된다고 생각했는데 그게 전부 착각이었다고 한다.

"전 영 아니에요?"

은하는 조심스럽지만 간절함을 담아 물었다. 제발 부정해 주길 몹시 바라며.

"하아."

그때 건이 한숨을 쉬었다. 그 작은 소리가 은하의 귀에는 천둥소리보다 더 커다랬다. 심장이 아래로 쿵 떨어지는 기분에 저도 모르게 발치를 훑고 말았다.

"넌 좋은 애야. 하지만 도저히 네가 여자로 느껴지진 않는다. 이렇게 마주 보고 있어도, 손을 잡아도 전혀 떨림이 없어."

"진짜 안 돼요? 살을 빼도요?"

"은하야. 가능성 없는 얘길 할 게 아니라 그냥 현실을 보자."

건이 피곤한 기색으로 양미간을 꾹꾹 눌렀다.

"들어서 알고 있을 테니 가감 없이 말할게. 난 예쁘고 날씬한 여자를 좋아하는 속물이야. 그리고 넌 처음 봤을 때부터 지금까지 쭉 이랬고. 이제 와 뺄 수 있으면 이미 수년 전에 뺐겠지."

이런 말을 건에게서 들을 줄은 짐작조차 못했다. 그래서 은하는 완전히 얼이 나간 채 대꾸할 말을 찾지 못하고 건만 봤다. 건은 제 손목시계를 확인하고는 마무리를 지었다.

"네 감정을 가지고 내가 이래라저래라 할 자격이 없으니 네 재량에 맡길게. 나는 가급적 네가 정리를 하고 예전처럼 지냈으면 싶은데 정 힘들면 한동안 보지 말자."

"오빠."

"그게 내가 너한테 해 줄 수 있는 최소한의 배려인 것 같다."

때마침 잊고 있었던 진동 벨이 울렸다. 은하는 화들짝 놀라 제 손을 내려다봤다. 불빛이 들어온 채 징징 우는 진동 벨이 제법 요란스러웠다.

"생각해 보고 정리되면 연락해. 점심시간 끝나서 이만 들어가 봐야 할 것 같은데 넌 음료수 마시고 나와."

음료를 핑계 삼아 건이 자리에서 일어났다. 은하는 그를 미처 잡지도 못한 채 아릿한 시선으로 뒷모습만 바라봤다.

❊ ✱ ❊

냉면을 먹으면서도 영 심심한 기분이었다. 노인은 자신이 왜 이런 기분이 드는지 그 이유를 어렵지 않게 짐작했다. 가끔 당돌

하긴 해도 살갑게 말을 거는 은하가 웬일로 가게를 비운 것이다.

"흐응."

일부러 그를 피하려고 거짓말을 할 리는 없을 테니 외출했다는 게 사실일 것이다.

그가 이 가게에 드나든 지 벌써 두 달에 접어들었지만 그가 식사를 하러 올 때마다 은하는 항상 가게에 있었다. 무척 바쁜 시간대이기도 하고 기본적으로 책임감이 강한 그녀는 지켜보고 있자면 항상 바쁘게 일했다.

여전히 냉면은 맛있지만 오늘따라 앙꼬 없는 찐빵을 먹는 기분에 영 개운치 않았다. 노인은 공연히 심술이 난 얼굴로 냉면 그릇을 비우고는 자리에서 일어났다.

6천 원을 지불하고 이쑤시개를 물며 가게에서 나오는데 못내 아쉽다. 땅을 짚는 지팡이가 오늘따라 더욱 유난스럽게 쿵쿵 지반을 울렸다. 괜히 주변 경관을 훑으며 미적미적 움직임을 더디했다.

얼마나 그러고 있었을까, 커다란 트럭이 가게 주차장으로 들어왔다. 노인의 눈이 커졌다. 분명 운전석에 있는 인영은 익숙한 부피를 지녔다. 고개를 쑥 내밀고 트럭을 살피다가 운전석 문이 열리자 금세 제자리로 돌렸다.

운전석에서 힘없이 내리는 사람은 은하였다. 그녀답지 않은 어두운 표정에 평소처럼 말을 건네려던 노인이 예리한 눈빛으로 그녀를 관찰했다.

"아, 할아버지. 이제 식사하고 가시는 거예요?"

어느새 그녀도 노인을 발견했는지 우울했던 얼굴을 간신히 펴고 애써 웃으며 인사했다. 하지만 이미 볼 만큼 다 본 후였다.

"오늘따라 매가리가 하나도 없구나."

"아닌데? 완전히 힘 넘치는데요?"

"차라리 귀신을 속여라. 풀이 죽어서는 거짓부렁만, 쯧쯧."

퉁명스럽긴 해도 그 나름대로의 걱정이 담겼던 터라 은하는 희미하게 미소를 지었다. 그러나 웃음이 더 깊어지진 못했다.

"나간 일이 뭐 잘못되기라도 한 게야?"

"잘못된 걸까요?"

동문서답처럼 대꾸하는 게 영 이상해 노인이 고개를 갸웃하는 데 입술을 연신 움찔거리던 은하가 부지불식간에 뚝, 눈물을 떨 어뜨렸다. 볼을 타고 흐를 새도 없이 갑작스럽게 아래로 떨어진 눈물에 은하뿐 아니라 노인도 당황했다.

은하가 뭔 일인지 모르겠다는 얼굴로 손을 눈에 가져가는데 막을 새도 없이 눈물이 쏟아졌다.

"아, 왜 이러죠?"

그녀는 어쩔 줄 몰라 하며 발을 동동 굴렀다. 하지만 별도리 없었다. 막힌 댐이 뚫리기라도 한 듯 터져 버린 눈물샘은 제 의 지를 떠나 버렸다.

"아가."

노인이 퍽 다정하고 걱정스럽게 그녀를 달래었다. 하지만 그 게 도리어 기폭제가 되어 버렸는지 은하는 서러운 눈물을 뚝뚝 흘렸다.

"죄, 죄송해요."

노인 입장에서 얼마나 당황스러울까? 은하는 그 입장을 배려해 얼굴을 보이지 않으려 고개를 숙였다. 바싹 마른 콘크리트 바닥이 방울지어 떨어지는 눈물로 축축이 젖어 갔다.

"무에 그리 아파서……. 그래, 속상하면 울어야지."

노인은 가만가만 은하의 등을 두드려 주었다.

이런 경우를 엎친 데 덮친 격이라고 하는 건지 하필이면 오늘 방송 화두가 '연애'였다. 그나마 다행이라면 노인 앞에서 실컷 울고 속을 토해 내서인지 건과 헤어진 직후보다 한결 마음이 진정되었다.

예상보다 오래 자리를 비운 것에 아줌마들에게 사과를 하고 일터로 복귀한 은하는 상념을 떨쳐 내기 위해 묵묵히 제 할 일을 했다.

평소와 그녀의 분위기가 다른 것을 읽고, 깨지기 쉬운 유리처럼 조심스레 대하는 아줌마들에게 미안했지만 가면을 바꿔 쓰듯 빠르게 감정을 전환할 수 없어서 흘러가는 대로 내버려 뒀다.

육체적으로 고되게 일을 마치자 여전히 감정적으로 힘들었지만 무턱대고 울어 버리고 싶은 극심한 충동은 한결 덜했다.

오늘 같은 날 연애 얘기를 다루는 게 선뜻 내키지는 않았지만 아무리 누구나 손쉽게 시작할 수 있는 방송이라도 시청자들과의 약속을 지켜야 한다는 책임감을 느꼈다.

더욱이 그녀의 개인사에 대해 고해하는 게 아니기에 은하는 예정대로 방송을 진행했다. 방송 중반부까지는 평소처럼 무난하게 지나가는 듯했다.

"……장거리 연애는 여러모로 힘들죠. 더욱이 이제 막 연애를 시작하는 초기인데 얼마나 함께 있고 싶겠어요? 매일 얼굴을 봐도 아쉬울 때인데 이동 거리만 3시간이나 되는 타 지역으로 떠나게 됐으니 여러 생각이 드실 법도 해요. 장거리 연애를 하시는 분들 얘기를 들어 보면 결혼 혹은 이별 두 가지를 놓고 많이 고민하시더라고요. 가까이에 있으면 다투더라도 금세 달려가서 풀 수 있는데 장거리 연애는 갈등 상황이 생겼을 때 해소하기가 쉽지 않죠. 빨리 풀지 못하니까 사소한 일로 오해가 깊어지기도 하고요. 너무 원론적인 얘기라 심심하실 테지만 서로 배려를 하는 것 외에는 이렇다 할 정답이 없는 것 같아요."

평소보다 기분은 가라앉았지만 겉으로 티를 내지 않아 시청자들은 거부감 없이 그녀의 방송을 봤다.

은하는 간간이 제 표정을 확인하는 걸 잊지 않으며 부러 더 웃고자 했다.

"그럼 여기서 잠깐 노래 듣고 올까요? 〈오늘 밤은 어둠이 무서워요〉."

플레이어를 재생한 후 그녀도 음악에 맞춰 몸을 흔들흔들했다. 머릿속으로 생각을 정리하고 말을 고르며 멘트를 하느라 잠시 실시간으로 확인하지 못했던 채팅창도 그사이에 모니터링을 했다.

채팅창에서 오간 대화 중 일부 놓친 것들을 빠짐없이 확인하다가 한 유저가 도배하듯 댓글을 남기는 게 눈에 띄었다. 잠깐만 할 새도 없이 올리는 글에 은하는 따라가기가 벅찼다. 대체적으로 공격적인 글이었다.

니나잘해: 여의도 오크녀ㅋㅋㅋ

니나잘해: 실제로 연애를 해 보긴 했냐?

니나잘해: 연애는 무슨. 꿈속에서 했나 보지?ㅋㅋㅋ

니나잘해: 반오크 실체를 보고 싶으면 여기로↓

니나잘해: http://somedayhorror/board/view.php?3711132

그 밑으로도 쭉 웹페이지 주소를 도배했다. 그사이에 사이트에 접속해 본 사람이 있었는지 개중 그 닉네임을 규탄하는 댓글과 옹호하는 글, 혹은 도배 글에 원성을 높이는 댓글이 늘어났다.

"워워, 다들 진정하세요."

아직 사태를 제대로 파악하지 못했으나 일단 분란을 야기한 해당 아이디를 강제 퇴장시키고 분위기를 환기시키려 했다. 그 밑으로도 시청자들의 댓글들이 쏟아졌다.

내안에흑염룡: 진짜 상종 못 할 인간 많네.

전설의레전드컴백언제: 은하 님 오늘 안 좋은 일 있었던 거임?ㅠㅠ

지나가다: 은하 님ㅠㅠㅠㅠ

반반치킨무많이: 그 사이트는 왜요?

은하처럼 아직 사이트를 확인하지 못한 몇몇 시청자들은 어리 둥절한 기분을 그대로 드러내는 댓글을 썼다.

내안에흑염룡: 딱 작성자 지 수준에 맞는 글 써 놨더라고요.
지나가다: 은하 님 힘내요.

"뭔 일인지 모르겠지만 응원 감사해요."

은하는 책상에 둔 핸드폰으로 해당 링크를 타고 들어갔다. 대형 커뮤니티 사이트 주소였기에 별일도 다 있다는 가벼운 생각이 있었다.

은하수: 보지 마십시오.

마치 그녀를 눈앞에 두고 본 것처럼 절묘한 타이밍에 은하수의 댓글이 떴다. 평소와 다르게 짧고 딱딱한 문체. 어쩐지 화나 있는 것 같았다. 하지만 이미 은하의 폰에 해당 게시글이 떴다.

은하는 게시글을 빠르게 읽어 내렸다.

은하수: 읽지 말라니까.

비록 잠시 한눈을 파는 것이지만 채팅창에서 눈을 뗄 수는 없는 노릇이라 잠시 모니터에 눈길을 돌렸을 때 은하수가 새로 쓴 댓글을 곧바로 보았다.

항상 그녀에게 친절하고 매너 있는 문장만 사용했던 그답지 않은 글이었다. 일견 화를 내는 듯도 했다. 하지만 그의 댓글에 기분이 상하지 않았다.

게시글 내용을 확인하고 나니 왜 이것을 읽지 말라고 그가 화를 낸 건지 깨달았다. 베이스북에서 퍼 왔다는 글은 원문 그대로 올라와 있었다.

여의도 오크녀

오늘 친구들하고 톰 아저씨 카페 갔다가 리얼 오크 봄ㅋㅋㅋ

행인 남자한테 오빠라고 하는 걸 봐서 20대는 맞는 것 같은데

애 너다섯은 낡은 아줌마 같지 않냐?ㅋㅋ 꼬라지 봐라ㅋㅋㅋ 여성성 실. 종. 상. 태.

내가 쟤로 태어나면 태어나자마자 자살할 것 같아ㅋㅋㅋ

지 얼굴 보면서 밥은 잘 넘어가는지 몰라.

안 어울리게 훈훈한 남자랑 만나기에 무슨 얘기를 하나 들어 봤더니ㅋ

뚱뚱해서 여자 같지 않다고ㅋㅋㅋㅋㅋㅋㅋ 또 찌질하게 진짜 안 되냐고 매달리고ㅋㅋㅋㅋ

악ㅋㅋㅋㅋ 추해ㅋㅋㅋ 남자는 완전 단호박스럽게 하는 말이 현. 실. 을. 봐.ㅋㅋㅋㅋㅋ

친구들이랑 실황으로 봤는데 유머7번지보다 더 웃기더라ㅋㅋㅋ

글의 아래로는 사진이 쭈르륵 나열되어 있었다. 셀카를 찍는 척 몰래 촬영한 것인지 초점이 제대로 맞춰지진 않았으나 그녀를 아는 사람들이라면 충분히 알아볼 수 있는 정도였다. 건의 얼굴은 모자이크가 되었으나 은하의 얼굴은 그대로 사진에 노출되어 있었다.

잠시 머릿속이 하얗게 변해 버렸다. 낮에 받았던 충격에 더해 이런 일까지 닥치자 아무 생각을 할 수 없었다.

왜 안 좋은 일은 한꺼번에 쏟아지는 걸까? 마치 누군가가 그

녀를 농락하기 위해 일부러 계획한 것 같았다.

은하는 천천히 얼굴을 쓸었다. 입술이 붙기라도 한 양 도저히 말이 떨어지지 않았다.

'도대체 왜?'

나는 당당하다. 나는 부끄럽지 않다 입버릇처럼 스스로를 마인드컨트롤하고 있지만 이처럼 야박하게 구는 사람들을 만날 때면 억울했다.

아무리 뚱뚱하다고 해도, 보는 것만으로 질색을 하더라도 그녀도 그들과 똑같은 사람이었다. 마음을 단단하게 가진다고 해도 상처받지 않는 게 아니라는 걸 그들은 왜 보지 못한 척, 알지 못하는 척하는 건지 이해가 가지 않았다.

'자신들의 잔인한 행동을 왜 이리 가볍게 여길까?'

좌절감에 소리치고 싶은 충동에 휩싸였으나 가까스로 참았다. 현시점에서 그녀가 할 수 있는 유일한 복수는 너희들의 공격쯤 간지럽지도 않다고 보여 주는 것뿐이다. 은하는 흩어지는 정신을 수습하고 캠을 향해 눈을 들었다.

심정으로는 가장 어둡고 좁은 곳에 몸을 감추고 싶었다. 사람들의 시선으로부터 잠시만이라도 벗어나고 싶었다. 하지만 그렇게 하는 대신에 은하는 오히려 당당하게 등을 폈다.

adfkjdh: 이래도 뚱뚱한 자신이 사랑스럽냐?ㅋ

누군가의 악의적인 댓글이 바로 눈에 들어왔다. 그녀가 전에 했던 말들과 이번 일을 빗대어 하는 조롱이었다.

은하는 도리어 고고하게 미소 지었다.

'응. 사랑스러워.'

조롱하는 이들에게 몇 번이고 대답해 줄 수 있었다.

'스스로에게도 사랑받지 못하면서 타인에게 사랑을 구할 수 있겠어?'

그녀는 비록 좌절했을지는 몰라도 마냥 주저앉지는 않았다.

❋ ✽ ❋

남자는 이어폰을 거칠게 뺐다.

핸드폰 액정은 이미 꺼져서 까만 화면만 보이는데도 그는 연신 그것을 노려봤다. 얼굴 한 번 본 적 없는 상대방에 대한 분노와 생전 처음으로 느끼는 무력함으로 양분된 마음이 제법 괴로웠다.

'상처받았겠지.'

조롱하고 공격하는 익명의 사람들을 상대하면서도 끝내 미소를 유지하던 그녀. 혹자는 의연하다. 대범하다고 그녀의 인성을 평가하지만 그는 안쓰럽기만 했다.

미처 괴로움이 가시지 않은 낯빛은 악의적인 조롱에 하얗게 질렸다. 다른 사람들 눈에는 잘 감춘 듯해도 그는 분명 그녀의 눈동자에 서린 괴로움을 읽었다.

그녀를 알게 된 이후 그녀의 존재는 줄곧 그에게 기쁨이었다. 흔한 가수나 배우, 혹은 스포츠 선수 그 어떤 유명인에게도 가져 보지 않은 관심이 그녀에게는 너무나도 쉬웠다.

읽지 않은 부분

누구에게나 선뜻 '팬심'이라고 말할 수 있을 만큼 혼자만의 애정을 가진 상대였다.

하지만 화면 안과 밖이라는 확실한 구분선이 존재했다. 여태까지 그는 그러한 사실에 대해 별 거부감 없이 당연하게 수긍해 왔다.

청아하고 듣기 좋은 목소리로 노래하고 이야기하는 그녀와 익명으로 응원하는 자신의 관계에 만족했다. 그 관계 밖을 상상하지는 않았다.

그런데 지금만큼은 서로가 모르는 사람이라는 게 이처럼 아쉬울 수 없었다. 만일 그녀가 옆에 있다면 위로에 서투르고 낯선 자신이라도 밤새 달래 줄 수 있을 텐데.

당장이라도 울어 버릴 것 같은 애처로운 그녀를 보듬어 안아 주고 싶었다. 남자는 단순히 팬이라고 규정지어 놓고서는 흘러가는 사고의 흐름이 예사롭지 않다는 사실은 인지하지 못했다.

그는 제 본심을 의심하지 않은 채 핸드폰 패턴을 풀었다.

'그래, 얼굴만 보고 오자.'

3번을 길게 누르자 '조부'로 저장된 번호로 전화가 연결되었다. 전화하기에는 제법 늦은 시각이었음에도 고작 세 번의 수신음 만에 통화가 이루어졌다.

– 이 시간에 네가 웬일이냐?

볼륨 키가 높지 않은데도 노인의 음성이 카랑카랑하게 울렸다. 남자는 사소한 인사는 건너뛰고 용건을 바로 밝혔다.

"가게가 어딥니까?"

다짜고짜 생략과 함축으로 이루어진 질문을 받고서도 노인은 어리둥절하지 않았다. 그가 이런 류의 질문을 던질 만한 가게가 무엇인지는 노인도 잘 알고 있었다.

─ 지난번에는 궁금하지 않다더니?

우연과 우연의 일치로 가게를 알아내고서 놀려 줄 심산으로 자랑을 했어도 콧방귀조차 뀌지 않던 손자가 아니던가.

그간 일절 속을 내비치지 않더니 이제 와 묻는 저의가 궁금했다. 한편으로는 그때 이루지 못한 숙원─손자를 놀리려는 꿈─을 이룰 기회였다.

"그만하고 알려 주시죠."

─ 어째 나한테 맡겨 놓은 거 찾아가는 모양이다? 부탁을 하려면 공손히 해야지.

조부의 속셈이 뻔히 보였지만 이번만큼은 순순히 응해 주었다.

"네, 부탁드립니다."

─ ……요즘 기억이 예전 같지만은 않네.

한 템포 늦게 주제를 이탈한 대답이 들려왔다. 그의 꿍꿍이가 빤했다.

"원하시는 게 뭡니까?"

─ 참. 너 내일 쉬지? 동양화 몇 번 치다 보면 생각이 날 듯도 한데?

남자의 표정이 미묘하게 굳었다. 밤새 붙들려 고스톱을 쳐야 할 팔자인가 보다.

짓궂은 조부의 속을 고스란히 읽었지만 결국 아쉬운 쪽이 지기 마련이었다.

"바로 가겠습니다."

– 동전 몇 개 챙겨 오려무나.

전화를 끊기 전 조부의 목소리가 제법 흥겨웠다. 그에 반해 남자의 낯빛이 어두워졌으나 그는 지체하지 않고 차 키만 챙겨 집을 나섰다.

✾ ✽ ✾

다음 날 시장에 갔을 때 만나는 사람들마다 깜짝 놀라 무슨 일이 있냐고 물었다. 은하는 그때마다 퉁퉁 부운 얼굴로 어설피 웃었다.

"밤에 먹고 잤더니 이러네요."

"아니, 평소에도 붓기는 하지만 이 정도까지는 아니잖아. 어디 아파?"

"어젠 좀 과했나 봐요."

뭘 얼마나 많이 먹었냐는 상인들에게 대충 둘러대고 가게로 왔을 때 출근한 아주머니들도 똑같은 반응을 보였다.

"애기 사장, 도대체 무슨 일인지 속 시원히 털어놓기라도 해 봐. 어제 점심에 갑자기 외출하더니 안 좋은 일이라도 생긴 거야?"

"저 식탐 좀 줄여야 할 것 같아요. 어제 매운 낙지볶음이 당겨서 기어이 새벽까지 술 한잔하면서 먹고 잤더니 이래요."

"진짜 그게 다야?"

아줌마들은 그 말을 온전히 믿지 못하고 한껏 미심쩍은 기색을 드러냈다. 은하는 가타부타 더 해 줄 말이 없었다.

냉동실에서 얼려 있던 낙지를 꺼내 매콤달콤하게 양념한 뒤 볶음을 만들어 놓고 보니 몹시 술이 당겼다. 어차피 오늘은 술이 고픈 날이라며 맥주, 소주 가리지 않고 자작했다.

낙지볶음만 먹다 보니 이대로는 아쉬워 밥솥에 남아 있던 밥을 모두 긁어 자글자글 볶았다.

장정 네 사람은 거뜬히 먹을 수 있는 양을 혼자 해치우고 나자 새벽 3시가 가까웠다. 겨우 2시간만 자고 일어나 보니 온몸이 퉁퉁 부어 있었다.

부기 때문에 몸은 무겁고, 충분히 숙면을 취하지 못한 탓에 피곤하기까지 해 컨디션이 정상적이지 못했다. 이 와중에 안색이 좋으면 그녀는 사람이 아니라 초인이다.

"아야."

은하는 시장에서 채소들을 구입할 때부터 조금씩 오른쪽 배에서 따끔따끔한 통증이 느껴졌다.

쿡쿡 쑤시기도 하는 고통이 주기적으로 찾아와 멈칫거리게 됐다.

"체했나?"

그녀는 고개를 갸웃거리며 엄지와 검지 사이를 꾹꾹 마사지하듯 눌렀다.

이러고 보니 원인이 소화불량인 것 같기도 하다.

"소화제라도 하나 챙겨 먹어야지."

은하는 자꾸 신경 쓰이는 오른쪽 배를 살살 문지르며 물건을 정리하기 시작했다.

❋ ✲ ❋

아웃도어 카탈로그 촬영으로 스튜디오에 온 이나는 촬영 콘셉트에 관해 간략하게 설명을 들은 후 곧바로 메이크업을 시작했다. 그녀가 준비하는 동안 스태프들이 장비들을 다시 한 번 점검하느라 스튜디오는 북적거렸다.

경태는 이나 뒤편에서 하릴 없이 핸드폰만 만졌다. 항상 같은 패턴이라 지겨워 게임도 관두고 연예, 스포츠 기사들을 훑다가 같은 주제로 제목만 바뀐 글들을 읽다 보니 그도 금방 질렸다.

여러 사이트를 기웃거리며 게시글들을 구경하고 있을 때였다.

"어?"

무언가를 발견하고 입에서 놀란 감탄사가 튀어나왔다. 심드렁했던 표정이 골똘히 바뀌어 갔다. 글을 읽는 내내 그의 입술이 실룩거렸다. 그러다가 기어이.

"이 미친년들."

신랄하게 욕설을 뱉었다. 그는 눈매를 잔뜩 치켜올린 채 스크롤을 올리는 데만 쓰던 손을 열심히 놀렸다.

"별 잉여 같은 년들이 다 있네. 니들이야말로 처먹는 게 다 내장 지방으로 가라."

기가 센 연예인을 맡고 있다 보니 기본적으로는 '산은 산이요, 물은 물이로다' 하며 웬만한 일에는 눈썹 하나 깜짝이지 않는 그였다.

그가 씩씩거리며 중얼거리는 말들을 듣게 된 스태프들은 별일이 다 있다는 눈으로 신기하게 쳐다봤다.

"병태, 뭐야?"

"경태라니까요?"

메이크업을 마친 이나가 그에게 다가왔다. 일부러 놀리려고 잘못 부른 이름에 성을 내는 것도 잊지 않으면서도 눈은 핸드폰에서 떠나지 않았다.

"게임이야? 왜 그렇게 열 내니? 날도 더워 죽겠는데."

"게임 아니에요."

강하게 반박하다가 문득 무언가를 떠올리곤 멈칫했다. 척 봐도 수상한 행태였다. 경태는 미처 이 상황을 감안하지 못한 걸 반성하며 슬그머니 핸드폰을 내렸다.

"메이크업은 다 끝났어요?"

"응. 그보다 뭔데?"

"뭐가요?"

"지금 숨기는 거."

"숨기다니, 뭘요?"

이나는 물끄러미 그를 바라봤다. 경태는 슬그머니 시선을 피했다.

"수상하다, 너?"

"수상하긴요. 준비 다 했으면 이제 감독님께 알려야겠네요."

따악!

자리를 피하려던 경태는 이나에게 딱밤을 얻어맞았다. 보통 큰 소리가 아닌 방증으로 머리를 붙잡고 주저앉았다.

"뭐 하는 짓이에요?"

"나 수상해."

이나는 한 음절 한 음절마다 경태의 이마를 검지로 툭툭 두드렸다.

"그렇게 쓰여 있네. 뭐야?"

"아, 진짜."

"내 기사에 또 악플 달고 있었니?"

"악플이라뇨."

경태는 억울하다고 항의했으나 이나는 코웃음만 쳤다.

하도 이나에게 시달리던 그가 최근 취미를 붙인 것이 이나의 기사마다 댓글을 다는 일이었다. 참으로 영양가 없고 실속 없는 행동이었으나 그는 제법 진지했다.

기껏해야 '윤이나는 마녀', '윤이나의 얼굴에 속지 마라' 등등 악플로 분류하기에 수위가 낮은 편이긴 했으나 담당 연예인 뒷담을 공개적으로 하는 일이라 떳떳한 행동은 아니었다.

얼마 전에 차에서 취미 생활을 이어 가다가 이나에게 딱 걸렸다. 화들짝 놀라며 후폭풍을 기다렸으나 이나는 같잖은 듯, 혹은 귀엽다는 듯 픽 웃기만 했다. 한데 그 일을 다시 언급하는 이나였다.

"아니면 뭘 보고 이러나."

"아, 안 돼요."

경태의 정신이 쏙 빠진 사이에 이나가 핸드폰을 강탈해 갔다. 포르노라도 보고 있었던 거면 (놀리기) 재밌겠다고 흥얼거리는 그녀는 진정 마녀였다.

하지만 경태가 보던 건 앞서 놀림감으로 삼으려 했던 내용과 거리가 멀었다. 그나마 웃는 상이어서 한기가 덜했던 얼굴이 삽

시간에 굳어지면서 말도 못 붙일 만큼 싸늘하게 굳었다.

커뮤니티 사이트에 올라온 글은 은하가 어젯밤 읽었던 글과 동일했다. 하지만 그 반응은 이나 쪽이 더 극적이었다.

"누나, 바꾼 지 두 달밖에 안 됐어요!"

경태는 이나의 상태가 심상치 않다는 걸 깨닫고 다급히 외쳤다. 이나는 가까스로 핸드폰을 집어 던지는 걸 멈췄다.

"아!"

그제야 제 손에 들린 핸드폰의 주인이 다른 사람이란 걸 상기했다. 하지만 여전히 표정을 일그러뜨린 채 핸드폰을 노려봤다. 경태는 제 핸드폰의 목숨을 지키기 위해 이나에게서 간신히 구출해 냈다.

"별별 미친 것들이 얼마나 많은지 아시잖아요."

"그래서?"

이나는 싸늘하게 일갈하고는 제 클러치 백에서 핸드폰을 꺼냈다. 그녀는 곧장 전화를 걸었다. 얼마간 신호가 간 후에 상대방이 전화를 받자마자 인사를 생략한 채 말을 쏟아 냈다.

"어디야? 식당이야?"

─ 이 시간에 식당이지, 그럼.

은하는 평온하게 대꾸했다. 그 목소리를 들으며 이나는 안심을 하기는커녕 표정이 더 일그러졌다.

"오늘 방송 안 하는 날이지?"

─ 응.

"너 가게 끝나는 시간 맞춰서 갈게."

─ 그래. 근데 왜 그렇게 쫓기는 사람같이 굴어? 먹고 싶은 거 있어?

"그냥 좀 답답해서."

경태는 은하 앞에서는 순한 양같이 변하는 이나를 보며 안도의 한숨을 쉬었다. 바로 은하에게 달려간다고 하지 않는 것만 해도 다행이었다. 하지만 전화를 마치고 이나는 말 한 마디 못 붙일 흉흉한 기운으로 주위를 얼렸다.

난데없이 전화를 건 이나 때문에 어리둥절하긴 했지만 은하는 피식 웃으며 넘겼다.

"하여간 정신없기는."

핸드폰을 주머니에 넣은 뒤 삶은 계란 껍질을 까기 시작했다. 여름이라 확실히 냉면이 인기이긴 했다. 영업 개시 전에 잔뜩 삶아 놓은 계란이 어느새 바닥을 보였다. 아직 저녁 타임은 오지도 않았는데.

필요할 때마다 그때그때 까는 게 더 번거로워서 이렇게 한 번에 까 두어야 했다. 계란이 준비가 안 돼서 냉면을 못 내가는 건 우스운 변명조차 못 됐다.

삶는 건 문제가 아니지만 껍질은 일일이 손으로 까야 해서 손이 여간 가는 게 아니었다. 그래도 이제 계란 껍질 까는 정도야 완전히 통달해서 남들이 보기에 놀라울 만한 속도로 분리했다.

"애기 사장이 도우면 이렇게 금방이라니까."

아주머니들이 깔깔 웃으며 떠드는 얘기에 은하는 빙긋 미소 지었다. 하루가 어떻게 지나가는지 모르게 바쁘게 보내다 보니 상념이 쌓일 틈이 없었다. 물론 이따금 멍하게 있을 때 가슴에 아릿한 통증이 느껴지긴 해도.

"우리 가게도 브레이크 타임인가를 둬야 하는 거 아닌지 모르겠네."

"그러게."

아줌마들의 계속되는 수다를 배경음 삼아 껍질을 치우기 위해 자리에서 벌떡 일어난 순간이었다.

"앗."

은하는 자리에서 일어나다 말고 아랫배를 붙잡으며 신음을 흘렸다. 고통스러운 소리에 아줌마들이 그녀를 돌아봤다.

"어디 안 좋아?"

"아, 아뇨. 급체인지 배가 좀 아파서."

"소화제는 먹었어?"

"네에. 아침에 먹었어요. 괜찮아지겠죠."

그녀는 멋쩍게 웃으며 목덜미를 문질렀다. 그런데 목 주변이 미끈하며 땀이 묻어나는 걸 느끼고 의아해졌다. 땀이 언제 이렇게 많이 난 걸까? 더운 줄 몰랐는데 어느새 옷이 흠뻑 젖었다.

"상태가 안 좋아 보이는데 집에 들어가서 잠깐이라도 쉬어."

"어휴, 그 정도는 아니에요."

"이것 봐. 땀 엄청 흘리는데?"

"더위를 타나?"

사방에서 쏟아지는 걱정에 은하는 아픈 것보다 머쓱함이 더 컸다. 그녀는 저에게 집중된 관심에서 벗어나고자 무거운 몸을 이끌고 나갔다. 쓰레기를 처리하고 걸음을 옮기는데 '헉' 하며 깊은 숨을 들이켰다.

머릿속이 순간 허옇게 변해 버리는 느낌에 정신을 차릴 수 없었다. 은하는 이렇게까지 배가 아팠던 적이 없는 터라 어찌해야 할 줄을 몰랐다.

'병원. 병원에 가 봐야 하나?'

일단 정신을 똑바로 차리고 버텨야 한다는 생각에 양 뺨을 때렸다. 너무 아파서 숨도 제대로 쉬기 어려웠지만 가까스로 의식을 꼭 붙들었다.

'지갑부터 챙기자. 그리고 아줌마한테 가게 비운다고 얘기를 드리고……'

해야 할 일을 하나하나 손으로 꼽으며 걸음을 옮겼다. 가만히 있어도 아픈데 움직이니 머릿속이 얼얼해질 만큼의 통증이 찾아들었다.

그녀는 거칠게 숨을 들이켜며 간신히 주방으로 돌아왔다.

"……저, 잠깐만 외출."

미처 말을 끝맺지 못했는데 아줌마들은 그녀의 상태가 점점 더 악화되는 걸 보고 그녀를 등 떠밀었다.

"병원 가려는 거지? 빨리 가 봐."

"가게 걱정은 하지 말고."

말을 하는 것도 힘들어 겨우 고개를 끄덕인 은하는 뒷문을 돌아 더 멀리 걸어갈 엄두도 나지 않아 곧장 홀로 나갔다. 은하는 겉보기에도 잔뜩 앓는 모습이어서 손님들 몇몇이 의아스럽게 보기도 했다.

그나마 아직 손님들이 밀려들기 전이라 다행이었다. 이 상황에서도 가게 걱정부터 하는 스스로가 우습기도 했다.

'아프다.'

시간이 지남에 따라 급격히 통증의 강도가 심해져 숨을 쉬는 것도 너무 힘들었다. 문득 시야가 흐릿하게 변했다. 그녀는 잠시 제가 어디쯤 와 있는 건지 혼란을 느꼈다.

　"아아!"

　통증이 지속되는 중에 이따금씩 몸서리쳐지는 고통이 찾아왔다. 은하는 수천, 수만 개 바늘이 찌르는 느낌에 옆구리를 붙잡은 채 허리를 숙였다. 이마에서 흘러 내려온 땀 때문에 눈이 매웠지만 닦을 여유조차 없었다.

　몸을 숙여도 통증이 사라지지 않아 어서 밖으로 나갈 생각에 고개를 올리는데 가게에 들어오던 중이었는지 제 앞에 서 있는 남자와 마주쳤다.

　은하는 제가 방해가 되었나 싶어 아파서 머리가 핑글핑글 도는 와중에도 옆으로 비켰다. 그가 지나가길 기다리는데 그녀의 체감으로 한참이 지나도 남자는 움직이려는 기미를 전혀 보이지 않았다.

　"아야야."

　그새 또 심해진 통증에 은하가 어깨를 움츠렸다.

　"몸이 안 좋습니까?"

　남자의 목소리가 제법 가까이에서 들려 아픈 와중에도 어리둥절한 기분이 되어 그를 봤다. 하지만 통증이 심해지면서 그를 제대로 살필 여유가 없어 질끈 눈을 감는데 조심스러운 손길이 어깨에 와 닿았다.

　"정확히 어디가 아파요?"

　"……배가."

아프면 으레 서러워지기 마련인데 묻는 음성이 퍽 다감해서 눈물이 핑 돌았다.

문득 서 있는 게 너무 고되다 생각이 들 무렵, 몸이 의지에 반해 풀썩 주저앉아 버렸다.

만화경처럼 시야가 빙글빙글 돌았다. 주위가 부산스러워지며 계속해서 누군가 말을 걸었지만 은하는 정신을 차릴 수 없었다.

마음을 내려놓기

　그녀의 의식이 따라가기 벅찰 만큼 모든 일이 빠르게 일어났다. 현실감이 들었을 때는 이미 수술을 마치고 병실에 누워 있었다. 손가락 까닥할 힘도 없어서 그저 눕혀 준 대로 바른 자세로 누워 천장 형광등만 멍하니 바라봤다.

　"이게 다 뭐야?"

　수술 전 검사를 한 의사의 설명이 길었지만 간단히 요약하면 급성 맹장염이었다. 학창 시절에 과도한 다이어트로 병원에 입원했던 적 빼고는 크게 잔병치레가 없었던 그녀로서는 이 상황이 몹시 당혹스럽고 어색했다.

　마취가 덜 풀린 건지 가게에서부터 수술받기까지의 기억을 떠올려 보려고 해도 머릿속이 몽롱하기만 했다. 몸에 칼을 대는 건 처음이어서 조금 무서웠지만 이렇게 무사히 정신을 차려 얼마나 다행스러운지 몰랐다. 비록 가족들이 타지에 있어서 홀로 병실을 지키는 기분은 외롭지만.

하지만 맹장염 수술은 너무 갑작스러웠던 데다 필리핀에 있는 부모님이 설령 알았다고 해도 당장 날아올 수 있는 방도도 없었다. 심정적으로 힘든데 설상가상 수술까지 겹쳐 제 상황이 스스로 보기에도 퍽 불쌍했지만 아직 마취가 덜 풀린 건지 별다른 통증을 느끼지 않는 것을 다행으로 여기고자 했다.

수술할 때 실컷 잤는데 아무것도 하지 않고 누워 있다 보니 다시 졸음이 밀려왔다. 그녀는 눈꺼풀을 가물거리다가 어느샌가 잠이 들었다. 하지만 깊이 잠들진 못했다. 늦은 시각임에도 면회객들이 계속해서 왔기 때문이다. 그녀는 번번이 자다 깨서 비몽사몽인 상태로 손님들을 맞았다.

그렇게 병원으로 실려 간 게 염려되었는지 가게 아주머니들은 영업을 종료하자 잠깐씩 얼굴을 비쳤다. 늦은 시각이어서 오래 있진 못하고 반쯤 잠이 든 은하를 살펴보곤 염려스러운 말을 몇 마디 늘어놓은 후에 돌아갔다. 스케줄을 마치고 가게에 갔다가 소식을 듣게 된 이나도 병문안을 왔다. 은하는 잠에 취해 그들과 무슨 정신으로 얘기를 나눴는지 몰랐다. 병문안을 온 사람들을 앞에 두고 조는 모습만 보인 것에 미안했다.

그녀가 제대로 정신을 차린 건 다음 날 새벽이 되어서였다. 언제나 시장에 가는 5시 무렵, 평소처럼 눈을 뜬 은하는 욱신거리는 통증에 저가 병원에 있다는 걸 깨달았다.

"가게!"

정신을 차리자마자 든 생각은 가게 걱정이었다. 당장 필요한 채소는 주문한다고 해도 손님상에 나가는 고기며 족발은 그녀가 직접 준비하기 때문에 가게가 걱정되었다. 오늘치는 일단 준비되었다지만 입원해 있는 동안이 문제였다.

직접 돌아다니는 게 그녀의 체질에 맞았지만 아직 거동이 불편해 전화를 찾았다. 가장 먼저 전화를 건 상대는 채소 가게 사장이었다.

"안녕하세요, 사장님. 여기 돼지가 시집가는 날이에요. 제가 오늘 직접 갈 수가 없어서 그러는데요, 평소 주문하던 대로 가게에 배달해 주세요."

– 반 사장이 웬일이야?

"하하. 그럴 일이 좀 있어서요. 제가 직접 확인하진 못하더라도 싱싱한 놈으로 보내 주셔야 해요?"

– 어련히 잘할까.

"사장님 잘 아니까 제가 믿고 부탁드리죠."

– 그런 사람이 매일 시장에 와서 까다롭게 고르나?

"그건 그거고요. 아무튼 잘 부탁드립니다."

통화를 마치기가 무섭게 곧장 다른 이에게 전화를 걸었다. 상대는 식당 아주머니들 중에서 가장 경력이 오래된 분이었다.

"아주머니, 저 은하예요."

– 애기 사장. 이제 기운 좀 차렸네?

"네. 놀라게 해 드려서 죄송해요."

– 죄송하긴. 아파서 제일 고생스러운 건 본인인데. 그래, 무슨 일로?

"다름이 아니라 일단 오늘치 채소는 배달 맡겼어요."

– 아니이, 병원에서 마음 편히 쉴 것이지, 가게 걱정을 하고 있어?

"아무래도 가게를 며칠 쉬어야 할 것 같아서요. 내일부터 임시 휴무로 돌리려고요."

― 며칠이나?

"일단 일주일요. 휴가철이기도 하니까 이참에 휴가 갖죠 뭐."

― 알았어. 가게에 써 붙여 둘게.

"오늘만 고생해 주세요."

― 만날 하는 일인데 고생은 뭘. 애기 사장이야말로 몸조리 잘해.

"네."

가게 문제가 일단락되었는데도 마음이 편치 않았다.

불가항력인 상황이지만 그래도 개인 사정으로 쉬는 것은 마찬가지였으니.

"어휴."

이렇게 누워만 있는 게 심란해서 한숨만 쉬었다. 별도리 없이 이렇게 묶여 있어야 할 팔자인가 보다.

똑똑! 통화를 마치고 천장 무늬를 구경하고 있는데 누군가 병실을 찾아왔다.

"어, 왔어?"

병실에 들어선 이는 이나였다. 하늘색 민소매 셔츠에 블랙 진을 입은 그녀의 모습은 단출했지만 특유의 연예인 후광으로 빛났다.

"좀 어때?"

이나는 성큼성큼 병상으로 다가와 빠르게 은하의 상태를 확인했다.

"안색이 많이 나쁘진 않네."

"괜찮아. 소란 피울 만큼 큰 수술은 아니었으니까."

"생살을 가르고 꿰매는 건 똑같아. 조금이라도 이상 있으면 지체 없이 말해."

"알았어. 그보다 어제 약속 못 지켜서 어쩌지?"

"이 상황에서 그런 말이 나와?"

이나가 타박하듯 응수하자 은하는 실실 웃음을 지었다.

"퇴원하면 이자 쳐서 갚을게."

"응. 다른 생각 말고 회복에만 전념해."

"벌써부터 좀 쑤셔."

"이럴 때 핑계 삼아 쉬는 거지."

"그런가?"

"너 그동안 많이 무리하기도 했어."

은하는 골똘히 생각하다가 어느 정도 이나의 말에 동의했다. 그녀가 가게에 익숙해지기 무섭게 부모님이 가게를 맡기고 이민을 결정했다. 은하는 물려받은 가게가 못내 부담스러웠지만 특유의 성실함과 책임감 때문에 부모님 대보다 못하다는 소리를 듣지 않으려고 하루도 쉬지 않았다.

휴무 때도 머릿속으로는 온통 가게 메뉴 개발로 가득했다. 몇 년을 가게에만 열정을 쏟으며 살아왔다. 그러면서 살이 더 붙은 것이고.

"듣고 보니 그런 것 같기도 하고."

"너 지금도 충분히 잘하고 있으니까 이제 그만 적당히 쉬면서 일해. 아저씨, 아주머니 계실 때도 너만큼 하루 종일 가게에 묶여 계시진 않으셨어. 그래도 잘만 운영하시더라."

이나는 제대로 추스르지 못한 머리카락을 뒤로 넘겨 주었다.

"너무 무리해 봐야 나중에 몸 안 좋아 고생이나 하지. 적당히 해, 적당히."

"그렇지 않아도 가게 휴무하기로 했어."

"그건 당연한 거고. 아니면 이 몸으로 일하러 가려고 했어?"

은하는 대답할 말이 빈곤해 입술만 달싹였다. 정색하고 말할 때는 꼭 이렇게 말려드는 기분이었다. 이럴 땐 그저 군말 없이 고개를 끄덕이는 것밖에 도리가 없었다. 어쨌든 그녀도 걱정이 돼서 하는 말이니까.

"아주머니 아저씨한테는 알릴 거야?"

"어차피 현지 사정이 어떻게 될지도 모르고, 바로 오지 못하면 속상해할 텐데 뭐하러 말해. 이럴 땐 외동이라 쓸쓸하긴 하지만 다 내 복이요."

"엉뚱한 데서 대범하기는. 지금 거동 힘들 텐데 옆에서 도와줄 사람 필요하지 않아?"

"말 나온 김에 나 링거 줄 좀 잡아 줄래? 그렇지 않아도 화장실 계속 참느라 죽을 것 같아."

어설피 웃으며 하는 말에 이나가 걱정된다는 듯이 그녀를 봤다. 하지만 링거 줄이 엉키지 않게 잡아 주는 손길이 퍽 섬세했다.

TV를 보는 것도 어느 정도껏이었다. 덥고 몸도 편치 않은데 하루 종일 병실에만 있으려니 지루해서 몸살이 날 지경이었다.

수술을 받은 부위도 부위였기에 식사도 못하니 시간이 유독 느리게 흐르는 것 같았다. 그럼에도 링거를 계속 꽂고 있으니 소변은 제대로 마려워 화장실을 찾게 되는데 혼자서 가려면 이만저만 어려운 게 아니었다.

빈둥거리는 것도 영 힘들어 끙끙거리고 있을 무렵, 병실 입구에 인기척이 들렸다. 누군가의 방문이 반가운 정도에 이르자 은하는 상대가 누구일지 기대하며 시선을 문에 던졌다.

가장 먼저 눈에 들어온 건 흰 가운이었다. 단번에 짐작이 가는 색상에 실망이 들기는커녕 누군가와 대화를 나눌 수 있겠다는 기대가 먼저였다.

"반은하 환자님, 깨어 계셨네요."

은하와 비슷한 또래로 보이는 남자 의사였다. 하지만 생기가 없는 모습이 훨씬 나이 들어 보였다. 피곤한 기색이 역력한 얼굴에는 짙은 다크서클이 연민을 자극했다.

"담당의 이규찬입니다. 어디 불편하신 곳은 없으세요?"

짤막하게 소개를 하고 곧바로 질문을 던졌다. 은하는 대화를 나눌 상대라는 부분에 빨간 줄을 북북 그었다. 가운은 새하얗고 깔끔했지만 정작 그 옷을 입고 있는 주인에게서는 홀아비 냄새가 날 것만 같았다. 제 욕심에 여러 말 나누는 건 여러모로 폐를 끼치는 일이란 생각에 말을 아꼈다.

담당의는 몇 가지를 더 묻고 나갔다. 전형적인 의사 상에 은하는 서운함을 느끼지 않고 이 지루한 시간을 어찌 보내나 다시 그 생각에 빠졌다.

그런데 담당의가 나간 후 문밖에서 두런두런 말소리가 들렸다. 신경을 거두려 해도 할 일이 없다 보니 괜한 호기심이 생겼다.

"어?"

잠시 말소리가 끊겼나 싶었는데 방금 전 나갔던 담당의가 어색하게 웃으며 병실에 다시 들어왔다. 뭐 잊은 거라도 있는가 해서 의아히 보는데 그 뒤로 다른 인영이 보였다. 담당의보다 한 뼘은 더 큰 장신의 남자였는데 그 역시 의사가운을 입고 있었다.

"무슨 일이세요?"

은하는 어리둥절한 채 담당의와 새로 들어온 의사를 번갈아 보며 물었다. 뉴 페이스는 나이를 가늠할 수 없어 보이는 외모였다. 새하얗고 매끄러운 피부 상태를 보아하니 나이가 어리다 싶다가도 그가 가지고 있는 분위기 자체에서 연륜이 묻어났다.

나이가 몇 살일까 곰곰이 생각해 본다고 너무 뚫어지게 본 모양이었다. 어느새 눈이 마주쳤는데 그의 표정이 살며시 굳었다. 본의 아닌 실수에 은하는 머쓱한 기분이 들어 슬그머니 눈을 돌렸다.

그녀는 담당의에게 의구심 가득한 시선을 던졌다.

"흠. 이분이 반은하 환자분을 집도해 주신 교수님이십니다."

담당의는 헛기침을 하더니 이내 그녀의 궁금증을 해소해 주었다. 은하는 절로 수긍하듯 고개를 끄덕이다 말고 멈칫했다.

'교수씩이나 되는 의사가 이런 간단한 수술에 참여하는 게 흔한 일인가?'

은하는 의구심을 담고 교수라고 소개된 사람을 슬쩍 살폈다. 교수라는 직함으로 보아 담당의보다 경력이나 나이가 웃도는 건 자명한 일인데 겉보기엔 교수라는 이미지에 어울리는 지긋한 외모가 아니었다.

'기껏해야 서른둘? 셋일까?'

나이 후보를 줄 세우다가 고개를 흔들었다. 그녀가 가늠한 나이의 교수는 드라마나 소설 속 판타지였다.

의과대학 6년, 인턴 1년에 레지던트 4년만 해도 벌써 서른을 넘겼다. 거기에 보통의 남자라면 군 복무가 있으니 군의관이나 공보의로 대체한다고 해도 3년이란 기간이 소요되니 현실적으로 의과 교수 직함을 가진 남자가 서른 초반이긴 불가능했다.

'엄청 동안인가 보다.'

은하는 결국 그의 나이를 짐작하는 걸 포기했다. 한 번도 동안이란 말을 들어 본 적 없는 자신은 그저 부러울 따름이었다. 생각이 여러 가지로 튀다가 문득 소개받고도 계속 묵묵부답이었단 게 떠올랐다.

"감사합니다."

사소한 것일수록 사람 도리를 하고 살자는 게 그녀의 인생 모토인지라 서둘러 인사부터 건넸다. 맹장염 이전에 수술이란 걸 해 봤어야 알 텐데 멀쩡한 몸에 메스를 댄 것은 이번이 첫 경험이었다. 여전히 교수가 자신의 수술을 집도했다는 것에 의문이 남긴 하지만 일단 호기심을 접어 두기로 했다.

'그러니까 저분이 수술을 했다면?'

문득 드라마로 봤던 수술 장면들이 머릿속으로 지나갔다. 그로 인해 수술대 위에 올라온 자신과 개복되는 장면을 연상하는 건 썩 어려운 일이 아니었다.

그 장면을 떠올리자니 민망함이 밀려들어 왔다. 머릿속엔 제멋대로 개사된 '숨겨 왔던 나의 소중한 뱃살 보여 줄게' 라는 노래가 빙글빙글 맴돌았다.

그녀가 민망함의 폭포 속에서 허우적거리고 있을 무렵 집도의는 가만히 그녀를 응시하던 시선은 그대로 둔 채 입을 열었다.

"제 할 일을 했을 뿐입니다."

나직한 대답을 들은 순간 은하는 등을 긁을 뻔했다. 깊은 동굴 속에 있는 양 그윽하게 울리는 음성에 등허리가 쭈뼛해진 탓이다.

'목소리가 무슨.'

"성우 같으시네요."

필터링을 거치지 않고 그대로 머리에 떠오른 생각을 그대로 뱉어 낸 은하는 곧장 후회했다. 무료하긴 엄청 무료했나 보다. 무의식적으로 대화 물꼬를 트려는 얄팍한 시도를 해 버렸다.

슬쩍 눈치를 살피는데 두 사람의 반응도 남달랐다. 집도의는 의외의 말을 들은 듯이 눈을 크게 떴는데 옆에 선 담당의는 아예 입을 쩍 벌렸다. 햇빛을 못 봐선지 안 그래도 창백한 안색이 더 희게 질렸다.

비록 실수를 하긴 했지만 은하가 기이하게 여기는 것도 제삼자가 보기엔 타당한 일면이 있었다. 그녀의 집도의는 도저히 의사로 보이지 않았다. 메디컬 드라마를 촬영하러 온 배우라면 오히려 고개를 끄덕일 범상치 않은 외모를 지녔다.

'혹시 연예인 아니세요?' 하고 묻지 않은 것이 최소한의 선을 지킨 것이다.

어떤 사람들은 보자마자 일단 사인부터 받자는 생각에 사실 여부 확인하기도 전에 노트랑 펜부터 내밀지도 모른다.

2D, 3D, 4D를 통틀어 지금껏 은하가 본 남자들 중에서는 단연 최고였다. 시선 강탈에 압도감이 굉장했다.

시원시원한 이목구비부터 유려한 얼굴선 어느 하나 흠잡을 곳이 없었다. 조각 같다는 게 바로 이런 외모이지 않을까. 처음으로 그 비유를 마음 깊이 공감했다.

하지만 외모에 대한 감탄은 거기에서 접고, 집도의의 방문 목적으로 생각은 이어졌다.

'수술 경과를 확인하러 온 건가?'

제법 그럴싸한 이유를 떠올렸지만 단순히 그 이유라고 하기엔 집도의의 태도가 미묘했다. 그녀가 혼자 의문을 키워 가고 있을 때 담당의가 침묵을 깼다.

"선생님께서 환자분을 직접 병원까지 데려오셨는데 기억나세요?"

"네?"

담당의가 꺼낸 건 정말 의외의 말이었다. 저 집도의가 자신을 병원에 데려왔다니 어찌 된 영문인지 곧바로 이해가 안 됐다.

의아해하는 기색이 그대로 묻어난 모양인지 담당의가 더 놀란 표정을 지었다. 마치 '저 얼굴을 어떻게 잊어버릴 수 있지?' 하고 묻는 것 같았다.

"마침 환자분과 같은 곳에 계셔서 응급차 부르지 않고 직접 호송해 오셨어요."

아, 그렇구나.

새로운 정보를 습득한 은하가 고개를 끄덕일 무렵이었다.

"이 선생, 쓸데없는 소리 하지 마."

어째 담당의가 말이 많다 싶었는데 상황을 주시하고만 있던 집도의가 기어이 한마디 했다. 담당의를 향한 따끔한 질책이었는데 괜스레 은하까지 움찔하게 됐다.

"……네."

담당의는 금세 오징어처럼 쪼그라들어 고개만 주억거렸다. 담당의의 입을 다물게 한 뒤 다음 먹잇감을 찾듯이 그녀를 돌아봤다. 눈이 마주치자 심장이 쫄깃해지는 거completely 달리 무의식적으로 미소를 지었는데 거의 조건반사나 다름없었다.

친근하게 웃자니 집도의의 숱 많은 눈썹이 꿈틀거렸다. 더하고 뺄 것도 없이 정확히 꿈틀, 하는 움직임이 뻣뻣했다. 티 나지 않게 시선을 내렸으나 은하는 기민하게 알아차렸다.

"통증은 어떠십니까?"

집도의는 병상과 문 가운데쯤에 선 채 애매한 거리를 유지했다. 그런데 실례되는 부분은 또 전혀 없는 터라 은하는 나름의 성격인가 하고 넘기려 했지만 시선을 마주치지 않는 물음에 내심 신경이 쓰였다.

"진통제 때문인지 잘 못 느끼겠어요."

"불편한 데는요?"

그녀가 대답을 하자마자 다른 질문이 던져졌다. 그건 좀 전에 담당의가 했던 질문과 동일했다. 은하는 고개를 좌우로 저었다. 하지만 받아들이는 입장은 다른 모양인지 통과의례적으로 묻던 담당의의 반응과 사뭇 달랐다.

"없을 리가요. 부모님이 외국에 계시면 간병을 도와줄 친척이나 지인은 구했습니까?"

'원래 이런 것도 상관하나?'

은하는 샘솟는 의구심을 놓지 못해 담당의를 봤다가 곧 납득했다.

'일반적이진 않구나.'

담당의는 아주 경기를 일으킬 것 같은 표정으로 눈을 희번득하게 뜬 채 집도의를 보고 있었다. 표정으로 모든 걸 말해 주었다. 은하는 괜히 보고 있기 민망해져 눈동자를 굴리며 슬쩍 눈길을 돌렸다.

"아직요."

너무 목소리가 작았나? 한참 돌아오는 대꾸가 없었다. 한편으로 생각해 보면 집도의의 대답이 중요하지 않았다. 은하는 아무렴 어떠냐 싶어 어깨를 으쓱했다.

'이나한테 노트북이나 가져다 달라고 할까?'

그녀는 사고를 전환해 병실에서 시간을 보내는 방법에 관심을 돌렸다. 핸드폰의 그 작은 화면을 들여다보는 게 갑갑해서 밤에 들른다고 한 이나에게 오는 길에 부탁해야겠다고 생각을 정리했다.

"……습니다. 반은하 씨?"

"예?"

제 이름이 불리자 은하는 퍼뜩 정신을 차렸다. 잠시 다른 생각을 하는 동안 무슨 말을 했는지 놓쳤다. 스스로 정신이 없다고 반성하며 멋쩍은 미소를 지었다. 그러나 집도의는 다른 식으로 받아들였는지 한동안 말없이 그녀를 응시했다.

뺨에 따갑게 와 닿는 눈길이 어색해서 차라리 호들갑스럽게

'아 뜨거, 아 뜨거' 소리치고 싶었다.

"간병인을 따로 부를 테니 염려 마요."

"예?"

은하는 제 모습이 덜떨어져 보일 거라는 걸 알면서도 그 정도 반응밖에 할 수 없었다. 그만큼 그가 한 말이 의외였다.

'보통 이런 거까지 신경 써 주나?'

외모는 잘생기다 못해 정 없게 생겼으면서 예상치 않은 곳에서 섬세한 남자에 어안이 벙벙해졌다. 일견 넋이 나간 듯도 보이는 담당의의 얼굴을 보면 분명 일반적인 상황은 아닌데.

"아뇨! 절대로 괜찮습니다!"

은하는 제 몸 상태가 여느 때 같지 않다는 걸 망각하고 펄쩍 뛰었다. 대가를 몸으로 혹독하게 치러야 했다. 뒤늦게 찾아온 통증 때문에 배를 부여잡고 끙끙 앓는 소리를 냈다.

그녀는 아픈 와중에도 불쑥 팔을 뻗는 집도의를 봤다. 괜찮다는 의미로 손을 흔들어 보이고는 자세를 바로 했다.

"전혀 괜찮아 보이지 않습니다만?"

순간 걱정스럽게 찌푸렸던 얼굴 위로 다시 딱딱한 가면을 뒤집어쓴 집도의의 냉정한 평가가 뒤따랐다.

'그렇게 불쌍해 보이나?'

하긴 그녀라도 가족 없이 수술하고 돌봐 줄 사람이 없다면 안쓰러울 것 같긴 했다. 그렇다곤 해도 이유 없는 호의를 받을 만큼 자신의 상황이 궁한 건 아니었다.

"간병인 문제는 제가 알아서 할게요."

은하는 어설피 웃어 보이면서도 제 고집을 피력했다. 집도의는 못마땅한지 슬쩍 표정을 구겼다.

"하여간 고집스럽기는."

작고 빠르게 중얼거린 말을 알아듣지 못하고 은하가 되묻듯이 고개를 갸웃하며 바라봤지만 그는 별것 아닌 것처럼 설명 없이 넘겼다.

제가 직접 수술한 환자여서인지 집도의는 그 후로도 귀에 못이 박히게 주의 사항을 주지시킨 후에 퇴장했다. 한바탕 폭풍이 지난 것 같다.

'윤이안.'

그가 떠나고 남긴 건 의구스러운 친절과 이름이었다. 물론 본인 입으로 이름을 밝힌 건 아니었다. 시선 둘 곳을 찾아 이리저리 눈을 돌리다 우연히 그가 목에 걸고 있는 네임 카드를 보게 됐다. 반명함 사진 속에서 웃음기 없이 카메라를 응시하는 얼굴이 제법 날카로웠다.

하루 종일 누워 있다 보니 영양가 없는 생각을 하며 이리 뒤척, 저리 뒤척 하는데 무심코 떠오른 기억에 조심성 없이 벌떡 일어나고야 말았다. 링거 줄이 팽팽하게 당겨지며 따끔한 고통이 뒤따랐다.

"이 바보."

은하는 앓는 소리를 내며 링거 바늘에 찔린 팔을 문질렀다. 다행히 크지 않은 상처였는지 피는 조금 비치다 말았다.

통증이 잠잠해지자 다시금 떠오른 기억에 집중할 수 있었다.

"아무리 아파도 어떻게 그걸 잊냐?"

은하는 자유로운 한쪽 팔로 제 머리를 콩콩 두드렸다. 그리고 뒤늦게 담당의가 이안이 자신을 병원에 데려왔다고 말한 상황이 떠올랐다.

마취가 덜 풀려서 뇌가 굳었던 거라고밖에 생각할 수 없다. 물론 당시에 배가 너무 아파서 눈이 까뒤집혀지긴 했지만 기억이 송두리째 날아갈 만한 상황은 아니었다.

그가 가고 나서도 그의 목소리가 계속해서 머릿속을 빙글빙글 맴돌던 이유를 이제야 알 것 같다. 죽을 것같이 아픈 와중에 머릿속이 하얗게 빈 그녀 곁에서 계속해서 말을 걸던 목소리가 있었다.

"여기가 아픕니까?"

"누를 때 아파요? 아니면 뗄 때?"

"마지막으로 식사를 한 때가 언제예요?"

아파서 끙끙거리면서도 다정한 그 질문에 정신없이 대답했다. 자기가 뭐라고 했는지 사실 잘 기억도 안 났다. 그러다가 아프다고 울먹거리기도 했던 것 같은데 그때마다 안심을 시켜 주던 목소리 역시 같은 사람이었다.

"괜찮아요. 은하 씨 아프지 않게 하려고 그러는 거니까 나 믿어요."

초음파 검사나 CT 검사 따위를 하기 전, 병원에 막 도착해 제정신이 아닌 그녀 옆에서 쉼 없이 말을 걸어 주는 사람이 있어서 가까스로 견뎠다.

몹시 아팠다는 것만 선명할 뿐 기억 자체는 흐릿했으나 이제와 보니 옆에서 내내 함께해 준 사람이 누군지 알 것 같다.

병원에 가기 위해 가게를 나오다가 마주친 남자는 윤이안, 바로 그 집도의였다. 그리고 식은땀을 뻘뻘 흘리면서 주저앉아 버린 그녀를 손수 업어 제 차로 병원에 데려오기까지 했다.

"업어서……."

은하는 얼이 빠진 채 몇 번이나 그 말을 중얼거렸다. 보통 의지로 해낼 수 있는 일이 아니었다. 그녀의 몸무게가 60㎏을 넘긴 이후로 누군가에게 업혀 보긴 처음이었다.

그런데 지금은 그녀 인생에서 최고 무게를 경신한 상태였다. 더욱이 그녀의 몸무게 반절밖에 안 나가는 사람이라도 실신한 상태에서는 훨씬 무겁기 마련이다.

하물며 그녀는 웬만한 장정보다 몸무게가 많이 나갔다. 섣불리 시도조차 못할 일인데 남자는 그녀가 꼼짝하지 못하자 지체 없이 결행했다.

"어우, 웬 민폐야."

그녀는 얼굴을 들 수가 없었다. 심지어 남자는 척 보기에도 그녀보다 못해도 10㎏은 가벼울 것 같다. 자기보다 가벼운 상대도 선뜻 업기 힘든데 도대체 어떻게 하면 그처럼 행동할 수 있을지 그녀로서는 짐작도 안 갔다.

'히포크라테스 정신이 엄청 대단한 의사인가 봐.'

그거 외에는 설명할 길이 없었다. 곧이어 은하는 한 손으로 침대를 팡팡 두드렸다. 괴로운 몸부림이었다.

한 사람에게 뱃살과 몸무게를 동시에 고스란히 노출시킨 경험은 처음이었다. 그녀가 자신에게 한 점 부끄럼이 없다고는 하나 남들의 시선에 무지한 건 아니었다.

"너는."

퍽!

"아무리 아팠다지만!"

퍽!

"업는다고 덥석 업히는 건."

퍽!

"대체 무슨 경우야."

그녀는 한 마디, 한 마디 이를 악물며 내뱉으며 동시에 주먹으로 침대를 두들겼다. 이렇게라도 하지 않으면 산화돼서 사라져 버릴 것 같았다.

1인실이어서 다행스럽게도 은하는 땅굴이라도 파고 들어갈 기세로 몸부림을 쳤다. 하지만 한번 떠오른 기억은 쉽사리 지워지지 않았다.

"업을 만해서 업었겠지."

이나의 반응은 상큼했다.

간병인 앞에서는 차마 꺼내지 못한 말로 끙끙 앓다가 이나가 오자마자 하소연 겸 털어놓았는데 정작 그녀는 별것 아니라는 식으로 대꾸했다.

"그러니까 왜 업냐고! 왜에에."

만일 그녀보고 저와 같은 체구의 사람을 업으라면 두 손을 내저으며 사양할 것이다. 친인이라 해도 힘들 판국에 생판 타인은? 오래 생각할 것도 없다. 가장 깔끔한 방법은 구급차를 부르는 일이니까.

"창창한 나이에 허리 다칠 일 있어? 아니, 지금 허리가 괜찮은 게 맞긴 한 걸까?"

수술해서 입원한 건 본인인데 왜 내 거도 아닌 외간 남자 허리를 걱정하고 있어야 하는 건지.

"신경 쓰지 마. 의사니까 본인이 알아서 하겠지. 설령 괜찮지 않으면 어쩔 거야? 네가 업어 달라고 사정했나?"

"도의적인 차원에서 걱정을 안 하려야 안 할 수가 없다."

은하는 고개를 설레설레 흔들며 한숨을 쉬었다. 그녀인들 할 일이 아무리 없어도 이런 걱정으로 끙끙거리고 있고 싶겠나? 사실 진짜 그가 다쳤을지 걱정하는 마음보다도 창피함이 더 컸다. 그래서 공연히 더 설레발을 치는 것이다.

"멀쩡히 돌아다닌다며? 그럼 됐지."

이나의 태도는 지나치게 심플했다. 실제로 반박할 여지가 전혀 없는 말이기도 했다. 은하는 침대에 쿵 머리를 박았다.

"병원에 있다 보니 괜히 예민해졌나 봐. 사소한 일에 너무 몰두하게 돼. 그렇다고 이게 사소하다는 건 아니지만."

"아프니까 평소 같을 순 없지."

"수술 후 이틀 정도면 퇴원하는 환자도 있다던데, 내일 의사 선생님한테 말해 볼까?"

"집에 너 혼잔데 어쩌려고?"

"흰색 천장만 보려니 미치겠어."

은하는 살포시 한숨을 쉬었다. 일중독이라고 할 수도 있겠다. 마냥 손을 놓고 있으니 현실감이 떨어졌다.

"병원 탈출할지도."

"너는 그렇게까지 무모한 짓 하지 않을걸?"

남에게 폐 끼치기 싫어하는 성격이 오죽하랴. 이나는 콧방귀도 뀌지 않았다. 자신을 너무 잘 알고 있어도 재미없다며 은하는 콧잔등을 살짝 찌푸렸다.

"너 괜찮아?"

이나는 난데없이 물어 왔다. 돌연 화제가 바뀌어서 행간의 의미를 이해하지 못했다.

"뭐가?"

"그냥 다."

어쩐지 얼버무리는 말투에 은하가 고개를 갸웃거렸다. 그리고 다시 생각난 듯이 입술을 삐죽거렸다.

"병원에서 좀 쑤시다니까."

"흐음."

이나는 주의 깊게 은하를 관찰하다가 이내 의미를 알 수 없는 콧소리를 흘렸다.

✻ ✾ ✻

키보드를 두드리던 손이 잠시 멈췄다. 이윽고 책상에 놓여 있는 핸드폰으로 옮겨 가 느릿하게 터치했다. 메신저 앱을 구동했으나 새로 들어온 메시지는 없었다. 다가갈 때보다 다소 무성의해진 손길로 핸드폰을 놓고 가볍게 책상을 두드렸다.

"아직도인가?"

건은 한숨처럼 중얼거렸다. 그렇게 헤어지고 난 후 아직 은하에게서 아무 연락도 오지 않았다. 그녀의 마음이 정리될 때까지

기다린다고 선언했는데 아직 반응이 없었다. 오랜 시간 교류해 온 친분을 이대로 놓고 싶지 않은 마음 반, 완전히 갈라서게 된 다고 해도 어쩔 수 없다는 마음 반이었다.

만일 이대로 연이 끊어지게 되면 솔직히 아쉬울 것 같다.

책상을 두드리며 잠시 골몰하는 건의 미간 사이에 골이 깊게 팼다.

'포기 못한다고 해도 입 밖으로 꺼내서 불편하게만 하지 않으면 되는데.'

은하에게는 다소 잔인할지라도 감정을 조용히 묻었으면 싶었다. 그녀의 마음을 받아들이지 못하기에 기본적으로는 부담스러움이 크지만 한편으로 그를 볼 때면 좋아하는 감정을 숨기지 못하고 고스란히 드러내는 것은 그의 우월감을 채워 주기도 했다.

'어쩔 수 없나?'

손장난을 멈추고 양팔을 꼬아 팔짱을 꼈다. 대충 상황을 보고 모른 척 넘어가면 좋았을걸, 그 일을 들추어 기어이 고백을 한 은하가 야속해지려고까지 했다.

"이 대리."

책상 맞은편에 위치한 김선옥 대리가 과장의 눈치를 피해서 조용히 그를 불렀다. 건은 등받이에 깊숙이 묻었던 몸을 서둘러 앞으로 당기며 그녀가 하듯 은밀히 응대했다.

"애인 없는 거 확실하지? 지난번 회식 때 봤던 여자는 단순한 후배 맞고?"

"또 그 얘기야?"

비밀스럽게 접선해서 무슨 얘기인가 했건만 사골 우리듯 계속해서 우려먹는 주제에 팔짱을 풀며 못마땅한 기색을 드러냈다. 김선옥 대리는 한 손을 들며 진정하라고 살살 흔들었다.

"애인 진짜 없으면 여자 소개해 주려고 그러지."

"……여자?"

"응. 나이는 스물여덟이고 병원 코디네이터야."

"예뻐?"

"하여간 이 대리도 남자 아니랄까 봐 얼굴 밝히기는?"

그녀는 장난조로 타박을 하더니 핸드폰을 몇 번 만진 후 건넸다. 화면에 사진 하나가 떠 있는데 낯선 여자가 찍혀 있었다.

"강남 유명한 성형외과에서 일하고 있는데 외모야 직장이 보증하지."

김선옥 대리가 자신만만하게 말하는 것도 납득이 갈 만큼 사진 속 여자는 예쁘장했다. 뽀얀 피부에 이목구비도 흠잡을 데 없는데 청순한 분위기까지 자아냈다.

"어때, 예쁘지?"

다만 한 가지 마음에 걸리는 게 있다면.

"셀카잖아."

특정한 각도에서 보란 듯이 예쁜 척 눈을 동그랗게 뜨고 인위적으로 연출한 분위기. 셀카를 찍으면 응당 백 명 중 아흔 명은 원래 제 얼굴보다 예쁘게 나오기 마련이다.

"까다롭긴? 같은 셀카라도 원판 견적이 나오지 않아?"

"음, 예쁘긴 하네."

"애교 많은 여자 좋아한다며? 친구 얘기 들어 보니까 얜 천성이 애교꾼이라더라."

"으흠."

"싫어? 그럼 말고."

김선옥 대리가 핸드폰을 돌려받으려 하자 건이 급히 닿지 않는 곳으로 멀리 떨어뜨렸다. 뭔가 마음에 걸렸지만 결정은 하나였다.

"만나 볼게. 언제, 주말?"

"토요일로 정하지 뭐. 일단 친구한테 연락해 보고 정확한 시간 알려 줄게."

"알았어."

"잘되면."

김선옥 대리가 손을 둥그렇게 말아서 손목을 까딱거렸다.

"알지?"

"술 한잔이 대수겠어?"

픽 웃어 버리는 건과 그를 보며 웃던 김선옥 대리를 신 과장이 부르기 전까지 좋은 분위기가 이어졌다.

❀ ✱ ❀

뭘까?

침대 위에 앉아 책을 펼치고 있지만 정작 10분이 지나도록 책장은 단 한 장도 넘어가지 않았다. 책 읽는 흉내만 내는 허세 가득한 사람처럼 보일 거라 씁쓸하게 중얼거렸다. 하지만 책을 치우는 것은 무리였다. 그랬다가는 안전한 방패막이 사라질 테니.

'차라리 왜 그러냐고 물을까?'

머리에 쥐가 나도록 고민을 해 봤지만 해답이 나오지 않는 문제였다. 사실 그가 하는 행동을 딱 잡아 뭐라고 하기 어려웠다.

윤이안, 그 집도의가 현재 은하의 뇌 구조 40%를 차지하고 있는 생각이었다. 의도치 않았건만!

은하는 책에 열심히 집중하는 척 고개를 파묻을 듯이 숙인 채로 눈동자만 슬쩍 굴려 병실 입구를 훔쳐봤다. 간병인이 나가면서 반쯤 열어 놓은 문밖에 도저히 무시할 수 없는 존재감의 남자가 서 있었다. 바로 그가.

의사가 병원에 있는 게 이상할 일은 아니다. 더욱이 월급을 더주는 것도 아닌데 세심하게 환자를 살피는 의사의 덕목은 칭찬할 만하지 않나.

'그렇다곤 해도 묘해. 엄청 묘하다고.'

담당의와 함께 병실에 왔던 이후로 잊을 만한 시간 동안 보이지 않았다. 그에게 업혔던 일로 열심히 땅을 파던 은하도 망각의 동물답게 부끄러움을 잊어 가던 차였다.

딱 언제부터라고 규정하기 어려웠으나 '언제부턴가' 이안이 눈에 띄기 시작했다. 처음 병실 앞에 서 있는 걸 보고 얼마나 놀랐는지. 하지만 환자 상태를 확인하기 위해 보러 온 거라 여기고 그러려니 했다.

'의사가 원래 이렇게 시간이 여유롭나?'

드라마를 보면 의사, 특히 외과의는 만날 호출당하고 수술실 들어가느라 바빴던 것 같은데. 작게 중얼거렸으나 대답을 바라고 한 말은 아니었다.

'다 떠나서 교수라며? 교수씩이나 되는 사람이 여기에 뭐 얻

어먹을 게 있다고 자꾸 오냐고.'

차라리 말을 시키면 어색함이 덜할 텐데 저렇게—굳이 숨으려고도 하지 않았다!— 서서 지긋이 이쪽을 바라보다가 가곤 했다. 대화를 하다 보면 자타공인 명랑 소녀 반은하답게 넉살을 부려 볼 법도 한데 그와는 오로지 침묵 또 침묵. 대치 상태가 이어질 수밖에 없었다.

무엇보다 은하를 움츠러들게 하는 가장 큰 이유는 따로 있었다.

'안 돼, 안 돼. 들지 마.'

후회할 1분 뒤의 미래가 눈앞에 선명한데 충동을 못 이기고 고개를 들었다. 예상은 벗어나지 않고 이안과 눈이 정통으로 마주쳤고 그 직후 민망함이 밀려왔다.

계속 이쪽을 주시하고 있던 사람은 그인데 낯 뜨거움은 왜 그녀의 몫일까. 은하는 눈을 피하고 싶은 갈망을 억지로 무시한 채 꾸벅 인사를 건넸다. 그 역시 목례로 화답을 했지만 그 순간에도 시선은 줄곧 그녀를 따라왔다.

한참 후에야 이안이 자리를 떠났고 은하는 무릎 위에 올려 둔 책을 치워 버렸다. 짙은 탈력감에 심신이 고단했다. 받는 쪽이 상당히 곤란해지는 시선이었다. 하등 그녀에게 보낼 이유가 없는 종류의 눈빛이었다.

굳이 비교를 하자면 그녀가 제주도에 여행을 갔을 때 흑돼지 통바비큐를 눈앞에 두고서 지었을 법한 것과 동종.

뼈만 남기고 살살 다 발라 먹어 주겠다고 의지 충만했을 때의 제 표정과 닮았다.

'사람을 무슨 잘 차려진 만찬 보듯이.'

거기까지 생각에 이른 은하는 어깨를 움츠렸다. 제 사고가 굉장히 위험하게 뻗은 것을 의식했다.

"병원에 며칠 있었다고 별 해괴망측한 망상만 늘었네."

은하는 자신을 아끼기에 주제 파악은 빠른 편이었다. 일종의 보호 장치였다. 그녀는 제 머리를 아프지 않게 툭툭 두드리며 이성을 찾으라고 되뇌었다.

'그럴 이유가 전혀 없잖아.'

그녀를 보는 눈빛이 순전히 제 착각이라고 몰아갔다. 제 외모가 윤이나급이라면 첫눈에 반하기라도 한 모양이지, 하고 적당한 이유를 붙일 수 있을 텐데 아무리 눈에 콩깍지를 끼워 본다고 해도 자신은 첫눈에 타인에게 매력을 어필할 만한 요소를 갖고 있지 않았다.

너무 얼토당토않아 근거로 내세우기 민망한 첫 번째 가설을 지우고 남은 가설은 저 의사 눈에 자신이 먹음직스러운 요리로 보인다는 것뿐인데 이 또한 빈축을 살 만한 내용이었다.

"몰라. 닳는 것도 아닌데 질리면 알아서 그만두겠지. 천년만년 병원에서 살 것도 아니고."

결국 더 생각하기를 포기했다. 본인에게 묻지 않고서야 도저히 답이 나오지 않는 문제였다.

과연 그에게 물을 날이 올까마는.

병실을 지나친 이안은 긴 다리를 쭉쭉 뻗으며 넓은 보폭으로 걸었다. 복도에 나와 서성이던 환자 혹은 보호자들은 그를 보고 홀린 듯한 눈으로 멍하니 바라봤다. 그와 지나치는 이들은 꼭 한 번씩 뒤를 돌았다.

하지만 그의 걸음을 어느 것도 막지 못했다. 은하의 병실에 멈춰 섰던 게 거짓말이었던 것처럼 행보가 거침없었다.

그는 엘리베이터 대신 계단을 이용했다. 발을 내디딜 때마다 두세 계단씩 오르는 모습이 가뿐했다. 평소보다 경쾌하게 계단을 오른 이안은 제법 많은 높이를 올랐지만 호흡이 흐트러지는 기색 없이 연구실을 열었다.

안으로 들어가자마자 의사 가운을 벗어 폴 행거에 걸었다. 가운 안에는 베이직한 흰색 셔츠를 입고 있었는데 입기 전 빳빳하게 다렸을 게 분명한 셔츠는 오늘 하루 새 주름이 졌다.

가운을 입었을 때 장신의 키와 비례해 모델처럼 늘씬해 보였던 체격은 예상외로 건장했다. 몸에 딱 맞는 셔츠는 옷을 입은 상태임에도 단단한 근육을 드러냈다. 강한 남성다운 몸은 언뜻 보아도 군살을 전혀 찾아볼 수 없었다.

그가 블라인드를 걷기 위해 팔을 뻗자 천이 팽팽하게 당겨지며 그의 어깨에서부터 등에 이르는 라인이 더 노골적으로 드러났다.

옷 위로 가늠하기에 바위처럼 단단할 것 같은 근육이었다. 동시에 고양이과 맹수처럼 유연한 몸은 물 흐르듯이 움직였다.

이안은 블라인드를 걷은 후 자리를 떠나지 않고 창틀에 반쯤 몸을 걸쳐 앉았다. 창밖 경관이라고 해야 부속 대학 건물과 도서관뿐이었으나 그는 흥미로운 표정을 지었다.

생각에 잠긴 눈으로 먼 곳을 응시하던 이안이 턱을 문질렀다.

그 순간 차갑게 다물린 입가에 잔잔한 미소가 걸쳐졌다.

둥그런 호선으로 입매가 휘자 그의 분위기가 한결 부드러워졌다. 아침 이슬을 머금은 꽃봉오리가 꽃잎을 여는 광경에 비견될 아름다운 미소였다.

그 순간은 무척이나 짧았다. 보는 이 없는 제 개인적인 공간임에도 이안이 길고 섬세한 손가락으로 제 입술을 가렸다. 하지만 미처 가리지 않은 그의 눈이 즐겁게 웃고 있었다.

"사람 설레게 귀엽게 굴기는."

중얼거리는 음성이 어쩐지 들뜨고 유쾌했다.

윤이안

녹색의 수술복과 두건, 마스크로 몸을 가린 이안이 라텍스 장갑을 낀 두 팔을 든 채 수술실에 입장했다. 이미 마취를 마치고 잠들어 있는 환자와 스태프들이 그를 맞았다.

그는 스태프 면면을 살피다가 한곳에 눈을 멈췄다.

"인턴 우재희? 네가 왜 여기 있어?"

설마 콕 집어 지적당할 줄은 몰랐는지 가냘픈 체형이 살짝 흔들렸다. 다른 스태프들은 특별한 일은 아닌지 그럴 줄 알았다는 담담한 반응이었다.

"교수님 수술을 견학하고 싶어서 실례인 줄 알면서 들어왔습니다."

"참관실은 따로 있을 텐데?"

이안이 전방을 바라보자 유리 너머 서 있던 의사들이 고개를 숙여 인사했다. 그에 화답하는 대신 우재희에게 다시 시선을 돌렸다.

"써드로 참여시켜 주시면 열심히 하겠습니다."

"배짱 좋네."

물 흐르듯이 유연한 어조와 달리 투명한 보호안경 너머 눈매가 퍽 날카로웠다. 인턴은 그 기세에 움찔했다.

개의치 않고 그녀를 분해하기라도 할 듯 주시하던 이안이 곧 눈길을 돌렸다. 그의 시선에서 벗어나자 인턴은 간신히 한숨을 내쉬었다.

"하지만."

서두가 긍정적인 신호는 아니었다.

"검증되지 않은 사람은 내 수술실에 안 들여. 나가."

재고의 여지도 주지 않은 채 서늘한 시선을 문으로 툭 던졌다.

"교수님."

"환자 기다린다. 시간 끌지 말고 나가."

바늘 하나 들어가지 않을 것 같은 딱딱함에 인턴은 애먼 입술만 씹다가 더 이상 감당해 내지 못하고 고개를 푹 숙인 채 쫓기듯 나갔다.

그녀가 사라지자 이안은 언제 칼바람이 불었냐는 듯이 찌푸린 인상을 폈다. 세컨드 어시스트로 수술에 참여한 레지던트 3년 차는 그에게 슬쩍 몸을 기울였다.

"우 과장님이 노려보세요."

"왜?"

참관실에서 유일하게 이안보다 경력이 많은 의사였다. 어려운 수술도 아닌데 웬일로 참관을 하나 싶던 참이었다.

"우재희가 우 과장님 딸이니까요."

"그래서 예정에도 없었던 햇병아리가 수술실에 들어왔는데도 방치했다?"

"아!"

레지던트 3년 차의 얼굴에 낭패감이 피어올랐다. 하지만 이안은 쉴 틈을 주지 않았다.

"우 과장 무서워서?"

"저, 교수님."

"요즘 너무 풀어 줬나 보다. 해이해진 정신머리를 뜯어고쳐 줄 테니 각오해."

레지던트는 얼굴을 다 가린 상태여서 눈밖에 보이지 않았지만 핏기가 질리는 광경이 고스란히 비쳤다.

한 사람의 심중을 지옥으로 보내 버린 이안이 이쪽을 노려보고 있다는 우 과장은 아예 신경도 쓰지 않은 채 수술 부위 앞에 섰다.

"메스."

손을 내밀어 요구하자 수술실 간호사가 능숙하게 서브했다. 이내 길고 섬세한 손 위로 예리하게 빛이 나는 메스가 주어졌다.

우 과장은 누가 봐도 심기가 불편한 얼굴이었다.

제가 버젓이 지켜보고 있는데 딸을 매몰차게 수술실에서 쫓아낸 행동은 자신을 무시한 처사이자 하극상으로 비쳤다. 기분이 틀어진 그에겐 상황이 모두 꼬여 보였다.

"역시 윤 교수님 수술은 공부가 돼."

"분명히 사람의 손인데 저 속도를 눈으로 좇을 수가 없네."

"직접 현장에서 보는 게 낫지."

"서브하는 창식이도 코앞에서 보면서도 눈으로 못 따라갈걸."

하물며 주변에서 끊임없이 쏟아지는 윤이안에 대한 찬사에 더욱 이가 갈렸다. 이들은 전부 자신이 무시당한 모습을 지켜본 후배이자 제자들이었다.

"수술 실력이 달리 우리 병원, 아니, 우리나라 최고라겠어?"

"쉬잇."

작게 소곤거리는 말이 우 과장의 귀에 고스란히 들렸다. 원래 말리는 시누이가 더 밉다고 그들을 조용히 시키는 목소리 또한 모두 들었다. 우 과장의 눈썹은 끝을 모르고 이마를 향해 치켜 올라갔다.

그의 기분과는 별개로 수술실 분위기는 내내 활기를 띤 채 마무리되었다. 마침내 윤이안이 굽혔던 고개를 들자 참관실에 모여 있던 의사들에게 그의 얼굴이 드러났다.

"두건, 마스크, 안경으로 가렸는데도 잘생겼냐."

"사람이 부족한 게 너무 없어도 인간미가 없는 건데."

"신도 불공평하시지. 한 사람에게 너무 많은 걸 몰아줬잖아."

수술 내내 그의 빠르고 정확한 손에 대해 감탄을 나누다가 수술이 끝나고 나서는 외모 찬양을 하는 의사들의 칭찬이 우 과장에게는 고깝게 들렸다.

'망할 자식.'

이를 바득바득 갈았더니 턱이 아팠다.

사실 이런 분위기가 될 줄 알고 있기는 했다. 하지만 딸을 보기 위해 수술 참관을 한 것인데 쫓겨났다고 저 역시 나가 버리면 뒷말이 나올 것이라 판단해 버렸던 것이다.

우 과장은 끙 신음을 흘리며 자리에서 일어났다. 덩달아 의사들 역시 벌을 섰다. 밖으로 나가는 길에 기립한 채 저를 향해 고개를 숙이는 의사들을 보면서도 우 과장의 꼬인 마음은 풀리지 않았다.

그는 곧장 이안을 찾아갔다. 그가 도착했을 때 이미 이안은 수술실에서 나와 안경과 마스크를 벗은 채 어시스트와 대화를 나누고 있었다.

우 과장의 등장에 아직 주변에 있던 간호사들이 먼저 소리 없이 고개를 숙였다. 그의 방향으로 서 있던 어시스트까지 허리를 꾸벅였을 때야 비로소 이안이 몸을 틀었다.

"윤 교수, 잠깐 봐."

이안이 눈썹을 치떴으나 이의를 제기하지는 않았다.

수술실 스태프들과 다소 거리를 둔 채 두 사람이 마주 보고 섰다. 우 과장은 한국 남성 평균 키보다 조금 더 컸지만 이안의 눈높이는 훨씬 높은 곳에 있어 올려 봐야 했다.

'하나부터 열까지 마음에 안 드는군.'

"사이즈 좀 줄여."

우 과장이 불퉁하게 내뱉자 이안은 비스듬히 입매를 올렸다.

"매너 다리 해 드려요?"

그러면서 슬쩍 다리를 벌리는 시늉을 한다. 순간 울화통이 확 치밀어 오르는 표정을 지은 우 과장이 그를 매섭게 노려봤으나 정작 당사자는 유유자적했다.

그 모습에 더 울컥했다.

"무슨 일이십니까?"

이안이 주제를 바꾸지 않으면 체면 불고하고 제 살을 깎아 먹을 뻔했다. 우 과장이 퍼뜩 정신을 수습한 후에 본 주제를 꺼냈다.

"윤 교수, 너는 후진 양성에 왜 전혀 신경을 쓰지 않아? 앞에서 후배들을 끌어 줘야 하는 입장에서 배우고자 하는 마음이 있는 녀석들을 북돋아 주어야지."

"아아."

우 과장이 무슨 얘기를 하려는지 대번에 이해했다. 직접적으로 제 딸을 언급하지는 못하고 두루뭉술하게 후진 양성 타령을 하는 속내가 귀여울 정도로 빤히 읽혔다.

"넌 인마, 의사 개인이 아니라 교수고 내년이면 관리자가 될 입장이야. 병원 전체를 볼 줄 알아야지. 과장 되고 나서도 지금처럼 할 셈이야?"

"의사를 키워라?"

"그럼."

"과장님, 전 못합니다."

"뭐?"

이렇게까지 말했는데 단호하게 거절을 하자 우 과장의 목소리가 높게 올라갔다. 이안은 태연하게 어깨를 으쓱했다.

"저 같은 의사를 어떻게 키웁니까? 작은 가능성이라도 보여야 건드리지."

긁지 않은 복권

"뭐야?"

"그러니 저 같은 의사는 저 하나로 만족하십시오."

본인 얼굴에 금칠하기를 전혀 부끄러워하지 않는 태도에 얼이
나간 건 우 과장 쪽이었다.

"그리고 수술실 권한은 제게 있는데, 아까 그 일은 엄연한 월
권입니다."

오히려 이안은 아까 일을 먼저 언급하며 우 과장을 훈계했다.

"아무리 어렵지 않은 수술이라고 해도 중요하지 않은 수술은
없습니다. 이미 완벽하게 세팅되어 있는 오케스트라에 난데없이
예정에 없던 비올라가 하나 들어오면 불협화음만 생깁니다. 잘
아시는 분이 왜 그러셨을까?"

"윤 교수."

"하물며 숙련된 녀석도 아니고 외과에 온 지 이제 일주일밖에
안 돼서 뭘 해야 할지 아무것도 모르는 애를 집도의 허락도 받지
않고 수술에 넣어 두면 어떡합니까? 의욕적이어도 힘들 판국에
얼굴에 버젓이 '누가 등 떠밀었소' 하고 써 붙인 애를. 옆에서 본
다고 전부 나처럼 되면 창식이는 이미 옛적에 레지던트 졸업했
어야죠."

우 과장이 미처 반박할 틈도 없이 제 할 말만 모두 한 이안은
피곤해서 이만 가 보겠다며 제 마음대로 대화를 종료했다.

"넌 따라와. 우리 할 일 남았잖아?"

연구실로 돌아가는 길에 잊지 않고 레지던트를 불렀다. 이안
의 부름에 레지던트의 얼굴이 새하얗게 질렸다.

푸줏간에 끌려가는 소처럼 어깨를 축 늘어뜨리고 뒤따르는 기

세가 영 처량했다.

"윤 교수! 야!"

뒤늦게 우 과장이 씩씩거렸지만 이미 이안은 한참 멀어진 후였다.

열이 확 오른 얼굴로 발을 구르며 머리를 신경질적으로 헝클어도 속이 풀리지 않았다. 한참이나 분에 못 이겨 이를 갈던 우 과장이 주변의 시선을 느끼고 자세를 바로 했지만 이미 체면은 깎일 대로 깎인 후였다.

도망치듯 자리를 떠난 뒤 마취의를 비롯해서 아직 남아 있던 스태프들이 고개를 설레설레 흔들었다.

"우 과장이 한 마디를 못하네."

"달리 도독 님이겠어?"

"수술 실력 최고야, 외모 끝내줘, 돈 많아. 그런데 하필이면 성격이……."

"역시 성격이 좀……."

그들은 맞추기라도 한 것처럼 동시에 한숨을 쉬었다.

수술실에서 이안이 내건 철칙을 어긴 레지던트의 정신교육을 장장 30분에 걸쳐서 하고, 끝으로 레포트 40장이라는 폭탄을 던져 주고 난 뒤 그는 상쾌한 얼굴을 한 채 연구실에서 세미나 준비를 했다.

나가기 전 레지던트가 금방이라도 토할 것 같은 표정을 지었지만 오히려 그의 기분은 더 산뜻해졌다.

이 시기에 잡힌 세미나 일정이 무척 고까웠는데 잠시 그 기분을 환기시켜 주는 용도였다.

물론 '천둥벌거숭이를 인간으로 교화'하는 것에 열심을 다하는 자신은 의사만 아니라 교수도 천직이라고 말하는 이안을 보며 레지던트의 표정이 미묘하게 일그러졌지만.

세미나에서 발표할 자료를 어느 정도 정리하고 난 뒤 이안은 시간을 확인했다. 이전의 그의 일과는 바쁘지만 그리 특별할 건 없었다. 수술, 강의, 레지던트 지도, 연구. 쳇바퀴처럼 도는 생활이었다.

하지만 근래 변화가 생겼다. 다른 일정이 없는 한 대부분 연구실에서 시간을 보내는 그가 주기적으로 외과 병동, 그중 특정한 병실 하나를 찾는 일이다. 그곳에 마치 꿀 항아리라도 숨겨 놓은 것마냥.

이안은 오늘도 역시 새로 생긴 일과를 진행했다. 연구실을 나서는 표정이 한층 환했다. 훤훤한 미남이 그림을 그린 것 같은 미소를 짓고 있자 사람들의 시선이 마치 홀린 듯이 자연스럽게 그를 향했다.

그는 자신이 걸음을 내디딜 때마다 애먼 아가씨들의 가슴을 앓게 하는 걸 아는지 모르는지 주의가 온통 병실에 쏠려 있었다. 병실이 가까워질 때쯤에는 거의 뛸 듯한 모양새가 되었다.

똑똑!

이안은 타 병실과 똑같은 이 문에 금칠이라도 한 것처럼 조심스럽게 두드리며 제 등장을 알렸다. 직후 문을 열고 안으로 들어서자 새카만 뒤통수가 눈에 들어왔다.

TV에 어찌나 집중을 하고 있는지 누군가 병실에 들어온 줄 전혀 몰랐다. 복숭아 속살처럼 새하얗고 부드러워 보이는 얼굴을 보지 못한 것이 아쉽지만 동그란 뒤통수 역시 보는 재미가 있었다.

만일 여자들이 봤으면 나이를 막론하고 무릎을 떨 법한 근사한 미소가 그의 입매에 걸렸다. 가늘게 휘어진 눈에는 달콤하고 몽글몽글한 분위기가 흘렀다.

'반은하.'

그가 여자를 알게 된 건 약 1년 전이었다. 보다 구체적으로는 그 혼자 은하를 알고 있는 기간이었지만.

"이 여자 생긴 건 안습인데 노래 하나는 역시 일품이네. 노래 솜씨가 아깝다."

언젠가 이안의 동기를 통해 우연히 접하게 됐다.

"윤 교수, 봐 봐라. 진짜 노래도 얼굴이 예뻐야 보고 말 일이다. 아니면 울림통 유지하려고 돼지처럼 처먹어서 이리됐나?"

그는 이안이 제법 경멸해 마지않는 경박스러운 인간이었다. 평소라면 지나치고도 남음이 없는데 그날따라 입을 열 때마다 나오는 천박한 말이 듣기에 거슬렸다. 그래서 시선이 무심코 그가 보고 있는 핸드폰으로 향했다.

확실히 날씬한 체형은 아니었다. 하지만 오랜 미국 생활 때문인지, 아니면 원체 타인에게 무심한 성격 탓인지 그가 보기에 화면 속의 여자는 조롱을 받아야 할 이유가 전혀 없었다.

그의 시선을 다르게 이해했는지 동기는 그가 관심을 가졌다고 오해해서 이어폰을 권했다.

이안은 보통 때 같으면 거절했을 텐데 시끄럽게 떠드는 소리가 듣기 거슬려 순순히 이어폰을 꽂았다.

아.

이안은 여자의 목소리를 듣자마자 소리 없는 신음을 흘렸다. 남들보다 청력이 예민한 그에게 여자의 목소리는 지나치게 자극적이고 강렬했다.

그녀가 부르고 있는 재즈는 전문 가수의 것과 비교하여 전혀 모자라지 않았다. 오히려 더 끈적끈적하고 아찔한 분위기에 흠뻑 젖어 들게 했다.

퇴폐적인 느낌의 노래를 부르는 목소리는 정작 맑고 사랑스러워 어울리지 않을 수도 있는데 그 부조화스러운 조화로움이 오금을 간질였다. 보송보송한 강아지풀로 심장께 어딘가를 살살 건드리는 것 같았다.

"인터넷 방송의 백미는 몸캠이지. 요즘 고동TV의 여캠들 방송 끝내줘."

언제까지고 빠져 있을 것 같았던 정신이 돌아온 건 동기가 불협화음을 낸 때였다. 그는 모처럼 말 붙이기 어려운 동기가 관심을 가지는 것에 한층 흥이 나서는 제가 보는 인터넷 방송을 추천했다.

카메라를 향해 커다란 가슴을 가져다 대는 동영상의 첫 시작에 동기는 몇 번이고 돌려 본 동영상이라면서도 얼굴을 상기시켰다.

하지만 이안은 흥미가 식은 표정으로 이어폰을 빼며 핸드폰을 동기 쪽으로 밀었다.

"후, 몸매 봐라. 엄청 밝히게 생겼지? 분명 경험 있는 년이야.

안 그러면 이런 자세가 안 나오지. 침대에서 얼마나 화끈할까? 어? 안 봐? 더 찐한 영상이 있는데 그거 보여 줄까?"

"아무 여자 몸이나 보고 발정하는 취미는 없어서."

이안은 제 머리를 손가락으로 툭툭 두드렸다.

"사람이 짐승과 다른 건 이성의 유무인데 여자만 보면 올라타고 싶어 하는 건 가오가 안 서지."

"뭐?"

"쪽팔린 줄도 모르고."

"나 들으라고 하는 소리야?"

동기의 얼굴색이 붉어졌지만 이안은 거기에서 멈추지 않았다.

"여자만 보면 눈이 돌아서는. 적어도 연애 걸 상대와 환자는 구별해라."

"야."

"환자들이 진료받고 나오면 기분 나쁘다고 말이 나온다던데 교수 되고 싶다면서 제 욕망 하나 못 추슬러?"

이안은 표정 하나 바꾸지 않은 채 독설을 멈추지 않았다.

"인성이 못 따라 주면 똑똑하기라도 해야 하는데 어느 세월에 교수직 바라보겠어? 시간제로 뛰어도 몸 훑는 시선이 기분 나쁘다고 말이 나오는 판국에. 위에서 모를 것 같나? 병원 이미지 끔찍하게 생각하는 양반들이 파악을 안 할 리 없지."

"넌 부교수라고 지금 위세하냐?"

"멍청하면 충고는 충고로 받을 것이지, 꼬여 있기까지 하니 깜깜하군."

이안은 진심으로 딱하다는 듯 나직이 한숨을 쉬었다. 하지만 철저하게 조롱하는 말이란 것은 하는 이안도, 듣고 있는 동기도 아는 사실이었다.

동기는 뒤통수를 거하게 얻어맞은 사람처럼 아무 말도 못하고 입만 벙긋거렸다. 그러나 이안은 자비를 두지 않았다.

"그리고 양치나 자주 해. 만날 쓰레기 같은 말을 하니 입에서 썩은 내가 진동을 한다."

산뜻하게 마지막 말까지 붙인 이안은 석상처럼 굳은 동기를 뒤로했다.

마치 이안의 말이 예언이었던 것처럼 얼마 후 산부인과 병동이 한바탕 뒤집어졌다. 진찰을 받았던 환자가 마취가 덜 걸린 상태에서 동기 의사가 음부를 진찰 외적인 의도로 만지고 언급하는 말을 들은 사건이 일어난 것이다.

증거가 없어서 소송까지는 가지 않았지만 병원이 매스컴에 오르내리고, 자신 역시 기분이 나쁘고 이상했다며 제 경험담을 올리는 사람들이 줄줄이 늘어났다.

환자를 담당한 동기의 신상 정보가 인터넷에 풀렸다. 병원 이미지 실추라는 명분과 도의적인 차원에서 동기를 병원에서 내보내고 사건을 진화했다.

같은 병원이라 영향이 전혀 없는 건 아니었으나 이안과는 큰 관련이 없어 시끌시끌한 분위기 속에서도 평소처럼 보냈다.

그사이에 이안은 불현듯 떠오른 동영상이 내내 머릿속에서 맴돌아 영상을 찾았다. 그러다가 인터넷 방송이란 걸 접하게 됐고 그토록 찾던 여자의 채널을 발견했다.

보이는 라디오로 진행되는 여자의 방송은 단순히 노래만 부르는 것이 아니라 시청자들과 소통하고 또 좋은 음악을 소개하는 형식이었다.

그녀의 노래로 인해 찾았던 방송이었는데 시청을 하는 동안 노래 외적으로 '반은하'라는 사람 자체가 보였다. 말을 할 때는 조곤조곤 듣기 좋은 어투였고 훨씬 더 맑고 청량한 음색을 지녔다.

목소리에서 조금 주의를 돌리면 그녀가 내뱉는 말들이 관심을 끌었다. 놀라울 정도로 신중하고, 조심스럽게 상대를 배려하는 모습을 보였지만 일면에는 유쾌함이 담겨 있었다.

듣는 순간 웃음이 나오는 재치 있는 말솜씨는 아니었으나 선을 과하게 넘지 않는 선에서 마치 바로 옆에서 대화를 하는 것처럼 친근하고 다감한 분위기를 풍겼다. 그래서 고민을 적은 시청자로 하여금 이해받고 있다는 믿음과 위로를 주었다.

그녀의 노래와 말에 서너 달 빠졌을 무렵, 점차 외양이 눈에 들어오기 시작했다. 일반 TV 방송과 비교할 수 없는 화질이었지만 그녀의 모습을 놓치지는 않았다.

크림이 묻어 나올 것처럼 말랑하고 하얀 피부, 방송 타이틀인 '보름달'이 아니라 별빛을 박아 놓기라도 한 듯이 반짝반짝 빛나는 눈동자. 선이 반듯한 코와 작고 앙증맞은 입술. 그 모든 것이 어느 순간 사랑스럽게 보이기 시작했다.

웃을 때 목젖이 보이도록 환하게 미소 짓는 모습이며 곤란할 때 무심코 찡끗거리는 콧잔등, 복숭아색이 묻어나는 말랑말랑한 뺨을 손으로 감싸는 소소한 버릇들에 이안은 의도치 않게 웃음이 나왔다.

그녀의 방송을 볼 때면 약에 취한 듯이 항상 기분이 들떴다. 그리고 방송이 없는 닷새는 평소보다 더디 갔다. 스타에게 푹 빠진 전형적인 팬이었다. 물론 그녀의 일거수일투족 모든 것을 알고 싶어 하는 극성 사생 팬이 된 건 아니지만.

그녀가 병원에 입원해서도 그는 스타와 팬의 거리를 유지해야 한다는 생각을 가지고 있었다. 제가 좋게 본 건 인터넷 방송상의 반은하였기에. 지금처럼 좋은 느낌을 유지하기 위해서는 적당한 선이 필요하다고 여겼다.

사실 그녀의 가게로 찾아간 것은 무척 충동적이었다. 거리를 유지해야 한다는 신념에서 벗어난 행동이었으나 도저히 제 걸음을 막을 수 없었다. 그냥 얼굴만 보고 올 생각이었다. 만약 은하가 눈앞에서 쓰러지지 않았더라면.

허물어지는 모습을 보며 이안은 생전 처음으로 이성보다 감정이 앞섰다. 정신없이 그녀를 데리고 병원으로 향했다. 정식으로 검사하기 전에 간단한 문진으로 충수염이란 진단을 내렸으나 간단한 병명이라도 아파서 울먹이는 그녀를 보며 타들어 가는 마음을 막을 수 없었다.

누구에게도 은하의 수술을 맡길 수 없었다. 이안은 스스로의 실력에 대해 확신이 강한 의사였다. 그래서 오프임에도 불구하고 메스를 잡았다. 자신을 의아히 바라보는 다른 의사나 간호사들의 시선 따위는 상관없었다.

거리를 두려면 수술에서 끝내야 했다. 하지만 마음먹은 것과 실천하는 것의 괴리감을 생전 처음으로 알게 됐다. 그녀의 수술을 끝내고 하루도 지나지 않아 그녀에게 접근하지 않겠다던 결심이 무너졌다.

'퇴원할 때까지만인데 뭐가 어때?' 하고 면죄부를 줬다. 하루에 한 번, 의사로서 그녀의 상태를 꼼꼼하게 점검해 보자고 스스로를 속였던 결과는 지금과 같았다. 하루에 한 번이라고 정해 놓은 규칙이 무색하게도 이안은 시간이 나기만 하면 그녀의 병실을 둘러보았다.

그녀가 의아해하는 마음을 읽었지만 이안은 아예 모르는 척 뻔뻔하게 굴었다. 너무 당연한 일을 하듯이 그의 행동엔 전혀 어색함이 없었다.

자주 보다 보면 관심이 식을 거라고 했던가? 그리 자부했던 며칠 전의 자신을 비웃었다. 그녀는 보면 볼수록 새로운 감정을 주었다. 풍부한 표정, 심지어 아파서 끙끙거리는 모습까지 한시도 눈을 뗄 수 없었다.

"아!"

뒤늦게 이안의 기척을 알아차렸는지 은하가 TV에서 고개를 돌리고는 깜짝 놀란 표정을 지었다. 하지만 처음보다는 빨리 진정을 되찾았다. 이젠 그러려니 하는 모양이었다. 여전히 어린 고양이처럼 경계를 세우고 있는 게 아쉽지만.

"오늘 기분은 어떻습니까?"

이안은 의사로의 가면을 쓴 채 물었다. 수도 없이 반복한 질문이었다. 은하는 콧잔등을 살짝 찌푸린 채 어설피 웃었다.

"무언가를 입으로 씹고 싶은 것만 빼면 괜찮아요."

그러면서 아쉬움이 뚝뚝 떨어지는 눈으로 TV를 봤다. 은하만을 보느라 주변에 무감했는데 이제 보니 그녀가 열심히 시청하고 있던 방송은 맛집을 소개하는 프로그램이었다.

양푼에 각종 채소와 반숙한 계란, 그리고 불그스름한 육회를 넣은 비빔밥이 비쳤다. 그걸 보는 은하의 목울대가 꿀꺽하고 움직였다.

"맛있겠다."

은하는 한숨처럼 말을 뱉었다. 애처롭기까지 한 그 모습에 이안 역시 안타까웠다. 수액만으로 버티는 게 힘들긴 할 것이다. 그새 얼굴이 반쪽이 된 것도 같았다.

'수술을 받느라 체력이 많이 떨어졌을 텐데.'

어쩐지 오늘따라 기운이 없어 보이는 것도 같아 이안은 불쑥 걱정이 들었다. 하지만 식사 문제는 인력으로 해결될 게 아니라서 아무것도 하지 못하는 것에 속이 답답해 주먹만 쥐었다 펴길 반복했다.

'왜 안 가지?'

TV에만 집중하고 있는 것처럼 보이는 은하는 사실 전혀 집중하지 못하고 있었다. 뒤통수가 찌릿찌릿한 게 너무나 신경이 쓰였다. 아마도 퇴원하는 날까지 저 시선에 적응이 되지 않을 것 같았다.

'할 말이 남았나?'

그럼 빨리 해 주고 가면 좋을 텐데. 웬만해서는 낯선 사람과도 금세 친해져서 10년 된 친구마냥 편하게 대화할 수 있는 넉살을 가진 은하였는데 이안에게만은 그게 되지 않았다. 선뜻 내키지 않는다고 해야 하나.

일단 자신을 바라보는 저 강렬한 눈빛에 입술이 얼어붙은 것처럼 제대로 말이 나오지 않았다. 의도를 전혀 모르겠다는 게 가장 큰 이유였다.

도대체 속내를 알 수 없는 시선이었다. 무슨 생각으로 자신을 보는 건지. 뭐 주워 먹을 게 있다고 병실에 자꾸 들르는 건지— 실제로 담당의보다 이안의 얼굴을 훨씬 많이 봤다—.

가끔 들여다보는 담당의가 하는 말을 들으면 병원 실세인 데다가 부교수라고 하는데 은하가 보기에는 한가해도 너무 한가했다.

'원래 관리자들이 더 자유롭기는 하다만.'

하지만 그 남는 시간을 왜 그녀의 병실에서 보내느냐는 게 문제의 요지였다. 남는 시간 어떻게 쓰든 그녀가 상관할 바가 아니지만 그가 병실을 찾아오는 횟수를 신경 안 쓸 수가 없었다.

'또. 또 저런 표정.'

뼈째 발라먹고 싶다는 허기진 눈빛이 강렬하게 그녀를 좇았다. 이런 사람은 처음이라 어떻게 반응을 하면 좋을지 판단이 안 섰다.

이 고민을 이나에게 했지만 그녀는 그럴 리가 있겠냐고 낄낄거리기만 하고. 경태는 옆에서 '식사를 안 했나 보네요.' 하고 얄밉게 한마디를 보탰다.

'진짜 내 착각이라고?'

은하는 진심으로 그에게 제가 식재료로 보이느냐고 묻고 싶었다. 제발 뭐든 대답을 듣고 싶은데 허투루 할 말이 아니었다. 공연히 어색해지면 남은 입원 기간 어쩌라고?

"밥은 아직 먹으면 안 되겠죠?"

그래서 어색함을 떨칠 노력의 일환으로 가볍게 말을 걸었다. 침묵보다는 대화가 오가는 게 마음이 편할 거란 의도에서.

"먹어도 됩니다."

하지만 의외의 대답, 그것도 무척이나 반가운 대답이 들리자 은하는 눈을 동그랗게 떴다. 얼굴에는 화색이 만연해졌다.

"정말요?"

한층 커지고 높이 올라간 목소리는 흥분과 희열로 물들었다.

'먹어도 된대. 먹어도 된대.'

에코처럼 반복되는 한마디. 은하는 반가운 미소를 지었다. 이안은 그녀를 마주 보며 같이 부드럽게 웃었다.

"장기 입원하면 되니까요."

합병증이 생길 경우에.

그린 듯한 미소치고는 살벌한 응답이었다. 은하의 표정이 보기 좋게 일그러졌다.

놀리냐?

성격 좋은 은하라도 이틀간 식사를 하지 못해서 예민해질 대로 예민해진 상태였다.

야! 놀리냐고?

부글부글 끓는 속을 애써 감추려고 억지로 웃는 얼굴이 어색하기만 했다. 이안은 입매를 시원하게 젖힌 채 잠시 소리 없이 웃다가 희소식을 전했다.

"오늘 중으로 가스가 나올 겁니다. 물론 수술 직후여서 TV에서 나오는 자극적인 음식은 삼가야겠지만 자극이 없는 유동식은 드실 수 있어요."

"네에."

오늘 중으로 식사를 할 수 있을 거란 얘길 들었지만 앞서서 심력을 소모한 탓에 대답은 썩 기운차지 않았다. 은하가 힘없이 고개를 주억거릴 때였다.

푹!

주의해서 듣지 않으면 감지하지 못할 소리가 희미하게 났다. 긴가민가하던 은하는 이안을 보고서 소리 없이 비명을 질렀다.

"축하드립니다."

방귀 뀐 걸로 축하하지 마!

"오늘부터 식사가 제공될 겁니다."

말하지 마, 말하지 마!

"가스-!"

기어이 그 단어가 나오려고 하자 은하는 초인적인 힘을 발휘해 이안의 입을 손으로 막았다. 뒤를 생각하지 않고 저지른 짓이었다.

그녀는 얼굴을 온통 붉힌 채 새카만 눈동자를 그렁그렁하게 떴다. 절박하기까지 한 표정이었다. 이안은 예상치 못한 기습에 다소 놀란 듯 눈을 크게 떴다. 그의 입술 위로 은하의 두 손이 덮인 상태였다.

점차 그의 눈매가 가늘어지며 부드럽게 휘었다. 빠른 순간에 놀람을 추스르고 여유를 되찾았다. 입이 가려져 눈만 보이는데 눈웃음이 얼마나 달큼한지 은하의 뒷머리가 순간적으로 쭈뼛해졌다.

이윽고 찬찬히 그를 살피며 시선을 내리다가 제 손이 무례하게도 그의 입을 막고 있는 걸 봤다. 당황해서 순간적으로 저지른 실수였지만 큰 실수여서 적지 않은 낭패감이 들었다. 얼른 손을 떼려고 하는데 이안이 한발 더 빨랐다.

은하가 어어 하는 사이에 그녀의 손을 부드럽게 잡아채었다. 예상보다 서늘한 체온에 깜짝 놀라 어깨가 움츠러들었다. 하지만 이내 그녀의 주의를 끄는 건 다른 곳에 있었다. 그의 것은 겉보기에는 모델 손처럼 아름다운 손인데 안쪽에는 의외로 굳은살이 많아 부드럽지만은 않았다.

숱하게 연습과 현장을 겪었을 외과의의 손이었다.

'날 수술한 게 이 손이구나?'

그는 묘한 감동을 일으켰다. 혹독한 수련을 거치지 않고서야 만들어지지 않는 손이었다. 그저 손을 잡았을 뿐인데 윤이안이란 의사가 어떤 삶을 살았는지 능히 짐작할 수 있다.

'그건 그렇고.'

은하는 슬슬 외간 남자에게 붙잡힌 상황 자체가 신경 쓰이기 시작했다. 이안은 아무 말도 하지 않은 채 부드러운 눈길로 그녀를 응시하며 손을 잡고 놓아주지 않았다.

느리게 손으로 시선을 내린 이안이 잠시 그것을 보다가 천천히 제 얼굴로 가져갔다. 그 특유의 굶주린 표정을 지은 채.

은하는 기함을 하며 펄쩍 뛰었다.

"죄송한데 손 좀-!"

놔주시라고 덧붙이려 했는데 이안이 이해자의 표정을 지었다.

"제가 너무 세게 붙잡았군요."

살짝 느슨해졌을 뿐 좀처럼 뿌리치기 어려운 강도로 붙잡은 행동은 그대로 유지했다. '빌미를 주지 말았어야 하는데' 하며 은하가 짙은 후회를 하다가 더 이상 참지 못하고 물었다.

"제가 혹시 먹을 거로 보이세요?"

참을 만큼 참았다. 분명 후에 이불에 발차기를 하며 후회하겠지만 도저히 묻지 않고 넘어갈 수 없었다. 대답을 기다리는 은하는 짐짓 단호한 척 동그랗게 뜬 눈으로 이안을 응시하며 입매를 한일자로 굳혔다.

점심시간이 되자 병원 구내식당은 흰색 가운을 입은 의사들로 북적거렸다. 친한 사람들끼리 무리를 지어서 식사를 하며 대화를 나누었다. 그중 유독 짙은 다크서클로 안색이 침잠하게 잠긴 그룹이 하나 있었다.

"요즘 도독 님 무슨 일 있어?"

검은색 뿔테 안경으로 까칠한 얼굴을 가리고 있는 여의사가 성의 없이 국을 휘저으며 물었다. 특정한 상대를 두지 않았는데 일행들의 시선은 자연스레 레지던트 3년 차 창식에게 향했다.

레지던트들 중에서는 이안과 가장 교류가 많았다. 그에 비례해서 다크서클이 더 진했지만. 창식은 동기, 후배들이 호기심이 넘치다 못해 이글이글 타오르는 눈을 하고 저를 바라보자 턱을 실룩거렸다.

"고매하신 도독 님의 생각을 내가 어찌 알겠냐?"

창식이 어깨를 으쓱했다. 가까이에 있어도 먼 존재가 바로 윤이안 교수였다. 남들은 창식이 총애를 받는다고 생각하지만 본인은 전혀 총애받고 있다는 기분이 들지 않았다.

머릿속에 돌만 가득 차 있는 녀석들 중에서 그나마 가장 인간답다는 게 이안의 평이었다. 보통 정신으로는 생각으로만 할 말을 이안은 창식의 면전에 했다. 덧붙이길 '너도 그들 중 하나'라고 했던가?

사람이 너무 기가 막히면 화도 안 난다. 말문이 턱하고 막히면서도 윤이안 본인이 그런 말을 하니 반박할 단어를 떠올리기 어려웠다. 윤이안이 기준이라면 좋은 평가를 받을 만한 인재가 적어도 이 병원에는 하나도 없었다.

어떤 사람인지 몇 번 대화를 나누다 보면 감이 오는데 이안은 언제나 예상한 그 이상을 뛰어넘는 위인이었다. 그런 사람의 속사정을 어찌 판단하리오.

창식이 두 손을 번쩍 들고 체념한 표정을 짓는데 조용히 식사를 하던 규찬의 표정이 미묘하게 변했다.

"요즘 봄바람이 한창 불고 있지."

"봄바람이라니? 교수님 연애해?"

크지 않은 목소리였는데 소머즈의 귀를 갖기라도 한 듯 곧바로 반응을 보이는 여자 동기의 반문에 규찬이 아차 했다.

"아니야."

"분명히 들었는데 어디서 거짓말이야?"

"몰라. 내가 알 게 뭐야."

규찬은 귀찮은 일에 휘말리기 싫어서 고개를 절레절레 흔들었으나 미끼를 문 동기들은 순순히 넘어가지 않았다.

"뭐 아는 거 있어?"

"모른다니까?"

"봄바람은 웬 봄바람?"

유독 여자 동기들이 끈질기게 질문을 던졌다. 규찬은 질색을 하는 얼굴로 인상을 썼다.

"도독이 연애를 하든 결혼을 하든 뭔 상관이야? 도독의 도만 들려도 까무러치는 인간들이."

"그야 겉보기에는 멋있으니까."

너무나도 당연하다는 대답에 오히려 규찬이 할 말이 없었다.

"맞아. 보기만 하는 거라면 도독 님만 한 남자가 없지."

"도독은 만인의 남자여야 해."

"그 외모만은 공공재로 남겨야지."

"일전에 드라마 촬영차 정인건이 왔었는데 만날 도독 얼굴 보다 보니까 오징어로 보이더라니까? 정인건이 누구야, 명실상부한 우리나라 최고의 미남 배우잖아."

"그러니까 도독 님이 강의실 들어왔을 때 학생들이 난리가 났지. 연예인 온 줄 알았잖아. 그런데 입을 여는 순간…… 하아."

이안의 외모에 대해 할 말이 어찌나 많은지 여자 동기들이 왁자지껄 떠드는 걸 들으며 규찬은 설레설레 고개를 흔들었다.

"도독도 연애를 하기는 하나?"

"처음에 여자들한테 너무 야박하게 굴기에 게이인 줄 알았잖아. 그런데 남자들한테도 똑같더라."

"도독 님은 자기성애자 아니었어?"

"오, 그럴듯해."

"하긴 세상에서 가장 자신을 사랑하는 분이지. 자기보다 사랑스러운 상대가 나타나지 않는 한 연애는 무리일 것 같은데."

긁지 않은 복권

"그래서 상대가 누구라고?"

잊지도 않고 물어본다. 규찬은 눈에서 레이저 빔이라도 내보낼 기세로 자신을 보는 여자 동기들이 잠깐 무서웠다.

"확실하지 않아."

"그러니까 뭔가 있기는 하다는 거네?"

말꼬리를 절대 놓지 않는 집요함에 질려 버렸다. 규찬은 여자 동기들의 말도 안 되는 이유를 이해하려고 노력했지만 남자 동기들마저 호기심 가득한 눈으로 대답을 종용하자 이안에 대해 이래저래 말이 많아도 사람들의 관심을 끄는 존재라는 걸 다시 한 번 실감했다.

"사실은 내 담당 환자 한 분이 있는데……."

결국 압박에 못 이겨 자초지종을 털어놓았다. 평소 이안이 할 거라고 상상하지 못했던 기묘한 행동, 그리고 반응들. 규찬이 말이 길어질수록 동기들의 표정이 가관이었다.

"듣다 듣다 별."

심정을 대변하는 짤막한 대꾸에 다들 공감한다는 듯이 고개를 끄덕거렸다.

"환자에게 사심을 품을 수 있다고는 해도 초고도비만인 여자라고?"

"소설을 쓰려거든 좀 그럴듯하게 써."

"예쁘지도 않다며. 첫눈에 반하는 건 이성에게 한 번에 어필할 수 있는 매력이 있어야 하는데 네 설명을 들으면 그럴 만한 구석이 전혀 없잖아. 그런데 도독이 무슨 매력을 발견해서 첫눈에 반하냐?"

"안 믿을 거라고 했잖아?"

규찬은 억울함에 투덜거렸다. 기다 아니다 논쟁이 일어나고 있을 때 잠자코 듣고 있던 창식이 슬그머니 입을 열었다.

"그러고 보니 지난번 오프 때 도독이 메스 잡았잖아. 혹시 그 환자가 그 환자인 거 아냐?"

"아! 맞다."

그가 운을 떼자 숨죽이고 있던 동기들이 한마디씩 보탰다.

"응급실 최 선생이 그 자리에 있었는데 아주 난리도 아니었다더라. 쫙 빼입은 도독이 환자 하나 업고 나타나서 다들 큰일 난 줄 알았는데 그냥 충수염 환자였다고."

"그 얘기 나도 들었어. 도독이 귀신 같은 얼굴로 침대 준비하라고 했는데 최 선생이 우왕좌왕하는 바람에 도독한테 조인트 까였다지?"

"도독은 원래 말로 까는 스타일이지 않아? 도독한테 맞았다는 사람은 본 적 없는데."

"그래서 이게 별일이라고 하는 거지. 도독한테 조인트 까인 의사는 최 선생이 최초이자 최후일걸? 그것도 영예라면 영예다."

"하지만 진짜 포인트는 이거야. 도독한테 수술받겠다고 줄 서는 VVVVVIP 환자들이 얼마나 많은데 오프에 고작 충수염 수술을 하냐고."

다들 이견이 없는지 정확한 요점에 잠시 숨을 죽였다. 설마 했던 일이 실질적으로 마음에 와 닿기 시작했다.

"그러고 보니 요즘 도독이 병실을 자주 들르는 것 같기는 하드만."

"진짜야?"

"간호사들이 자주 목격했다고 혹시 친척이라도 입원한 거냐고 묻던데."

"아무리 친인척이래도 자주 찾아볼 사람은 아니지."

묘하게 납득이 가는 설득이었다.

"그럼 규찬이가 한 거짓말이 진짜라고?"

"뭐 취향이란 게 남다를 수 있지."

"역시 도독이야. 범인과는 사고방식이 전혀 달라."

"그 환자 누구라고? 나랑 그 환자 보러 갈 파티원 모집한다. 손들어."

영양가 없는 말을 한참 진지하게 나누던 이들이 식사를 마치고 자리를 떠났다. 그들 근처에 앉아 있던 의사들이 고스란히 그 대화를 듣고 있었다. 인턴들이었는데 그들 내부적으로 술렁거렸다.

레지던트들의 대화에 끼어들 참은 아니어서 듣고만 있었는데 그들이 자리를 뜨자 곧장 놀람을 표현했다.

"윤 교수님 진짜 연애하는 거야?"

"말도 안 돼."

"좀 상상이 안 가기는 한다."

"그건 그렇고 윤 교수님을 왜 도독이라고 부르는 거야? 실세라서?"

인턴 중 하나가 내내 신경 쓰였던 단어 하나를 꺼내 들었다. 이미 외과 병동을 돌아 그 의미를 알고 있는 남자 인턴이 쓴웃음을 지었다.

"도독을 거꾸로 해 봐."

"독도? 그게 왜?"

"발음에 주의를 해야 돼. 도가 아니라 된소리를 내 줘야 하거든."

"독또?"

"뭐 연상되는 단어 없어?"

잠시 생각해 보더니 잘 모르겠다고 고개를 살랑살랑 흔든다. 남자 인턴은 아무래도 주변 귀가 신경이 쓰였는지 자세를 낮추고는 빠르게 속삭였다.

"개또라이라고."

"독이 그 독Dog이었어?"

"응. 선배들도 본인 선배들이 부르던 걸 전수받았다더라."

눈치가 기민한 이안에게 들키지 않게 욕을 하려다 보니 꼬고 꼬아서 어느 순간 도독이 되어 있었다. 그런데 이리 부르다 보니 '도독'이란 단어 자체도 이안과 어울린다는 것이다.

"도독, 도독. 입에 잘 붙기는 하는데 교수님 알게 되면 어떻게 하려고?"

"음."

팔짱을 낀 채 잠시 생각해 보던 남자 인턴이 고개를 흔들었다.

"교수님이라면 신경을 쓰지 않을지도."

"하긴."

묘하게 납득이 갔다. 그들이 다시 원래 주제로 돌아와 이안의 연애사에 대해 두런두런 대화를 나누고 있을 무렵 우재희는 대화에 끼지 않은 채 무언가를 골똘히 생각했다.

그녀는 늘씬한 제 몸을 빠르게 훑고는 자신 없다는 듯이 중얼거렸다.

"살을 찌워야 하나?"

다른 여자들이 들으면 몰매를 맞을 고민을 제 딴엔 심각하게 했다.

경박한 웃음소리가 금방이라도 병실을 뚫고 나갈 것 같았다. 은하는 차게 식은 눈으로 제 친우를 바라보다가 종래에는 웃으려면 웃어라 체념했다.

"맹장 수술을 받았으니까 어쩔 수 없잖아. 그리고 한 번쯤은 확인해야 하기도 하고."

겨우 웃음을 멈췄지만 이나의 눈가에는 눈물이 글썽글썽 맺혀 있었다.

"그러니까 왜 하필 그 타이밍이냐고."

오늘 있었던 일을 얘기하다가 이안 앞에서 방귀를 뀐 내용까지 나왔다. 은하에게는 굴욕이었으나 이나는 재미있는 일화를 들은 사람처럼 미친 듯이 웃어 젖혔다.

"회복 중이라서 다행이네."

"응. 슬슬 퇴원해야지."

담당의에게 물어본 후에 내일이라도 퇴원하려고 생각했다.

'절대 도망치는 거 아니야.'

은하는 양심이 콕콕 찔리는 기분에 속으로 해명했다.

"정말 특이한 사람이라니까?"

"그렇게 껄끄러워? 천하의 반은하한테 그런 사람도 다 있어?"

"사람을 무슨 먹을 거라도 되는 것처럼."

다시 한 번 그 상황을 떠올려 본 은하는 어깨를 부들부들 떨었다. 그녀의 속마음은 몰라주고 이나는 흥미진진하게 여겼다.

"천적 출연이네."

"이나야."

"응?"

은하는 짐짓 심각한 표정으로 제 팔뚝을 잡았다. 한참 주물럭주물럭하다가 기운 없이 중얼거렸다.

"나 그렇게 심각해 보여?"

"뭐가?"

"내 몸."

이런 류의 물음은 처음으로 받는지라 이나는 잠시 말문이 막혀서 곧바로 대답하지 못했다. 은하는 한숨을 푹 쉬었다.

"뚱뚱하다, 둔해 보인다 소리는 자주 들어서 별생각이 없었거든? 내 체중 유지하는 데 일절 도와준 적도 없는 사람들이 뭐라 하든 알 게 뭐야? 자기들 인생이나 잘 살라지. 그런데 듣다 듣다 맛있어 보인다는 소리는 또 처음이라."

"으응?"

"얼마나 당황했는지 알아?"

은하는 그 일을 다시 떠올리고는 안색이 아예 흙빛으로 변했다. 충동적으로 자신이 먹을 거로 보이냐고 묻고 나서 바로 아차 했다.

곧장 주워 담을 수도 없어서 전전긍긍하며 눈치를 살피는데 이안이 조금 커진 눈으로 그녀를 봤다.

자신이 생각하기에도 황당한 물음이었다. 되돌리지는 못해도 수습이라도 하려고 입을 여는데 그의 표정이 진지해졌다. 그녀를 살피느라 가늘어진 눈이 어느새 가볍게 휘며 달착지근한 분위기로 변했다.

　허투루 말을 꺼낼 수 없어 마른침만 삼키는데 그의 입술이 매끄러운 호선을 그렸다. 일부러 그런 거면 악질적이라고 할 수 있을 만큼 숨 막히게 달달한 미소였다.

　길고 숱 많은 눈썹으로 감싸인 눈동자는 어떠했던가? 미묘한 열기가 담긴 눈빛은 방심하면 금방이라도 집어삼킬 것처럼 맹렬하게 빛을 내며 그녀를 좇았다.

　그는 마치 지금 막 자각한 듯 턱을 문지르며 그 특유의 나직한 음성으로 말했다.

　"확실히 맛있어 보이네요."

　어미를 뱉어 낼 때는 잠시간 사냥감을 바라보는 포식자처럼 사나운 기세가 흘렀다.

　그 뒤로 은하는 지금까지 머릿속이 블랙홀처럼 변했다. 일명 멘붕 상태였다. 그래서 평소라면 하지도 않을 제 체형에 대한 심각한 고민에 빠지게 되었다.

　"맛있어 보인다고 했다고?"

　"응. 내가 그 정도야?"

　"그런 말은 보통……."

　이나는 어설픈 표정을 지으며 무슨 말인가를 하려고 입을 벙긋거렸다. 은하는 눈을 크게 뜬 채 이나의 목소리에 집중했다.

　'진짜 맛있어 보인다는 게 아니라 문맥상 이성을 유혹할 때나

쓰는 말이잖아.'

목구멍이 콱 막혀서 그 말이 도저히 나오지 않았다. 성적 어필로 느껴지는 단어 선정에 이나까지 머릿속이 복잡해졌다.

'본 지 얼마나 됐다고. 이상한 사람한테 걸린 건 아니겠지?'

모태 철벽인 데다 연애에 다소 무딘 성격을 다행이라고 해야 할지, 이제부터라도 경계하라고 충고를 해야 할지 모르겠다.

"그렇다고 갑자기 네 체중을 고민할 건 뭐야."

"네가 직접 그 사람을 봐야 해. 마음이 동하면 보는 눈 신경 안 쓰고 잡아먹겠다고 할 것 같은 사람이었어."

"어떤 사람인지 한번 봐야겠네."

어차피 퇴원은 금방이고 그러면 다시 볼 일은 없을 테니 무시해도 되겠지만 은하의 말을 듣고 있자니 정체가 궁금했다.

"볼 때마다 그런 얼굴을 하니까 진짜 다이어트를 해야 하나 싶어서. 지금보다 살이 빠지면 덜해질 거 아냐."

"글쎄."

그런 문제가 아닌지라 이나는 애매한 대답을 흘렸다.

"그보다 괜찮아 보이네."

"응? 새삼스럽게."

은하는 싱긋 웃으며 어깨를 으쓱했다.

"오늘부터는 입에 뭔가를 집어넣을 수 있어선지 컨디션 좋음. 완전 좋음."

환한 얼굴로 말하는데 이나는 귀엽다는 듯이 바라보다가 뺨을 살며시 꼬집고는 놓았다.

"그거 말고. 실연 때문에 혼자 속상해하지 않는 것 같아서."

"그러고 보니."

이나가 말을 꺼내고 나서야 알아차리곤 손을 맞대었다.

"일이 너무 한꺼번에 일어나서 혼자 고민할 시간도 없었네. 왠지 까마득한 옛날 일이 되어 버린 기분이야."

은하는 아련한 시선으로 먼 허공을 응시했다. 건에게 차이기가 무섭게 충수염 수술을 받고 또 병원에 있는 내내 혼자서 낙심할 법도 한데 그녀의 정신을 홀랑 잡아 버린 사람 때문에 그에 대해 생각할 여유가 없었다.

"어찌 보면 그 의사 쌤 덕분이네."

"그러게. 당시에 꽤 낙심하고 아팠는데 일찍 무뎌졌어."

허구한 날 생존의 위협을 느끼게 하는 윤이안. 은하는 다소 신기한 기분이 들어 고개를 갸웃거렸다.

"그 사람은 의도치 않았는데 도움이 되었네."

"진짜 괜찮은 거지?"

이나가 상냥하게 은하의 머리를 넘겨 주며 재차 확인했다. 은하는 가만히 생각해 보더니 곧 시원하게 고개를 끄덕였다.

"어쩌면 무의식중에 알고 있었는지도 몰라. 하긴 알아 온 시간이 얼마인데 몇 년째 썸만 타지는 않겠지. 관계가 진전되려면 이미 진즉에 바뀌었을 거야."

"단념할 거지?"

"거기까진 생각해 보지 않아서 모르겠어. 애당초 오빠 취향과 동떨어져서 여자로 느껴지질 않는다는데 조건 자체가 성립되지 않잖아."

"다이어트 하려는 내심에 그 사람도 관련이 있나 했어. 그 취향 맞추려고."

은하는 살랑살랑 고개를 흔들었다.

"뚱뚱하든 날씬하든 둘 다 나라는 사실은 바뀌지 않아. 그런데 날씬해야지만 연애가 가능하다면 다시 뚱뚱해지면 헤어지게 되는 거야? 연애는 그런 게 아니라고 봐. 내가 건이 오빠 겉모습이 아니라 나를 나로 봐 주는 내면에 마음이 가고 그냥 그 사람 자체를 좋아했던 것처럼 오빠도 그렇게 해 주면 좋을 텐데. 내가 어떤 사람이라서가 아니라 외모가 미달이라 안 된다는 건 결국 내가 노력해서 살을 빼고 다시 기회를 얻어 사귀게 된다고 해도 의미가 없잖아."

가벼운 한숨이 흘러나왔다.

"오빠를 좋아하고 또 오빠가 여자를 보는 기준을 존중해. 하지만 나는 그것보다는 더 마음을 나누는 연애를 하고 싶어. 뭐 이것도 상대가 있어야 할 만한 얘기이지만."

뒷말을 하며 멋쩍게 턱을 긁적였다.

"됐어, 그럼."

이나에겐 이 상황이 제법 긍정적으로 비쳤다. 미련스러울 만큼 이건만을 마음에 담았던 은하에게서 체념의 빛이 보였다. 포기가 꼭 나쁜 게 아니었다. 이 경우엔 다른 시작을 할 수 있는 가능성이었다.

이나는 부드럽게 미소 지었다.

"근데 진짜 조금만 감량해 볼까? 그럼 어디 가서 맛있어 보인다는 소리는 안 듣겠지?"

은하는 다시 좀 전 주제를 꺼냈다.

어지간히 신경 쓰이는 게 아니었다. 맛있는 걸 좋아하지, 남에게 먹음직스러운 식재료로 보이고 싶지는 않았다.

　다른 쪽으로는 일말의 의혹도 두지 않은 채 자꾸 헛다리를 짚고 있는 모습이 웃겨 이나는 결국 소리 내어 웃었다. 은하는 눈이 동그래져서 그녀를 의아히 바라봤다.

안녕, 청춘아

수술 부위가 서서히 안정을 되찾아 갈 무렵 은하는 병실 밖으로 나왔다. 거동이 이제 슬슬 능숙해지고 있었다. 물론 과격하게 움직였다가는 수술 부위가 터질 거란 위기감이 들었지만 병원 내에서 거칠게 움직일 만한 일이 있을 리가.

전보다 움직임이 한결 자연스러워진 것에 만족했다. 기지개를 켜려고만 하면 욱신욱신 쑤시는 느낌 때문에 가급적 몸을 크게 젖히는 행동은 조심하며 복도를 걸었다.

"이제 퇴원해야지."

간병인이 잘 챙겨 주고 있긴 하지만 역시 집처럼 편하진 않았다. 침대도 제 방에 있는 것이 훨씬 안락했고. 무엇보다 병원 특유의 소독약 냄새는 심신 안정에 도움이 되지 못했다.

"병원이라고 하면 왠지 진정이 안 된단 말이야."

일단 몸이 축 늘어져서 활기 없이 생활하는 게 힘들었다. 은하는 비교적 활동적인 성격이라서 아무것도 하지 못하는 게 너무 좀이 쑤셨다. 집에 가면 밀린 청소라도 시원하게 끝내고 싶었다.

한참 걷고 있는데 따끔따끔 그녀를 좇는 시선이 느껴졌다. 하나도 아니고 여러 개나! 은하는 주변을 살피듯이 고개를 돌렸다. 주변에는 의사들과 간호사, 그리고 지나가는 환자들이 있었다.

'이상하다?'

딱히 그녀를 보는 사람은 없었다. 그랬다고 해도 우연히 시선이 마주친 정도? 이안 때문에 너무 예민해진 모양이라고 자위하며 고개를 제자리로 돌리려다가 자신을 응시하는 의사 한 명을 발견했다.

이런 식으로 눈이 마주칠 줄 몰랐는지 제법 당황한 눈치였다. 다소 쩔쩔매는 모습으로 도움을 구하듯 주변을 두리번거렸으나 함께 있던 의사들은 본체만체였다.

'희한하네. 뭐지?'

자칫하다가는 다 큰 남자가 울어 버리기라도 할 것 같아서 은하는 빙긋 웃어 주고는 제 갈 길을 떠났다.

'엄청 소심한가 보다.'

저래서 어떻게 환자들과 보호자들을 상대할까 안타까운 마음이 들어 고개를 설레설레 저었다.

심심하던 차에 병원 구경을 하고 어느덧 로비까지 내려온 은하는 커다란 TV 앞에 옹기종기 모여 있는 사람들을 봤다. 이렇게 많은 사람들을 보는 것도 제법 오랜만인 것 같아 괜히 반가웠다.

하지만 저 틈에 끼어서 TV를 시청하고 싶은 마음은 없어서 주변을 둘러보다가 키와 몸무게를 함께 잴 수 있는 신장 체중계를 발견했다.

"이거 되게 오랜만이다."

은하는 반가운 얼굴로 쪼르르 달려갔다. 3년 전에 감기로 내과를 찾았다가 호기심에 재 본 후로 처음이었다. 그녀는 눈을 반짝이며 기구에 얼른 올라섰다. 반듯하게 어깨를 펴자마자 위잉! 소리를 내며 바가 내려왔다. 가볍게 정수리에 닿는 느낌에 은하는 왠지 웃음이 나와 잇새로 바람 빠지는 소리를 냈다.

바가 다시 위로 올라가고 나서야 체중계에서 내려온 그녀는 계기판에 나타난 숫자를 확인했다.

"키가 0.8cm 컸네? 웬일이래?"

이번에 오류가 있는 건지 아니면 지난번에 잘못 쟀던 건지는 몰라도, 어쨌든 늘어난 수치가 썩 기분 좋게 했다. 그리고 눈을 돌려 몸무게를 점검했다. 직후 더 커질 수 없을 만큼 은하의 눈이 확장됐다.

"우와! 우와."

연신 알 수 없는 감탄사만 내뱉었다. 방구석 어딘가에서 먼지만 쌓여 가는 체중계가 있어서 이따금 잊을 만하면 한 번씩 몸무게를 재 보는 편이었다. 늘지도 않고 줄어들지도 않는 제 체중 수치를 잘 알고 있었다.

"말도 안 돼."

은하는 두 손으로 입을 가리며 작게 중얼거렸다. 제 눈으로 본 숫자가 믿기지가 않았다.

"따로 다이어트 한 것도 아닌데 왜 이래?"

그녀는 계기판에 나타난 숫자를 손가락으로 문질렀다. 눈으로 보고 있지만 믿기지 않았다.

혹시 기구가 망가진 게 아닌지 다시 한 번 확인해 보고는 재차 눈을 반짝이며 숫자를 머릿속에 새겼다.

"앞자리가 8로 내려간 게 어언 5년 만인가?"

대학 졸업 이후 가게 일을 시작하고서는 기어이 앞자리 9를 찍었다. 그때 이후로 몸무게가 줄어든 적이 없어서 감개무량했다.

"도대체 몇 kg이야? 한 9kg 빠진 거지?"

병원에 있었을 뿐인데 나흘 만에 몸무게가 뚝 떨어졌다. 은하는 믿기지가 않아서 눈을 비볐다.

"그렇게 하면 안구 다칩니다."

감동에 젖어 있고 싶은데 도저히 익숙해지지 않는 목소리가 뒤편에서 들렸다. 은하는 화들짝 놀라 몸을 돌렸다가 생각보다 가까이에 있는 얼굴에 다시 놀라 멍한 표정을 지었다.

"눈 간지러워요?"

이안이 고개를 숙이며 물었다. 그녀의 눈을 세심하게 살펴보는 시선에 은하는 구석에 몰린 초식동물마냥 살짝 떨었다.

"괘, 괜찮은데요?"

"눈이 빨갛네."

마뜩잖다는 듯이 혀를 차던 이안이 당장 식염수라도 찾아올 기세였다. 은하는 극구 사양하며 고개를 흔들었다.

"그냥 뭐 좀 확인하느라고요."

"아아, 키?"

"왁."

이안이 계기판을 보자 그녀는 질식할 것 같은 소리를 뱉어 내며 다급히 계기판을 두 손으로 가렸다. 이놈의 숫자는 왜 바로 없어지질 않느냐며 속으로 구시렁거리는 걸 잊지 않은 채.

"오면서 봤는데."

은하가 하는 짓이 귀엽다는 듯 미소 지으며 가벼운 투로 말했다. 은하에게는 가슴 한복판에 칼이 꽂히는 내용이었다.

"왜 봐요, 이걸?"

"보여서."

보여서 봤다는데 더 뭐라 할까. 사람 오가는 곳에서 당당히 몸무게를 잰 자신의 잘못이지. 은하는 민망함에 고개를 숙였지만 계기판을 가린 손은 내리지 않았다.

"계속 가리고 있을 거예요?"

"없어질 때까지요."

신장 체중계는 편리하긴 한데 기록이 빨리 사라지지 않는 단점이 있었다. 곧바로 다른 사람이 재서 기록이 바뀌지 않는 한.

"흉도 아닌데요?"

"모르는 사람이 보면 몰라도 아는 사람한테 공개하고 싶진 않거든요."

그리 말하며 슬쩍 이안에게 시선을 던졌다. 다른 데로 가지 않겠냐고 은연중에 눈치를 주는데 못 알아듣는 건지 알아들어도 상관이 없는 건지 태연하기만 했다.

"나?"

저를 가리키며 되묻는다. 은하는 곧장 그렇다고 고개를 끄덕이는 것도 뭐해서 어설피 웃기만 했다. 하지만 이 자리에 은하가 알고 있는 사람은 이안뿐이었으니 다른 구실을 댈 수 없었다.

"이렇게 하면 공평하겠습니까?"

이안은 선뜻 구두를 벗고 신장 체중계에 올라섰다. 예상치 못한 행동에 은하는 놀란 눈으로 그를 지켜봤다. 은하의 수치가 사라지고 그 자리에 이안의 것이 떴다. 남의 신체 수치여서 대놓고 보기 미안한데 절로 눈이 갔다.

"키 진짜 크시네요."

굴욕은 눈곱만큼도 찾아볼 수 없는 완벽한 결과물이었다. 은하는 저도 모르게 감탄하고 말았다. 어느새 기구에서 내려온 이안이 그녀의 곁에 서서 함께 제 키와 체중을 확인했다.

'몸무게는 나보다 적게 나가면서 키는 나보다 25cm나 더 크네.'

새삼 그가 제 몸무게를 본 게 부끄러웠다. 곧바로 이렇게 다른 수치가 나오니 비교를 안 하려고 해도 안 할 수가 없지 않나. 지금 제 몸무게가 일시적으로 줄어들어서 4kg 차이이지, 원래대로라면 셈하기가 무서웠다.

"뭘 먹고 그렇게 크셨어요?"

"딱히 가리는 건 없고 남들 먹는 만큼만 먹었어요. 먹는 것보다는 구기 종목을 좋아해서 자주 한 게 성장판에 자극을 줬던 것 같습니다."

친절함이 곳곳에서 묻어나는 대답이라 은하는 못내 어색했다. 그냥 가볍게 물어본 건데 돌아오는 말이 무척이나 성실했다.

'나쁜 사람 같지는 않은데.'

기존에 만나 보지 못한 유형의 사람이어서 어떻게 상대를 하면 좋을지 여전히 답이 나오지 않았다. 오래 알고 지내 서로에 대해 잘 아는 관계가 아닌 이상에야 그녀를 대하는 남자들의 태도는 세 가지로 나뉘었다. 무관심, 조롱, 그녀에게 바라는 게 있어서 잘해 주는 사람.

은하가 가장 편한 상대는 무관심한 상대였다. 어차피 몇 번 만나지 않을 사람이기에 서로 감정 상하느니 그냥 데면데면한 편이 나았다.

처음 만났을 때 건이 세 가지에서 벗어난 상대라고 생각했는데 굳이 분류하자면 세 번째에 해당했다. 지금이야 그간 지내 온 의리로, 적어도 그녀를 좋은 사람 혹은 친한 동생으로 여겨 주는 것 같지만.

건이 상냥하긴 했으나 어느 정도 적정선을 지킨 반면에 이안은 전혀 달랐다. 친절함이 맹렬하기까지 해서 쫓기는 심정마저 들었다.

'자기 환자한테 정말 잘하는 사람인가?'

아무리 궁리해도 그럴싸한 이유는 그거 하나였다. 이안이 저를 상대하는 것만 봤기에 일반화시키긴 무리가 있었으나 달리 이유가 있을 것 같진 않다.

'의사가 친절한 게 나쁜 일은 아니지.'

실제로 담당의가 흘리는 말들을 종합해 유추하면 저 혼자 하루를 48시간 사는 사람처럼 성실하고 열정적으로 살아가고 있는 듯했다.

'이러는 것도 그냥 성격이 남달라서일 테니까.'

은하는 기본적으로 편견 없이 사람을 보려고 노력했다. 단순히 외양 때문에 숱한 선입관을 달고 살아선지 타인에게 부당한 시선을 주고 싶지 않았다.

'이나도 나쁜 사람은 아닌 것 같다고 하니까.'

어제 이안을 만나 본다고 나갔던 그녀가 무척이나 오묘한 표정으로 돌아왔다. 이상한 사람이면 사내구실을 못하게 해 주겠다고 보무당당하게 나간 사람치고 전의 상실한 안색이 신경 쓰였지만 곧바로 꺼낸 말은 부정적이지 않았다.

"나쁜 사람은 아니야. 아니, 아닌 것 같아. 그냥 좀…… 정신세계가 특이…… 아니 뭐, 혹시 사기를 치려거나 금품 같은 걸 뜯어내려는 다른 꿍꿍이는 없고. 없어 보이고."

평소 그녀답지 않게 혀가 꼬이는지 매끄럽지 못하게 말했지만 결론은 고유한 성격이라는 것이다.

"사심은 없다고는 못하겠다."

"응? 무슨 사심?"

"내가 뭐라고 했니?"

횡설수설하는 모습은 처음이라 요즘 많이 피곤한가 걱정이 되었다. 이나는 간신히 마무리 짓고는 잠시 은하를 처량한 얼굴로 봤다. 그러더니 지그시 그녀의 손을 감싸고 한숨을 쏟아 냈다.

"차라리 가만히 있을걸. 미안하다."

"뭐가 미안해?"

"그냥. 다."

이나는 영문 모를 사과의 말을 몇 번이고 반복했다.

'퇴원하면 원기 회복 좀 시켜 줘야겠네.'

평소랑 확실히 남다른 상태였다. 소속사에서 너무 많이 일을 시키는가 보다 하고 수긍했다.

"오늘 기분이 좋아 보이네요."

맞다. 이 사람이 있었지.

은하는 상대를 앞에 두고 딴생각에 빠진 걸 반성했다.

"예상치도 못하게 몸무게도 줄어서 기분이 썩 나쁘지 않네요."

뇌를 거치지 않고 튀어나온 말에 이안이 즉각 반응을 보였다.

"수술 때문에 면역력이 떨어진 모양입니다. 확실히 며칠 사이에 말랐어요."

"예?"

빠진 게 그 몸무게냐고 비웃음이나 당하지 않으면 다행이라고 뒤늦게 후회하고 있던 은하는 다시 예상을 벗어난 대답에 목소리가 커졌다.

순간 놀리는 건가 하고 이안의 표정을 살피는데 한 점 거짓이 없었다. 심지어 눈빛에 걱정이 어려 있기까지 했다.

'정상 체중 되려면 20㎏은 더 빼야 하는데 저 반응은 대체 뭐야?'

사람들 붙들고 물으면 열이면 열, 건강을 위해서라도 감량하라고 충고할 것이다. 정상 체중은 못 돼도 60㎏ 대까지는 내려가야 말랐다는 소리에 눈 질끈 감고 고개를 끄덕일 순 있을 텐데 지금 들을 말은 아니었다.

원체 몸무게가 많이 나가기도 하고 지금 감량은 체지방보다는 일시적으로 수분이랑 근육이 빠진 상태여서 그다지 겉으로 표시가 나지 않을 게 분명했다.

"그건 좀……."

"식사량을 서서히 늘여 가도록 해요. 그래야 다시 건강해지죠."

저기요. 여보세요?

만날 빼라, 빼라 소리만 듣다가 오히려 살을 찌라는 말을 듣자 놀랍다 못해 무섭기까지 했다. 새삼 잊고 있던 '반은하 먹이설'이 머릿속을 스쳤다.

"바, 반어법인가요?"

도저히 묻지 않을 수 없었다. 차라리 고도의 빈정거림이라는 편이 납득이 갔다. 이런 대화가 못내 어색해서 끙끙거리며 간신히 꺼낸 말이었는데 오히려 이안이 의아스러운 반응을 보였다.

"굳이 반어법을 쓸 이유가 뭐가 있죠?"

"아, 네."

은하는 하하, 어색하게 웃으며 자라처럼 목을 쭈그렸다. 왜 이렇게 덥냐며 시선을 피한 채 공연히 손부채질을 했다.

"열이 납니까?"

무슨 말을 못하겠다!

은하가 소리 없이 비명을 질렀으나 그걸 알 리 없는 이안이 짐짓 심각한 표정을 지으며 그녀의 이마에 손을 가져갔다.

"잠시만요."

그의 입에서 양해를 구하는 말이 나오자 은하는 퍼뜩 정신을 차렸다. 하지만 그녀가 몸을 뒤로 빼기도 전에 서늘한 손길이 먼저 와 닿았다. 이마를 감싸는 손길에 별다른 사심이 느껴지지 않았으나 은하는 머릿속이 복잡해지며 누군가 심장에 방망이질을 하는 기분을 느꼈다.

"미열이 있네요."

"제가 더위를 잘 타서요. 병원은 적정 온도를 유지하니까 저한테는 좀 덥네요."

은하는 재빨리 한 발짝 뒤로 물러나며 부채질 시늉을 했다. 물끄러미 그녀를 응시하던 이안의 눈빛이 한순간 빛났다.

"그러면 제 연구실에 가 보겠어요? 온도 조절이 가능해서 여기나 병실보다는 시원할 겁니다."

"아뇨, 아뇨, 아뇨."

은하는 저가 무슨 소리를 들었는지 머릿속이 핑핑 돌았다. 반사적으로 거절을 하고서 슬금슬금 뒤로 더 물러났다.

"너무 온도가 낮아도 냉방병 걸릴 수 있으니까요. 저는 잠깐 볼일이 있어서…… 그럼 수고하세요."

혹시라도 이안이 저를 붙잡을까 봐 은하는 종종걸음으로 부리나케 걸어갔다. 다행히 따라오는 기척은 느껴지지 않았다. 그럼에도 경계를 늦추지 않고 서둘러 엘리베이터에 탔다.

"휴우."

문이 닫히고 나서야 겨우 한숨을 쉬었다. 마치 하프 마라톤을 뛴 것처럼 호흡이 가빴다.

은하가 도망치듯 자리를 떠난 후에도 이안은 한동안 그녀가 사라진 곳을 바라봤다. 자신을 피해 달아난 게 빤한데 전혀 기분이 상한 기색이 없었다. 오히려 사냥감 몰이를 하는 짐승처럼 유유자적하고 한편으로 즐거워 보이기까지 했다.

하지만 로비에는 두 사람만 있는 게 아니었기에 그 장면을 목격한 사람이 상당했다. 대부분이 이안과 관련된 사람들이었다.

"내가 지금 뭘 본 거야?"

"내 아이즈Eyes 어쩔."

"저거 꼬시는 거지? 나만 그렇게 느끼는 거 아니지?"

무리 지어 있던 의사들이 호들갑스럽게 수군거렸다. 하필이면 3m도 떨어지지 않은 거리에 있는 바람에 둘이 하는 대화를 고스란히 다 들었다.

"그러면 윤 교수님이 환자 한 명한테 꽂혔다는 소문이 거짓말이 아니네?"

"지금 단체로 서서 존 게 아닌 이상은."

"내 눈으로 보고도 믿기지가 않는다."

"다른 사람도 아니고 윤 교수님이? 도독이?"

그들은 금방이라도 꺅꺅 비명을 지를 것 같았다. 상기된 얼굴로 떠드는 이들은 마치 여고생처럼 보였다. 개중에 시커먼 남자들도 끼어 있었음에도.

"그런데 취향이 좀…… 내가 상상했던 그런 스타일이 아니네?"

"도독 님에게 일반적인 기준을 들이대지 마."

"난 오히려 저 여자 환자분이 불쌍한데."

조심스레 누군가가 제 소신을 밝혔다. 축 늘어진 팔자 눈썹은 원래 그의 인상이 아니었다. 의대에 진학하고 또 인턴을 거쳐 레지던트가 되기까지 이안에게 쪼이고 또 쪼이다 보니 어느새 적선하고 싶은 얼굴이 되어 버렸다.

늘 수심이 가득해 보이는 표정이 유독 더 어두운 탓에 동료들은 공감대를 형성했다. 더불어 이안의 표적이 되어 버린 은하에 대해 동정심이 생겨났다.

"도독 님이 얼마나 집요한 인간인데 저 그물에 걸렸나?"

"도대체 뭐 때문에? 뭐에 반한 거지? 도독 님이 첫눈에 반한다거나 그리 낭만적인 성격은 아니지 않아?"

"불가사의지."

"궁금하면 직접 물어봐."

"미쳤냐?"

그때 이안이 그들이 있는 방향으로 몸을 트는 낌새가 보이자 조가비처럼 입을 꼭 다문 채 부리나케 흩어졌다. 이 상태로 들켜봤자 좋은 꼴 보지 못하리란 건 짐작할 수준조차 못 됐다.

"윤 교수, 너 뭐 하는 거냐?"

이안이 은하와 함께 있는 모습을 본 건 후배나 제자만이 아니었다. 잠시 외출했다가 돌아온 내과 전문의, 성우찬 역시 목격하고 놀람을 금하지 못했다. 그나마 동기라는 명목하에 숨어서 수군거리는 다른 사람들과 다르게 대놓고 물을 수 있었다.

"요즘 연애질에 빠졌다더니 진짜였어?"

"애들 한가한가 보네."

이안은 전혀 신경 쓰지 않는 얼굴로, 하지만 뼈가 있는 말을 툭 내뱉었다. 괜히 우찬의 어깨가 움츠러들었다. 이안에게 앞으로 고초를 당할 레지던트들에게 미안했지만 당장은 호기심 충족이 먼저였다.

"생전 안 하던 짓을 하고 그래?"

"뭐."

"체중계 앞에서 알콩달콩하는 모습 다 봤거든? 내가 처음에 널 닮은 도플갱어인 줄 알았잖아."

우찬은 괜히 가슴을 쓸어내렸다. 아직도 놀란 마음이 진정이 되지 않았다. 어지간한 사람이라면 쉬이 납득이 갈 텐데 그 대상이 다름 아닌 윤이안이었다. 저 잘난 맛에 사는 인간이라 변변한 연애 한 번 하지 못한 모태 솔로. 하지만 자신이 연애를 못 하는 이유마저도 제가 너무 잘난 탓에 여자들이 어렵고 부담스러워하기 때문이라고 정당성을 부여하며 정신 승리하는 사람이 바로 윤이안이다.

물론 그가 적극적으로 이성에게 어필을 했으면 진즉에 모태 솔로에서 탈피했겠지만. 여자에게 손톱만큼도 흥미를 느끼지 않고 자기 관리를 낙으로 사는 철저한 에고이스트였다. 덧붙여 나르시시즘이기도 하고.

그래서 지금 이안의 행보가 여러 사람들을 놀라게 하고 있었다. 우찬은 총대를 멘 기분으로 이안을 추궁했다.

"상대를 아주 잡아먹을 듯이 쳐다보는데 무섭겠더라. 눈에 힘 좀 풀어."

나름 충고랍시고 하는데 이안은 심드렁했다.

'저저 지루하다는 표정 좀 봐.'

우찬은 괘씸해하며 뾰족한 눈으로 그를 봤다.

"네가 직접 집도한 환자라며? 자기 환자와 썸 타는 건 좀 껄끄럽지 않냐?"

"왜, 파렴치해 보여?"

"굳이 파렴치하다고까지 말하기는 뭐하지만. 아무튼 다른 사람은 몰라도 너는 환자는 환자로만 보는 목석이잖냐."

유명한 배우가 입원해도, 눈에 띄게 예쁜 여자 환자가 지나가도 다른 의사들은 흥분의 물결로 술렁이는 반면에 이안은 소 닭보듯 했다. 다들 그의 눈이 얼마나 높은지 저 취향에 부합한 사람이 존재하기는 하냐고 궁금해했다.

그런데 정작 이안이 관심을 가지는 여자를 보니 모두의 상상이 허무하게 깨졌다. 상상 속의 그녀는 최소 여신 수준이었는데. 객관적인 눈으로 봤을 때 은하는 뚱뚱한 여자, 그 이상도 그 이하도 아니었다.

고르고 골라 그런 상대인지 모두들 고개를 갸우뚱했다. 결국엔 '윤이안이니까'로 모든 불가사의한 상황을 납득했지만.

"고고한 방관자보다는 파렴치한 낭만가가 되기로 했어."

"무슨 뜻이냐, 그거?"

"나 자신을 알게 되었거든."

이안은 어제 일을 떠올리며 입가에 그린 미소를 지었다.

근래 이보다 좋을 수 없을 만큼 이안의 기분은 상승 곡선을 그렸다. 은하를 떠올리는 것만으로 마음이 푸딩처럼 말랑말랑해지는 걸 느꼈다. 병원에 입원했기 때문에 불가피하게 밀접하게 관계할 수밖에 없다고 납득하기도 하고 참새가 방앗간을 그냥 못지나간다는 속담으로 제 행동을 합리화했다.

이때가 아니면 언제 또 이토록 근거리에서 은하를 보고 또 대화를 나눌 수 있을까? 이안은 모처럼의 기회를 허무하게 날리는 멍청이가 아니었다.

일을 할 때 외에는 항상 은하가 머릿속에 자리하고 있었다. 수술을 마치고 연구실로 돌아가는 동안에도 그의 입을 막은 채 불타는 고구마처럼 얼굴을 붉히던 은하의 모습을 떠올리며 웃었다. 주변에서는 괴악스러운 걸 본 것마냥 볼썽사나운 표정을 짓고 이안을 봤으나 개의치 않은 채.

그런데 이런 그의 앞에 의외의 만남이 기다리고 있었다.

"윤이안 선생님?"

그를 부르는 소리에 고개를 돌렸는데 낯익은 얼굴이 보였다.

"동명이인인 줄 알았는데 역시나 오빠였네요."

사촌 동생인 윤이나가 눈썹을 찌푸린 채 알은체했다. 사촌이라고 해도 서로 소 닭 보듯 하는 관계여서 서로를 보는 얼굴에 반가움은 1g도 존재하지 않았다.

"무슨 용건이지?"

"자리 좀 옮길래요? 할 말이 있어서."

그리고 이나와의 대화는 잠재워 두었던 그의 본심을 일깨우는 계기가 되었다.

"자신을 알게 되었다니, 그게 무슨 소리야?"

우찬은 혼자 알 수 없는 소리를 하는 이안을 어리둥절한 표정으로 봤다. 그에 이안은 확신 어린 미소를 지었다.

"그 사람과의 관계를 발전시키고 싶은 내 진심을 깨달았어."

"도대체 뭐 때문에?"

의아스러운 반응을 보이자 이안은 비웃듯 입매를 비틀며 경시하는 눈빛을 그에게 던졌다.

"그 사람 매력은 나만 알면 돼. 지금처럼 모르고 살아."

'이거 무시 맞지?'

우찬은 뒷목으로 확 열기가 치밀어 오르는 기분에 어떻게 대응해야 좋을지 쉽사리 선택을 못 했다. 고민을 기다려 줄 의리가 이안에겐 없었다. 그는 멍청하게 서 있는 동기를 두고 성큼성큼 멀어졌다.

"선생님, 괜찮으세요?"

"무사하세요?"

이안이 사라지고 난 뒤 기다렸다는 듯이 의사들이 곳곳에서 튀어나왔다. 이미 뒷목을 잡고 입술을 어버버거리는 우찬에게 달려들어 질문을 던져 댔다.

"윤 교수님이 뭐라고 하세요?"

"좋아하는 거 맞죠?"

"시끄러워, 이것들아."

생각이란 걸 할 수 없게끔 동시다발적으로 질문이 들어오자 평소 허허실실 사람 좋은 우찬이 폭발했다. 그는 후배들을 밀어내고 전의를 불태웠다.

"내가 그 매력인가 뭔가를 찾고야 만다."

'너 같은 놈이 어찌 알겠나?'

이안이 직접 한 말은 아니었으나 그가 풍기는 분위기가 이리 말했다. 어려운 걸 물어본 것도 아니고 동기끼리 연애 이야기도 마음 편히 나누질 못하나? 시커먼 남자에게 사용하기 다소 부담스러운 어휘로 표현하자면 우찬은 토라졌다.

"아주 철저하게 파헤쳐 주겠어."

물에 물 탄 듯, 술에 술 탄 듯 그저 하루하루 맹하게 보내던 우찬답지 않은 결심이었다. 하지만 그에게는 안타깝게도 시간과 상황이 이를 허락해 주지 않았다. 은하는 다음 날 퇴원했다.

❀ ✱ ❀

은하는 얼굴이 빨갛게 상기된 채 눈앞에 있는 남자를 봤다. 하도 말을 했더니 목이 다 마를 지경이었다.

"아니, 이제 몸도 얼추 회복됐는데 왜 퇴원이 안 된다는 건데요?"

"안 된다는 건 아닌데요, 반은하 환자님. 그게 좀."

규찬은 당황이 역력한 얼굴로 쩔쩔맸다. 이 순진해 뵈는 총각 의사를 괴롭힐 의도는 없지만 은하는 제 퇴원 요구를 거절당하고 네네 하기만 하는 성격은 못 되었다.

"안 되는 게 아니면 이렇게 붙잡고 있을 이유 없잖아요?"

"제 권한 밖이라 죄송합니다."

"나 참. 담당의가 퇴원 수속 안 밟아 주면 누가 해 줘요? 그냥 확 원무과 갑니다?"

슬슬 은하의 눈매가 뾰족해지자 규찬은 더욱더 진땀을 흘렸다. 은하는 보다 보다 결국 푹 한숨을 쉬고는 제 턱을 문질렀다.

"의사 선생님, 혹시 그 윤 선생님이 뭐라고 따로 지시 내렸어요?"

은하는 혹시나 하고 찔러 봤는데 규찬이 파들파들 몸을 떨자 황당해졌다. 그녀가 어처구니없어하니 그제야 황급히 두 손을 열심히 내저으며 부정했다.

"교수님이 시킨 건 아닙니다!"

"아아, 네."

"진짜예요! 믿어 주세요!"

"네네, 믿을게요."

영혼 없는 대꾸에 규찬의 얼굴이 마치 밀랍 인형처럼 점점 하얘졌다.

'저러다가 울겠네.'

딱하지 않는 건 아니지만 괘씸한 마음 역시 공존했다.

"진짜 시키신 건 아니에요."

"알았다니까요?"

"반은하 환자니임!"

아예 바짓가랑이를 붙잡고 매달릴 기세라 은하의 표정이 점차 우스꽝스럽게 변했다.

'이게 대체 무슨 상황이냐?'

누군가 설명을 해 주면 좋겠다고 생각하는데 뜻밖의 구원의 목소리가 들렸다.

"지금 뭐 하는 거지, 이 선생?"

하지만 그 음성의 주인은 다름 아닌 이 사태의 원흉이었다. 은하는 네가 알아서 하라는 얼굴로 슥, 규찬을 턱짓했다. 이안을 돌아보는 규찬의 눈가에 실제로 눈물이 글썽거리고 있었다.

'다 큰 남자가 뭐야?'

은하는 그걸 보고 기함해 입을 다무는 걸 잊었다. 축축한 눈가를 본 이안은 보기 좋은 눈썹을 팍 일그러뜨렸다. 뭔가 말하려다 말고 멈칫하며 그녀에게 시선을 돌렸다. 은하는 거의 해탈한 채 어떻게 굴러가는지 한번 지켜보자는 심정으로 이안과 눈을 마주했다.

"죄송합니다."

이안은 정중하게 그녀에게 사과한 뒤 규찬을 향해 나지막하게 '따라 나와' 하고 일갈했다. 규찬은 풀이 죽은 채 그의 뒤를 졸졸 따라 나갔다. 이제야 병실이 평화로워졌다.

'몰래 엿들으면 안 되겠지?'

아무래도 분위기를 보아서는 규찬이 혼날 것 같다. 뭐라고 하는지 궁금했지만 구태여 도둑고양이처럼 듣고 싶지 않았다.

대신에 주섬주섬 다시 짐을 정리하기 시작했다. 이안이나 규찬, 누가 됐든 들어와서 뭐라고 해도 오늘은 반드시 퇴원하고 말리라.

그녀가 노트북을 파우치에 넣어서 막 가방으로 옮길 무렵, 굳게 닫혔던 병실 문이 열렸다. 규찬의 그림자는 전혀 보이지 않고 이안 혼자였다. 나가기 직전 폴폴 풍기던 냉기는 사라졌다.

"퇴원하고 싶다고 하셨다면서요?"

"네. 담당 선생님이 확답을 안 주셔서 기다리고 있지만 오늘 퇴원하고 싶어요."

은하는 짐짓 단호하게 말을 맺었다. 어떤 수작을 부리더라도 굴하지 않고 반드시 탈출하고 말겠다는 의지였는데 이안은 허무하리만큼 순순히 고개를 끄덕였다.

"이제 일상생활을 하는 데 크게 어려움이 없을 테니 퇴원 조치

해 드리겠습니다."

'어? 이 사람이 시킨 게 아니었나?'

그녀는 약간 머릿속이 혼란스러웠다. 그렇다면 아까 담당의의 그 태도는 도대체 뭐란 말인가. 그녀가 병원에서 나가면 큰일이라도 날 듯이 굴었는데. 은하는 전부 이안의 의도라고 확신했다.

그녀는 선입관을 없애야 한다고 주장하는 입장에서 본의 아니게 편견을 가지고 판단한 저 자신이 부끄러웠다. 그녀의 생각을 이안이 알 리 없지만 양심은 그것과 상관없었다.

"죄송해요."

은하는 한결 풀이 죽어서 고개를 꾸벅거렸다. 갑작스러운 사과에 이안은 다소 놀라 어리둥절한 표정을 지었다.

"뭐가요?"

"선생님이 퇴원 막으신 줄 알았어요. 담당 선생님 소견이었을 텐데 제가 괜한 오해를 했네요. 잘 모르면서 제멋대로 의심했어요."

그녀는 다시 한 번 정중하게 사과했다. 숙였던 고개를 들고 조심스레 이안을 마주하는데 그가 잔잔히 미소 짓고 있어 깜짝 놀랐다. 그동안 그가 무수히 많은 미소를 지었지만 이런 얼굴은 처음이었다.

웃고 있어도 특유의 흉흉한 분위기 때문에 그녀를 바싹 긴장시켰던 전과 달리 오늘은 사심 없이 부드럽기만 했다. 어느 따스한 봄날의 햇볕처럼 온화한 분위기가 그의 주변을 감돌았다.

그는 마치 소중하게 간직해 온 보물을 보듯 하는 얼굴이었다. 그런데 그 시선 끝에 닿아 있는 게 다름 아닌 자신이라니. 은하는 제 착각이라고 납득하면서 또 한편으론 그간의 기행을 모두 잊었는지 가슴이 찡하기까지 했다.

'정말 아리송한 사람이야.'

그녀는 지금껏 이토록 파악하기 어려운 사람을 만나 보지 못했다. 가장 어려운 문제를 앞두고 있는 수험생의 기분이었다. 하지만 사실 그녀가 완강히 부정하는 명제를 가져다 대면 이토록 명쾌한 해답이 있을 수 없다.

「윤이안은 반은하를 좋아한다.」

그간의 행동들이 한 번에 정리되는 가정이다. 그럼에도 은하는 머릿속으로 빠르게 그 문장을 지워 버렸다. 들켰다가는 얼굴을 들 수 없는 생각이라 자조하며.

'만난 지 얼마나 됐다고.'

이 단서를 달면 명제 자체가 부정되고 결국 원점으로 돌아왔다.

은하는 묘하게 변하는 기분을 애써 수습하며 슬그머니 눈길을 내렸다. 당혹스러움에도 불구하고 여전히 기분은 따사로웠다.

"사과 감사합니다."

마침내 이안의 입술이 열렸다. 이 역시 예상에서 빗나가는 대답이었다. 그녀의 사과에 대해 도리어 고마움을 표현한 줄 몰랐기에 은하의 눈이 빠르게 깜박였다.

차라리 고마운 줄 모르고 이상한 오해를 했다고 화를 내도 별도리 없는 상황인데 감사 인사를 받을 줄은 꿈에도 생각 못 했다.

"보통은 속으로 어떤 생각을 하든 들키지만 않으면 된다고 편히 넘겨 버리기 마련인데 은하 씨는 역시 다르네요."

"그래도."

"웬만한 용기 가지고 선뜻 사과를 할 수 없죠."

'진짜 이상한 사람이야.'

하지만 이번에는 결코 부정적인 뜻은 아니었다. 남다른 사고를 지니고 있지만 그 정신이 놀라울 만큼 건강했다. 뿌리 깊은 나무처럼 굳건하고 곧은 사고방식이 무척 인상 깊었다.

'이런 사람이 또 있는 것 같은데.'

문득 그가 낯설지 않은 기분이어서 의외로웠다. 은하는 찬찬히 그를 살폈지만 이런 얼굴은 흔하게 볼 수 있는 게 아니었다.

분명 병원에서 처음—엄밀히 말하자면 가게에서지만— 본 게 사실이다. 어찌 된 영문일까 곰곰이 생각해 보지만 좀처럼 떠오르는 사람이 없었다. 은하는 아무리 골몰해도 생각나지 않자 단념했다. 대신 윤이안이라는 남자를 제대로 마주 봤다.

돌이켜 보면 그는 처음부터 아무런 편견도 없이 그녀를 대해 주었다. 그녀가 따라가기 버거운 호의에 가려지고 말았으나 사람 그 자체를 똑바로 직시해 줬다. 그에게는 은하가 뚱뚱한 것도, 예쁘지 않은 것도 상관없는 문제였다.

그의 친절은 은하에게 뭔가를 바라서가 아니었다.

'정말 미안해지네.'

낯섦에 괜히 그를 괴상한 사람 취급한 것 같다. 곤혹스럽고 죄책감이 느껴지자 은하는 애먼 볼을 문질렀다. 선뜻 용서해 주는 점이 더 미안했다.

"아, 지난번에 저희 가게에서 식사하시려다가 못 하신 거죠?

제가 갑자기 배 잡고 주저앉아서."

은하는 마침내 보은할 방법을 찾고는 손뼉을 마주치며 말했다. 그녀의 말을 들은 직후 이안의 표정이 묘하게 변했지만 그녀는 미처 알아차리지 못했다.

"나중에 한번 가게에 오시면 제가 식사 대접할게요. 그간 감사하기도 했고요."

"그럼 사양하지 않겠습니다."

한 번쯤 됐다고 거절하는 게 한국 사람의 미덕이라고 하는데 과연 이안은 달랐다. 은하는 픽, 바람 빠지는 소리를 냈다가 놀라서 입을 가렸다. 하지만 그 소리를 들었는지 이안의 눈매가 둥글게 휘었다.

처음으로 훈훈했던 분위기가 확 돌변했다. 그 긴장감으로 온몸이 터질 것 같은 상황으로. 그나마 조금 익숙해지긴 했지만 여전히 얼떨떨하고 어색한 기분이다.

'나 후회할 짓 한 거 아니겠지?'

그녀의 홈그라운드에 짐승을 유인한 셈이다. 다른 이도 아니고 호시탐탐 굶주린 시선으로 바라보던 남자를 어서 오세요, 손을 팔랑팔랑 흔들며 환영해 버렸다.

'별일이야 있겠어?'

은하는 긍정적으로 생각했다. 이 작은 병실에서 무사히 나갈 수 있게 됐는데 거기서라고 별일이 있으랴. 어쨌든 나쁜 의도를 가지고 접근하는 사람은 아니었으니 그녀의 망상 같은 일은 벌어질 리 만무했다.

'기껏해야 쳐다보는 것뿐이잖아.'

나름대로 안정을 찾아가고 있을 무렵, 이안이 문득 떠올랐다는 듯이 한마디를 건넸다.

"이 선생이 퇴원을 막은 건 제 영향이 전혀 없다고는 못하겠군요."

"네?"

은하가 깜짝 놀라서 되묻자 이안은 빙긋 미소 지었다.

"퇴원하면 잘 부탁해요."

알쏭달쏭 수수께끼 같은 말에 은하는 불안해졌다.

그러니까 뭘 부탁한다는 건데요?

이안의 미소가 깊어질수록 은하의 안색이 더더욱 질려 갔다.

당직실에서 우울한 오라가 피어오르고 있었다. 주변에 있는 사람들은 그 원흉에 한마디 붙이려다가도 곧 피하고야 말았다.

"난 그저 교수님이 오시기 전에 퇴원하고 없으면 뭐라고 하실까 봐……."

규찬이 탁자 위에 검지를 대고 빙글빙글 원을 그리며 음울히 중얼거렸다. 불행한 그림자가 그의 어깨에 축 내려앉았다.

"내가 잘했다는 건 아니지만 그래도."

도대체 알 수 없는 소리를 계속 중얼거리고 있는데 무시하려고 해도 그 작은 소리가 귓가에 흘러들어 왔다. 이유라도 알면 이렇게 답답하진 않을 텐데 저에게 친절히 말을 거는 동기, 선후배 말을 모조리 무시하고 계속 저러고 있다.

"진짜 갑갑하게 왜 저래?"

"몰라. 아침부터 저러더라."

옆에서 소곤거리며 저에 대해 말해도 규찬은 신경을 돌리지 않았다. 다만 넋이 나간 채 계속해서 땅을 파고 있을 뿐이었다. 성격 급한 사람은 멱살을 잡고 흔들고 싶어지게 하는 치명적인 행동이었다.

안 그래도 좀 전부터 몸을 들썩들썩하는 사람이 하나 있었다. 주먹을 쥐었다가 폈다 하며 가까스로 인내하는 중이었지만 언제 터져도 이상하지 않았다.

"한다고 한 건데."

"어후, 저걸 그냥."

규찬의 입에서 이미 몇 번째인지 세기가 어려운 횟수의 푸념이 나왔을 때 기어이 누군가 자리에서 일어났다. 이대로 있다가는 당직실이 더욱 질척하고 우울해질 것 같아 밖으로 내쫓을 요량이었다.

그가 막 한 발자국 떼었을 무렵 굳게 닫혔던 문이 열렸다. 당직실 안으로 들어온 사람을 확인하고 움직이려던 그대로 굳어버렸다. 소금 기둥이 된 건 비단 그만이 아니었다. 당직실에서 나름대로 편하게 쉬고 있던 의사들이 일제히 기립했다.

이안은 귀찮은 파리를 쫓듯이 성의 없이 손을 저었다. 편히 있으라는 의미였지만 의사들은 쭈뼛거리며 얼굴엔 긴장을 한가득 품었다.

"이규찬."

내내 주변으로부터 귀를 막고 부정의 기운을 흘리던 규찬이 제 이름이 불리는 순간 벌떡 일어났다. 뻣뻣하게 굳은 목이 기계적으로 돌아갔다. 그리고 저승사자보다 더 무서운 이안임을 확인하고 안색이 하얘졌다.

"교, 교수님."

자동 반사적으로 목소리가 떨렸다. 지켜보는 의사들은 그의 심정에 100% 동감하며 슬그머니 고개를 끄덕였다.

'아무렴, 네 마음 우리가 알지.'

심지어 당직실 분위기를 흐린다는 이유로 쫓아내려던 의사 역시 이 순간에는 그를 동정했다.

'어쩌다가 도독 레이더에 걸렸을까? 불운한 녀석.'

동정과 연민을 한 몸에 받는 규찬이 잔뜩 긴장한 채 움츠린 몸으로 이안을 마주했다. 지은 죄가 있기에 해명할 여지도 없었다. 지독하게 굴려서 도독, 도독하지만 실제 이안이 잘못 외적인 이유로 의사들을 굴린 적은 단 한 번도 없었다.

인성 나쁜 지도 교수에게 인격 모독까지 당하며 화풀이 대상이 되는 동기들을 심심치 않게 볼 수 있었다.

굳이 나누자면 이안은 괜찮은 사람이자 교수였으나 그가 지닌 고유의 분위기나 이른 나이에 성취한 능력에서 나오는 권위가 거리감을 느끼게 했다.

과도한 충성이 불러온 참사에 한껏 풀이 죽어 우물쭈물하고 있는데 이안이 그를 향해 손을 뻗었다. 순간 놀라 눈을 질끈 감았다. 한 번도 이안이 손이 올린 적이 없는데 본능적인 행동이었다.

뜻밖에 불호령이나 통증 대신 어깨를 두드리는 손길이 느껴졌다. 규찬은 완전히 얼이 빠진 채 이안을 봤다.

"마음은 가상했다."

"교수님."

보자마자 독설이 날아올 거라고 생각했는데 예상치 못한 격려였다. 하지만 이안은 역시나 이안이었다. 따끔한 질책이 곧 뒤따랐다.

"그렇다고는 해도 오늘 네 행동은 무엇보다 환자 마음을 편하게 해 줘야 할 담당의로서 실격이었다. 원칙을 지켜야 할 의사가 제 입맛대로 환자의 퇴원 가부를 결정해서야 되겠나?"

"잘못했습니다."

규찬은 넙죽 허리를 숙였다.

"그냥 보내는 게 마음에 걸렸으면 확인해 보겠다고 하고 나한테 메시지라도 넣을 것이지, 요령이 없기는."

나직이 혀를 차는 소리가 오늘만큼은 아름다운 노랫소리인 양 들렸다. 죽어 있던 규찬의 안색이 서서히 살아났다.

"또다시 이런 일 번복하면 그때는 말로 끝나지 않는다."

"시정하겠습니다!"

'이대로 끝인가?'

규찬의 표정이 환해지려던 찰나.

"징계까지 가진 않지만 잘못을 저질렀으니 벌은 받아야겠지?"

"예?"

그 후로 규찬이 정신을 차릴 수 없을 만큼 리포트 폭탄이 쏟아졌다. 가까스로 정신 줄을 잡고 버티는 것이 기적이었다.

"넉넉하게 내일까지 제출해라."

'뭐라굽쇼?'

장장 50장에 달하는 리포트를 24시간 후까지 제출하라니! 규찬은 반박도 하지 못하고 뻐끔뻐끔했다. 사실 반발하고 싶은 마음이 없는 건 아니었으나 말이 길어지면 길어질수록 보고서 양이 늘어나고 시간이 더 촉박해진다는 건 이미 오랜 경험상 잘 아는 사실이었다.

연민, 눈물, 깽판 등 어떤 수단도 이안에게 통하지 않았다.

"하하. 넉넉하게요?"

"오늘까지 제출하라고 하려던 거 봐줬다."

이안은 천인공노할 말을 대수롭지 않게 하고는 볼일을 끝내자 뒤도 돌아보지 않고 나갔다. 그때까지도 규찬은 해탈한 웃음을 짓고 있었다.

대화를 고스란히 듣고 있던 의사들의 얼굴에 한껏 안쓰러움이 묻어났다. 도대체 무슨 죄를 지은 거냐고 묻고 싶지만 차마 묻기 두려워 망설였다.

"하하하."

제자리로 돌아가는 규찬의 뒤통수가 서글펐다.

'앞으로 남의 연애사에 참견하면 내 이름은 이규찬이 아니라 저규찬이다.'

몇 시간 전에 자신이 한 행동을 깊이 후회하지만 어쨌든 표정만큼은 한결 밝아졌다. 보고서로 또 까이겠지만 어쨌든 이안이라면 확실히 이렇게 매듭짓고 끝낼 거란 믿음에서였다.

❋ ✳ ❋

건은 눈이 마주치자 습관적으로 미소 지었다.

신미주. 같은 과 대리에게 소개를 받아 만난 지는 오늘로 세 번째였다. 지난 주말에 두 번, 그리고 오늘까지.

객관적으로 예쁜 축에 속하는 외모와 팔다리가 가늘고 늘씬한, 건의 취향에 맞는 몸매를 가진 여성이었다. 더구나 스스로 예쁘다는 걸 알고 더 돋보이기 위해 꾸미는 데 들이는 노력을 아끼지 않았다.

옷 입는 센스가 있어서 몸에 걸치고 있는 액세서리나 구두가 단순히 고가인 것을 떠나 서로 다른 브랜드를 잘 매치했다.

'이 정도면 레벨이 높은 편이지.'

속물적인 판단에서도 그녀는 욕구를 충족시켜 주었다. 물론 그녀 역시 저를 처음 만난 날 머릿속으로 계산을 마쳤을 것이다. 서로가 그런대로 만족스러운 상황에 이어지는 애프터. 아직 본격적으로 '사귀어 봅시다' 하는 단계를 밟지는 않았으나 별일만 없다면 순조롭게 교제로 이어지리라 짐작했다.

"건이 씨, 오늘 저녁 먹고 싶은 거 있어요?"

사소한 손짓 하나하나 여성스러운 미주를 흡족하게 바라보며 건이 부드럽게 대꾸했다.

"생각해 놓은 곳이 있긴 하지만 미주 씨가 먹고 싶은 걸로 하죠. 묻는 걸로 보니까 마음에 둔 곳이 있는가 보네요."

"어머, 들켰다. 사실 날이 더워선지 냉면이 먹고 싶어서요."

애교 있게 살짝 혀를 내미는 미주를 따라 건이 웃었다. 하지만 '냉면'이라는 단어를 듣자마자 머릿속으로 자연히 떠오르는 사람이 하나 있었다. 그렇게 헤어지고 나서 지난주에 이어 이번 주 내내 은하는 연락 한 번 없었다.

굽히지 않은 부건

그녀를 떠올리니 가슴께가 짐을 얹은 것처럼 묵직했다. 하지만 자신이 먼저 연락을 하기도 애매한 상황이었다. 공연히 희망고문을 하게 되면 서로 못할 짓이기에.

'답답하네.'

건은 애써 그녀에 대한 생각을 지우려고 했다. 갑자기 입을 다물자 자신을 의아히 바라보는 미주와 눈이 마주쳤다. 그는 미안하다는 듯이 '잠시 일 생각이 나서요' 하고 변명했다.

지나가던 남자들 열에 다섯은 미주를 흘끔거렸다. 성형외과에서 일하며 테스트를 해 보나 싶게 곳곳에 조금씩 손을 본 흔적이 있었지만 요즘 같은 세상에는 흠도 아니었다. 물론 본인 입으로는 성형을 부정하긴 했지만.

지나가는 말로 성형외과 모델도 가끔씩 한다고 했던 게 무색하지 않게 성형을 결심한 여자들이 워너비로 삼을 만했다. 함께 있을 때 어깨가 으쓱해지는 애인을 사귀고 싶은 욕구는 남자나 여자 모두 동일할 것이다. 건 역시 남의 시선에서 자유롭지 못한 보통 사람일 뿐이었다.

"그래서 어디로 가고 싶은데요?"

그는 마음을 가볍게 하고 미주에게 집중했다. 하지만 이어지는 대답에 표정을 굳히지 않을 수 없었다.

일주일 넘게 쉬고 다시 개장한 돼지가 시집가는 날은 손님들로 북새통을 이루었다. 더 쉴 수도 있었지만 도무지 주말 매상을 포기하지 못해서 고집스레 문을 열었다. 가게 사정으로 쉰다는 문구에 발길을 돌렸던 손님들은 전등 불빛이 환한 가게 안으로 몰려들었다.

평소보다 더 바쁜 가게로 은하는 쉴 틈 없이 움직였다.

"사장 언니, 쉬는 동안 단식원에 들어갔었어요? 살 많이 빠졌어요."

여러 단골 중 여대생들이 홀로 나온 은하를 붙들고 화기애애하게 말을 걸었다. 은하는 입을 함지박만 하게 크게 벌려 웃으며 양손을 내저었다.

"보시는 분들마다 그러네요. 난 잘 모르겠는데."

"턱 선이 완전히 달라졌는데요? 진짜 단식원에 있었던 거예요?"

은하는 호기심 가득한 눈을 마주하며 고개를 흔들었다.

"그건 아니고 요 며칠 못 먹어서 그러나 봐요. 사실 맹장염 수술을 받았거든요."

"정말요? 이렇게 벌써 일해도 괜찮아요?"

걱정스럽게 물어 주는 여대생들에게 이미 몇 번이나 같은 질문에 같은 대답을 하면서도 은하의 표정은 밝기만 했다.

"그럼요. 모처럼 손님들 얼굴 보니까 반갑고 좋은데요? 역시 전 천생 가게 체질이에요. 쉬는 동안 오히려 더 무료해서 혼이 났어요."

"여기 문 닫고 있는 동안에 냉면 먹고 싶어서 진짜 미치는 줄 알았어요. 다른 집 가 봤는데 이 맛이 안 나더라고요."

"오래오래 건강해서 냉면 계속 만들어 줘요, 언니."

"네에. 맛있게 먹어 주셔서 감사합니다."

은하는 몇 마디 말을 더 나눈 후에 손 빠르게 빈 테이블을 치웠다. 주방도 바쁘긴 마찬가지였지만 오늘 홀 서빙을 하는 아주머니 한 분이 개인 사정으로 출근을 못 하는 바람에 홀은 그야말로 고양이 손이라도 빌리고 싶을 정도로 아비규환이었다.

그 바람에 은하는 주방이며 홀이며 정신없이 돌아다녀야 했다. 학생 때부터 가게 일을 도왔던지라 테이블 정리하는 손은 완전히 베테랑의 것이었다. 속도와 청결 모두 놓치지 않고 재빠르게 치운 테이블에 대기 중이던 손님을 안내했다.

친구, 연인, 모임, 가족 단위 등 손님 유형은 제각각이었다. 환풍기가 설치되어 있지만 가게는 고기 냄새로 가득했다.

"이렇게 북적이는 가게 보니까 좋네요."

트레이에 그릇들을 실어 온 은하가 주방 아주머니에게 싱글거리며 말을 건넸다. 잠깐 서서 숨 돌릴 시간이 없지만 이제야 현실로 복귀한 감각이 확 와 닿아 엔돌핀이 돌았다.

"고생스러운 일이 좋기는."

살짝 타박하기는 했지만 주방 아주머니의 얼굴 역시 밝았다. 생전 아프지 않던 은하가 병원 신세를 지느라 가게를 쉬는 건 전무후무한 일이었다. 걱정스러웠지만 본인 생활이 있어서 자주 들여다보지 못했는데 입원하기 직전보다 훨씬 밝은 안색으로 복귀하니 몸은 힘들어도 보는 사람의 기분까지 덩달아 흥겹게 만들었다.

"애기 사장은 참 활기차."

마치 딸을 보듯 대견하게 바라보자 은하는 머쓱한지 뺨을 긁었다.

"병원 생활 힘들긴 했나 봐, 살이 많이 빠진 걸 보면."

"많이 빠진 거 같아요?"

"솔직히 아직도 아가씨 몸은 아니긴 한데 예전이랑 비교하면."

서두에 붙였긴 하나 진짜로 솔직한 대답에 은하는 깔깔 웃었다. 기분이 상한 기색은 전혀 찾을 수 없었다.

"가스 나올 때까지 굶어야 했는데 그때 확 빠졌나 봐요. 유동식 먹고 하니까 조금 다시 오르긴 했는데 퇴원하고 아직 야식을 먹지 않아선지 도로 찌진 않더라고요."

"어머, 수술하는 김에 공짜로 다이어트까지 했네?"

"그러게요."

"병원에서 봤을 때보다 이목구비가 많이 살아났어."

매일 보는 얼굴이어서 그런가 본인은 잘 모르겠지만 인터넷 방송을 할 때도 살 빠졌다고, 다이어트 중이냐고 묻는 사람이 많았는데 일상에서도 마찬가지였다.

좀 전의 단골 여대생들처럼 단식원에 다녀왔냐고 묻는 사람들도 쏠쏠했다. 물론 이전이나 지금이나 마찬가지로 뚱뚱하기 때문에 전혀 모르겠다는 사람도 있지만 눈썰미가 좋은 사람들은 대번에 알아차렸다.

어떤 시청자는 '혼자 날씬해지면 배신이에요' 하고 애교 섞인 댓글을 남기기도 했다. 그녀로서는 병원에 있다가 돌아왔을 뿐인데 일부 사람들의 시선이 달라져서 신기했다.

아직 자극적인 음식을 먹는 게 위에 부담이 돼서 방송을 끝내고도 야식을 먹지 않았더니 확실히 아침에 몸이 덜 부었다.

"이참에 다이어트를 해 볼까요?"

병원에 다녀왔다고 설명하고 나서도 한동안 설왕설래하는 댓글들을 보며 은하의 기분까지 업돼서 장난스럽게 멘트하기까지 했다. 그런데 말하고 보니 또 나쁘지만은 않을 거라는 생각이 들었다.

이전엔 불편한 줄 모르고 잘 살았는데 막상 8kg이 줄어들고 나자 확실히 몸이 가벼운 걸 느꼈다. 지금 당장 8kg이 는다면 전에 모르던 부담감이 들 것 같았다.

반쯤은 농담으로 한 다이어트 발언이 채팅창에 큰 파장을 일으켰다. 응원하는 글들이 대다수인 반면 다소 과격한 발언으로 이어지는 댓글도 있었다. 진작 했어야 했다, 이제라도 심각성을 깨달아서 다행이다 등.

하지만 그중에서 유독 눈길을 끄는 댓글은 따로 있었다.

> **은하수: 무엇보다 최우선은 은하 님 건강입니다.**
> **은하수: 수술한 지 얼마 안 됐는데 무리하진 마십시오.**

걱정이 흐르는 은하수의 댓글에 은하는 묘한 감동을 느꼈다. 예전부터 지금까지 일관성을 지키는 모습이 대단했다.

다이어트 얘기까지 나온 판국에 마음에 두고 있던 다른 생각이 있었다면 충분히 언급할 법도 하건만—심지어 오랜 시간, 그리고 내내 옹호해 주던— 다른 시청자들도 쌍수 들고 반기는 와중에 이 사람은 달랐다.

　은하수 밑으로 응원의 댓글들이 봇물처럼 나왔지만 듣기 좋은 칭찬보다는 오히려 만류하는 것 같아 보이기까지 하는 은하수의 글이 마음을 따스하게 만들었다.

　하지만 그런 속사정은 내색하지 않고 양손을 벌려 꽃받침을 만들어 턱 밑에 대고 익살을 떨었다.

　"진짜 매력 터질 것 같아요?"

　무뚝뚝한 건지 다정한 건지 모를 은하수의 댓글이 올라오고 그 밑은 'ㅋ'의 향연이었다. 은하가 괜히 민망해지려는데 한마디가 덧붙여졌다.

　다른 시청자들은 까무러치고 난리도 아니었다. 은하 역시 정신력이 소모돼서 녹다운이 될 지경이었다. 가까스로 정신 줄을 붙잡고 화제를 돌렸기에 망정이지 하마터면 방송 사고가 날 뻔했다.

끝지 않은 복권

'그때는 진짜 놀랐어.'

기억을 다시 떠올리고 은하는 고개를 흔들어 댔다. 전부터 직설적이라고 생각했지만 이건 노골적이어도 너무 노골적이었다. 오죽하면 은하수라는 닉네임이 은하의 자작 아니냐는 얘기까지 나올까.

'아. 그나저나 뭘까, 이 익숙한 듯 익숙하지 않은, 익숙한 것 같은 느낌은…….'

은하수를 생각하는 동안 저 먼 의식 속에 뭉게뭉게 무언가 떠오르려던 차였다.

"어머, 저 친구 왔네?"

주방 아주머니 한 분의 목소리에 막 흐릿하게 어떤 형체가 떠오르려다 사라지고 말았다. 은하는 퍼뜩 정신을 차리고 주방 아주머니가 보고 있는 방향을 향해 고개를 틀었다.

"누구요?"

왜 주방 아주머니가 자신의 눈치를 보며 어색하게 웃었는지 금세 알게 됐다. 입식 테이블에 앉은 손님 중 남자 쪽은 은하도 알고 있는 사람이었다.

"건이 오빠네요."

황금 같은 주말에 화기애애한 분위기로 여자와 있는 상황은 일곱 살 아이도 능히 짐작할 수 있을 것이다.

"회사 사람인가 보지?"

그러한 짐작을 하지 못할 리 없을 텐데 주방 아주머니는 주저하며 조심스럽게 중얼거렸다. 은하는 제게 미안한 눈을 하는 아주머니에게 얼른 손을 저었다.

"그런 표정 짓지 마세요. 저 괜찮아요."

"둘이 잘 안 됐어?"

"에헤헤. 네에."

자연스럽게 웃으려고 했지만 대답은 그녀의 기대보다 시원치 않게 흘러 나갔다.

"그렇게 안 봤는데 사람이 참 너무하네. 버젓이 여기에 여자를 대동하고 오는 건 뭐람? 내가 당장 가서 쫓아낼까?"

아주머니가 마음이 편치 않았는지 은하보다 더 분개하며 양팔을 걷어붙이는 시늉까지 했다. 은하는 당장이라도 밖으로 나갈 것 같은 아주머니를 단단히 붙잡았다.

"손님 가려 받는 가게가 어디에 있어요? 그리고 얘기 잘 끝나서 아무렇지도 않아요. 진짜예요!"

은하가 가슴을 팡팡 두드리며 단언했으나 좀처럼 아주머니의 찌푸린 인상이 펴지지 않았다. 그녀는 무슨 생각을 하는지 혀를 내두르며 은하의 등을 툭툭 두드렸다.

"그래서 얼굴이 안 좋았었구나. 에구, 마음고생이 얼마나 많았어그래?"

매상과는 별개로 돼지가 시집가는 날은 사람들의 허영을 채워 주는 고급스러운 분위기의 가게는 아니었다.

하지만 은하는 이곳을 진심으로 좋아했다. 식당 아줌마들은 억세고 거칠다고 편견에 찬 시선을 던지는 사람들도 있지만 모르는 소리 말라지. 은하가 맺어 온 인연들은 이토록 따스하고 다정했다.

그 좋은 나이 식당에서 허비하는 거 아깝지 않느냐고 하는 이들도 종종 있었다. 하지만 은하는 부티 나는 건물, 커피숍, 레스토랑 열 개라도 이곳과 바꾸지 않을 것이다.

다정한 위로. 손짓에 묵은 때처럼 가슴 저 밑바닥에 남아 있던 상처가 마저 사르르 녹는 것 같았다.

"정말 괜찮아요. 너무 정신없어서 다 잊었어요."

"그래. 저런 녀석보다 백배는 더 좋은 남자 만날 거니까 걱정 말라고."

"네에."

주방 아주머니가 다시 일하러 간 뒤 은하는 흘끗 홀을 내다봤다. 건이 무슨 말을 하자 맞은편에 앉은 여자가 까르르 웃음을 터뜨렸다. 그녀를 보는 건의 눈길은 한 번도 은하가 받아 본 적 없는 종류의 것이었다.

은하는 납득이 갔다.

'정말 나는 아니었어.'

저도 모르게 고개를 끄덕였다. 건의 상대는 여자인 제가 봐도 여성스럽고 너무 가녀려서 지켜 주고 싶은 외모였다. 눈짓, 손짓 하나하나가 고왔다.

'오빠 취향은 저런 여자였구나.'

은하는 그대로 수긍했다.

확실히 건이 배려가 없는 행동을 한 건 사실이었지만 은하는 주방 아주머니처럼 욕하고 싶은 생각은 들지 않았다. 눈으로 직접 확인하자 정말 단념이라는 걸 할 수 있을 것 같았다. 건이 제 짝이 될 수 없음에.

잠시 그와의 추억들이 파노라마처럼 머릿속을 스쳐 갔다.

수년이라는 짧지 않은 시간이었다. 그것들을 모두 꺼내 보는 가슴이 숨 막히고 먹먹했다.

그 세월 속의 지금보다 어렸던 자신. 그리고 숱한 추억들이 차곡차곡 쌓여 있었다.

은하는 희미하게 미소 지으며 그 기억들을 조용히 접었다.

'잘 가렴, 찬란했던 내 청춘의 한 페이지.'

돌아오지 않는, 그래도 후회하지 않는 시간들을 먹먹한 웃음으로 전송했다.

쫓는 남자

은하는 피곤한 두 눈을 지그시 문지르며 마우스 휠을 천천히 내렸다. 일을 마치고 돌아와 씻고 난 뒤부터 계속해서 이 자세를 유지하고 있었다. 그녀가 열심히 모니터를 들여다보고 있는 건 포털 사이트 '자음'에 있는 다이어트 카페였다.

어언 11년 전, 다이어트를 굳세게 결심하고 회원 가입하고 초기에 활동했던 이래 11년이 지나도록 한 번도 접속하지 않았는데 강퇴가 되지 않았다. 모처럼 다이어트 카페에 들어와 다른 사람들이 남긴 글들을 읽었다.

이곳에는 정말 다양한 사람들이 많이 있었다. 다이어트를 성공한 사람이 있는가 하면 성공적인 다이어트 이후 몇 년 만에 요요가 온 사람, 식이 장애, 의지박약, 아예 다이어트의 개념 자체를 모르고 있는 사람들까지.

최대 다이어트 카페라는 명함이 무색하지 않게 다양한 사례들을 찾을 수 있었다.

"난 그렇게 거창하게 할 생각은 없으니까."

반쯤 농담처럼 시작한 다이어트였다. 회원들 글을 읽어 보면 다이어트를 시작하는 계기가 여러 가지였다. 하지만 그중 대다수는 주변 사람들의 시선이나 좋아하는 사람과의 이별 때문이지만 소소하게는 예쁜 옷을 입고 싶다는 등의 자기만족이 이유이기도 했다.

꼭 거창한 이유가 있지 않더라도 정말 이렇게 많은 사람들이 다이어트를 결심하고 도전한다는 사실을 수치로 확인할 수 있어서 은하는 왠지 격려를 받는 것 같았다.

"그러고 보니 벌써 내가 스물여덟이네."

하지만 올해도 벌써 8월, 스물아홉이 되는 것도 금방이었다. 시간은 술술 잘도 흘러가기 때문에 눈 깜짝하면 금방 서른이 되어 있을 것이다. 언제 이렇게 시간이 흘렀나 싶게도 마냥 20대일 것 같던 자신이 어느덧 서른을 목전에 두고 있었다.

"날씬까진 아니어도 20대 마지막은 정상 체중으로 살아 봐야지."

머릿속으로 조심스레 빼야 할 수치를 떠올리고는 혀를 찼다. 그나마 병원에서 빠진 덕분에 남은 고지가 25kg이었다. 은하는 얼른 고개를 흔들었다.

"목표를 좀 더 낮춰서…… 그래, 15kg. 15kg만 감량하자. 60대만 돼도 괜찮을 것 같아."

예전처럼 무리할 생각은 전혀 없었다. 하지만 확실히 한 달에

4kg씩 올해 안에 15kg을 빼 보자는 계획을 세웠다. 후기들을 봐도 체중이 많이 나갈수록 감량 폭이 크다고 했으니 초반엔 그나마 빼는 재미가 있을 것이다.

은하는 스케줄러에 다이어트 계획을 적어 나가기 시작했다.

<다이어트 계획>
1. 야식을 먹지 않는다. ☆ ☆ ☆ ☆ ☆
2. 식사는 평소대로 하되 저녁은 가볍게

거기까지 쓰던 은하가 곧 자신의 생활 패턴을 떠올리고는 획획 고개를 내저었다. 굳이 다른 사람을 따라 할 필요는 없었다. 제 상황에 맞게 수정하면 될 터. 글 위를 찍찍 볼펜으로 긋고 다시 적었다.

2. 식사는 평소대로 하되 저녁은 가볍게
아침을 가볍게, 점심은 듬뿍만, 저녁은 풍성하게(단 밀가루나 튀김은 피해서)
3. 운동은 아침과 밤에 스트레칭
4. 하루에 물은 2L 이상, 짜게 먹은 날은 4L 이상 마시기
5. 규칙적으로 먹되 30번 이상 꼭꼭 씹어 먹기
6. 체중은 보름에 한 번씩만 확인
7. 매일 다이어트 일기 작성

은하는 다 작성한 계획을 꼼꼼하게 확인하고는 만족스럽게 웃었다. 지난날의 실패를 참고해서 너무 무리한 계획을 세우지 않

았다. 이쯤이면 충분히 지킬 수 있을 것 같았다. 일단 생활 패턴을 정상적으로 되돌리는 데 주력할 예정이었다.

"이 정도면 충분하려나?"

자신을 혹독하게 몰아가는 다이어트는 처음에만 쉽지, 후유증이 얼마나 큰지 이미 경험해 봤기에 조바심을 놓았다.

다이어트의 가장 큰 적은 폭식도 스트레스도 아니요, 바로 이 조바심이었다. 폭식이든 스트레스든 결국 이 조바심에서부터 시작되기 마련이니까.

은하는 잠시 절박하게 다이어트를 하려던 때와 지금을 비교했다.

그때와 많이 달라졌나?

"그래."

나 자신을 학대하지 않을 수 있을까?

"물론이지."

몇 번의 자문자답을 거치며 마음을 다잡았다. 은하의 스물여덟 인생에 있어서 두 번째 다이어트가 시작됐다.

"이러한 연유로 야식 파티는 한동안 어려울 것 같습니다."

브리핑하듯이 공수 자세로 서서 공손히 얘기하는 은하의 얼굴에 정작 장난스러운 기색이 가득이었다. 눈앞에 있는 상대는 청천벽력이 떨어진 듯 만두를 먹던 그대로 굳었다.

"그 거짓말, 진짜야?"

이나는 만두를 빠르게 씹어 삼키고 간신히 묻는데 두 눈동자는 사정없이 흔들렸다. 그녀에게는 마른하늘에 날벼락이었다.

그녀 인생의 낙이란 건 정말 사소해서 맛있는 음식—은하가 만든 음식—을 즐기는 정도였다.

다행히 축복받은 육체를 타고나서 먹어도 찌지 않는 체질이라 거침없이 제 취미 생활을 즐겼다. 취미 생활을 이어 나갈 수 있는 가장 큰 공로자 은하인데 그녀가 파업 선언을 하자 이나의 얼굴에 우울한 그림자가 드리워졌다.

이 와중에도 만두는 맛있어서 입은 쉬지 않았다. 라이스페이퍼처럼 얇은 만두피 안의 촉촉한 소는 은하가 직접 생고기를 갈고 각종 채소와 두부를 다진 것에 그녀표 특제 소스로 만든 것이다.

찜통에다가 푹 쪄 낸 만두는 한 입 베어 물면 육즙이 촉촉하고 식감은 부드러워서 씹는 게 아니라 입안에서 녹는 것 같았다. 굳이 간장을 찍지 않아도 달콤하고 짭짤한 간이 기가 막혔다. 혹시라도 모를 잡내를 잡기 위해 넣은 청양 고추의 알싸함까지. 은하의 만두를 먹고 나면 다른 데서 사 먹는 건 상상도 할 수 없었다.

비단 만두뿐만이 아니라 모든 음식들이 그러했다. 은하의 손맛을 한번 느끼고 나면 다른 음식들은 너무 짜거나, 달거나, 밍밍하거나 혹은 그 세 가지 모두에 해당하기도 했다.

청출어람이라고, 그녀가 요리를 처음 배운 상대는 엄마였는데 정작 가게는 은하가 이어받고 나서 더욱 인산인해를 이루었다.

"응. 그냥 시작은 가볍게 야식을 끊는 걸로?"

주방에 쪼그려 앉아서 만두를 먹는 모습이 처량해 보일 법도 한데 혼자 화보를 찍고 있는 이나의 머리를 톡톡 두드렸다. 시무룩한 기색도 잠시, 이나는 곧 고개를 끄덕이며 수긍했다.

"네가 해야겠다 싶으면 해야지. 무리는 하지 마?"

"알았어. 내가 1차 목표 달성하면 거하게 쏠게."

"1차 목표가 언젠데?"

"70kg 초반!"

은하가 의지 충만한 목소리로 외쳤다. 그녀의 목표 수치에 이나는 고개를 끄덕이다가 물끄러미 그녀를 살폈다.

"그 정도면 어느 정도 라인이 살겠다."

"멀었지."

"넌 가슴하고 엉덩이가 볼륨 있는 체형이라 확실히 다를 거야."

이나의 직언에 은하는 민망한 듯이 웃으며 가슴을 가렸다.

"자꾸 어딜 봐?"

"나도 강제 다이어트 하겠네."

이나가 한숨을 푹 쉬면서 동태는 신나 하겠다고 중얼거렸다.

클러치 백에서 핸드폰을 꺼내 카메라 앱을 켰다. 셀카 모드로 맞추고 우는 시늉을 하며 사진을 찍었다. 뒤편에 등 돌리고 있는 은하도 어렴풋이 찍혔다. SNS에 올릴 용도여서 은하의 얼굴을 공개한 적은 없었다.

연예인 생활 하면서 별의별 사람들을 다 만났기에 괜히 은하의 신상 정보가 알려져 여러 사람 입에 오르내리게 하고 싶지 않았다.

그녀의 사진 속에 뒤태만 나오는 은하는 팬들 사이에서 이나의 베스트 프렌드로 유명했다. 왈가왈부하는 인간들이 남긴 글은 가차 없이 신고, 삭제를 하고 있었다.

SNS를 시작한 계기는 팬들과 소통을 하라는 사장의 닦달이었다. 간혹 셀카를 올리지만 많이 드물고 대다수 은하가 만든 음식들이나 촬영지에 가서 좋은 풍경 사진을 옮겨 왔다.

강제 다이어트ㅠㅠ 행복한 야식 타임 잠시 안녕.

사진과 함께 짤막한 글을 남기고 바로 핸드폰을 넣었다. 제가 쓰면서도 반응은 그리 주의 깊게 살피지 않았다.

"퇴원하고 그, 집도한 의사 선생님 만난 적 있어?"

바뀐 화제에 은하가 고개를 갸웃거리더니 이내 좌우로 흔들었다.

"아니. 한번 오시면 식사 대접하려고 했는데 지금까진 보지 못했어."

"그래?"

"사람 마음이 참 간사한 게 그렇게 매일 시달릴 때는 괴롭다가 선뜻 퇴원 수락해 주었을 때는 서운하더라니까?"

은하는 제가 생각해도 변덕스럽다며 웃었다.

"눈에 안 보이니까 궁금하기도 하고."

"그러고 보니……."

이나는 문득 뭔가 떠올랐는지 이내 홀로 수긍했다.

'요즘 토 나올 만큼 바쁘다던 것 같은데.'

어제까지는 지방에 세미나 일정이 있어서 내려갔다는 것 같기도 했다. 본의 아니게 친구의 안위를 위해 평소 궁금하지도 않던 사촌 오빠의 스케줄을 부모님께 물었다.

이안이 일일이 보고하는 편이 아니라서 정확성은 떨어지지만 큰어머니가 몸 보양을 시켜 줘야겠다고 이나네에서 보약 한 재 지어 갔다던 말을 기억했다.

"하도 매일 보던 얼굴이라 그런가? 어쨌든 안 오면 안 오는 대로 상관없지. 퇴원한 환자에게 더 이상 볼일이 없으니까."

'글쎄, 과연 생각대로 될까?'

이나는 그 의견에 그다지 낙관적이지 않았다. 오히려 다음 한 보를 멀리 뛰기 위해 웅크리고 있다면 몰라도 절대 순순히 포기 할 기세가 아니었다.

그녀는 문득 일전에 있었던 이안과의 대화가 떠올랐다.

은하에게 이성적인 호의를 보인다는 의사가 궁금해서 찾아갔더니 그 상대가 사촌 오빠, 그것도 윤이안이었다는 건 그를 아는 사람들에겐 천지가 개벽하는 것만큼이나 놀라운 일이었다. 하지만 놀랄 일은 거기서 끝이 아니었다.

개인적인 대화를 위해 옥상정원으로 자리를 옮겼으나 이미 충분히 놀란 이나는 선뜻 말을 꺼내지 못했다. 의미 없이 흘러가는 시간에 이안은 그녀의 면전에서 대놓고 손목시계를 확인했다.

"할 말 있으면 빨리 하고 끝내."

사이가 나쁜 건 아니지만 그야말로 나쁘지 않을 뿐이지, 마주 보고 오래 있을 만한 친근한 관계는 아니래도 사촌에게 하기에 는 다소 삭막한 말이었다. 하지만 말하는 이안이나 듣는 이나 모두 신경 쓰지 않았다.

"은하 수술 집도하셨다면서요?"

내내 삭막한 분위기를 흘리던 이안이 비로소 안색을 바꿨다.

그는 놀란 듯 눈을 살짝 크게 뜨며 새삼스러운 시선으로 그녀를 살폈다.

"반은하 씨와 아는 사이야?"

"친구예요."

그 말을 듣고 이안이 어떤 표정을 지었는지 본 이나는 그와 눈이 마주치자 멈칫거렸다.

그러다 곧 낭패 어린 감정이 얼굴을 스쳐 갔다. 실제로 그는 먹음직스러운 먹이를 발견한 짐승처럼 웃었다.

"오빠 도대체 무슨 생각이세요? 계속 은하 찾아가신다면서요."

"음. 그런 얘기도 해?"

이나는 이때껏 그와 대화를 하면서 이토록 자신의 얘기에 집중하는 걸 처음 봤다. 희귀 동물을 보듯 하는 시선으로 그를 훑다가 문득 떠오른 생각을 꺼냈다.

"정말 은하한테 관심 있어요?"

"넘치는데?"

조금은 격차를 두고 말하리라 여겼는데 1 더하기 1이 무엇이냐는 질문을 들은 사람처럼 너무나 순순히, 그리고 당연하다는 듯이 대꾸해서 오히려 이나가 당혹스러울 지경이었다.

"제가 말한 관심의 종류랑 같으냐는 거죠. 은하 여자로 좋아하세요? 연애 상대로 보냐고 묻는 거예요."

이번에는 대답하기까지 시간이 다소 걸렸다. 그 주제에 대해 전혀 생각지 못한 기색이었다. 이안은 마치 한 대 얻어맞은 사람처럼 멍한 표정을 지었다. 그답지 않게 바보 같은 얼굴을 하고선 기억을 더듬어 찬찬히 생각했다.

이나는 애먼 입술을 괴롭히며 그의 대답을 기다렸다. 조금씩 이안이 미소를 되찾기 시작했을 때 숨이 턱 막혔다. 머릿속에 떠오른 한마디.

'지뢰를 밟았다!'

가만 두었으면 자각하는 데 시간이 더 걸렸을 텐데 그녀의 질문이 이안을 발동 걸리게 만든 것이다.

"그러네. 그저 그런 팬심이 아니었군."

영문 모를 소리에 이나가 고개를 갸웃거렸지만 이안은 딱히 그녀와 대화를 이어 갈 의도는 아니었다.

혼잣말을 중얼거리다가 보기 좋게 미소를 지었다. 전등에 불빛이 켜진 듯 순식간에 주변을 환하게 밝히는 미소였으나 이나는 도리어 피로를 느꼈다.

'저 또라이한테 깨달음을 주고 말았네.'

자주 왕래하는 친척은 아니었으나 그가 어떤 성격인지는 잘 알고 있었다. 남들에게 관심이 없는 반면 오로지 관심은 저 자신한테 집중시켰고 그만큼 혹독하게 자기 관리를 하는 남자였다.

이나 입장에서는 인생 정말 피곤하게 사는 타입이었으나 한편으론 인생에 관해 확고한 가이드라인이 잡혀 있는 게 부럽기도 했다.

어쨌든 애인으로 삼기에는 부담스러운 부분이 있는 사람이라 이나는 순간적으로 말이 튀어 나갔다.

"은하 좋아하는 사람 있어요."

"아. 그 멸치?"

"네?"

건이 마르긴 확실히 마른 편이었다. 하지만 보통 다른 사람들의 외양에 대해 어떠한 평가도 하지 않는 이안의 차가운 감상에 이나는 깜짝 놀랐다. 더 놀라운 이야기는 뒤에 있었다.

"대수롭지 않은 이유로 은하 씨를 거절했잖아?"

"오빠가 그걸 어떻게 아세요?"

은하가 넉살이 좋고 금방 친목을 쌓는 편이지만 개인사나 속내와 관련해서는 허들이 무척 높은 편이었다. 더구나 이토록 경계하고 있는 상대에게 시시콜콜 얘기했을 리 없으니 제법 자세히 그 일화를 알고 있는 이안이 놀라울 수밖에.

"알 만큼은 알지."

"은하 뒷조사라도 한 거예요?"

"하등 쓸모없는 그런 짓을 뭐하러 하지? 객관적이라는 명목하에 개개의 사정 따위 무시하고 작성된 종잇조각에 불과한 걸?"

그런 게 아니라면 어떻게 은하의 개인사에 대해 알고 있는지 궁금했지만 딱히 말해 줄 의향이 없어 보였다.

"협조까지는 바라지도 않으니 지금처럼 이상한 소리로 은하 씨한테까지 바람 넣으려고 하지는 마."

평온한 목소리였지만 명백히 경고였다. 하지만 이나도 순순히 고개를 끄덕이지는 않았다.

"은하 상처 주지 마세요."

"당연한 걸."

이나가 그 기억에 몸서리를 쳤으나 사정을 모르는 은하는 푹 한숨을 쉬었다. 여러 가지로 복잡한 심경이었으나 찬찬히 평정심을 되찾았다.

"솔직히 그간 너무 어색했어. 말 한 마디, 한 마디마다 낯설고 좀 간지러워서. 이제 그런 것도 끝이지 뭐."

은하는 시원섭섭한 감정을 정리하며 단언하듯 말했다. 일상으로 돌아와야 할 때였다.

그랬었는데.

'어째서 이렇게 바로.'

은하는 앞서서 이나에게 나름대로 진지하게 했던 말을 도로 회수해야 하는 상황에 자못 민망하기까지 했다. 물론 지금 이나가 이 자리에 없긴 하지만. 그녀는 다소 얼떨떨한 눈으로 이안을 봤다.

가게에 홀로 광채를 빛내며 들어온 이안은 그녀를 찾듯이 주변을 두리번거리고 있었다. 다른 사람이 그랬다면 어수룩해 보이거나 아니면 아예 신경이 가지 않았을 텐데 사람을 찾는 듯이 보이는 그 행동 하나도 금방 화보에서 나온 것 같은 사람이었다.

가게 모든 시선을 홀로 받으면서도 위축됨 없이 물 흐르듯 자연스러웠다. 외려 당당해 보이기까지 하는 대범함에 절로 혀를 내둘렀다.

사실 조금 전만 해도 열심히 갓김치를 버무리고 있던 은하였는데 주방 아주머니가 흥분한 모습으로 광고를 하는 바람에 그의 방문을 알게 됐다.

"지난번에 애기 사장 병원에 데려가 준 손님 아냐?"

그때 이안이 가게에 머문 시간이 1분도 되지 않았을 텐데 기억하고 있었다니 주방 아주머니에게 놀라워야 할지, 아니면 그런 강한 인상을 남긴 이안에게 놀라야 할지 갈피를 못 잡았다.

"맞아요."

"어머, 어머. 저 범상치 않은 얼굴이 낯이 익다 했어."

주방 아주머니는 10대 소녀처럼 금방이라도 깍깍거릴 기세로 은하의 어깨를 팡팡 때렸다. 만취한 중년 남자 손님과 목청껏 싸울 만큼 괄괄한 아주머니의 전혀 다른 모습에 다소 넋이 나갔다.

"식사하러 온 거겠지? 그런데 동행이 아직 안 왔나 봐? 계속 둘러보고만 있네. 저런 남자를 누가 바람맞혀!"

그랬다가는 당장에 대신 싸워 줄 수도 있다는 의지가 전해졌다. 은하는 새삼스러운 눈으로 이안을 살폈다.

확실히 연예인 뺨을 왕복으로 50대 때리고도 남음직한 외모와 스타일은 가게에서 유독 홀로 빛났다.

물론 이곳에서 미남 미녀들을 보지 못한 건 아니지만 이토록 광적인 반응을 일으켜 내는 사람은 이안이 전무후무했다.

'누구랑 왔나?'

문득 며칠 전 봤던 건과 여자 상대가 머릿속을 스쳤다. 이안이라면 충분히 납득이 가는 광경이었다. 저런 남자한테 애인은 당연히 있을 것이다.

'아무렴. 저 외모에, 저 능력에 주변에서 가만히 놔뒀을 리가 없지. 아, 진짜. 저번 일을 겪고도 왜 발전이 없니? 또 혼자 김칫국 마시고 있어.'

은하는 볼이 화끈거렸다. 저 남자와 관련해서는 자꾸만 창피한 기억이 늘어 간다. 그리 생각하면서도 왠지 모르게 복잡해지는 심경. 그 이유가 뭘까 고민하려던 순간에 잠시 이안과 몇 마디를 나누던 홀 아주머니가 주방 쪽을 향해 격하게 손을 흔들어 댔다.

이안과 대화를 나누면서 얼굴빛이 불그스름했는데 이제는 완전히 불타는 고구마처럼 금방이라도 터질 것 같다.

"왜 저러는 거지?"

주방 아주머니가 중얼거린 말은 은하 역시 공감하는 바였다. 이유를 모른 채 고개를 갸웃거리고 있는데 홀 아주머니가 더 기다리지 못하고 날 듯이 주방으로 달려왔다.

"애기 사장! 애기 사장!"

그러더니 목 놓아 저를 부르는 것이다.

"무슨 일이세요?"

"어휴, 그렇게 부르는데 왜 나오질 않아?"

홀 아주머니가 밉지 않게 흘기며 대뜸 은하의 팔을 덥석 잡고 밖으로 끌고 가려 했다.

"왜요? 아줌마 잠깐만, 나 손."

은하는 빨간 고춧가루 양념이 묻은 고무장갑을 가리키며 그녀를 만류했다.

"빨리 빨리."

홀 아주머니는 뭐가 그리 급한지 그녀를 재촉했다. 은하는 엉겁결에 고무장갑을 벗고는 억센 힘에 붙잡혀 홀로 나갔다. 줄곧 이쪽을 주시했던 건지 밖으로 나오자마자 이안을 마주했다. 눈이 마주치자 자연스럽게 휘어지는 눈매, 호선을 그리는 입술.

이제 다시 못 볼 거라 이나에게 확신했는데 이렇게 바로 보게 될 줄이야. 은하는 머쓱한 기분을 감추며 눈인사를 건넸다.

둘 사이의 거리는 머뭇하는 그녀와 달리 거침없이 다가오는 이안으로 인해 순식간에 좁아졌다. 그가 시야 안에 가득 잡힌다는 생각이 들 무렵, 어느새 이안이 코앞에 서 있었다.

은하를 바라보는 눈빛이 여전히 속 모를 빛을 띠었다. 살며시 찌푸려진 눈매에 저도 모르게 따라 눈썹이 움찔거리는데 그의 입이 열렸다.

"역시 말랐을 줄 알았어요. 무리하지 말라니까."

"네?"

가타부타 인사 없이 던진 말에 은하가 낯선 듯 익숙한 기분을 느끼는데 그의 손이 그녀를 잡아 이끌었다.

"줄 게 있는데 잠깐 나오겠습니까?"

"저요?"

"그럼 지금 내가 다른 사람과 얘기하고 있나?"

벙 찐 반문에 이안은 재미있는 농담을 들은 사람처럼 빙긋 웃으며 외려 질문을 되돌렸다. 은하는 슬쩍 주위를 보는데 이곳을 흥미진진하게 구경하는 아주머니들과 손님들의 시선이 느껴졌다.

'진짜 위기감 든다.'

은하는 더 이상 구경거리가 되는 건 사양이라서 순순히 고개를 끄덕였다. 그것만 기다렸다는 듯이 이안이 그녀를 바깥으로 이끌었다. 왠지 등 뒤로 아쉽다는 한숨 소리가 흘러나온 것 같은데 착각이길 바랐다.

엉겁결에 그를 따라 밖으로 나온 은하는 문득 그가 의사 가운 외에 다른 옷을 입고 있는 걸 제대로 본 건 이번이 처음이라는 자각이 들었다. 급성 맹장염으로 정신없었을 때는 논외로 치고. 병원 아닌 다른 장소에서 사복을 입은 이안과 마주하는 게 생경하고 신기했다.

"식사하러 오신 거 아니세요?"

"은하 씨는 어떤 대답이 더 듣기 편합니까?"

질문에 또 질문. 은하는 저도 모르게 입술을 내밀었다. 스무고개를 하는 것도 아닌데 명확한 답을 주지 않는다. 그게 뭐 어려운 질문이라고. 뾰로통하게 바뀐 표정을 흘끗 본 이안의 웃음이 깊어졌다.

그는 대답을 해 주지도 않은 채 제 차까지 그녀를 안내했다. 대구에서 세미나가 끝나기가 무섭게 바로 올라왔다. 제법 피곤한 상태였는데 그녀를 보니 피로가 눈 녹듯이 사라졌다.

이 일주일간 한 사람이 능히 소화하기 어려운 스케줄을 감당해 내느라 좀처럼 그녀를 만나러 올 시간을 확보하지 못했다. 그럴 바에야 일을 몰아서 처리하는 게 낫겠다 싶어 다 해치워 버렸다. 몇 걸음만 옮기면 볼 수 있는 병원에서 매번 그녀를 만나러 갔던 날들이 그리웠다.

건강하게 퇴원해서 다행이라는 생각은 그녀가 퇴원 수속을 하고 1시간도 되지 않아 아쉬움으로 바뀌었다. 마음으로는 벌써 수백 번도 더 그녀를 찾아갔을 것이다.

하지만 그저 방송으로만 그녀를 볼 수밖에 없었다. 한 번도 제가 가진 의무를 짐처럼 느껴 본 적이 없는데 이번만큼은 이렇게까지 거추장스러울 수가.

　보조석 문을 연 이안이 쇼핑백을 꺼내자 은하는 의아스럽게 그가 하는 양을 지켜봤다. 이안이 그것들을 은하에게 내밀었다.

　"뭐예요?"

　"각종 영양제랑 비타민입니다."

　"이걸 왜?"

　"다이어트를 기어이 하고 마니까요."

　나직이 뱉어 낸 말에 은하는 깜짝 놀랐다.

　"그걸 어떻게 아세요?"

　혹시 실수라도 그의 앞에서 다이어트의 다를 꺼낸 적이라도 있나 되짚어 봤다. 그가 있는 줄도 모른 채 앞자리가 7로 떨어졌다고 희희낙락 주접을 떨던 상황이 하나 스쳐 가긴 했으나 애써 잊었다.

　이안은 고개를 살짝 기울인 채 입매를 올렸다. 의미심장하기도 하고 미묘하기도 한 미소였다. 은하에게 호기심을 더 강하게 불러일으키는 반응. 눈이 마주치자 배 속이 바싹 조였다.

　"알 만큼은 압니다."

　"동문서답같이 느껴지는데 제 기분 탓일까요?"

　슬며시 추궁했지만 이안은 넘어오지 않았다. 대신 쇼핑백을 들고 있는 팔을 가볍게 흔들었다.

　"어서 받아요."

　"제가 이걸 어떻게 받아요?"

　"내가 챙겨 주고 싶어서요."

　"그럴 이유 없으시잖아요."

정말 궁금한 듯이 한편으로는 당황을 담아 묻자 이안이 한 걸음, 은하에게 가까이 다가왔다. 고작 한 걸음이었는데 느낌으로는 사냥당하는 초식동물이 된 것 같아 저도 모르게 주춤하며 뒤로 물러났다. 거의 반사적인 행동이었다.

"정말 모르겠어요?"

귓가에 스치듯 잔잔히 흘러들어 온 목소리. 이유도 모른 채 은하는 온몸에 소름이 확 돋았다. 가벼운 전율을 느끼며 양손을 올려 뻣뻣한 팔을 쓸었다. 아직 밤은 이다지 더운데도 추위를 느끼며 몸이 움찔 떨렸다.

"왜 그러세요, 진짜."

무섭게.

뒷말은 목구멍으로 쏙 사라졌다. 가로등 불빛이 반사되어 음영이 진 얼굴을 마주하니 입안이 바싹 말랐다.

왜 이제야 실감 날까? 그는 머릿속이 아찔해질 만큼 아름다웠다. 가로등 불빛을 받아 환한 한쪽 면, 그리고 그림자가 드리워진 다른 면. 상반되는 명암이 그의 이목구비를 더욱 입체적으로 부각시켰다.

은하는 빠르게 눈을 깜빡거렸다.

무섭도록 아름다운 남자였다. 오늘에서야 그 진면목의 일부를 들여다본 듯해 은하는 말로 다 할 수 없는 감정들에 휩싸여 현기증이 났다.

그리고 가장 아름다운 건 저를 바라보는 농도 짙은 검은 눈동자였다. 사람을 빨아들이는 고혹적인 동공은 그 깊이를 미처 가늠하기 어려웠다. 그랬다. 이 남자는 언제나 이런 시선으로 자신을 봤다. 처음부터 줄곧.

"당신이 좋으니까."

그래서 믿을 수가 없었다.

"당신은 언제나 내게 사랑스러운 여자였으니까."

감히 짐작할 수 없었다.

은하의 눈동자가 세차게 흔들렸다. 그러나 그녀를 바라보는 이안은 올곧게, 그리고 줄곧 그러했듯 열망이 어린 채 그녀를 응시했다.

문득 바람이 불어왔다. 뜨거운 공기가 섞인 훈풍이었다. 은하는 흩날린 머리에 무심코 손을 올리다 문득 제 가슴속에서도 몰아치는 바람을 느꼈다. 지금 맞은 잔잔한 바람이 아닌 거센 폭풍을 닮은.

❊ ✻ ❊

건은 옆자리를 힐끔 보고는 속으로 한숨을 삼켰다. 그의 얼굴에 숨기지 못한 그늘이 드리워졌다. 몇 번인가 말을 걸려고 했으나 장소도 장소인 데다가 이미 냉정하게 거절한 터라 더 말을 붙일 구실을 찾지 못했다.

'미치겠네.'

이 자리가 그에게는 가시방석처럼 느껴졌다. 영화 내용이 눈에 들어올 리는 더더욱 없었다. 옆에 있기만 해도 미주에게서는 찬바람이 쌩쌩 불었다.

시작은 정말 사소했다. 데이트를 위해 영화관을 찾아서 제 취향이 아닌 로맨틱 코미디를 선택한 것까지는 감수했다. 여자와 데이트를 할 때 본인 취향의 영화를 볼 수 있을 거라 기대도 안 했다.

영화표를 예매하고 미주의 취향에 맞춰 간식을 살 때 그녀가 나초를 선택한 순간 건은 저도 모르게 미간을 좁혔다. 나초는 심심치 않게 먹긴 하지만 영화관에서 나초와 함께 주는 할라피뇨 치즈 소스는 그가 도저히 극복할 수 없는 맛과 향을 가졌다.

바로 옆자리에서 내내 맡아야 한다는 생각에 다소 암담하긴 했지만 제가 먹을 게 아니기 때문에 일단 참았다. 남의 취향을 존중했다.

본인 몫으로 추로스를 하나 사서 상영관에 입장했다. 주변에서 주섬주섬 간식을 먹는 것처럼 두 사람 또한 간식을 먹었다. 미주가 나초에 치즈를 듬뿍 찍어서 맛있게 먹는 모습을 애써 웃으며 봐 주고는 냄새를 잊으려고 노력하며 추로스를 우걱우걱 씹었다.

광고를 한참 보고 있는데 문득 미주가 소스를 잔뜩 찍은 나초 하나를 건에게 내밀었다.

"건 씨도 하나 먹어 봐요."

"괜찮아요. 나초 몇 개 되지도 않는데 제가 먹으면 미주 씨 몫이 얼마 없잖아요."

건은 좋은 말로 거절했다. 그런데 미주는 손을 거두어들이지 않고 재촉하듯이 도리어 흔들었다.

"혼자만 먹으면 무슨 재미예요? 나 팔 아픈데."

애교스럽게 웃는 미주가 이번에는 그리 예뻐 보이지 않았다.

머릿속으로는 오만 가지 갈등이 지나갔다. 건의 얼굴에 고민하는 기색이 드러나자 미주의 미소가 굳기 시작했다.

"제 손 깨끗해요."

"그런 거 아니에요, 미주 씨."

"슬슬 손이 민망하네요."

어느덧 목소리가 뾰족하게 바뀌었다. 지금이라도 당장 받아먹으면 미주 마음이 어느 정도 풀리겠지만 문제는 그에게 도저히 불가능한 일이었다. 뭣도 모르고 예전에 한 번 먹은 이후로 할라피뇨 치즈 냄새를 맡기만 해도 반사적으로 구역질이 났다.

"사실 제가 나초를 별로 좋아하지 않아서요."

할 수 없이 해명을 하는데 미주는 그걸 진심으로 받아들이지 않은 눈치였다. 항상 반달로 휘어져 있던 눈매가 차갑게 가늘어졌다.

"변명이 빈약하네요."

"변명이 아니라 그 소스가 입맛에 안 맞아서요."

"할라피뇨 치즈가 어때서요?"

까칠한 말투에 심드렁하게 그의 말을 받는 태도에 조바심이 난 건이 너무 솔직하게 대답하고 말았다.

"구린내가 심해서요."

말을 내뱉은 즉시 실수했다는 걸 깨달았다. 미주의 표정이 볼썽사납게 일그러진 것이다. 나초를 들고 있는 손이 떨리기까지 했다.

"미주 씨, 그게……."

"나, 나더러 지금 냄새난다고-!"

만일 영화가 곧바로 시작되지 않았다면 그녀는 지체 없이 영화관을 나가 버렸을 것이다. 두 사람이 하필 가운데 자리에 위치하는 바람에 좌우로 관객들이 앉아 있어서 꼼짝도 하지 못했다.

　그런데 한편으로 영화관을 나가는 게 더 나았을 것 같기도 하다. 다른 사람들의 관람을 방해할까 봐 큰 목소리를 내지도 못하고, 그걸 빌미로 미주는 아예 건을 무시하고 있었다. 그에게 화를 내고 난 후부터 나초는 아예 건드리지도 않았다.

　'머리 아프다.'

　그녀가 또 오해를 할까 봐 다시 한숨을 속으로만 삼켰다. 이 자리가 불편해서 미칠 것 같았다. 자신의 실수는 분명 인정하고 있었다. 하지만 그도 억울한 부분이 없진 않았다.

　'그러게 먹지 않는다니까 굳이 권해서.'

　한 번 거절하면 그런 줄 알고 받아들이지, 몇 번이나 권하는 고집이 도무지 이해가 안 됐다. 무조건 좋아하는 걸 같이 나누려고 하는 것 역시 일종의 폭력이었다. 이쪽 배려는 전혀 하지 않은 미주의 행동이 불만스러웠다.

　'은하는 그러지 않았는데.'

　새삼스레 은하와 비교되었다. 그녀는 항상 자신을 배려해 주었다. 함께 영화를 봤을 때도 건이 나초 치즈에 질색하는 걸 본 이후로 권하긴커녕 그 후로 그의 앞에서 관련 음식을 먹은 적도 없었다.

　사실 은하처럼 상대방의 기분을 편하게 잘 맞춰 주는 사람이 드물었다. 정확히는 그런 배려를 받아 본 건 은하가 유일했다.

　'은하가 착하긴 착하지.'

그런 성격인 여자와 사귀면 오래 편하게 지낼 수 있을 것만 같았다.

'얼굴은 안 예뻐도 날씬하기만 하면 좋았을 텐데.'

건은 다리와 발목이 날씬한 여자가 취향이었다. 은하가 뚱뚱한 것이 못내 아쉬웠다.

시간이 지나고 영화가 끝나자 건은 가뿐한 마음으로 일어났다. 좌불안석도 끝이었다. 시원한 마음으로 상영관을 나오는데 여전히 미주는 잔뜩 토라진 표정을 감추려는 노력조차 하지 않았다.

"미주 씨."

주차장으로 가려던 건은 미주가 다른 방향으로 몸을 틀자 서둘러 그녀를 붙잡았다.

"주차장은 이쪽이에요."

"저 오늘은 그냥 지하철 타고 갈게요."

눈도 마주치지 않은 채 새침하게 말하는 미주를 보자 건은 주중에 쌓인 피로가 몰려드는 기분이었다. 그는 마음을 다독이고는 곧 미안한 표정을 지었다.

"아까 일은 내가 실수했어요. 단순히 음식 취향 얘기였는데 본의 아니게 미주 씨 기분을 상하게 했네요. 용서해 줘요."

"제가 옹졸하게 그런 걸로 여태껏 화내는 사람으로 보여요?"

"옹졸하다는 건 아니고 내가 실수한 게 미안해서요."

미주는 건을 빤히 보다가 입술을 일자로 굳혔다. 습관처럼 볼을 부풀리는 행동이 평소라면 귀엽다 싶을 법도 한데 지금은 어른스럽지 못하게 보였다.

"제가 뭘 서운해하는지 전혀 이해 못 하네요."

"내가 다른 실수를 한 게 있으면 말해 줘요."

"그러니까 왜 몰라주는 거예요? 건이 씨 나한테 관심이 있긴 해요?"

'말을 안 하는데 어떻게 알아?'

건도 슬슬 짜증이 나기 시작했다. 여기서 실랑이할 시간에 차라리 집에서 쉬는 게 이득이었다.

"미주 씨."

"지금은 건이 씨 얼굴 보며 웃을 자신이 없어요. 그냥 갈래요."

"그래요, 그럼."

건은 더는 참지 못하고 어깨를 으쓱했다. 그가 순순히 보낼 줄 몰랐는지 미주가 믿을 수 없다는 듯이 눈을 동그랗게 떴다. 그런 표정을 봐도 별 감흥이 들지 않았다. 건은 처음으로 무뚝뚝하게 미주를 응시하며 인사를 건넸다.

"조심해서 들어가요."

그리고 더는 볼일이 없다는 듯이 뒤돌았다. 미주가 가 버렸는지 아니면 계속 서 있는지 신경이 쓰이지 않았다.

'애도 아니고 어련히 들어가겠지.'

애초에 혼자 가겠다고 우긴 건 그녀였으니 죄책감은 없었다. 신경질적으로 차 문을 닫고 운전석에 앉은 건의 표정이 종잇장처럼 무참히 구겨졌다. 생각하면 할수록 분통이 터지는 기분이었다.

"말을 안 해 주고 무작정 서운하다고만 하면 다야? 내가 독심

술사도 아니고 뭐가 서운한지 말하지 않았는데 어떻게 알아?"

주변에서 예쁘다, 예쁘다 추켜세워 주니 어딜 가나 공주 취급을 받으려고만 하는 성향이 있었다.

"자기가 윤이나라도 돼?"

바로 코앞에서 그녀를 본 적이 있는 건의 입장에서는 지금으로썬 우습기만 한 행동이었다. 처음 몇 번은 귀엽던 그녀의 성격에 슬슬 질려 가기도 했다. 본인만 대접받으려고 하는 태도는 수년간 알고 지낸 은하와 하나에서부터 열까지 전부 비교됐다.

"소스가 싫어서 안 먹겠다는 게 죽을 정도로 잘못한 건 아니잖아? 그래도 사과까지 했는데 뭐가 더 서운하다는 거야?"

이쪽에서 할 말이 아주 없는 건 아니었다. 그래도 소개해 준 사람 얼굴을 생각해서 참고만 있는데 어느새 그게 당연해진 모양이다. 정식으로 교제를 하면 억지로라도 차에 태웠을 테지만 그럴 의무감은 느끼지 못했다.

한껏 혼자 짜증을 풀어내고 나니 짙은 허무감이 밀려왔다. 그는 참고 참던 한숨을 길게 내뱉었다.

"은하 보고 싶네."

중얼거린 제 말을 들으며 그 마음이 더 간절해졌다. 마음을 편하게, 그리고 따뜻하게 해 주는 은하의 존재가 그리웠다. 더욱이 몇 주째 미주의 취향에 맞춰서 먹었더니 버터와 기름 냄새만 맡아도 토할 것 같았다.

전에 한 번 그녀가 맛집이 궁금하다고 은하의 가게에 다녀온 후로는 둘이 만날 때 한식을 먹어 본 적이 없었다. 은하의 손맛에 길들여져서 요즘은 뭘 먹어도 입맛이 없는데 느끼한 양식만 먹으니 속이 더부룩하기까지 했다.

"벌써 한 달인가?"

미주와 그녀의 가게에 갔을 때 얼굴을 못 봤으니 은하와 연락이 끊긴 것도 벌써 그렇게 오래되었다. 기간을 셈해 보는 건의 표정이 복잡했다.

✳ ✱ ✳

"그래서 어디에서 노래를 부르는데?"

노인의 재촉에 은하가 멋쩍게 웃었다.

노인 옆자리에 앉았던 손님이 은하 방송 시청자였다. 이렇게 만날 줄 모르고 깜짝 놀라며 반가워하는 손님과 대화를 나누는 걸 노인이 듣게 됐다. 그걸 듣고 나서는 어느 채널에서 노래를 부르는 거냐며 계속 물었다.

"인터넷에서 그냥 취미 생활로 하고 있어요."

"한번 보게 알려 줘 봐."

노인은 슥 핸드폰을 꺼냈다. 은하는 조금 민망했지만 계속되는 재촉에 방송에 접속하는 방법을 차근차근 설명했다.

"방송 이름이 〈보름달이 빛나는 밤에〉라고?"

'저기, 목소리가 너무 크신 것 같은데요.'

은하는 차마 그 소리를 하지 못하고 고개를 주억거렸다. 노인의 눈동자가 흥미로 반짝거렸다.

"그렇게 안 알려 주려고 하더니 녀석이 알면 표정 볼 만하겠군."

"녀석이 누군데요?"

노인이 혼자 중얼거리는 말을 듣고 은하가 의아히 물었지만 대답 대신 손만 내저었다. 은하도 딱히 꼬치꼬치 묻고 싶은 마음은 없었기에 더 캐묻진 않았다. 하지만 어떤 영문인지 유쾌해하는 노인을 보니 왠지 웃음이 나왔다.

"약 올려야겠다."

누군지 몰라도 노인에게 단단히 놀림을 받을 예정이라 그녀는 미리 애도를 보냈다.

"그보다 요즘 잘 만나고 있나?"

"네? 누굴 만나요?"

"혼자 헛물을 켠 건가?"

"할아버지?"

미처 말을 알아듣지 못하고 의아히 그를 부르는데 노인이 손을 내저었다. 그러고는 눈을 가늘게 뜨고 은하를 관찰하듯 찬찬히 살폈다.

"전의 그놈보다 허우대 더 멀쩡하고 진국인 녀석 있잖아? 너 좋다고 쫓아다니는 놈 하나."

"할아버지이이!"

대번에 이안의 얼굴을 떠올린 은하가 화들짝 놀라며 급히 고개를 흔들었다.

"무, 무슨 소리를 하시는 거예요? 누가 누굴 쫓아다녀요!"

"당황하기는. 거짓말 못 하는 거는 마음에 든다."

"뭐 보신 거라도 있으세요?"

"으음?"

은하가 당황해하는 걸 보며 짓궂게 웃던 노인은 그녀의 반격에 순간 멈칫했다. 하지만 괜히 연륜을 쌓은 게 아닌지 표정에서 당황은 일절 묻어나지 않았다.

"보긴 뭘 봐. 아줌마들이 오가면서 하는 얘길 들은 게지."

"아줌마들이요? 정말 그러지 말라니까."

은하는 뺨을 붉히며 씨근덕거렸다. 노인은 한숨을 돌리고는 더더욱 유유자적한 표정을 지어 보였다.

"괜찮은 녀석인 것 같던데 잘 만나 봐."

"어휴! 그런 거 아니에요. 만나긴 뭘 만나요."

"흐음. 젊은 애들이 한다는 밀당을 하는 게구나? 하긴 쉽게 얻으면 귀한 줄 모르니까 나쁘진 않겠다."

"아니에요, 정말. 자꾸 놀리지 마세요."

"그래도 너무 오래 속 태우진 말아라."

"할아버지이."

은하 볼이 아예 터질 것처럼 부풀자 노인은 그제야 화제를 돌렸다.

"그나저나 아주 보기 좋아졌구나. 그래, 이 정도면 딱 좋지. 살집도 적당히 있어서 건강해 보이고."

화제가 바뀐 데에 안심한 은하는 고개를 끄덕였다.

"습관을 바꿨는데 의외로 효과가 좋더라고요. 그래도 아직 뺄 부분이 많아요."

"이쯤이면 충분해."

'아직 70대인데.'

몸무게가 70kg 중반으로 내려온 게 얼마만인지 몰라 처음

74.5kg을 찍었을 때 핸드폰으로 사진을 찍기까지 했다. 한참을 두고두고 봤다. 노력이 결실을 맺으니 더 의욕적으로 변하게 된 것이다.

다이어트 결심을 한 이유가 다른 사람들과 사뭇 다르긴 했지만 감량되는 게 눈으로 보이니 제법 즐거웠다. 오히려 절박한 마음에 조급하게 다이어트를 하려고 하지 않아 부담감이 없으니 덜 힘든 것 같다.

"이왕 시작한 건데 조금만 더 해 보고요."

병원 생활 덕분에 어영부영 80kg까지 내려왔기 때문에 마음먹고 뺀 건 5kg 내외였다. 입원하기 전 몸무게를 떠올리면 상당히 많은 감량이 이루어졌지만 아직 할 만했다.

물론 먹던 습관이 있어서 저도 모르게 밤에 스낵 봉지를 건드린다거나 냉장고 앞을 서성거리긴 해도 잘 참고 있었다.

"티브이에 나오는 말라깽이들처럼 뺄 요량이야?"

노인이 마뜩잖은 기색을 풍기자 은하는 웃음기 가득한 채 양손을 흔들었다.

"그렇게까지 뺄 자신도 없고 그러고 싶지도 않아요. 앞자리 한 번만 더 바꾸고 중반쯤으로 유지하면 충분할 것 같아요. 까마득해 보이지만요."

장장 10kg을 더 감량해야 했다. 아득하고 멀게 느껴지지만 원체 올바른 식습관만 유지한다면 가게 일이 보통 노동이 아니어서 따로 운동을 해 주지 않는다고 해도 불가능하지만은 않을 것 같다.

방송에서도 벌써부터 폭발적으로 반응하는 시청자들이 몇 있었다. 요즘에는 간혹 인상이 점점 또렷해진다, 예뻐지고 있다고 말해 주는 사람들도 있었는데 신선한 기분이었다.

'은하수 님이나 그, 그 사람 빼고 그렇게 간지럽게 말해 주는 사람이 없었으니까.'

자신이 보기에도 얼굴 살이 많이 빠져서 실제 감량한 무게보다 더 많이 빠져 보였다. 무리하지 않아서 볼이 홀쭉해지지 않고 턱 라인이나 눈두덩이 부분이 주로 빠지고 광대 쪽 볼살은 오히려 봉긋해져 탄력적으로 보였다.

살들에 묻혔던 이목구비가 살아나자 그녀 역시도 이제야 제 생김을 자세히 알게 됐다. 제 얼굴이어서 뭐라 평가하기 어려웠으나 확실히 전보다 낫긴 했다.

"무리하진 마라."

"그럼요. 응원해 주는 사람도 많아서 책임감을 느끼기까지 해요. 그래도 하는 데까지만 열심히 해 보려고요."

한창 담소를 나누고 있는 중에 아주머니 한 분이 다가왔다. 노인과 눈이 마주치자 가볍게 목례만 하고는 은하에게 몸을 낮추었다.

"애기 사장 선배 와 있어."

"건이 오빠요?"

"오늘은 혼자."

건에 대해 굳이 언급하지 않지만 혹시라도 은연중에 나오게 되면 지금 아주머니처럼 다들 반갑지 않은 기색이었다.

건이 식당으로 데이트를 하러 온 이후로 아주머니들에게 완전히 찍혀 버렸다.

주방 아주머니에게만 했던 얘기가 다 전해진 까닭이었다.

　은하는 유감스러운 마음이 없기 때문에 그러지 말라고 말려 봐도 소용이 없었다. 지금 태도만 봐도 이렇게 흉흉한데 쌀쌀한 대접을 받고 당황해할까 봐 고개를 돌려 건을 찾았다.

　이미 식사를 시작했는지 앞에 냉면 그릇을 두고 있는데 시선은 그녀를 향해 있었다.

　눈이 마주치자 은하는 상냥하게 미소 지으며 손을 흔들어 알은체했다.

　"흠흠."

　바로 옆에서 헛기침 소리가 나기에 보니 노인이 묘한 눈길로 은하를 주시하는 거였다. 그녀가 고개를 가만히 기울이는데 어느 사이엔가 빈 그릇만 놔두고 자리에서 일어났다.

　"잘 먹었다."

　"들어가시게요?"

　"손님도 많은데 얼른 자리를 빼 줘야지."

　"역시 할아버지는 생각이 깊으시다니까요? 가게 사정까지 배려해 주시고 감사합니다."

　은하가 장난스럽게 배꼽 인사까지 하자 노인은 부러 더 퉁명스러운 표정을 지었다.

　"가 보마."

　"네. 또 오세요."

　"그럴 성격은 아닌 줄 안다만 곁에 있는 놈 잊지 마라."

　알쏭달쏭한 말을 남기고 가게를 나서는 노인을 벙 찐 채 바라보던 은하가 이왕 눈이 마주친 거 곧바로 주방으로 돌아가기 뭐

해 건이 앉아 있는 자리로 향했다.

　가게 앞에서 묘한 표정으로 그것을 보던 노인이 핸드폰을 꺼냈다.

　"언제 왔어요?"

　"못 봤구나? 어쩌지."

　건은 멋쩍은 듯이 뒤통수를 성의 없이 문질렀다.

　일부러 모르는 척하는 건지, 아니면 선뜻 오질 못한 건지 두 가지 가정을 두고 고민했는데 은하는 정말 몰랐던 눈치다.

　이런 걸로 괜히 사람 마음 떠보는 성격이 아니어서 수긍했지만 한편으로는 그가 찾기 전에 먼저 발견하고 다가와 주던 전과 다름에 서운함이 들었다.

　지난번에 미주와 함께 왔을 때 미묘했던 아주머니의 태도는 오늘 더 확실했다. 은하 대학 선배라고 친절하던 분들이 딱 손님을 대하듯, 아니, 그보다는 좀 더 냉랭한 공기를 풍겼다.

　원체 은하와 인연이 깊은 분들이라 상심한 그녀를 대신해서 화를 내는 거라 생각하고 감수했다. 하지만 불청객을 대하는 것 같은 태도로 느껴져 가시방석이었다.

　은하가 이쪽으로 오길 기다렸지만 아무리 기다려도 나이 지긋한 손님 옆에서 떠나질 않았다.

　마음이 상해서 일부러 그러는 것이라 생각했다. 보다 못해 아주머니를 불러 은하에게 먼저 제가 왔음을 적극적으로 알리려고 했다. 그러면 더는 무시하지 못하고 어쩔 수 없이 오겠다는 계산이었다.

그런데 정작 건에게 인사를 나누는 은하에게선 한 점 그늘이 없었다. 상심의 그림자 또한 비치지 않았다. 그저 친인을 마주한 사람 그대로 적당히 반가움을 드러내며 다가왔다.

제 예상과 하나도 맞지 않는 상황에 건은 다소 당황했다.

'그래도 이제 생각 정리가 다 끝난 모양이네.'

은하는 맘을 감추고 제 곁에 머무르기로 결정한 모양이다. 건은 왜 그간 연락을 안 했을까 의아하면서도 인연이 끊긴 게 아님을 반겼다.

"혼자 오셨어요?"

사심 없이 웃으며 물어 오는 말을 건은 탐색으로 받아들였다. 그렇게 딱 잘라 단언하기에 가슴 한구석이 찜찜했지만 그로서는 달리 판단할 근거를 찾지 못했다.

그의 동행을 신경 쓰며 탐색하는 게 여전히 제게 마음이 기울어져 있는 증거라고. 그리 단정하자 미주로 인해 짜증스럽던 기분이 한결 가벼워졌다.

"냉면이 먹고 싶기도 하고, 오랜만에 너 어떻게 지내는지 궁금하기도 해서."

뒤늦게 여지를 주는 말을 했다고 아차 했지만 그러면 어떠랴 싶었다. 은하의 반응을 기다리는데 그녀는 산뜻하게 고개를 끄덕였다.

"요즘 날씨가 계속 무더워서 냉면이 많이 당길 시즌이죠."

또다시 기대했던 반응과 달랐다. 건은 새삼스러운 눈길로 찬찬히 은하를 살폈다. 미처 몰랐는데 안 본 사이 은하에게 많은 변화가 있었다. 여전히 날씬과는 먼 체형이었으나 이전의 모습과 차이가 컸다.

"살이 많이 빠졌네?"

"그래 보여요?"

은하는 빙그레 미소를 지었다. 그녀의 웃음을 보고 건이 눈썹을 움찔했다. 전에는 미처 느껴 볼 새 없던 색다른 분위기가 그녀 주변을 감돌았다.

쌍꺼풀이 없지만 큼지막하고 길쭉한 눈매가 반쯤 접히자 인상이 고혹적으로 바뀌었다. 문득 도톰한 입술로 시선이 갔다. 색조 화장을 하지 않아 여느 여자들보다 색이 연하지만 탄력적인 모양새가 외려 더 탐스러웠다.

"정말."

'노력했구나.'

건은 그녀가 살을 뺀 게 저 때문이라 여겼다. 날씬한 여자를 좋아하는 그의 취향에 맞추기 위해 연락을 하지 않은 동안에 고군분투하고 있었으리라 생각하니 짠하기도 하고 마음이 간질간질하기도 했다.

"밖에서 보면 다른 사람인 줄 알겠어."

"에이, 그 정도는 아니에요."

은하는 고개를 살랑살랑 흔들었다. 전이라면 부끄러워하는 그 행동에 쓴웃음만 나왔을 텐데 오늘은 웬일인지 귀엽게 보였다. 물 위에 있는 것처럼 기분이 붕 떴다.

"그럼 맛있게 드시고 가세요. 주방에서 아주 불이 나겠어요."

"아, 그래?"

그녀가 먼저 선뜻 자리를 뜬다고 할 줄 몰라서 건은 당황했다.

그럼 가 봐야지, 하고 중얼거리는데 정작 은하가 일어나자 그것 대로 섭섭했다.

주방으로 돌아간 은하는 뒤통수도 보이지 않았는데 건은 냉면은 먹는 둥 마는 둥 하며 주방 쪽을 힐끔거렸다.

"뭐 반가운 손님이라고 그렇게 오래 얘기해?"

주방으로 들어가자마자 아주머니가 잔소리를 했다. 은하는 어쩔 수 없다는 웃음만 짓고는 자리로 돌아왔다. 잘 삶아진 면발들을 손으로 가늠해 비슷한 양으로 그릇에 담기 시작했다. 주문들이 계속 밀려들어 와 손이 바빴다.

거의 일률적인 양이 그릇에 담기고 비워지기 무섭게 다시 새로운 그릇들이 그 자리를 차지했다.

"슬슬 배고프네요."

손 따로 입 따로, 능숙하게 아주머니들과 대화를 나누는데 주제는 역시 음식이었다. 다이어트를 시작하고 가장 친해진 게 바로 이 허기였다. 먹고 돌아서면 1시간도 안 돼서 금방 배가 고팠다.

전에는 배가 굳이 고프지 않아도 미리미리 충전해 주었다면 지금은 딱 정해진 양을 먹기 때문에 다음 끼니를 기다리기가 힘들었다.

"애기 사장, 집에 잠깐 가서 먹고 와. 그렇지 않아도 다이어트하느라 음식 냄새 힘들 텐데 배고프면 더 괴롭잖아."

"조금만 참으면 한산해지니까 그때 같이 먹죠."

"주섬주섬 주워 먹는 우리랑 같나? 우리야 중간중간 간식이라도 먹는데 애기 사장은 못하니까 더 힘들지."

팬찮다 아니다 가볍게 실랑이를 하고 있을 무렵 쿵쿵거리는 걸음 소리가 들렸다.

"닥터 왔네, 닥터."

반짝반짝 빛이 날 것 같은 얼굴로 말을 전하는 홀 아주머니를 보고 여건만 된다면 웃고 싶었다. 하지만 저 말을 듣고 나자 은하는 여태껏 잠시도 쉬지 않던 손을 놓고 말았다. 입으로만 전해지는 그의 영향력은 상당했다.

"시, 식사하러 왔겠죠."

그녀는 일제히 의미심장한 눈빛으로 자신을 보며 웃는 아주머니들을 향해 부러 더 태연하게 말하려고 했지만 시작부터 말을 더듬는 바람에 글렀다.

키득거리는 모습들이 왜 저렇게 얄미울까?

은하는 진지하게 고민했다. 아주머니들 사이에서 닥터로 통하는 이는 바로 이안이었다. 그의 직업이 의사라는 걸 알게 된 이후 통칭 닥터였다.

아주머니들에게 무수히 많은 사랑을 받는 이안은 그 이점을 적절히 사용했다. 아주머니들 중에서 이안이 은하에게 마음이 있다는 걸 모르는 이가 없었다. 여론은 이안에게 호의적이었다. 아니, 호의적인 걸 넘어서 광적으로 그를 지지했다.

"그럴 리가. 당연히 애기 사장 보러 온 거지."

"보러 오기는요. 저 일하는 중이기도 하고요."

아직 은하는 그를 어떻게 대해야 할지 결정을 내리지 못했다.

이안이 그녀에게 마음을 전한 지도 벌써 3주째였다. 아직까지 그녀에게 대답을 촉구하지는 않았다. 그러나 마음을 전한 이후로 그의 행보는 더욱 거침이 없어졌다.

잘 휘둘리는 성격이 아닌데 이안과 함께 있다 보면 어느 순간 휘말려 버렸다는 생각이 드는 때가 한두 번이 아니었다. 거기다가 적극적인 애정 공세에 은하는 정신을 차릴 틈이 없었다.

이따금씩은 지그시 그녀를 바라보고만 있을 때도 있었다. 말한 마디 없었지만 그의 눈길에서 보고만 있어도 좋다는 감정이 그대로 묻어났다. 이런 경우는 살면서 처음이라 어찌하면 좋을지 몰라 언젠가는 이나를 붙잡고 하소연하기도 했다.

이나는 그녀답지 않게 곤란한 표정을 짓다가 그저 말없이 등을 토닥여 주었다. 그런데 끝에 가서는 한번 만나 보라는 조언이 붙었다.

"만나면 그걸로 상황 종료겠지만."

알 수 없는 소리가 덧붙긴 했으나 그녀를 아는 사람들과 입을 맞추기라도 한 듯 만나 보라는 권유는 같았다.

"기다리니까 어서 가 봐. 늦게 와도 괜찮아."

"저 보러 온 거 아닐 거라니까요. 주문받고요."

"주문 이미 했잖아. 애기 사장으로."

본인이 한 말이 썩 마음에 들었는지 홀 아주머니가 깔깔 웃었다. 다른 아주머니들도 맞다고 맞장구를 치며 웃어 대는 통에 은하의 얼굴이 화끈거렸다.

"얼른."

"그만 좀 놀리세요."

"저런 남자가 좋다고 할 때 냉큼 손잡는 거야. 어서!"

갈피를 잡지 못하고 있는데 결국 등 떠밀려 밖으로 나왔다. 긴장감에 입술이 바짝 말랐다. 이안은 홀 아주머니 한 분과 대화를 나누면서도 시선은 줄곧 주방 쪽에 두었는지 그녀가 나오는 것을 바로 알아차리고 그림을 그린 듯한 미소를 지었다.

은하는 어찌할 바를 몰라 제자리에서 발을 동동 구르고 싶었다. 낯설고 어색한데 마냥 싫기만 한 건 아니어서 제 복잡한 마음을 자신도 이해하기 어려웠다.

어쩌고 싶은지 명확한 답이 나오지 않는 상황에서 그는 잠시 숨 돌릴 겨를도 없이 계속해서 문을 두드렸다.

"내가 방해가 됐겠군요."

얼굴을 마주하고는 이안이 인사 대신 미안해하며 전한 말이다. 은하는 무심코 고개를 흔들었다. 그걸 보고 눈웃음이 더 짙어졌다.

"아니긴. 바쁘다고 안 나오려고 하는 거 여사님들한테 등 떠밀렸으면서."

마치 눈으로 본 것같이 정확하게 얘기하자 은하의 동공이 흔들렸다. '어디 몰래카메라라도 설치된 거 아냐?' 하고 시답지 않은 생각까지 들었다.

"방해라고 해도 어쩔 수 없습니다. 가만히 있을 수가 있어야지."

그 말을 하며 이안의 시선이 어디론가 향했지만 은하가 이상함을 느끼기도 전에 곧 다시 눈을 마주쳤다.

"점심 아직이죠?"

"네."

"많이 배고프겠네."

염려가 배어나는 말이 은하의 마음을 다시 간질였다.

"여사님 얘기 들어 보니까 점심 먹으려면 아직 1시간은 더 있어야 한다면서요."

"손님이 드문 시간에 먹어야 해서요."

그때가 되면 벌써 3시가 된다. 확실히 점심이라고 먹기에는 애매한 시간이었다.

"다른 간식도 못 먹는데 그때까지 힘들어서 어떻게 버텨. 내가 도시락 사 왔으니까 차에서 먹어요."

"아뇨. 괜찮아요. 1시간쯤이야 못 기다릴 것 없는데요?"

"내가 안 괜찮아요. 당신 힘들 거 뻔히 아는데 어떻게 두고만 봅니까?"

강경한 어조에 은하가 넋을 잃은 것도 잠시, 이안은 곧 부드럽게 그녀를 달랬다.

"은하 씨하고 같이 먹고 싶어서 나도 점심 거른 참이에요. 혼자 먹기 외로우니까 같이 먹어 줘요."

"의사 선생님이면서 본인 건강 잘 챙기셔야죠."

은하가 눈을 둥그렇게 뜨고 타박을 주는데도 이안은 빙그레 웃기만 했다. 그녀는 나직이 혀를 내두르며 잔소리를 이어 갔다.

"나이가 몇인데 혼자 먹는 게 외롭대? 진짜 의외로 깨는 거 알고 있어요?"

그렇게 말하면서도 발길은 어느덧 가게 밖으로 향한다. 저를 위해서라고 하면 조심스러워하면서도 남 걱정에 선뜻 움직이는 게 은하다웠다. 이안은 영악스러운 속내를 감춘 채 사랑스러이 그녀를 응시했다.

그녀의 어깨를 감싸며 밖으로 나가는 길에 가게 안을 빙 둘러 보다가 한곳에 시선을 멈췄다. 웃음기가 사라진 오만한 시선. 그 것은 마치 왕좌에 앉아 내려다보는 황제처럼 서늘하고 오연하기 까지 했다.

그것도 잠시, 비스듬히 입매가 기울어지며 조소를 띠었다.

'뭐야, 저 자식?'

처음엔 말도 안 되게 잘생긴 남자가 가게로 들어와 깜짝 놀라 저도 모르게 바라보던 건은 은하와 둘이 대화를 나누는 모습을 보고 믿지 못했다.

어떻게 아는 사이인지 궁금하던 차에 우연처럼 남자의 시선이 자신에게 닿았다. 서로 안면이 없는 관계여서 착각이라고 여겼 는데 은하와 밖으로 나가기 전에 자신을 바라보며 비웃음을 던 진 건 명백한 고의였다. 도저히 잘못 봤다고, 착각이라고 할 수 없을 만큼 노골적이었다.

건의 흰 얼굴이 더더욱 하얘졌다. 그는 이내 분개했다.

'지가 뭔데 그런 식으로 날 봐?'

속을 긁으려 작정하지 않고서야 저런 식으로 사람을 볼 리 없 었다.

'도대체 왜?'

문제는 그 의도가 뭔지 전혀 모르겠다는 점이다. 자신과 조금 이라도 관련이 있다면 기억을 못 할 리 없었다. 그만큼 인상이 깊은 남자였다.

낯모르는 남자가 무슨 억하심정으로 절 비웃느냐는 것이다.

'그보다 은하는 저런 남자를 어떻게 알고 지내는 거고?'

아무리 봐도 오늘 처음 만난 사람은 아니었다. 그랬다면 애당초 둘이 같이 나갈 리도 없을 테고. 건의 머릿속이 순식간에 복잡해졌다.

'은하를 좋아하나?'

가장 정확한 답을 도출했지만 사정을 모르는 건은 냉큼 고개를 저었다.

"에이, 그럴 리가."

오히려 그런 생각을 한 자신을 비웃었다. 그 생각을 부정하고 나니 이렇다 할 가설이 떠오르지 않았다.

'어떤 자식인 줄 알고 그걸 또 쪼르르 따라 나가?'

나중에는 은하의 안일함에 화가 나기까지 했다. 자신이 화를 낼 근거가 없다는 사실을 인식하지도 못한 채 험악하게 표정을 일그러뜨렸다.

마음의 행방

연어 스테이크 덮밥과 샐러드. 이안은 그녀가 다이어트 중이라는 사실을 잊지 않고 배려한 식단을 선물했다.

저염식이어서 간이 강하지 않았지만 싱싱한 연어는 살이 쉽게 부서지지 않고 부드러웠고, 깔끔한 밑간 덕에 무리 없이 현미밥과 어울렸다.

토마토와 푸른 채소로 구성된 샐러드는 발사믹 식초를 이용해 칼로리를 확 낮추었다. 발사믹 식초 특유의 시큼한 맛이 심심한 채소들을 살려 냈다.

그냥 먹기에는 부담스러워 채소 섭취량이 적은 편인데 대번에 비타민이 채워지는 기분이었다.

물론 은하야 24시간 배고픈 다이어터 입장이어서 무얼 먹든 입으로 음식물을 넣는 행위 자체에 만족감을 느낀다지만 이안의 입장은 달랐다.

세상에 널리고 널린 게 맛있는 음식인데 그녀와 같은 식단으로 식사를 하는 것에 의구심을 느꼈다.

은하가 물끄러미 보자 그 시선을 다르게 이해했는지 이안이 부드러운 어조로 말했다.

"은하 씨가 만든 음식이 더 맛있긴 하지만 다른 것들을 먹어 봐야 만들 수 있을 것 같아서요. 다양하게 먹어야 다이어트 식단이 물리지 않죠."

"저야 아무거나 잘 먹기도 하고 지금 사 주신 도시락도 맛있어요. 다른 게 아니라 선생님까지 이거 드실 필요는 없을 텐데 싶어서요."

은하가 의구심을 슬그머니 드러내자 오히려 이안은 제 행동이 당연하다는 태도였다.

"식단 조절하고 있는 걸 뻔히 알고 있으면서 옆에서 자극 강한 음식 냄새를 풍길 수 없죠. 별것 아니라도 먹고 싶어질 게 분명한데."

은하는 미처 생각하지 못한 부분까지 세심하게 미친 배려에 새삼스러운 눈으로 이안을 바라봤다. 으스대거나 인정받으려는 행동이 아니라 자연스레 묻어나는 태도여서 더 가슴에 와 닿았다.

'배려의 아이콘이야.'

자꾸만 그녀를 어찌해야 좋을지 모를 기분으로 만들었다. 속을 모를 사람이라고 여겼는데 진심을 알고 보니 이토록 확실한 태도를 견지하는 사람이 드물었다.

뒤를 돌아보지 않고 솔직하게 전해 오는 감정이 그녀를 어렵게 했다. 그의 고백을 받은 지도 벌써 3주째에 접어들었다.

'나는 어떻게 하고 싶은 거지?'

그를 싫어하거나 사랑하는 이분법으로 대답을 요구한다면 두 가지 모두에 고개가 저어졌다.

이안이 싫었다면 더 단호하게 잘라 냈을 것이다. 그렇다고 감정이 당장 사랑으로 꽃피진 않아서 제대로 된 대답을 주지 못했다.

고백을 듣고 선뜻 아무 말도 하지 못하는 은하에게 지금 당장 대답이 필요하지 않다고 숨통을 열어 준 건 이안이었다.

자신이 어떤 사람인지 알아보라고 유예기간을 줬지만 깊은 책임감을 느꼈다.

단지 남 주기 너무 아까운 남자여서 밀어내지 않은 채 다른 기회마저 빼앗는 건 아닐까? 아니면 사랑으로 싹틀 호의를 가지고 있는 걸까?

이안이 잘해 주면 잘해 줄수록 대답이 급해졌다. 여전히 선뜻 명확한 결론을 내리지 못하고 지지부진하게 상황을 끌고 있는 자신을 반성했다.

"또 그런 표정을 짓네요."

"네?"

언제부턴가 그녀를 응시하고 있던 이안이 손등으로 부드럽게 턱을 스쳤다. 갑작스러운 접촉에 한 번, 그의 말에 또 한 번 놀라 은하가 제 뺨을 양손으로 감쌌다.

"어떤 표정요?"

"미안해하고 있잖아요."

정곡을 찔리자 눈동자가 잘게 떨렸다.

이 사람 앞에선 아무것도 감출 수가 없다. 아마 그래서 마음이 명확해지기 전까지 만나는 게 어려운 것 같다. 혹시 자신도 깨닫지 못한 이기심을 그는 이미 알고 있을 듯해서.

"당연히 미안하죠. 여기까지 도시락 사 오시게 한 것도 그렇고, 더 맛있는 거 먹을 수 있는데 이렇게 간소하게 식사하시는 것도 미안하고요."

은하는 짐짓 태연한 척 넉살을 부리는 걸로 상황을 모면했다. 가슴은 콩닥콩닥 정신없이 뛰어 대고 있었다.

이안은 다 알고 있다는 얼굴로 그녀를 봤다. 눈이 마주치자 괜히 민망해져 시선을 피했다.

곧 너무 대놓고 피했나 싶어서 흘끔 눈치를 살피니 그 알량한 행동들을 모두 귀여워하는 미소를 짓고 있다.

은하는 얼굴이 홧홧하게 달아오르는 걸 느꼈다.

"왜, 왜요?"

어디론가 얼굴을 숨기고 싶은데 이안이 그녀의 움직임을 끈질기게 좇았다.

어디로도 피하기 어렵다고 끝내 체념하며 짐짓 새치름하게 물었지만 말을 더듬는 바람에 마무리도 영 어설펐다.

'진짜 나 왜 이래?'

부끄러움이 밀려들며 어느덧 눈가에까지 열기가 올랐다. 눈시울을 붉힌 채 어린 강아지처럼 끙끙거리는 은하에게로 이안이 팔을 뻗었다.

차 안이어서 너무나도 쉽게 사로잡혔다. 뺨을 부드럽게 어르는 손길에 심장이 쿵 내려앉았다.

"일부러 그러나?"

이안이 그녀를 물끄러미 응시한 채 한쪽으로 고개를 기울였다. 수수께끼 같은 말에 은하가 막 입을 열려는데 문득 피부에 닿은 그의 체온이 여실히 느껴졌다.

보통 사람보다 조금 더 낮은 온도. 그래서 매번 서늘하게 느껴지던 이안의 손이 열기를 품었다.

뜨겁게 전해지는 체온에 은하는 오히려 추운 듯이 몸을 떨었다. 불현듯 목이 탔다.

"자꾸 예쁘게 굴어."

"선생님─!"

누군가 터뜨릴 듯이 심장을 움켜쥔 기분에 저도 몰래 구명줄을 붙잡는 사람처럼 다급히 이안을 불렀다.

"은하 씨가 선생님이라고 할 때마다 내가 정말 나쁜 짓을 하는 것 같아요."

은하는 입을 벌렸지만 정작 목소리는 나오지 않았다. 그와의 거리가 더 좁아진 까닭에 시선 둘 곳을 찾지 못했다.

"파렴치한 짓을 저지르는 것처럼 느껴져."

"……."

"일부러 거리를 두려는 겁니까?"

"……아뇨. 근데 지금 너무 가깝─!"

간신히 말을 내뱉다가 무심코 이안과 눈이 마주친 은하는 그대로 혀가 굳어 버렸다.

'무슨 남자 눈이 이렇게 예뻐?'

그를 만날수록 처음에 미처 깨닫지 못했던 부분을 발견하게 됐다. 그에게 무덤덤할 수 있었던 게 신기할 만큼 그는 볼수록 사람을 홀리는 분위기를 지녔다.

단순히 외양이 뛰어나서만은 아니었다. 남들과 차별되는 고유의 분위기가 있었다. 금방이라도 그가 풍기는 달큰한 향기에 취해 버릴 것 같다.

"당신이 얼마나 예쁜지 알아요?"

'그 말 그대로 돌려 드리고 싶네요.'

은하가 불안한 표정으로 눈을 깜빡거리며 이안의 눈치를 살폈다. 긴 속눈썹이 천천히 내려앉으며 달큰한 눈동자를 감싸듯 가렸다.

"아예 나쁜 짓을 저지르고 싶잖아요."

"선생님."

"또."

은하는 전류가 흐르는 기류를 느끼고 급히 숨을 들이켰다. 도무지 정신을 차릴 수가 없었다.

"당신 마음이 어떤지 아직도 갈피가 잡히지 않습니까?"

"그게요."

"내가 싫어요?"

"……그건 아니지만."

"그러면 같이 저질러 봐요."

나쁜 짓.

뒷말은 거의 한숨처럼 속삭였다. 하지만 귀 기울일 여유가 그녀에게는 존재하지 않았다.

이안은 사막에서 길을 잃은 나그네가 물을 마시는 것처럼 다급히 입술을 찾았다.

마치 그녀를 집어삼킬 듯이 휘몰아쳐 오는 키스에 머릿속이 백지장처럼 하얗게 변했다.

입술을 빠는 질척질척한 소리가 단둘뿐인 차 안에 더욱 적나라하게 들리며 은하의 귀를 간질였다.

이안은 보조석으로 상체를 거의 다 넘긴 채 좌석 시트와 제 몸 사이에 그녀를 가두었다. 이성과의 낯선 스킨십으로 이미 한계수치를 넘은 상태여서 은하는 지금 자신들의 모습이 어떻게 얽혀 있는지 미처 알아차리지 못했다.

처음 거칠었던 키스가 점차 느리게, 더 노골적으로 변해 갔다. 치열을 고르게 어르는 혀로 인해 부드럽게 자극됐다. 은하는 목이 타는 기분에 입안에 고였던 타액을 급하게 삼켰다.

목말라.

여전히 갈증은 사라지지 않은 채 더 간절하게 했다. 지독하게 타는 갈증을 해갈하기 위해 달콤한 물기를 찾아 젖을 빠는 아기처럼 맹목적으로 매달렸다.

이안이 입가를 올리며 그녀의 뺨을 감쌌다. 탐스러운 피부를 어르는 손길은 소중한 것을 다루듯 한없이 부드러웠다.

촉. 입술이 떨어지며 젖은 소리가 나자 은하는 야한 느낌에 얼굴이 붉어졌다. 수줍어하는 은하의 귓가로 이안의 입술이 다가왔다.

"이제 정리가 돼요?"

귀를 간질이는 속삭임에 등이 움찔 떨렸다. 건드리면 비명이 새어 나올 것처럼 피부가 몹시 예민해진 걸 느꼈다.

은하가 아무 말도 하지 못하자 이안이 귓불에 가볍게 입을 맞췄다.

아!

그녀는 입만 겨우 벙긋거리며 소리 없이 신음했다. 제풀에 놀라 입을 가리고서도 여전히 긴장했다. 그의 손이 미끄러지듯 은하의 등을 감쌌다. 이어지는 접촉에 체온이 상승하며 몸이 젤리처럼 흐물흐물 녹았다.

"아직 모르겠으면 더 알아보죠."

희미한 웃음을 띤 채 이안이 다시 입술을 겹쳤다.

❅ ✽ ❅

시끄러운 촬영장에서도 이나는 저 홀로 고고하게 앉아 있었다. 어지간하면 집중력이 떨어질 법도 한데 익숙하게 개의치 않아 하는 모습이었다.

그녀는 이미 닳고 닳아 글씨가 지워지려고까지 하는 지저분한 대본을 손에서 떼어 놓지 않았다. 글자를 파헤칠 것처럼 전투적으로 이미 외운 대본을 다시 숙지했다.

"누나, 여기 물요."

어느새 곁으로 다가온 경태가 그녀 앞으로 페트병 하나를 내밀었다. 그제야 고개를 든 이나의 표정은 여느 때와 달리 복잡한 심경을 드러내고 있었다.

"무슨 일 있어요?"

"아니."

입으로는 부정을 했지만 누가 봐도 심란한 얼굴이다. 속사정을 모르는 경태는 궁금하긴 했으나 굳이 캐물으려 하진 않았다.

"그보다 지민이가 누나한테 할 말이 있는지 계속 근처에서 어슬렁거리고 있던데요?"

"걔가?"

"몰랐어요? 저렇게 노골적인데?"

경태가 슬쩍 손가락으로 가리킨 곳을 보자 이번 드라마에 조연으로 출연하는 아이돌 가수 출신 배우가 움찔하며 시선을 내렸다.

확실히 수상쩍은 모습이었다. 그럼에도 이나는 흥미 없다는 듯이 다시 시선을 내렸다.

"안 궁금해요?"

"쉬 마려운가 보지."

산뜻할 만큼 무심한 대꾸가 돌아오자 경태는 낄낄 웃으며 쟤들 팬한테 들으면 돌 맞는다고 중얼거렸다.

"아이돌이라 그런가, 확실히 배우랑은 다르게 반짝반짝하는 분위기가 있네요."

"그러면 배우인 나는 음산해 보이고?"

"누나는 또 무슨 말을 그렇게 해요? 하여간 보면 나한테만 못되게 군다니까요? 은하 누나한테 하는 것 반의 반만큼이라도 해 봐요."

"네가 은하 반의 반만큼이라도 되면."

냉정하게 응수하던 이나의 표정이 미묘하게 일그러졌다. 불현듯 잊으려던 기억이 떠오르고 만 것이다.

'이래서 자기 가족과 친구를 소개하지 않는 건가?'

본의 아니게 사촌 오빠와 친구 사이의 애정 관계를 알게 돼서 심력이 소모됐다. 어제는 말하던 중에 두 사람의 스킨십 진도까지 알아 버렸다. 친구의 연애사는 궁금하더라도 사촌 오빠의 연애사는 전혀 알고 싶지도, 궁금하지도 않았다. 그게 윤이안이라면 더더욱.

은하 입에서 나오는 사람과 그녀가 30년 가까이 알아 온 사람 사이의 괴리감이 나날이 늘어났다. 전혀 같은 사람 같지 않은데 얼굴은 이안으로 연상되니 몸이 근질거렸다. 차라리 아예 다른 사람으로 치부해 버리면 나을 텐데 이미 이안과 대화를 나눈 후여서 어려웠다.

만났을 때부터 내내 정신을 딴 데 두고 있는 은하를 추궁해서 이유를 알아낸 자신이 가장 원망스러웠다. 그냥 묻어두고 있을걸, 괜히 벌집을 건드렸다.

'연애 한 번 안 했으면서 키스는 왜 백전노장이야?'

더듬더듬 털어놓던 은하의 설명에 의하자면 상대 기운을 쭉 빼 버리고 마는 능숙한 기술을 갖고 있었다. 거기다 사람 마음을 쥐었다 폈다 정신없이 휘몰아치고.

'그 사람 자체가 태풍 같긴 하지. 휘말리면 답이 안 나오니까.'

상대 말을 잘 들어 주고 상냥해도 어지간해선 중심을 똑바로 잡는 은하인데 그렇게 어쩔 줄 몰라 하는 모습은 보다 보다 처음이었다.

알고 싶은데 알고 싶지 않은 모순된 마음. 이나의 주름은 나날이 늘어 갔다.

"……저기, 선배님."

침음을 삼키고 있는 이나 귀에 소심한 부름이 들렸다.

이나는 소리가 나게 대본을 접고 고개를 들었다. 대본집이 '짝' 소리를 내자 깜짝 놀라 눈을 끔뻑거리고 있는 지민이 눈에 띄었다.

"무슨 일?"

원체 차가운 인상에 말씨마저 부드러운 편은 아닌지라 지민은 난색을 표했다. 금방이라도 식은땀을 닦으러 손수건을 꺼내도 이상하지 않은 낯이었으나 이나의 태도엔 변함이 없었다.

"쉬시는데 죄송합니다. 아, 저는 이번에 같이 드라마 찍게 된 소년별곡의 지민……."

"거두절미하고 용건을 말해 봐요."

사설이 길어지자 이나는 거리낌 없이 말을 잘랐다. 지민은 잔뜩 긴장한 채 두 손을 꼼지락거리며 고개를 주억거렸다.

"죄송합니다. 하나 여쭤 볼 게 있어서요."

이나는 허락의 의미로 고개를 끄덕했다. 계속하라는 뜻 역시 포함되었다.

"혹시 은하 님과 친구 사이세요?"

"은하는 왜?"

그의 입에서 터무니없는 이름이 나오자 이나가 눈썹을 치켜 올리며 반문했다. 본의 아니게 그에게 답을 들려준 셈이었다.

지민은 만족한 듯했지만 이나는 내내 무심하던 얼굴에 표정을 드러냈다.

"그 이름 어떻게 알고 묻는 거죠?"

"아, 그게요. 은하 BJ님 시청자들 사이에서 갑론을박하는 주제여서요."

이나는 그건 또 무슨 소리냐는 표정을 여실히 내비쳤다. 미인의 시선이 집요하게 좇자 퍽 머쓱했는지 머리를 긁적이며 지민이 정황 설명을 했다.

"선배님 SNS 사진에 등장하는 친구분이 은하 BJ님과 닮았다는 의문이 제기됐어요. 처음에 다들 의식하지 못했는데 최근에 은하 BJ님이 다이어트 시작하시면서 선배님 친구분의 체형 변화도 은하 BJ님과 닮았다는 말이 나왔고요. 그러다가 두 분이 같은 고등학교 나왔다는 얘기가 퍼지면서 그쪽에서는 제법 시끌시끌해요."

"아아."

이나는 그런 걸 일일이 비교하는 사람도 다 있나 싶으면서도 수긍했다. 굳이 얼굴 사진을 올리지 않았는데 이렇게 아는 사람들 통해서 알음알음 퍼져 나가고야 말았다.

"제가 은하 BJ님 팬이거든요."

반짝반짝 눈을 빛내는 지민을 보며 이나는 왜 경태가 아이돌이 남다르다고 했는지 어렴풋이 이해가 갔다. 확실히 배우와는 미묘하게 다른 기질을 가졌다.

"은하가 들으면 좋아하겠네요."

친구 칭찬에 기분이 좋아진 이나는 뜻하지 않게 미소 서비스까지 해 주었다.

미인의 웃음에 지민은 다리가 풀린 듯한 표정을 지었다.

두 사람의 대화를 조용히 듣고만 있던 경태는 또 한 명의 어린 양을 딱하다는 눈으로 봤다.

"이 대리, 잠깐 얘기 좀 해."

김선옥 대리가 식사를 마치고 돌아온 건을 불렀다. 그녀는 신 과장을 흘끗 보고는 밖으로 나가자는 손짓을 했다. 두 사람은 커피를 마실 겸 탕비실로 들어갔다.

"할 말이 뭔데?"

건이 믹스 커피를 휘휘 저으며 물꼬를 텄다. 빤히 그를 보던 김 대리는 찬찬히 한숨을 내쉬었다.

"미주 섭섭하게 했다며?"

원치 않는 주제에 건의 미간이 찌푸려졌다.

"심한 말 하고도 제대로 사과 안 하고."

"그렇게 전해?"

"이 대리가 그럴 사람 아닌 건 아는데 연애 문제는 어렵네. 웬만해선 맞춰 주지 그랬어."

"사람 참 이상하게 만드는 취미가 있네."

인상 좋은 건의 얼굴에 조소가 어렸다. 여태껏 처음 본 표정인지라 김 대리는 눈을 휘둥그렇게 떴다.

"스물여덟이면 어린 나이도 아닌데 사리 분별 못해서 미주알 고주알 말을 옮기나? 그것도 사실과 다르게?"

"이 대리."

스물여덟이라고 내뱉고 나자 자연히 은하가 떠올랐다. 그러고 보니 둘이 동갑이었는데 성격은 천차만별이었다. 은하에 비하면 미주는 아직도 땡깡 부리는 초등학생 같았다.

"서운하고 속상한 게 있으면 당사자끼리 풀어야지, 그걸 왜 다른 사람 통해서 듣게 하는지. 언론 플레이가 취미래?"

"어휴, 친한 사이에서는 원래 다 미주알고주알 얘기하고 그래. 여자들은 그렇게 친목 도모 잘하니까."

"그럴 거면 있는 사실 그대로만 말하라고 전해."

"나 참. 도대체 무슨 일인데?"

김 대리가 난처한 기색으로 묻자 건은 되레 기가 차다는 듯한 웃음을 지었다.

"간식 취향 다르다고 삐쳤어."

"에이, 설마."

"설마는. 과자 하나 취향이 아니라서 안 먹었다는 이유로 내내 한 마디도 안 하고 혼자 가더라."

"진짜야?"

"계속 권해서 치즈 냄새 안 받는다고 말이 좀 직설적으로 나갔어. 그게 주말 내내 메시지 씹을 만한 이유야?"

"허 참."

어떻게 말해야 할지 모르겠다는 표정에도 건은 아무런 감흥을 느끼지 못했다.

"그 사람하고 맞지 않는 것 같다. 기껏 소개해 줬는데 김 대리만 곤란하게 한 것 같아 미안해."

"애가 나쁜 애는 아닌데 약간 어린애 같은 구석이 있어. 그리고 이 대리 굉장히 마음에 들어 하기도 하고. 사소한 문제인데 더 만나 보는 건 어때?"

"아니. 내가 맞춰 줄 자신이 없다."

건은 매정하리만치 단호히 잘랐다. 김 대리는 괜한 말을 꺼냈다 싶은지 곤란한 표정을 지으며 관자놀이를 문질렀다. 건이 우유부단하게 이끌리는 성격은 아니어서 직접 아니라고 할 때는 여지가 조금도 없었다.

"얘한테 뭐라고 해야 하냐."

"내가 직접 얘기할게. 그게 예의니까."

"아냐! 얘 더 자존심 상해 할 거야. 내가 잘 돌려서 말해 볼게."

"그래? 그럼 그러든가. 어쨌든 신경 써 줘서 고맙다."

김 대리는 기운 없이 고개를 흔들었다. 건은 남은 커피를 마저마시고는 먼저 탕비실을 나갔다.

"어디 다녀왔어, 이 대리? 하여간 일 못하는 사람들이 요령만많아서는."

사무실에 들어가자마자 신 과장의 시비조에 건은 속으로 욱했지만 꾹 눌러 참았다.

지금까지 사적인 통화를 하던 사람 입에서 나왔다고 하기에는 지독히도 건실한 훈계였다. 건은 맞받아치는 대신 죄송하다고 사과하고 자리로 돌아갔다.

등 뒤에서 끊임없이 신 과장의 목소리가 들렸다. 할 수 있으면 귀마개를 쓰고 싶었다.

그늘진 얼굴로 자리에 앉은 건은 쌓여 있는 일거리를 보자 당장이라도 가슴속이 터질 것처럼 갑갑했다.

'이럴 때는 은하가 해 준 매콤한 불낙볶음에 소주가 최고지.'

상상만으로도 혀가 알싸해지는 음식을 떠올리자 머릿속이 한결 가벼워졌다.

그가 말하기도 전에 미리 재료를 들고 찾아와 요리를 해 주던 은하가 기억 속에 생생했다.

삭막하고 말랐던 마음이 그녀의 특제 감자조림처럼 포근하게 변했다.

❊ ✳ ❊

은하는 채팅창을 보며 웃음이 빵 터졌다.

> 청담동말론브란도: <동백꽃 아가씨> 한번 불러 보련.

새롭게 등장한 시청자, '청담동말론브란도'였다. 닉네임만으로도 웃게 했는데 오늘은 선곡까지. 예상치 못한 부분에서 당해 버린 느낌이었다.

> 지나가다: 이분 진짜 연세가 있으신가?
> 내안에흑염룡: ㄴㄴ 그냥 관심 종자 같아요.
> 교수너나랑내적갈등: 유니크하고 재미있으신데요.

채팅창도 덩달아 활기를 띠었다. 은하 눈에는 그냥 귀엽게 보였다. 역시 이상한 사람이 아니라고 판단했는지 은하수는 잠잠했다.

청담동말론브란도: 용돈 주마.

하지만 그도 잠시, 청담동말론브란도의 그 댓글이 화근이었다. 여태껏 고요히 있던 은하수가 진격했다.

은하수: 용돈이 뭡니까? 어감 이상하게. 말 똑바로 하십시오.
청담동말론브란도: 달풍선인지 해풍선인지가 돈으로 환산된다질 않아?
달풍선은 괜찮고 용돈은 왜 안ㄴㅣㄴㄷ?

청담동말론브란도는 글을 작성하다가 흥분을 한 건지 오타까지 만들었다.

은하수: 달풍선은 선물 개념일 뿐 대가성은 띠지 않는데 청담동말론브란도 님이 선곡을 하면서 용돈 운운한 건 엄연히 거래 의미가 담기지 않았습니까? 속물적이게.

이 와중에도 은하수는 또박또박 제 할 말을 잘만 했다.
참으로 비인간적이게도 저 긴 문장을 순식간에 써서 올리면서 오타 하나 없었다.

핑퐁 게임처럼 토닥거리는 걸 구경하는 게 재미있긴 하지만 은하는 방송 호스트로서의 본분을 망각하지는 않았다.

"오늘 연애 상담 시간에는 오히려 제가 상담을 받아야 할 것 같아요."

분위기를 바꾸기 위해 말을 꺼냈는데 계속 토닥거리던 은하수와 청담동말론브란도 두 사람이 어느덧 고요해졌다. 대신에 다른 시청자들이 난리가 났다.

남의 연애에 이렇게 열렬한 관심을 보내올 줄이야. 은하는 진정을 시키느라 양손을 흔들어야 했다.

"일단 진정하기 위해서 노래를 듣고 다시 올게요. ⟨I NEED YOU⟩."

은하는 노래를 들으며 다음 멘트를 느긋하게 정리했다. 채팅

창에 연애를 시작하더니 선곡부터가 남다르다는 댓글들이 몇 개 눈에 띄어 피식 웃음이 지어졌다

저가 어쩌자고 기껏 피하고 싶던 주제를 꺼내 들었는지 알다 가도 모를 일이었다.

'내 입이 화근이지.'

은하는 보는 눈만 없으면 제 입을 때려 주고 싶었다. 하지만 한편으로는 모르는 사람에게라도 붙잡고 말하고 싶은 충동이 틈 틈이 치밀었다.

이안과 키스를 하고 난 뒤 계속해서 머릿속이 붕 떴다. 제 마음이 어떤지 잘 생각해 보겠다고 결심한 게 무색토록 그 후부터 도저히 아무 생각도 하지 못했다. 가만히 있을 때면 문득 그의 숨결, 촉감이 생생하게 떠올랐다.

그의 입술 모양이 어떠했는지, 어떻게 움직였는지 기억할 때 마다 등줄기를 타고 짜릿한 전류가 흘렀다. 오죽하면 이나를 붙 잡고 얘기했을까?

그녀는 이런 대화가 낯선지 곤혹스러운 표정만 지었다. '각자 연애는 알아서'가 모토여서 자세하게 얘기를 나눈 적이 없기도 했다.

그렇게 친밀하게 다가와 놓고서 그는 다음 날엔 너무나도 단 정하게 굴었다. 마치 어제 일이 꿈이었던 것처럼.

당했다 싶은 마음 반, 왠지 모르게 괘씸한 마음 반이 들어 그 녀도 짐짓 태연하게 행동했는데 헤어질 무렵 갑작스럽게 입술을 겹쳤다.

전날처럼 다리가 후들거릴 만큼 농도 짙은 키스는 아니었으나

살짝 부딪친 입맞춤은 그들이 마치 20대 초반의 풋풋한 연인인 것처럼 너무나도 사랑스러웠다.

'굳이 정의하자면 썸…… 관계지?'

건 때처럼 은하의 착각이 아닌 진짜 연애 전 단계였다. 그 차이를 이번 일을 겪으면서 여실히 깨달았다.

이안은 강약 조절을 너무 잘했다. 그녀보다 확연한 연상이라는 걸 그때마다 실감했다. 이렇게까지 자신을 주도하는 상대는 처음 만났다.

외모로만 보면 크게 차이가 나지 않는데 어느 순간 그에게 붙들려 가는 저를 볼 때마다 그가 완연한 어른이라 느꼈다.

어느새 노래가 끝나고 채팅창은 썸을 풀어 보라고 재촉하는 댓글들로 시끌시끌했다. 글들을 하나하나 읽으며 은하는 어설피 웃었다.

"시청자분들께서 기대하는 것만큼 흥미진진한 이야기는 아니에요. 아직 연애를 시작하지도 않았거든요."

은하는 턱을 문지르며 가급적 빨리 정리하자고 마음먹었다.

"알게 된 지 얼마 안 된 분이어서 아직까지 제 마음에 확신이 없어요. 이분이 좋은 건지, 아니면 아까운 건지."

> 은하수: 일단 잡아 보십시오.

은하수의 댓글을 보고 은하가 눈을 살짝 굽혀 웃었다.

"정말 정말 좋은 분이라서 충분히 좋은 여자분들이 곁에 있을 텐데 확신도 없는 제가 붙잡고 있는 게 죄송스럽기도 하고요."

긁지 않은 복권

> 은하수: 은하 님 생각 모르는 것도 아니고 그쪽에서는 다 감수한다는데
> 죄송할 게 뭐 있습니까?

평소 은하수답지 않은 성토에 은하가 고개를 갸웃거릴 무렵 청담동말론브란도 역시 첨언했다.

> 청담동말론브란도: 쓸데없이 성실하긴. 생각이 많아서 연애를 못 해.
> 일단 저질러.

처음으로 두 사람의 의견이 일치했다. 두 사람 외에도 연애는 타이밍이라며 좋은 사람 같으면 일단 찜부터 먼저 해 놓으라는 의견을 주를 이루었다.

"좋은 의견들 감사합니다."

그때 뾰족한 의견 하나가 올라왔다.

> 돌아돌아돌아: 어디서 자작나무 타는 냄새 나지 않아요?
> 돌아돌아돌아: 아니면 남자가 영 이상한 놈이든가. 보지도 않았는데
> 말만 듣고 진짜 괜찮은 인간인지 어떻게 앎?
> 돌아돌아돌아: 오크 같은 놈일지도ㅋㅋㅋㅋㅋ

지금까지 달관한 마음으로 악플을 대하던 은하는 이번만은 담담하게 받아들이지 못했다.

'절대 아니거든?'

할 수만 있으면 소리치고 싶었다. 그러는 대신에 뾰족한 눈길을 애써 누르며 강퇴를 시키려고 했다. 하지만 그녀보다 더 열불이 난 사람들은 따로 있었다.

> 은하수: 오크는 당신이 보는 거울 안에 있고.
> 은하수: 은하수: 현기증 나게 잘생기고 비율 깡패인 9등신 미남입니다.

은하수의 단호한 댓글 밑으로 청담동말론브란도의 댓글이 달렸다.

> 청담동말론브란도: 암만. 허우대, 직업 하나는 완벽하지.
> 청담동말론브란도: 한창때 말론 브란도가 와도 명함도 못 내밀어!

'저기 두 분, 보셨나요?'
은하는 얼떨떨한 얼굴로 강퇴시키는 것도 잊은 채 올라오는 댓글들을 읽었다.
은하수가 이토록 흥분하는 모습을 보는 건 처음인 데다가 청담동말론브란도는 왜 이렇게 분기탱천해 악플에 반박하는 건지 이해가 안 됐다.
그녀와 비슷한 생각을 가진 시청자들이 어리둥절하며 댓글을 달았다.

미새오빠내남편: 은하 님 좋아하는 남자 아세요?

가장 직설적인 질문 하나가 꽂혔다.

방금 전까지 뜨끈뜨끈한 열기를 내뿜으며 글을 남기던 은하수와 청담동말론브란도가 잠잠해졌다.

그리고 잠시 후.

은하수: 은하 님을 알아본 남자라면 당연히 그런 사람일 거라 여깁니다.

청담동말론브란도: 그럼, 그럼.

'아예 절친 맺을 기세시네요.'

은하는 대번에 죽이 맞아 댓글을 다는 은하수와 청담동말론브란도를 보며 쓴웃음을 지었다.

여전히 미심쩍은 구석이 있긴 하지만 두 사람의 성토에 100% 공감을 하는 바라 좋은 기분으로 넘겼다.

"사설이 너무 길어졌네요. 아무튼 보내 주신 의견들 잘 수렴해서 최선의 결론을 내리도록 하겠습니다."

이쯤에서 정리하고 다음 주제로 넘어가려는데 귓속말이 들어왔다.

나야냐: 안녕하세요, 은하 BJ님. 소년별곡의 지민이라고 합니다.

소년별곡이 뭘까 하다가 요즘 핫한 남자 아이돌을 기억했다.

'가수 사칭인가?'

그런 일이 종종 있었기에 대수롭지 않게 여겼다.

　나야나: 제가 평소 은하 BJ님 팬이어서 간곡히 부탁드릴 게 있어요.

　나야나: 아직 게스트를 초대하지 않으셨는데 제가 은하 BJ님의 방송에 게스트로 출연을 할 수 있을까요? 매니저 연락처를 남기도록 하겠습니다.

이런 경우는 또 처음이라 뭐라고 답하기 애매해 어리둥절한 기분으로 문장들을 읽었다.

❉ ✽ ❉

"흐음."

이안은 묘한 소리를 흘리며 핸드폰을 봤다. 한눈에 봐도 확연히 갸름해진 얼굴이 그의 눈엔 제법 수척해진 것 같아 안타까움을 일으켰다. 하지만 말랑한 피부는 여전해서 만질 때면 기분까지 함께 몰랑몰랑하게 만들었다.

경계를 놓을 듯 말 듯 저도 모르게 사람 속을 애태우는 행동에 조바심이 날 때가 없는 건 아니지만 그녀가 점차 자신에게 오고 있는 게 보여 되도록 느긋해지려고 했다.

그래도 역시 한 번에 다가오면 좋을 텐데.

그녀의 고민은 사소하지만 가볍지는 않았다. 누구나 할 법한, 하지만 의외로 깊지 않은 고민을 무척이나 중요하게 신경 쓰고 있다는 게 그녀다웠다.

"이런 면이 더 예쁜 거지만."

이안은 어느새 까맣게 변한 화면에서 고개를 돌린 채 지그시 눈을 감았다. 방송에서 보고 있지만 너무 멀었다. 제 손에 언제라도 잡히는 거리가 안타까웠다. 이런 차가운 화면 말고 그 보들보들한 얼굴을 직접 마주하고 싶다.

의식의 흐름은 어느덧 제 품 안에서 바들 떨던 은하에게로 흘렀다. 당황, 긴장, 그리고 희미한 열기로 붉어졌던 피부는 마치 꽃잎 같더랬지. 손을 묻고 향기에 흠뻑 취하고 싶은 유혹을 느꼈다.

저를 따라오기에 급급해서 여유라고는 전혀 없었지만 그 자체로 사랑스러웠다. 그 가녀린 꽃잎을 괴롭히는 소나기가 된 기분이었다. 부러 더 그녀를 몰아쳤다.

품 안에 들어오는 몸은 또 어찌나 예쁘던지. 부드럽고 몰캉한 느낌이 여전히 생생했다. 크림보다 더 달콤할 게 분명한 몸을 끌어안지 않기 위해 얼마나 많은 인내가 들었는지 과연 그녀는 알까?

다시 생각한 것만으로 단전에 열기가 확 치미며 묵직해졌다. 신사 같은 얼굴로 그녀를 대하지만 머릿속으로는 온갖 파렴치한 상상을 했다. 그 생각 일부라도 은하가 알았다가는 부리나케 도망갈 것이다.

새하얀 도화지에 색을 칠하듯 순전한 그녀를 제 욕망대로 물들이는 상상은 언제나 그에게 갈증을 일으켰다. 이안은 혀를 내밀어 마른 입술을 축이곤 달큰한 한숨을 흘렸다. 눈매를 길게 늘어뜨린 채 고개를 살짝 치뜨고 숨을 고르는 그의 기세가 흡사 짐승처럼 사나웠다.

그가 마음을 다스리고 있을 때 진동으로 해 둔 핸드폰이 울렸다. 이안은 발신인을 확인하고는 감흥 없이 전화를 받았다.

"이 늦은 시간에 무슨 일이십니까?"

— 조금 반가운 척이라도 할 수 없냐?

"누구라도 직장 상사 전화를 이 시간에 받으면 저 같을 겁니다. 그나마 전 불유쾌함을 그대로 표시해서 행동 개선의 여지를 드리니까 나은 편이죠. 겉으로 웃고 속으로 온갖 욕을 하진 않잖습니까?"

우 과장의 씨근덕거리는 소리가 핸드폰 너머에서 들렸으나 이안은 눈썹 하나 꿈쩍이지 않았다.

"아직 전화를 하신 이유는 말씀하지 않으셨습니다."

오히려 재촉하기까지 했다. 우 과장은 한참 후에야 이를 악문 듯한 목소리로 말을 꺼냈다.

— 내일 점심 같이하게 시간 비워 둬.

"정말 영양가 없는 용건이군요."

이안은 산뜻하게 독설을 날렸다.

"따로 용무가 있습니다."

무척이나 급한. 1분 1초라도 더 은하를 보는 게 그에게 가장 중요했다.

고민하지 않고 나온 거절에 우 과장의 언성이 조금 올라갔다.

— 그러면 저녁으로 잡을래?

"저녁도 그다지. 차라리 다른 시간 피해서 연구실에서 뵙죠."

― 점심이야, 저녁이야? 양자택일해.

언제나 저를 보면 얹힐 것 같은 표정을 하는 우 과장이 웬일로 식사 제안일까. 이안은 그의 속내를 추측하며 심드렁히 대꾸했다.

"그러면 식사 없이 점심에 잠깐 보는 걸로 하죠."

― 네가 상사 해라.

"전날 갑자기 시간 내라는 건 강도 심보죠."

― 한마디도 안 지지. 너랑 얘기를 하면 내가 진짜―!

우 과장은 뒷말을 삼켰지만 이안에 대한 악담일 건 자명했다.

― 점심에 잠깐 비워 둬.

"알겠습니다."

우 과장은 본인이 먼저 연락을 취했으면서 혹시 대화가 길어질까 봐 질색을 하고 끊었다.

인사도 남기는 둥 마는 둥 도망치듯 끊은 전화에도 이안은 별 감흥이 없었다. 다만 그의 생각을 방해받은 것에 대해 다소 유감스러울 뿐이었다.

"빚은 달아 두는 게 아니지."

어떻게 우 과장에게 이 빚을 변제받을까 중얼거리는 이안의 입가에 맺힌 미소가 매력적이었으나 우 과장이 봤으면 뒷걸음질 칠 만큼 심술궂었다.

우리 연애할까요?

이안이 시간을 확인하며 슬쩍 눈썹을 치켜 올렸다. 약속한 때로부터 5분이 지났다. 아침부터 코빼기도 볼 수 없던 우 과장이 문자메시지로는 늦지 말라며 신신당부를 해 놓고는 정작 본인이 늦고 있었다.

애당초 그에게 단 10분만 허락할 예정이었기에 지나간 이 시간들도 모두 카운트에 포함되었다. 이안은 팔짱을 낀 채 의자에 등을 기대어 느긋한 자세를 취했다. 일단 정해진 시간만 다 채우고 지체 없이 일어날 생각을 하고 있을 때였다.

"저어."

그의 곁으로 다가온 인기척이 있었다. 우 과장이라기에는 지나치게 여성스러운 목소리. 이안이 고개를 돌리자 인영이 움찔했다.

"용건."

이안은 상대를 확인하자마자 친절하지 않은 음성을 뱉었다.

"아버지, 아니, 우 과장님께서요……."

재희가 어찌할 바를 모르겠다는 듯이 조심스럽게 말을 꺼내며 끝맺음을 제대로 하지 못했다. 주저하는 기색이 역력한 그녀를 흘긋 보던 이안이 빠르게 상황 판단을 끝냈다.

"우 과장님도 쓸데없는 생각을 잘하시는 분이야."

이안은 아이를 말하듯 같잖은 미소를 걸쳤다. 그는 지체 없이 자리에서 일어났다. 재희는 의도를 파악하지 못해 어리둥절한 표정을 지었다.

"즐겁진 않지만 나름 재밌었다고 전해 드려."

"교수님!"

그가 거침없이 걸음을 옮기는 통에 재희는 저도 모르게 소리쳐 그를 불렀다. 제법 큰 목소리였는지 카페에 있던 손님들의 시선이 두 사람에게 몰렸다. 그렇지 않아도 이안의 외모가 눈길을 끄는 데다 선남선녀가 함께 있으니 호기심을 가지고 보던 사람들이 있었다.

재희는 안색이 파리해져서 전전긍긍하는 모습을 보였다. 어떻게 말을 꺼내야 할지 도무지 입이 떨어지지 않았다. 이안에게 고민의 시간을 기다려 줄 너그러움이 있더라면 좋았을 테지만 고민이 길어지기에는 상대가 나빴다.

"우재희, 상대를 부를 때는 할 말을 정리하고 나서야. 불러 놓고 뒤늦게 할 말을 생각하는 게 아니라."

"죄송합니다."

따끔한 질책에 재희는 반사적으로 어깨가 움츠러들었다. 그녀는 야단을 맞은 아이처럼 의기소침해하다가 문득 저가 왜 이러나 싶어서 의식적으로 어깨를 폈다. 이안의 얼굴을 마주 보려니 안 그러려고 해도 괜히 기가 죽었지만 마음을 강하게 잡았다.

"교수님, 저 여자로 어떠세요? 아버지가 이런 자리 마련한 이유가 교수님과 깊은 대화를 나눠 보라는 거였거든요."

"우재희는 참 착한 딸이네."

그녀의 질문과는 전혀 상관없는 대답이 돌아왔다. 재희는 이 순간 감사하다고 해야 하는 건지 어떻게 반응해야 할지 몰라 잠시 멈칫했는데 이안은 곧이어 덧붙였다.

"아버지가 들어가라고 하면 수술실 들어가, 남자를 만나 보라면 등 떠밀려 나와. 우 과장님은 착한 딸 둬서 좋으시겠어."

착하다는 게 칭찬의 의미일진대 행간이나 그의 시릴 만큼 차가운 눈빛을 보면 감사하단 인사가 절로 들어갔다. 언뜻 비치는 조소에 기껏 다잡은 마음이 두부처럼 무참히 으깨지고 만다.

"여자로 어떠냐고 물었지?"

차마 입을 열지는 못한 채 고개만 끄덕였다.

"별로야."

면전에 대고 말하기에 그 짧은 문장은 결코 쉽게 입에서 떨어지지 않을 법한 내용이지만 그 말을 하는 이안의 얼굴에서는 일말의 거리낌조차 없었다. 반박하는 게 도리어 잘못이라고 느껴질 만큼 확고한 대답이었다.

"대답 들었으면 이제 득이 됐겠지? 되지도 않는 생각 하기 전에 너는 자신이 제대로 된 의사가 될 수 있을지 건설적인 고민부터 해야겠다."

재희의 안색이 대번에 어두워졌다. 하지만 이안은 그 이상 충고하는 데 시간을 허비하는 대신 시간을 확인했다.

"정확히 10분 채웠다."

재희로서는 영문 모를 말을 하고는 거침없는 기세로 카페를 나갔다. 재희는 멀뚱히 서서 그가 사라지는 것을 바라볼 밖에 도리가 없었다.

은하는 저를 보는 홀 아주머니와 시선이 마주치자 혀를 살짝 내밀며 웃었다. 어쩔 수 없다는 듯이 미소 지었지만 밝고 상냥한 톤의 목소리는 훨씬 더 단호했다.

"제의 감사드리지만 저희 가게가 촬영팀을 수용할 만한 공간이 없어요."

맛집을 방문하는 방송 제작진 측에서 종종 이런 전화를 주었다. 돼지가 시집가는 날은 맛집 블로거나 미식가라고 자부하는 사람들 사이에서 원체 유명한 가게였다. 지금처럼 10여 분이 넘도록 그녀를 붙잡고 설득하려는 스태프들이 있는가 하면, 직접 가게로 찾아오는 관계자들도 있었다.

분명 방송으로 인해 얻는 이익이 있겠지만 은하는 그걸로 인해 기존의 손님들에게 불편을 주는 걸 원하지 않았다. 처음 원칙을 세운 대로 이번에도 어김없이 거절했다.

주방에서 일하다가 아주머니가 불러서 전화를 받으러 나왔기 때문에 머릿속은 주방 생각으로 간절했다. 더욱이 고기 냄새가 자욱한 홀에 있으니 밀려드는 식욕과 폭발하는 침샘 때문에 고역이었다.

'이미 네가 알고 있는 맛'이라는 다이어트 명언이 있지만 '알고 있기에 먹고 싶은 것'이다. 손님들이 주문할 때 기본적으로 인당 3인분 이상 주문하는 양념갈비가 달콤 짭짤하면서 그 식감이 얼마나 부드러운지 누구보다 제일 잘 알았다.

노릇하게 구워 파절임과 함께 먹는 고소한 삼겹살과, 그냥 먹어도 맛있지만 고기를 얹으면 더 별미인 냉면은 또 얼마나 꿀맛인지 너무 잘 알고 있기에 식욕을 다스리는 게 좀처럼 쉽지 않았다.

'빨리 주방으로 들어가고 싶은데.'

작가라고 전화를 준 사람은 좀처럼 단념하지 않고 은하를 설득하기에 열심이었다. 은하는 머릿속이 온통 주방으로 가득했지만 성실하게 응답했다. 결국엔 설득하지 못한 작가의 목소리에 실망이 스쳤지만 은하는 꿋꿋했다.

끝내 은하가 거절을 마치고 전화를 끊었다.

"어지간히도 끈질기네."

이를 지켜보던 홀 아주머니가 고개를 설레설레 흔들자 은하는 빙그레 웃었다. 평소보다 더 유난스럽긴 했다.

"〈먹방 스트리트〉면 개그맨이 MC로 있는 방송이지?"

"아마도요."

"연예인들이야 허구한 날 보는데 뭐."

홀 아주머니는 시큰둥했다.

대표적으로 대한민국에서 가장 유명한 여배우인 이나가 주요 고객에, 드라마나 영화 뒤풀이 회식 장소로 많이 이용되어 웬만한 연예인들 얼굴을 심심치 않게 봤다.

"방송 출연해 봤자 이상한 전화만 와. 우리 가게가 손님 한 명이 아쉬운 곳도 아니고, 촬영이다 뭐다 하면 괜히 번잡스럽기만 해서 일하기만 힘들지."

"네."

"애기 사장이 어렵히 잘 결정했을까마는."

"저도 이대로가 더 좋아요. 촬영하면 주방에 여러 사람들이 들락거릴 텐데 내키지 않네요."

은하는 가볍게 어깨를 으쓱하고는 주방 쪽으로 시선을 뒀다. 주방에서 벌여 놓은 일이 계속 마음이 쓰인 탓이다. 당장 김치가 떨어진 바람에 부랴부랴 김치 속을 버무리고 있었다.

전화기를 내려놓고 카운터에서 서둘러 나와 막 신발을 벗고 올라오던 참에 가게 문으로 커다란 그림자가 들어왔다.

"웬일로 카운터에 나와 있었어?"

낯익은 목소리에 움직이던 자세 그대로 고개를 돌렸다.

"점심시간이세요?"

"응. 서둘러 나왔지."

건이 환하게 웃으며 툭툭 손목시계를 두드렸다. 은하는 그의 회사와 가게 거리를 떠올리고는 납득이 가는 듯 고개를 끄덕였다.

"거리가 애매하죠. 들어오세요."

은하가 먼저 움직이고는 그에게 자리를 권했다. 마침 평상 쪽에 빈자리가 있었다. 6인용 좌석이 덩그러니 비었지만 입식 쪽은 이미 만석이었다.

건은 선뜻 은하의 뒤를 따라 좌식 테이블로 향했다.

"뭐로 드릴까요?"

건이 자리에 앉자 은하가 주문을 권했다. 사심 없이 건네는 말에 건의 웃음이 다소 경직되었다. 금세 제 표정을 되찾았지만 지난번부터 뭔가가 꽉 누르고 있는 기분이 서서히 확신을 얻어 갔다.

"좀처럼 얼굴 보고 얘기할 시간이 없네? 잠깐 대화할까?"

건이 먼저 그녀를 잡은 건 이번이 처음이었다. 이 시간에 은하가 정신없이 바쁜 건 누가 봐도 확실했기에 제가 느끼기에도 치졸했으나 어쩔 수 없었다. 은하는 슬쩍 주방 쪽을 보고는 다소 곤혹스러운 표정을 지었다. 잠시 고민을 하는 듯하더니 이내 어깨를 으쓱했다.

"주방에서 벌여 놓은 일이 있어서 일단 그거 정리부터 하고요. 잠깐 얼굴 비출게요. 오빠도 점심시간 제한이 있으니까 우선 식사부터 하세요."

"그러면 불고기 덮밥이랑 메밀전병 주문할게."

"음식 곧 내보낼게요."

은하는 주문서를 작성한 후에 주방 쪽으로 향했다.

"불덮밥 하나랑 메밀전병 하나요!"

주방 쪽으로 외치며 다시 돌아보는 일 없이 안으로 들어갔다. 건은 흔들리는 눈길로 은하가 사라진 곳을 바라봤다.

그녀가 예전 같지 않음에 어째서 불안해지는 걸까. 문득 조바심이 그를 괴롭혔다. 안 좋은 버릇이 툭 튀어나와 무심코 손톱을 물어뜯었다.

"요즘 자주 보네?"

옆 테이블을 정리하던 아주머니가 흘끗 건을 보고 말을 건넸다. 별 뜻 없이 한 말인지 인사치레인지 몰라도 건이 느끼기에 썩 반가운 기색은 아니었다. 건을 바라보는 눈빛이 시큰둥했다.

"여기만큼 맛있게 하는 집이 없어서요."

건은 애써 웃으며 대꾸했으나 오히려 아주머니는 그 말을 듣고 코웃음을 흘렸다. 비딱한 태도에 그의 표정이 자꾸 경직됐다.

"그걸 이제야 알았어? 아 참, 전에 왔던 아가씨는 왜 요즘 같이 안 와? 선남선녀처럼 잘 어울리던데."

"잠깐 소개받았던 거지, 사귀는 사람은 아니에요. 지금은 안 만나고요."

이런 식으로 남이 제 사생활에 끼어드는 것을 싫어했지만 건은 최대한 인내 있게 참았다.

"아쉽게 됐네. 다시 잘해 봐."

"남녀 사이는 당사자가 아니면 모를 일이죠."

건은 속이 꼬였지만 애써 웃었다.

"요즘 애기 사장은 꽃밭이거든? 그래도 애기 사장이랑 친한 대학 선배인데 혼자인 게 안타까워서 그래."

"예? ……꽃밭요?"

"아무렴. 보통 꽃밭이 아니지."

아주머니는 본인이 더 뽐내며 대꾸했다. 건은 머리를 한 대 얻어맞은 기분이었다.

"그게 무슨 말씀―"

"아주머니, 여기 김치 좀 더 가져다주세요."

"네!"

아주머니는 건의 머릿속을 잔뜩 헤집어 놓고는 그를 두고 손님의 부름에 바삐 가 버렸다.

'꽃밭이라니? 그게 무슨 소리야?'

한 대 얻어맞은 것마냥 머리가 얼얼했다.

'은하에게 다른 사람이 생겼어?'

그 말과 함께 자연스레 연상되는 그림이 있었다. 전에 봤던 그 남자. 현실감이 들지 않던 아름다운 얼굴을 떠올리자 자연히 건의 얼굴이 구겨졌다.

'그럴 리가. 아줌마가 뭘 단단히 잘못 알고 있겠지.'

스스로를 다독여도 한 번 생긴 의혹은 쉽게 가시지 않았다.

'아닐 거야. 그런 남자가 뭐가 아쉬워서 은하와 만나겠어? 절대 그런 쪽으로 엮인 사람은 아니야.'

자기 자신에게 다짐하듯 생각하고 있을 무렵에 주방에 들어갔던 은하가 트레이를 밀며 밖으로 나왔다. 조금 지친 것처럼 보이지만 밝은 표정은 생기가 가득했다. 참 이상했다. 그의 눈에 유난히 그 모습이, 활기찬 미소가, 반짝이는 두 눈이 예뻐 보였다. 건은 무심코 눈을 비볐다.

은하가 어느새 트레이를 가지고 건의 곁으로 왔다. 트레이에는 건이 주문한 음식이 마련되어 있었다. 그녀는 신속하고 정확한 손길로 건의 앞에 음식을 세팅했다. 밑반찬 몇 가지를 비롯해 메인 음식이 순식간에 차려졌다.

"오후 근무만 아니면 반주 하고 싶다."

"참으세요."

우스운 농담을 들은 듯 은하가 웃는 얼굴로 만류했다.

'그게 다야?'

전이라면 자신보다 먼저 그가 피곤하고 힘들다는 걸 알아봐 주고 위로해 줬을 은하는 분명 달라졌다. 그 사실에 서운함을 느끼면서도 건은 놓을 수 없었다.

"과장이 허구한 날 긁어 대니까 회사 일이 더 피곤한 것 같아. 얼마 전에는 기획서를 제출했는데……."

건은 평소 자신답지 않게 그녀 앞에서 말이 많아진 걸 느끼면서도 은하가 제 말을 듣고 있다는 사실 하나로 위안이 됐다. 그녀는 좋은 청자였다. 이쪽에서 무슨 말을 하든 다 이해하고 포용해 줄 것 같은 넉넉함과 상냥함을 고루 갖추었다.

'왜 전에는 몰랐을까?'

은하가 착하고 좋은 동생이라고 생각했지만 요즘 들어 더더욱 그녀만 한 사람이 없다는 걸 깨달아 간다. 최근에는 볼 때마다 그녀를 둘러싼 반짝임이 더 많이 늘어 갔다.

"아무튼 과장이 부서를 옮기든 내가 옮기든 이렇게 계속 같이는 못 갈 거야."

"힘들겠어요."

진심으로 안타깝다는 듯이 동조해 주는 말 한 마디가 마음을 울렸다. 건은 잠시 말을 멈추고 유심히 은하를 바라봤다. 제 눈이 어떻게 된 건지 아니면 머리가 어떻게 된 건지 그녀가 여자로 느껴졌다. 그것도 제법 괜찮은.

건은 입을 막을 새도 없이, 어쩌면 의도적으로 속삭였다.

"너한테 취직하고 싶다."

읽지 않은 분권

그 말을 뱉고 나서 의외로 제 진심임을 인지했다. 그녀와 지금 까지의 관계보다 한층 더 발전된 채 만난다는 상상이 전처럼 허무맹랑하게만 느껴지지 않았다. 아니, 오히려 자연스러운 전환으로 여겨졌다.

건은 제법 설레고 긴장되어 은하의 대답을 기다렸다. 감격해 할까, 아니면 이전에 마음고생 시킨 것에 못내 새치름히 굴까. 하지만 결국엔 반길 것이라 반쯤 확신을 한 채.

그런데 말을 들은 직후 은하는 다소 심각한 표정을 지었다. 무언가를 골똘히 생각하다가 끝내 고개를 좌우로 흔들더니 건을 마주 봤다.

"아마 익숙지 않아서 가게 일이 훨씬 더 힘들 거예요."

"응?"

"회사에서 주는 정신적인 스트레스와는 조금 다르지만 이 일도 의외로 스트레스가 많아서요."

그녀는 다소 목소리를 낮춰 뒷말을 소곤거렸다.

"술 마시고 진상 부리는 손님들이 어지간히 많거든요. 진짜 말도 안 되게 우기는데 가끔씩은 콱 때려 주고 싶을 때가 있어요."

기울였던 몸을 바로 하며 슥 주위를 둘러봤다. 손님들이 식사하고 있는 모습을 확인하고는 괜히 헛기침을 하며 머쓱하니 웃었다. 하지만 곧 다시 진지한 자세로 돌아왔다.

"거기다가 연봉도 지금 회사가 더 높을 테고 오빠가 하던 일이 아니라 홧김에 전직했다간 후회할 수 있어요. 더 신중히 고민해 보세요."

은하가 진심 어린 조언을 해 줬지만 오히려 건의 표정은 쓴 소태를 씹은 것처럼 슬며시 일그러졌다. 전혀 다른 의도로 제 말을 받아들인 은하에게 사실은 그 말이 그 뜻이 아니고 여차저차 이러저러하다 설명하기 너무 구차했다.

얼굴이 공연히 화끈해서 입만 달싹이고 있을 때 문득 그의 뒤편에 시선을 던졌던 은하가 그대로 아무 말도 하지 않고 가만히 있는 것에 의아함을 느꼈다.

건은 가까스로 민망함을 밀어 넣고는 그녀의 시선이 향하는 방향으로 고개를 돌렸다. 입구에 들어서는 남자를 확인한 건의 미간이 와락 구겨졌다.

도로 은하를 보는데 그녀는 지금껏 건이 수백 번도 더 넘게 본 얼굴을 하고 있었다. 설렘으로 순식간에 화사해지는 표정. 그것은 언제나 건을 위한 거였다. 그러나 항상 제 것이었던 그 표정으로 시선이 다른 곳에 향해 있었다. 은하가 시선을 떼지 못하는 것처럼 입구에 선 남자, 지독히도 아름다운 남자의 시선 역시 은하에게서 떠날 줄 몰랐다.

건은 뜨거운 것을 급히 삼킨 것처럼 목구멍이 홧홧하게 달아오름을 느꼈다.

"잠시만요."

원인 모를 화기가 그를 채우는데 은하는 건을 보지도 않은 채 양해를 구하고 자리에서 일어났다. 하마터면 충동적으로 그녀를 붙잡아 자리에 눌러 앉힐 뻔했다. 현실 같은 상상에 건이 스스로에게 놀라 멍한 사이에 은하가 어느새 이안에게 다가갔다.

인사를 나눈 이안은 슬쩍 건을 향해 시선을 던졌다.

"저번에도 같이 있는 것 같던데 누굽니까?"

글자/않은 부권

이안이 이런 질문을 할지 몰라 은하는 멈칫했다. 그녀는 잠시 고민하다가 입을 뗐다.

"대학 선배예요."

"역시 아는 사람이었구나."

가볍게 웃는 그를 보며 은하는 가슴이 콕콕 쑤셨다. 건에 대해 정리가 완전히 끝났기 때문에 두 사람의 관계를 설명할 말은 선후배 외에는 아무것도 없었다. 그런데도 어쩐지 거짓말을 한 듯 죄책감이 들었다. 마음이 무거워 얼굴에 그늘을 드리운 은하를 향해 이안은 그림처럼 웃어 보였다.

"그래도 질투 나니까 너무 친하게 지내지는 마요."

다행스럽게도 이안은 그 주제로 더 이야기를 나눌 뜻이 없었는지 화제를 바꾸었다.

"오늘 병원 의사들 회식이 있어서 예약하려고요. 이런 핑계로 은하 씨 얼굴 보니 좋네요."

그 말을 듣는 순간 누군가 마음을 할퀸 듯 쓰라렸다. 통증과 함께 지난 기억이 뇌리를 스쳤다. 그리 오래되지도 않은 일이었다. 건이 회사 사람들과 회식에 왔을 때 상황과 그녀를 창피해하던 그. 마치 버튼을 누른 것처럼 기억들이 생생히 머릿속에 자리를 잡았다.

아. 제법 상처받았구나.

그 기억들이 더 이상 그녀를 아프게 하지는 않지만 떠올리자면 입안이 써지는 걸로 봐서 의식을 못했지만 당시에 상처로 남았던 것 같다. 그래서 이안이 병원 동료들과 회식을 할 거라는 말에 괜히 경직되고 마는 모양이다.

은하가 잠시 대답하지 않고 멍하니 있자 이안이 고개를 숙였다.

"무슨 생각을 그렇게 해요?"

감미롭게 귓속을 파고드는 음성에 퍼뜩 정신을 차린 은하가 그에게 눈길을 돌리는데 이안이 미소를 지은 채 흘러내린 그녀의 머리카락을 다정히 넘겨 주었다. 손길이 너무나 부드러워 오히려 이 사소한 접촉에 수줍어진 은하의 볼이 붉게 달아올랐다. 이안의 미소는 더더욱 깊어졌다.

그 모습을 멀리서 지켜보던 건은 참혹하게 표정을 일그러뜨렸다.

어려운 상대들과 함께 있지만 힘든 병원을 떠나는 발걸음들이 저마다 가볍다. 끼리끼리 모여서 회식 장소로 이동하는 의사들은 벌써부터 수다 꽃을 피웠다.

돼지가 시집가는 날로 좀비처럼 파리한 얼굴들이 쏙쏙 모여들기 시작했다. 그중에는 재희도 끼어 있었다. 레지던트 이상 회식 자리였는데 우 과장이 인턴도 어쨌든 지금 당장은 외과 식구라며 당연하게 재희를 보낸 까닭이었다.

홀로 인턴이었으나 재희는 딱히 위축되지 않았다. 레지던트들 틈에 끼어 조용히 앉아 있었다. 머릿속은 오늘 낮에 이안과 나눴던 대화를 끊임없이 되돌리고 있었다. 그걸 대화라고 할 수 있다면. 일방적으로 차인 이후 종일 실수 연발이었다.

"저 사람이지?"

"맞는 것 같은데?"

그때 재희의 귀로 레지던트들의 대화가 들어왔다. 그녀는 레지던트들이 주목하고 있는 여자에게로 눈길을 돌렸다.

'누군데 그러지?'

왜 저런 반응을 보이는지 처음엔 이해 못했지만 이어지는 말에 납득이 갔다.

"우리 병원에 입원했던 그 반은하 환자."

'반은하'는 두 달 전, 한국 대학 병원에서 가장 핫한 이름이었다. 지금도 가끔 그 이름이 거론되기 때문에 재희가 직접 보러간 적은 없어도 이름만은 귀에 익었다.

재희는 새삼스러운 눈으로 주방과 홀을 오가며 바쁘게 돌아다니는 은하를 응시했다. 선배들에게 들었던 대로 초고도비만은아니었다.

'소문이라 와전됐나?'

하도 현실성이 없는 소문이어서 긴가민가했는데 실제로 보고나니 선배들의 과장이었다고 결론을 내렸다. 재희의 기준에서통통과 퉁퉁의 중간 정도. 지금 보고 있는 여자의 몸매를 평가내리고 나서 더더욱 모르겠다는 얼굴을 했다.

'교수님이 왜 저런 여자를 좋아한다고 소문이 퍼진 거지?'

아무리 봐도 이안과 어울릴 법한 여자는 아니었다. 외모 자체야 굳이 분류하자면 개성적인 미인이긴 한데 그것도 몸매가 어느 정도 받쳐 줬을 때 얘기다. 재희에게는 그저 군살이 넘치는체형이 퍽 답답하게 보였다.

'그런 데다 고작 이런 음식점에서 일하는 여자라고?'

한국에서 가장 큰 대학 병원 과장을 지내는 아버지, 교수인 어머니 밑에서 무남독녀로 귀하게만 자란 재희가 봤을 때 은하는 내세울 건 조금도 없는 초라한 여자였다.

'저런 사람이 교수님과 어울릴 리가 없잖아.'

이안이 실제로 은하와 함께 있는 모습을 보지 못한 재희는 누군가 이안을 시기한 사람이 퍼뜨린 헛소문으로 치부했다. 그녀가 골똘히 생각에 잠겼을 무렵, 근처에 옹기종기 모였던 레지던트들 사이에서 의견이 분분했다.

"동일인 맞아?"

"얼굴이 똑같은데 같은 사람이지."

"아냐. 그때 진짜 몸이 얼마나 어마어마했는데. 숨 쉬는 게 신기할 만큼 뚱뚱했잖아. 완전히 아줌마 같고. 그런데 저분은 그냥 글래머러스하잖아."

"다이어트 했나 보지. 얼굴이 같은데 자꾸 아니래?"

"고작 두 달 만에 사람이 저렇게 격변한다고?"

레지던트들은 은하를 두고 그녀가 맞다 아니다 끊임없이 논쟁을 벌였다.

"살 빠지면 원래 이목구비가 드러나니까 달라 보이는 거야. 내 눈썰미가 얼마나 좋은데. 같은 사람 맞아. 안 그래, 규찬아? 네 환자였잖아. 같은 사람 맞지?"

"흐음. 글쎄, 그런 것 같기도 하고."

아닌 것 같기도 하고.

규찬 역시 아리송한 표정으로 고개만 갸웃거렸다. 기분 같아서는 은하를 불러 직접 묻고 싶은데 동일인이 아니면 실례고, 동일인이어도 도독이 걸렸다.

긁지 않은 복권

풀리지 않는 의문에 레지던트들이 술렁이고만 있을 때 뒤늦게 임원진들이 등장했다. 우 과장은 뾰족한 눈으로 이안을 노려보고 있는 반면 이안은 그에 개의치 않고 무슨 좋은 일이라도 있는 듯이 싱글싱글 웃음이 헤펐다. 의사들은 왜 도독은 웃어도 사람을 무섭게 하느냐며 작게 수군거렸다.

"과장님 표정 봐라. 둘이 또 뭔 일 있었네."

"뭔가 터지는 거 아냐?"

의사들은 윗선 눈치를 살피느라 방금 전까지 화기애애하던 분위기가 수그러들고 그 자리를 긴장으로 채웠다. 그들이 착석하자 본격적으로 테이블 세팅이 시작되었다.

홀 아주머니들은 이안을 보자마자 반갑게 다가왔다.

"닥터 또 보네."

"점심에 보고 또 이렇게 보니까 새롭다."

아주머니들이 친근하게 말을 붙이자 이안은 느긋하게 미소 지으며 대꾸했다.

"제가 자주 봐도 질리는 얼굴은 아니죠?"

"어머, 그럼 그럼. 자주 보면 우리 눈이 즐겁지."

"보는 건 공짜니까 많이 보십시오."

아주머니들은 재미있는 농담을 들은 것처럼 까르르 웃었지만 의사들의 표정은 굳어 가기만 했다. 이안이 저렇게 사근사근하게도 말할 수 있는 사람이었나? 평소 그를 너무나도 잘 알기에 지금 장면은 충격적이었다.

"도독 왜 저래, 무섭게?"

"몰라."

심약한 의사 하나는 가슴을 붙잡은 채 울상을 지었다.

후배들의 사정이 어떠하든 이안의 안중에는 은하만 있었다. 그는 홀을 쭉 둘러보더니 아주머니 한 분과 눈을 맞췄다.

"은하 씨는 안 보이네요."

"그러게. 좀 전까지만 해도 홀에 있었는데."

두 사람이 엇비슷하게 다시 주위를 살폈다. 그러나 방금까지 있었다던 은하는 코빼기도 보이지 않았다.

"닥터 온 거 같은데 나가 보지 않고선?"

그들이 찾는 은하는 주방에 꼭 박혀 있었다. 이안이 가게에 나타난 이후 주방으로 쏙 들어와 버린 은하를 이상히 여긴 주방 아주머니가 권해 봤지만 은하는 웃으면서 고개를 흔들어 댔다.

"인사를 나누고 그럴 만한 자리가 아니잖아요. 회식도 엄연히 일의 연장인데 괜히 알은척해 봤자 폐만 끼칠 것 같아서요."

"어머, 닥터는 좋아할 텐데?"

"하하."

은하는 쓰게 웃고는 바쁜 척 움직였다. 하지만 얄궂게도 잘만 바쁘던 주방이 한산하게만 느껴졌다. 하릴없이 가스레인지 얼룩만 닦고 있는데 홀 아주머니 한 분이 은하를 찾아 주방까지 들어왔다.

"애기 사장 여기 있었네? 닥터 왔는데 인사라도 해야지."

아주머니의 강권에 은하는 비실비실 웃으며 고개만 흔들었다. 건이 그랬던 것처럼 이안이 그녀를 부끄러워하는 모습이나, 혹은 동료들에게 조소를 받는 것 어느 하나 원하지 않았다. 은하는 왜 자신이 이렇게 작아진 느낌이 드는 건지 곰곰이 생각을 더듬었다. 분명 저답지 않은 행동이긴 했다.

스스로가 창피한 건 아닌데 이안의 반응이나 그의 주변 사람들의 평가가 신경 쓰였다. 은하가 알 듯 말 듯 한 기분으로 잠시 멍해 있는데 갑작스레 주방 분위기 자체가 달라진 느낌에 고개를 틀었다.

"역시 여기에 있었네요?"

홀에서 주방 쪽으로 쑥 몸을 내민 이안이 은하에게 반갑게 인사를 건넸다. 갑자기 그가 나타나자 은하는 깜짝 놀라서 빠르게 눈을 깜박거렸다.

"회식 중 아니세요? 여기 계시면 어떡해요? 어서 자리로 돌아가셔야죠."

"저 없어야 더 잘 놀아서요."

이안이 진심은 한 푼도 들어가지 않은 약한 소리를 하자 곧이곧대로 믿은 은하의 안색이 어두워졌다.

'사람만 좋아서 쉽게 여기나?'

은하는 더럭 걱정이 들었다. 분명 입원 시절 담당의였던 규찬이 이안 앞에서 바싹 긴장했던 걸 봤었지만 두 달은 망각하기에 너무나 오랜 시간이었다. 이안이 병원 사람과 함께 있는 걸 보기보다 저와 둘이 만나는 것에 면역이 되다 보니 생각이 주관적으로 흘렀다.

"회식 자리인데도 외롭네요."

이안이 한술 더 뜨자 은하의 눈동자가 걱정으로 일렁거렸다. 염려 어린 시선을 즐기며 이안은 잠시 그곳을 떠날 줄 몰랐다. 은하는 꼼지락거리며 굳이 일을 찾아서 하던 것도 다 손 놓아 버리고는 이안에게 관심을 모두 집중했다.

은하와의 시간을 한참 즐기던 이안은 문득 생각이 난 듯이 낭패감이 깃든 표정을 했다.

"내가 계속 방해하고 있었네요. 나도 슬슬 자리는 채워 줘야 하니까 돌아가 볼게요."

한번 사고가 그리 흐르다 보니 뒤돌아 가는 이안이 쓸쓸해 보였다. 은하는 마음이 영 편하지 않아 저도 모르게 슬쩍 홀을 내다봤다. 그가 자리에 앉기까지 시선이 차마 떨어지지 않았다.

당장 도와줄 수 있는 일이 없어서 안타까운데 불쑥 머리에 한 가지 생각이 스쳤다. 은하는 결연한 얼굴로 양 주먹을 쥐었다.

"힘 좀 써 볼까?"

비록 그녀가 회식에 직접적으로 관여할 수는 없지만 그녀라서 할 수 있는 일이 분명 있었다. 시무룩했던 게 언제인지도 잊고 의욕을 활활 불태웠다.

주방 입구에서 어슬렁거리다가 자리로 돌아온 이안을 보며 의사들은 술잔을 나누던 그대로 정지했다. 주목적인 회식에 건성이고 마음은 다른 데 가 있는 게 분명한 이안에게 가타부타 말할 짬밥이 있는 사람은 유일했다.

"답지 않게 오지랖은. 회식을 하는 거면 여기에 집중을 해야지, 뭐 주워 먹을 게 있다고 쏘다니기만 해?"

우 과장이 퉁명스럽게 쏴붙여도 이안은 대답 대신 술잔을 들어 올리며 웃기만 했다. 의뭉스러운 속내를 알 길이 없어 우 과장은 제 가슴을 쳤다.

글지 않은 분편

"능구렁이 같아서는. 쯧쯧."

못마땅한 기색이 완연했지만 우 과장 역시 그를 더 나무라지는 못했다. 그러려고 해도 순순히 듣고만 있을 이안이 아닌 데다 쇠귀에 경 읽기여서 제 입만 아팠다. 이안은 일반인들과 다르다고 이해하려고 해도 오늘 행동은 수상한 부분이 많았다.

"저, 교수님."

우 과장이 이안에게서 신경을 끄려고 노력할 무렵 멀찍이 떨어져 있던 창식이 쭈뼛거리며 이안 곁에 다가왔다. 누가 봐도 본의가 아닌 걸음이었다. 힐끗힐끗 뒤를 쳐다보면서 억울한 얼굴을 하고 있는 창식은 긴장으로 마른 입술을 축였다.

"혹시 그분요."

"말을 할 거면 똑바로, 못하겠으면 알아서 정리해."

계속해서 뜨문뜨문 말을 꺼내자 이안이 눈썹을 치켜 올린 채 곧장 지적했다. 창식은 합! 입을 다물었다가 무언의 압박을 주는 동료들의 시선을 느끼고 다시 운을 뗐다.

왜 자신이 총대를 메야 하는지 아직도 이해가 가지 않았지만 아무것도 건지지 못하고 돌아가면 동료들의 등쌀에 못 견딜 것이다. 물론 지금 이안과 마주하는 게 결코 쉬운 일은 아니었지만.

"이 가게가 반은하 환자님 일터입니까?"

눈을 질끈 감고 결국 물었다. 은하를 닮은 여자가 있는데 맞느냐 아니냐를 따지다가 모든 책임을 그의 어깨에 얹은 동료들이 새삼 원망스러웠다.

이안은 대답 대신 물끄러미 창식을 응시했다. 1초, 2초. 이 시끄러운 음식점에서 째깍째깍 흐르는 초침 소리가 유독 크게 들렸다. 쓸데없는 걸 물었다고 타박을 당하리라 지레짐작하던 창식의 얼굴이 어두워지는데 의외로 이안이 고개를 끄덕이며 일반적인 반응을 내 주었다. 궁금한 것을 알아냈다는 속 시원함보다 이안의 독설을 피했다는 환희가 더 컸다.

마침 주방에서 트레이를 끌며 은하가 나왔다. 주문한 음식들은 모두 다 세팅되었는데 어쩐 일인지 그녀가 곧장 이곳으로 오고 있었다. 이안과 창식의 대화에 주목하던 의사들의 시선이 대번에 그녀에게로 옮겨 갔다.

떠드는 사람 하나 없이 시선들이 제게 몰리자 은하는 다소 부담을 느꼈다. 하지만 겉으로 내색을 하는 대신 씩씩하게 웃으며 다가갔다.

"이건 서비스니까 맛있게 드세요."

은하가 트레이에 실어 온 음식들을 가리키자 의사들이 어리둥절했다.

"윤이안 선생님한테 신세를 많이 져서, 모처럼 회식하시는데 서비스 음식이라도 많이 드려야죠."

그녀는 흘끗 이안 쪽으로 시선을 한번 주고는 싹싹하게 말했다. 은하가 트레이에서 그릇들을 꺼내기가 무섭게 이안이 받아 들었다. 그녀가 허리를 숙이는 것조차 아깝다는 듯이 손수 움직이는 것에 의사들이 다시 한 번 놀랐다.

"가만 계셔도 되는데."

은하는 제 손에 들리기만 하면 지체하지 않고 받아 가는 이안으로 인해 힘이 들 여지가 없었다.

"윤 선생님이 워낙 성격이 좋으시다 보니 가만히 계시질 못하네요."

제 딴에 열심히 이안의 기를 세워 준다고 하는 게 보여서 이안은 귀여워 죽겠다는 눈으로 열렬히 은하를 시선에 담았다.

"은하 씨만 좋게 봐 주는 거죠."

"아니에요."

두 사람을 지켜보는 의사들의 표정이 갈수록 일그러졌다. 보다 못해서 끝내 고개를 돌리는 이들도 있었다. 모두의 정신을 파괴시킨 원흉은 꿀물이 뚝뚝 떨어지는 눈길로 은하를 바라보며 한시도 시선에서 떼 놓지 않았다.

보란 듯이 다정하게 바라보는 이안으로 인해 점차 부끄러워지기 시작해 은하는 그릇을 모두 내놓은 즉시 도망치듯 주방으로 사라졌다. 비호처럼 날쌔게 자리를 피하면서도 맛있게 드시라는 인사는 잊지 않았다.

"하아."

이안의 잇새로 너무나도 달콤한 한숨이 흘러나왔다. 모두가 망부석이 된 채 굳어 있는데 더 이상 은하의 모습이 보이지 않자 이안은 예의 그 원래 냉막한 표정으로 돌아왔다. 섣불리 말을 걸기 어려운 모습 그대로.

다른 점이 있다면 다른 곳에서 회식할 때 웬만해선 두 번 이상 음식에 손을 대는 적이 없던 이안이 지금은 너무나도 맛있게 음식을 먹고 있었다. 그의 손이 저렇게 열심히 젓가락질을 하는 걸 처음 본 이들이 잠시 넋을 잃고 바라보고 있는데 식사를 하던 이안이 서늘한 시선으로 좌중을 훑었다.

그와 눈이 마주치자 일제히 얼어붙었다. 이안은 왜인지 마뜩잖은 기운을 풀풀 풍기며 눈썹을 척 올렸다. 과연 저 입에서 어떤 화살이 날아올까 한껏 긴장했다.

"기껏 열심히 준비한 음식을 식힐 건가? 음식 앞에 두고 뭐 해?"

채찍처럼 날아온 말에 의사들은 급히 젓가락을 들고 허겁지겁 음식을 먹기 시작했다. 처음엔 이안의 질책이 무서워서 기계적으로 음식을 밀어 넣던 사람들이 점차 씹는 속도가 느려졌다.

뒤늦게 음식을 미각으로 느끼게 된 것이다. 아예 음식에 반해서 본격적으로 식사를 시작했다. 이 정도면 천하의 윤이안이 음식을 서슴없이 먹는 것도 이해가 갈 만했다.

의사들이 이안의 존재도 잠시 잊고 식사에 열중할 때에도 우 과장만이 묘한 눈길로 이안을 보고 있었다. 관찰하듯 찬찬히 이안을 살피다가 더는 못 견디겠는지 결국 먼저 입을 열고 말았다.

"방금 서빙해 준 사람이랑 어떻게 아는 사이야? 답지 않게 구는 게 영 수상한데 빚이라도 졌어?"

묻는 말이 영 퉁명스럽고 심술궂었다. 그러자 이안이 정색을 하며 우 과장을 봤다. 항상 우 과장이 뭐라 하든 느긋하게 웃으며 대꾸하던 게 윤이안인데 저런 표정을 지을 줄은 짐작 못했다.

혹시 약점이라도 건드린 걸까 뒤늦게 제 성급함을 반성하려는데 이안이 무뚝뚝하게 말을 받았다.

"과장님껜 사모님이 있는데 왜 엄한 여자한테 관심을 가지십니까?"

"뭐?"

우 과장은 기가 막혀서 목소리도 제대로 나오지 않아 가슴을 퍽퍽 쳤다. 뭐라고 대답해야 잘한 건지 고민할 새도 없이 이안의 2차 공격이 이어졌다.

"자꾸 시선이 가는 마음을 이해는 하지만 정도는 지키시죠."

"콜록콜록!"

"켁!"

식사를 하던 의사들 몇이 난데없는 봉변에 사레가 들리거나 기침을 하는 등 난리도 아니었다. 일부는 젓가락을 쥔 채 그대로 얼어붙어서 동공을 사정없이 떨며 이안을 보기도 했다.

이윽고 이안은 타인의 눈에 황홀하기 이를 데 없는 그림 같은 미소를 잠시 지어 보이고는 우 과장을 향해 경계의 시선을 던졌다.

"제가 구애 중인 사람이니 시선 두지 마십시오."

우 과장은 속이 터져 죽을 지경이었다. 고작 저런 여자 때문에 자기 딸을 무참하게 차 버린 건가? 잘해 보라고 내보냈더니 재희가 정신이 반쯤 나간 상태로 돌아오기나 하고. 우 과장은 도저히 수긍하기 어려웠다.

"너 미쳤냐? 누가 누굴 넘봐. 안과, 아니지, 너 상담부터 받아야겠다."

우 과장은 잠시 이성을 잃고 신랄하게 쏴붙였다. 그럼에도 이안은 눈썹 하나 까딱이지 않은 채 오히려 주변을 둘러봤다. 우 과장과 비슷한 생각을 가진 의사들이 몇 명 그의 눈에 띄었다. 속내를 감춘다고 노력하지만 이안에게 하나같이 걸린 의사들은 그의 시선을 받자 크게 위축됐다. 하지만 이안은 분개하지 않았다. 오히려 그들과 일일이 눈을 맞추고는 비웃듯이 입술을 늘어 뜨렸다.

'너희 같은 게 진주를 알아볼 안목이 있겠나?'

직접 입 밖으로 그 말을 꺼내진 않았지만 그를 본 사람이라면 누구라도 알아차릴 법한 오만한 미소였다. 하찮은 것을 보듯 무시당하는 기분이 들어 울컥하는 이도 있지만 가벼이 조소하는 이안에게 아무도 항의하지 못했다.

완전히 이안에게 압도당해 은하에 대한 언급은 완전히 사라졌다. 우 과장이라도 섣불리 은하에 대해 이러쿵저러쿵 떠들 시도조차 못하게 된 분위기에 만족한 듯 이안은 다시 젓가락을 놀리기 시작했다.

'정말 이해가 안 가.'

재희는 홀로 고개를 흔들었다. 이안의 존재감이 워낙 강해서 그녀에게까지 눈을 돌리는 의사는 없었다.

'여자 보는 기준이 대체 뭐지?'

설마 아닐 거라고 생각했는데 지금 이안은 너무나도 명백하게 행동했다. 재희는 도무지 이해가 안 가는 얼굴로 무심코 서비스로 나온 육회를 한 젓가락 집었다.

"아!"

씹는 순간 입안에서 사르르 녹는 식감. 재희는 고개를 갸웃거렸다.

'역시 음식인가?'

그렇다면 납득이 전혀 안 가지는 않았다. 사람이 이성을 보는 눈은 저마다 다른 거였기에. 솜사탕을 먹은 양 몇 번 씹지도 않았는데 혀끝에서부터 부드럽게 녹아들자 평소 육회를 선호하는 편이 아니었는데도 재희는 저도 모르게 다시 육회 접시로 젓가락을 옮겼다.

아무리 인턴 생활이 고되어도 항상 체중 관리에 신경 썼는데 이 순간 머릿속에서 몸매나 칼로리 생각 따위가 증발해 버렸다. 재희는 잠시 생각이 끊긴 채 무아지경으로 음식을 흡입했다.

"와, 우재희 잘 먹네?"

레지던트 한 명이 툭 지나가는 말로 얘기했을 때에야 비로소 정신이 들었다. 그녀는 어리둥절하게 그를 보다가 제 앞으로 시선을 내렸다. 혼자 다 비운 육회 접시며 밑반찬 그릇, 그리고 무엇보다 놀라운 건 빈 공기였다. 절대로 밥은 반 공기 이상 먹지 않는 철칙을 가진 그녀가 10여 년 만에 처음으로 한 공기를 싹싹 해치운 것이다.

고기는 몇 번이나 가져다가 쌈을 싸서 먹었는지 모르겠다. 할 수 없이 끼어야 하는 자리에서도 요령껏 소식을 했던 과거의 자신이 희미했다.

'도대체 음식에 무슨 짓을 한 거야?'

재희는 짐짓 심각한 눈으로 접시를 노려봤다. 잠시 그녀가 아닌 다른 이의 영혼이 씌었다고 해도 믿을 법한 일이 일어났다. 그녀는 아직도 혀끝이 감질난 채 아직 더 들어갈 수 있다고 속삭이는 마음의 소리에 유혹당해 젓가락을 쥔 손을 움찔움찔했다.

방금 전의 자신은 자신이 아니었다. 재희는 애써 음식에서 눈을 떼며 이안이 앉은 곳으로 눈을 돌렸다. 그녀보다 더 입이 짧은 이안이 넉넉한 분위기를 자아내며 식사를 하고 있는 모습이 보였다. 재희는 그와 제 빈 밥그릇을 한참 번갈아 보다가 한숨을 흘렸다.

'요리 학원을 다녀야 하나?'

제 딴에는 퍽 진지한 고민이었다.

❋ ❋ ❋

잠을 자려고 누웠지만 도무지 머릿속이 시끄러워서 잠을 이룰 수 없었다. 건은 몇 번이나 누웠다가 일어났다. 속이 타서 가만히 있지 못하고 주방으로 갔다. 생수통을 뜯어서 찬물을 들이켜 봤지만 좀처럼 갈증이 사라지지 않았다.

"하아."

숨이 막힐 만큼 물을 마시고 겨우 입을 뗐다. 하지만 여전히 속은 갑갑한 그대로여서 인상을 잔뜩 찌푸렸다.

'내 거였는데.'

저를 반기는 미소, 설레는 표정, 열중하는 눈빛. 제 스스로 놓아 버린 것에 대한 미련이 그를 덮쳤다. 여전히 제 것이라고 믿었던 오만이 우스웠다.

"나란 녀석도 어쩔 수가 없네."

건은 허탈하게 웃었다. 자신이 얼마나 몰염치한 생각을 하고 있는지 알고 있었다. 허영심 때문에 그렇게 상처를 줘 놓고서 은하가 여전히 자신을 좋아하고 바라보기를 바라는 게 제 욕심이라는 것도.

그런데 정작 은하가 멀어진 듯하자 양심과 이성이 뒤로 물러났다. 마치 제 것을 강탈당한 마냥 분했다. 막 놓았을 때도 제 손에 쥔 것의 가치를 깨닫지 못했다.

하지만 은하가 스스로 멀어지고 나서야 정확히 보였다. 그리고 아까워졌다.

"시간은 무시 못 해."

그가 유일하게 기대하고 있는 부분이었다. 이안이 어떤 사람인지는 모르지만 외관만으로는 비교하기 주눅이 들 만큼 잘나보이는 남자였다. 자신도 어디 가서 뒤처지지 않는 호남이라고 자부하지만 이안은 고만고만한 수준을 뛰어넘었다.

불안하면서도 한편으로 안심하고 있는 부분이, 은하가 사람을 외양으로 판단하지 않는 성품이라는 점이다. 자신은 그 굴레에서 자유롭지 못하기에 그런 면에 안심하는 제 꼴이 우습지만 불안한 속을 달래 주었다.

"원래대로 되돌리겠어."

건의 눈빛이 결연하게 빛났다.

재희는 간판 앞에 서서 아리송한 표정을 지었다. 이러고 있기를 벌써 5분째였다. 모처럼의 오프인데 자신은 왜 여기에 온 걸까?

돼지가 시집가는 날. 고깃집이라고 누구나 짐작할 수 있는 상호를 처음 보는 글자처럼 한참 들여다보기만 했다. 여기까지 제 발을 이끈 게 무엇인지 몰라 들어가기를 망설이고 있었다.

하지만 바깥에 서 있다고 해도 가게 안에서 흘러나오는 음식 냄새들은 줄곧 그녀를 괴롭혔다.

식욕이 이렇게 왕성했던 적이 있나 하고 되짚어 보면 수험생 시절 이후로 처음이라고 확신했다.

초등학생 때부터 모친이 철저하게 몸매 관리를 시켜서 음식의 유혹을 뿌리치는 게 생활화되었다. 그렇기에 음식 냄새에 이끌려 가게로 들어가는 제 육신이 신기했다. 등 떠미는 사람이 없는데 항거 불능 상태에 놓여 결국 저 스스로 들어갔다.

"냉면이랑 왕만두 1인분요."

자리에 앉고 재희는 자연스레 주문을 했다. 그러면서도 주문을 받아 가는 아줌마의 뒷모습을 보다가 퍼뜩 놀랐다.

'미쳤나 봐. 냉면이랑 만두 칼로리가 얼마나 되는데 그걸 같이 시켜?'

제 입이 어쩌자고 그런 소리를 했는지, 뒤늦게 주문을 바꾸고 싶었지만 주문을 받아 간 아주머니가 주방에 오더를 하는 걸 보고 그만두었다.

'남기면 되겠지.'

재희는 간단하게 결론을 내렸다. 많으면 꾸역꾸역 굳이 먹을 필요가 없었다. 그리고 원체 적게 퍼도 또 남기는 습관이 있어서 곧 수긍했다. 물론 회식 때의 기억으로 다소 불안하기는 했지만 고개를 살살 흔들었다.

음식이 나오기를 기다리면서 주변을 둘러보는데 부러 한산할 법한 시간을 노려서 왔음에도 손님은 제법 되었다.

'이런 데서 일하면 월급은 얼마나 받나?'

재희는 평소라면 신경도 쓰지 않을 주제에 대해 호기심을 가졌다. 이안이 아니었다면 평생 궁금하지도 않을 내용이었다.

'아직 젊은 나이에 왜 이런 일을 하지? 다른 번듯한 직장도 있을 텐데.'

의도치 않았지만 자라 온 환경이 남다른 탓에 의식 못한 채 이런 일을 바라보는 시각에는 무시가 섞였다. 다만 악의는 없이 순수한 궁금증이었다. 전후 사정을 알지 못하는 재희는 은하를 가게 찬모로만 생각했다.

재희의 세상에서 요리사와 찬모는 전혀 다른 등급으로 나뉘어 있었다. 철저히 그녀의 기준으로 나눈 가게 수준에서 이곳에서 조리를 하는 사람은 '요리사'가 아닌 '찬모'로 적합하다고 판단했다.

'남들에게 내세우기 번듯하지 못한데 굳이 그 나이부터 이런 일을 하는 게 집안 형편이 나빠서 어린 나이부터 생활 전선에 뛰어들어서인가?'

재희는 제 나름대로 추론을 하다가 음식이 나오자 생각을 멈췄다. 멈추려고 한 건 아닌데 보자마자 머릿속이 비어 버렸다. 갓 쪄 낸 왕만두에서 모락모락 김이 피어오르는 모습을 그녀의 눈이 바쁘게 좇았다.

'그냥 만두잖아. 어디에서나 쉽게 먹을 수 있는 건데 왜 그래?'

가까스로 시선을 돌리고 이번에는 냉면을 보는데 살얼음이 동동 떠 있는 육수와 쫄깃쫄깃하게 삶아낸 면발을 보고선 눈빛이 풀렸다.

대부분의 여자들이 탄수화물을 좋아한다는 통계 속에 그녀 역시 한몫 걸치고 있었다. 좋아하지만 참고 절제해야 한다는 의무감으로 가급적 적게 먹으려고 할 뿐이었다.

재희는 지난번의 실수를 잠깐 떠올리고는 이번에는 그러지 말아야지 결심을 하며 젓가락을 들었다.

　잠시 기억이 잘려 나간 것 같다. 정신이 천천히 돌아왔을 때 그녀의 자리에 남은 건 두 숟가락 미처 못 되는 양의 냉면 육수가 전부였다.

　"미쳤나 봐."

　속으로만 하던 생각이 무심코 흘러나왔다. 자신이 무슨 짓을 저지른 건지 짐작도 안 갔다. 어떻게 가꾸고 있는 몸매인데 한순간에 이성을 잃고 말았다.

　마성의 음식. 경계해도 모자랄―그녀 일방적인 생각에서의―경쟁자가 만든 음식인데 완전히 경계를 풀고 먹었다. 재희는 일순간 정체성의 혼란을 느꼈다.

　'뭐지, 이 사람은?'

　은하가 있을 것으로 추측이 되는 주방 쪽을 흘겼다.

　'손가락에 마약을 묻혔나?'

　한없이 빠져드는 맛이 도저히 남긴다는 생각을 못하게 했다. 주변을 둘러봐도 냉면은 냉면대로 고기는 고기대로, 국물까지 박박 긁어 먹는 사람들로 가득했다.

　'여기 좀 무서워.'

　정신 줄 놓았다가는 10kg은 예사로 찔 것 같다. 재희는 처음으로 은하의 일면에 공감을 했다.

　'매일 이런 음식을 먹으면 몸매 관리가 어렵긴 하겠지.'

　사 먹는 사람이야 발길을 끊으면―그게 가능할지는 모르겠지만— 독하게 마음먹고 다이어트 하겠지만 본인은 직접 음식을 만드는 입장이니 아무래도 상황이 다르기는 하겠다 싶은 것이다.

'이걸 어떻게 참아?'

재희는 자신이 오늘 먹은 건 불가항력으로 치부했다. 잔뜩 부푼 배를 문지르며 카운터로 갔다. 결제 금액을 확인하고 지갑을 여는데 등 뒤로 청아한 목소리가 들렸다.

"잠깐 은행 업무 좀 보고 올게요. 별다른 일 있으면 바로 연락 주시고요."

"알았어. 천천히 다녀와."

'그 사람이다.'

재희는 은하의 목소리를 알아듣고 한줄기 긴장의 빛을 흘렸다. 은하가 꽤 빠른 속도로 가게를 나서는 걸 보고는 괜스레 마음이 급해졌다. 서둘러 계산을 마친 재희가 곧장 은하의 뒤를 쫓았다.

"저기요!"

처음에 은하는 자신을 부르는 줄 모르는지 갈 길이 바빠 그녀를 돌아보지 않았다. 재희는 성큼성큼 긴 다리를 쭉쭉 뻗으며 목소리를 높였다.

"반은하 씨?"

낯선 여자에게서 제 이름이 들리자 은하는 그제야 걸음을 멈추고 뒤를 돌아봤다. 의아한 기색으로 재희를 바라보며 손가락으로 슬쩍 저를 가리켰다.

"혹시 저 부르셨어요?"

"네. 반은하 씨 맞으시죠?"

은하는 상대의 정체가 궁금했지만 일단 고개를 끄덕였다. 그러는 사이에도 재희는 처음으로 근거리에서 그녀를 마주한 터라 꼼꼼히 뜯어봤다.

'못생긴 건 아니야. 나름대로 예쁜 축에 속한다고 할 수는 있지만, 뭐가 특별하지?'

100명에게 물어보면 그중 99명이 재희가 낫다고 할 것이다. 그리 확신하는 저가 오만하게 느껴지지 않았다.

"윤이안 교수님과 같은 병원에서 근무하는 우재희라고 합니다."

"그러셨구나. 그런데 무슨 일이세요?"

이안의 이름이 언급되자 표정이 한결 밝아졌다. 낯선 사람에게 무심코 드는 경계심도 훨씬 가벼워졌다.

"초면에 이런 질문 죄송한데 혹시 교수님과 사귀세요?"

내뱉은 말은 질문인데 이미 아니라고 확신하는 투였다. 갑작스럽게 사람을 붙잡고 물어 오는 내용이 일상적이지만은 않아 은하는 묘한 눈길로 재희를 살폈다.

"처음 대화를 나눈 사이에 확실히 실례되는 질문이긴 하네요."

은하는 생긋 웃으며 말을 받았다. 맞다, 아니다 정확하게 대답해 주지 않고 웃는 낮으로 뼈 있는 말을 하자 재희는 기대했던 반응과 달라 다소 놀랐다. 그녀가 지니고 있던 반은하라는 사람에 대한 이미지는 소심 혹은 억척스러움이었다.

"사귀세요?"

당당한 태도가 마음에 걸려 어투에 미심쩍음이 섞였다. 처음 질문이 아니라는 확신이었다면 지금 질문엔 다소 긴가민가한 뉘앙스가 담겨 있었다.

은하는 물끄러미 그녀를 바라보다 입을 열었다.

"우재희 씨라고 하셨죠?"

"네."

"그러면 우재희 씨는 윤 선생님을 좋아하셔서 저한테 이런 질문을 하는 건가요?"

재희는 한 대 얻어맞은 표정이 되었다. 은하의 반격은 전혀 예상에 두지 않았다. 의외로 그 질문은 재희의 머릿속을 복잡하게 만들었다.

"질문이 어렵나요?"

은하는 잔잔하게 미소를 지어 오히려 속을 알 수 없는 얼굴로 다시 재희의 속을 어지럽혔다. 재희는 간신히 생각을 비우고 살짝 고개를 흔들었다. 머릿속을 스쳐 가는 많은 생각들은 애초에 필요가 없는 것들이고 그렇게 배워 왔다.

"관계를 시작하는 데 호의는 필요하지만 그게 관계를 유지하는 데 필수적인 건 아니에요. 관계를 지속하기 위해서 더 중요한 건 환경과 조건이죠. 반은하 씨는 자신이 교수님과 어울리는 사람이라고 생각하나요?"

재희는 진심으로 궁금하다는 듯이 물어 왔다. 최근 은하가 고민하고 있는 부분이기도 했다.

"우재희 씨는 어떤데요? 본인은 윤 선생님과 잘 어울리는 것 같아요?"

은하는 역으로 질문했다. 한 번도 제대로 된 대답을 듣지 못해 답답한 듯했으나 재희는 질문을 받자마자 지체 없이 대꾸했다.

"여러모로요."

고민의 흔적이 전혀 없다. 그 당당한 대꾸에 은하는 문득 작아져 있던 자신을 깨달았다. 어느새 자신도 모르게 이처럼 웅크리고 있었다는 걸 알았다. 이미 전부터 느끼고 있긴 했다. 하지만 새삼스러운 깨달음이 그녀의 마음을 쓰리게 했다. 그리고 이안에게 미안해졌다.

"윤이안 선생님도 우재희 씨와 같은 생각인가요?"

은하는 자책감을 잠시 눌렀다. 그녀의 반격은 재희를 다시 한 번 흔들었다. 가까스로 정리한 머릿속을 다시 어지럽혔다.

"이렇게 저를 찾아오려면 그전에 우재희 씨가 그에 걸맞는 자격을 먼저 갖추었어야 하지 않나요? 그 사람은 당신이 절 찾아온 거 알고 있나요?"

재희의 입이 조개처럼 다물렸다. 자신이 은하를 찾아와 한 말을 모두 알게 됐을 때 이안이 어떤 반응을 보일지 상상만 해도 오금이 저렸다. 은하는 묵묵부답을 통해 대답을 찾았다.

"지금 우재희 씨의 행동, 굉장히 비겁한 짓이에요. 저를 약자로, 손쉬운 대상으로 생각하고 의도적으로 무례를 범한 거니까요."

"그럴 의도는……."

망설이던 재희는 끝내 말을 잇지 못했다. 이런 대화, 결코 이안 앞에서는 하지 못할 게 분명했다. 그에게는 꼬리를 만 강아지처럼 굴면서 은하에게는 그녀가 말한 것처럼 비겁하게 굴었다.

읽지 않은 분권

"우리 둘 사이의 연애 문제는 우리 둘이 알아서 할게요. 우재희 씨는 당신이 해야 할 일을 하도록 해요. 다음에는 순서를 꼬지 말고요."

재희는 어깨를 축 늘어뜨렸다. 일순 연민이 생기려고 했으나 은하는 다부지게 마음을 먹었다.

"할 얘기 끝났으면 저는 일이 있어서 먼저 가 볼게요."

은하는 주먹을 꼭 쥔 채 뒤돌았다. 그때까지 머뭇거리고만 있던 재희는 뒤늦게 속삭임 같은 말을 내뱉었다.

"죄송해요."

기대하지 않은 사과였다. 의외였지만 진심이 느껴져 은하는 기꺼운 마음으로 받아들였다.

"같은 실수 반복하지만 마세요."

순순히 사과를 받으며 슬쩍 미소를 지었는데 그걸 본 재희가 눈을 커다랗게 떴다. 은하는 금방 뒤돌아 바쁜 걸음을 내디디며 멀어졌으나 재희는 잠시 제자리에서 움직이지 못했다.

아버지가 시켜서 억지로 이안에게 다가간 자신과 달리 은하는 그와 직접적으로 감정을 부딪쳤다. 애당초 출발선 자체가 달랐다. 태어나면서부터 부모님이 시키는 대로만 살아오며 부친이 하는 말이 진리라고 믿어 왔던 신념이 살짝 흔들렸다.

어쩐지 이안의 마음이 납득 갔다. 요즘 기준에서 결코 미인은 아니었지만 상대방의 사과를 편견 없이 바로 수용할 수 있는 저 소탈함과 굳은 심지가 제법 예뻐 보이지 않나.

'여전히 교수님의 취향을 이해 못 하겠지만…….'

자신의 무례를 대범하게 용서하던 은하의 모습이 머릿속에 콕

박혀 좀처럼 잔상이 사라지지 않았다.

　'왠지 평생 이기지 못할 것만 같은 기분이 들어.'

　허망한 미소를 짓던 재희는 새삼 이안을 떠올렸다. 대마왕, 악마, 개또라이 등 병원 내에서 위명이 자자한 그를 생각했다가 대번에 얼굴이 희게 질렸다.

　멋진 사람인 건 분명하나 첫인상이 워낙 강렬해선지 그의 앞에서는 항상 주눅이 들었다.

　부친에게 야단맞을지도 모르지만 이번만큼은 못 하겠다 백기를 들기로 했다. 어쩌면 부친 역시 이 결과를 예상했을지도.

　현관에 걸린 전신 거울을 꽤 진지하게 보며 이안이 빳빳하게 다린 셔츠의 미세한 주름을 놓치지 않고 툭툭 털었다. 검푸른 셔츠 아래로는 청바지를 걸쳤다. 근육으로 단단한 하체가 고스란히 드러났다.

　평소 그가 입는 스타일과 상반되었다. 격식 있는 차림을 선호하던 이안이기에 청바지는 대학교에 다닐 무렵에도 즐겨 입지 않던 옷이었다.

　이안은 셔츠 위에 재킷을 하나 걸치고 밖으로 나왔다. 행선지로 향하는 차 안에서 그의 기분이 내내 유쾌했다. 말끔한 얼굴 위에 그린 듯이 지은 미소가 유난히 환했다.

　띠링!

　띠링!

　띠링!

콘솔에 넣어 둔 핸드폰에 알림음이 계속해서 들어왔다.

잠시 빨간 신호에 걸린 틈에 이안이 핸드폰을 확인했다.

오 여사님: 오늘이 결전의 날이니까 힘내.

한 여사님: 애기 사장은 닥터가 오는 거 전혀 몰라.

김 여사님: 일단 내가 애기 사장 일 받아서 마무리 지으려고.

돼지가 시집가는 날의 아주머니들로 이루어진 단체 채팅방에 이안은 유일한 청일점이었다. 여기에 빠져 있는 사람은 은하 하나였다. 이곳에서 그와 아주머니들은 모종의 대화를 심심치 않게 나누었다.

기 센 아주머니들 틈에서도 이안은 항상 여유로웠다. 그리고 제법 그들과의 대화를 즐기기도 했고, 필요한 도움은 아낌없이 받는 중이었다.

이안: 잘되면 옷 한 벌씩 해 드리겠습니다.

이안이 빠르게 메시지를 작성해서 올리자 아줌마들이 즉각적으로 반응했다.

김 여사님: 우리가 뭘 바라고 닥터 밀어주는 게 아니지.

한 여사님: 그런 부담 갖지 마.

말은 그러했지만 화면 위의 글자들이 금방이라도 날아갈 것처럼 보이는 게 내색 안 하려고 해도 기분이 좋은 듯했다.

신호등이 바뀌자 이안이 핸드폰을 내려놓고 차를 출발시켰다. 운전하는 동안에도 내내 '띠링' 알림음이 끊이지 않고 들렸다. 하지만 가게에 도착할 때까지 도로가 시원하게 뚫려서 핸드폰을 만질 겨를이 없었다.

이안이 단체 채팅방을 다시 확인한 건 주차장에 도착해서였다. 그가 밖으로 나와서 핸드폰을 보는데 내내 웃고 있던 표정이 서늘하게 변했다.

"네 마음 아프게 한 잘못 만회할 만큼 잘해 줄게. 나한테 와, 은하야."

반갑지 않은 목소리가 그 순간 그의 귀를 파고들었다. 이안의 시선이 한곳으로 향했다. 보고 있던 화면은 아직 꺼지지 않았다.

제법 급한 어조로 쓰인 메시지가 있었다.

김 여사님: 놈 또 왔어.

오 여사님: 애기 사장 데리고 나가네.

'이건.'

이안은 은하를 붙잡고 사정하듯 매달리는 건을 무감정해서 오히려 냉혹하게 보이는 눈길로 응시했다.

❋ ✱ ❋

오전에 재희를 만난 일로 잠시 딴생각에 빠져 있느라 아주머니들 사이에서 흐르는 미묘한 기류를 알아차리지 못했다.

그녀가 이상하다고 느꼈을 때는 3시가 넘어가는 시간이었다. 하나둘 몸을 들썩거리며 핸드폰을 손에서 떼어 놓지 못하고 자꾸만 들여다보는 것이다.

"오늘 무슨 일 있어요?"

은하는 제가 너무 무심했나 싶어서 슬쩍 물어보는데 오히려 펄쩍 뛰며 양팔을 흔들었다.

"일은 무슨 일. 주말이라 좋아서."

"주말이라 좋다니, 더 수상하게."

도무지 믿어 줄 수 없는 거짓말이었지만 은하는 더 추궁하는 대신 웃음으로 넘겼다. 다들 마음에 때늦은 봄바람이라도 부는지 붕 떠 있었다.

"이거 정리는 내가 할게. 애기 사장은 좀 쉬어."

심지어는 은하의 일까지 빼앗기까지 했다.

"한참 고아야 해서 시간 많이 걸려요."

"그러니까. 이런 거는 맡겨도 괜찮으니 몸 좀 쉬세요. 다이어트 한다고 요즘 체력도 많이 부족할 텐데 일 욕심만 많아서는. 차라리 남는 열의로 연애를 했으면 벌써 결혼했겠다."

연애니 결혼이니 하는 주제로 흘러가 봤자 곤란해지는 건 은하였기에 입을 꾹 다물 수밖에 없었다. 그 후로도 아주머니들은 은하가 뭐만 하려고 하면 시간이 오래 걸리겠다 싶은 것들은 죄다 본인들이 떠맡았다.

'진짜 오늘 다들 이상하시네?'

은하는 도저히 영문을 알 수 없어 어리둥절하기만 했다. 그녀는 고개를 설레설레 흔들며 홀로 나왔다. 주방은 아주머니들이 점령해서 그녀는 손도 아예 못 붙이게 했다.

'무슨 생각인 거지? 꿍꿍이가 있어 보이는데.'

연애 외에는 눈치가 제법 빠른 은하가 속으로 의심을 키워 가고 있을 무렵이었다. 건이 빠른 속도로 가게에 들어오는 게 보였다. 마침 카운터 근처에 있던 은하가 놀란 눈으로 그를 봤다.

심각하게 굳은 얼굴이 평소 봐 왔던 건이 아니었다. 그가 풍기는 기세가 하도 결연해서 식사를 하러 온 사람 같진 않았다.

"안 바쁘지?"

"아, 지금은요."

은하는 좀 전 상황을 떠올리고는 솔직하게 말했다. 건은 잘됐다고 중얼거리며 가게 입구를 가리켰다.

"나가서 잠깐 얘기할래? 근처에 카페 있던데."

"커피 마실 시간은 안 되고요. 주차장이나 가게 근처라면 잠깐은 괜찮아요."

건은 원하는 대답이 아니어서 다소 실망했지만 이내 상관없다는 듯 고개를 끄덕였다. 은하가 그의 뒤를 따라 밖으로 나갈 때 아주머니들의 시선이 일제히 몰렸다.

아주머니들에게 방해받기 싫어서 건은 가게 바로 가까이가 아니라 조금 더 멀리 떨어진 곳으로 향했다. 여기 오기 전에 분명히 생각을 정리했건만 은하를 마주하고 보니 머릿속이 다시 뒤엉키는 기분이었다.

"말씀하세요."

은하가 그에게서 한 보 정도 떨어진 거리에 서서 먼저 말문을 텄다. 무심코 팔짱을 낀 모습이 방어적으로 느껴져 건의 마음이 씁쓸했다. 그녀 스스로도 의식하지 못하고 방어기제를 쌓아 놓고 있었다.

그녀가 자신을 향해 모든 걸 열어 주었던 때가 그리 먼 옛일은 아니었다. 마음에 불안이 생겼지만 건은 자신에게 계속 희망을 심어 주었다. 얼마 되지 않은 일이었기 때문에 아직 그에게 열린 가능성이 있다. 다시 은하의 마음을 잡을 수 있다.

속으로 몇 번인가 중얼거린 뒤에 간신히 불안감을 씻었다.

"저기."

건은 막 말을 시작하려고 은하를 보는데 재차 말문이 막혔다. 마치 혀가 꼬인 것처럼 제 의지대로 움직이지 않았다.

그녀를 불러 놓고 계속해서 곤란한 얼굴을 하고만 있는 건을 보며 은하는 의아스럽기만 했다. 달변가는 아니었지만 이렇게 조심스러워했던 적도 거의 없었다. 몇 번이나 말이 막혀서 대화가 진행이 안 되자 은하는 살짝 시선을 내려 시간을 확인했다.

'이러다가는 끝이 없겠는데?'

도대체 무슨 일일지 짐작해 보기로 했다. 그가 이토록 어려워할 말이 무엇이 있을지 몇 가지 추론하다가 최근 그가 했던 말이 떠올랐다.

'진심이었나?'

은하는 빤히 건을 보다가 슬쩍 먼저 말을 꺼냈다.

"혹시 진짜 회사 그만두신 거예요?"

"어?"

"저번에 회사 다니기 힘들다고 하셨던 거요."

가게에 취직하고 싶다고 했잖아요.

뒷말이 이어지자 건의 미간이 와락 구겨졌다. 그녀는 완전히 헛다리를 짚고 있었다. 애당초 그가 자신에게 고백을 할 거라고 조금도 예상하지 않는 눈치였다. 그렇게 노골적으로 차였으니 이해가 가는 한편 왜 알아주지 않는지 야속하기도 했다.

"말이야 그랬던 거지. 잘 다니고 있어."

"그럼 다행이고요."

은하는 진심으로 대꾸하며 환하게 웃었다. 그가 당장 가게에 나오고 싶다고 하면 어째야 하나 내심 고민이었다. 취직은 어렵지 않으나 이후가 문제였다. 아주머니들과 잘 지낼지도, 그리고 말만큼 쉽게 적응할 수 있는 일도 아니었다.

안도의 미소를 짓는 은하를 본 순간 건은 속이 갑자기 확 뜨거워졌다. 저렇게 좋은 여자인데 그동안의 자기 눈은 옹이구멍도 못 됐다.

그녀는 예뻤다. 반짝반짝 빛나는 게 그의 착각만은 아닐 것이다. 그리고 앞으로 더 예뻐질 테지.

건은 욕심이 생겼다. 그녀를 다른 이에게 빼앗기기 싫은 어린애 같은 욕심으로 처음 마음을 전하려 왔던 때보다 더 진심으로 반은하라는 사람 자체를 갖고 싶어졌다. 앞으로 더 많은 사람들이 알게 될 저 반짝임을 제가 먼저 차지하고 싶었다.

그간 이성적으로 따지고 생각하느라 오히려 막혔던 입이, 감정으로 내부가 뜨거워지자 너무나도 쉽게 열렸다.

"변덕을 부려서 미안해."

"네?"

갑작스러운 사과에 은하의 눈이 크게 뜨였다. 건은 그 모습조차 귀엽게 보여 안타까운 미소를 지었다.

상대가 나에게 맞추기보다 내가 상대에게 조금 더 맞추고 같이 변해 가려고 일찌감치 마음을 먹었다면 어렵게 돌아오지 않아도 되었을 텐데 하는 후회가 그를 쓰리게 했다.

'하지만 아직 늦은 건 아니야.'

건은 마음을 강하게 부여잡았다.

"은하야, 나는 네가 좋다. 아마 계속 그랬던 것 같기도 해. 어리석어서 그걸 인정하지 못했던 거겠지만."

이 말은 은하로서는 짐작조차 못했던 내용이었다. 이번에는 은하의 말문이 막혔다. 그녀는 놀람을 그대로 드러낸 채 건을 봤다.

"네 마음 아프게 한 잘못 만회할 만큼 잘해 줄게. 나한테 와, 은하야."

지금껏 봐 왔던 중 가장 진지하고 절실하며 다정한 얼굴이었다. 건은 온 진심을 다해 어렵게 고백했다.

"너무 늦게 깨달아서 미안해. 한 번만 다시 기회를 줘."

"……저는요."

한참 후에야 가까스로 정신을 차리고 입을 열던 은하의 시야에 한 사람이 걸렸다. 은하는 하려던 말도 잊은 채 깜짝 놀라 그를 봤다.

'왜 여기에 있지?'

두 눈을 휘둥그렇게 뜨고 이안을 봤다. 그녀의 반응이 심상치 않자 건이 그녀를 따라 시선을 돌렸다가 이안을 보고 처음엔 놀람, 뒤이어 도전적인 시선으로 그를 응시했다.

감정이 사라진 채 텅 빈 표정은 이안을 알고 나서 처음으로 보는 얼굴이었다. 은하는 덜컥 가슴이 내려앉는 기분을 받았다. 이안은 그녀에게 어떤 말도 꺼내지 않았다. 다만 천천히 눈썹을 일그러뜨리며 슬픈 표정을 지었다.

'다 들었구나.'

얼마 전 이안이 건에 대해 물었던 것과 자신이 했던 대답을 떠올린 은하는 안색이 희어졌다. 그녀가 아무 대꾸 없이 이안만 바라보고 있으니 초조해진 건이 팔을 잡았다.

그쪽이 아니라 여기야. 건은 눈빛으로 그렇게 말하고 있었다. 은하는 이안으로 인해 머릿속이 멍해져서 팔이 잡힌 것도 무감각하게 느껴졌다.

하지만 이안은 그것을 어떻게 받아들였는지 점차 더 괴로운 얼굴을 하고선 끝내 돌아섰다.

"선……!"

그의 걸음이 어찌나 빠른지 미처 부르기도 전에 멀어졌다. 은하가 급히 그를 뒤따라가려고 걸음을 옮겼지만 건에게 팔이 잡혀 발이 묶였다.

"가지 마."

건이 진실로 간청하듯 말했다.

은하는 잠시 물끄러미 그를 올려 보다가 곧 천천히 제 팔을 잡고 있는 건의 손을 풀었다. 건은 그 단호한 손길에 좌절감을 느꼈다.

"죄송해요. 저한테는 지금 저 사람이 가장 중요해요."

읽지 않은 부분

이보다 더 확실한 거절이 없었다. 건이 패배감과 무력감으로 괴로워했으나 은하는 일말의 여지도 내어 주지 않은 채 이안이 사라진 곳으로 달려갔다.

상처 입은 얼굴에 제 마음이 더 아프고, 괴로워 보이는 등을 안아 주고 달래 주고 싶다. 이보다 더 확실히 감정을 증명해 주는 건 없을 것이다.

사람과 사람이 좋아하는 데 마음보다 중요한 건 없다. 사람을 좋아하는데 자격이고 조건이고 무슨 대수랴? 감정의 소통은 두 사람의 문제지, 타인의 시선은 전혀 상관없다. 이 간단한 걸 잠시 잊고 있던 자신을 반성했다.

어느샌가 저도 모르게 위축되고 작아졌다. 그래서 마음이 계속해서 속삭이던 소리를 듣지 못했다. 눈앞이 환하게 뜨이고 제가 스스로 채운 족쇄들을 하나둘 벗게 되니 훌훌 날아갈 것처럼 가벼워졌다.

"윤 선생님!"

은하는 가까워지는 등을 향해 소리를 높였다.

"윤이안 선생님!"

그녀의 목소리를 들었는지 멀어지던 걸음이 어느 순간 멈췄다. 은하는 더 힘을 짜내 그의 앞으로 달려갔다. 본의 아니게 상처를 줘서 미안했지만 모든 잡념이 사라져서 아이러니하게도 웃고 싶었다.

"윤이안 씨."

은하는 처음으로 먼저 그에게 손을 내밀었다. 항상 든든하기만 한 두 팔을 꼭 붙잡았다. 팔 아래로 쭉 뻗은 손을 잠시 내려

보며 숨을 가다듬었다. 약간의 떨림이 그녀를 스쳤다. 하지만 제법 기분 좋은 설렘이었다.

마침내 은하가 고개를 들고 별처럼 반짝반짝 빛나는 눈으로 이안을 응시했다.

잘게 떨리는 입술 끝을 올려 환하게 미소를 지었다.

"우리 연애할까요?"

이안의 두 눈이 한계까지 커지는 걸 보며 끝내 은하는 소리 내어 웃었다.

봄처럼

어쩌면 이렇게 사랑스러울까?

"정말 미안해요."

조금 불안한 듯이 떨리는 눈빛에 몸이 움찔했다.

"하지만 속이려고 한 의도는 아니에요. 그리고 그걸로 상처를 주고 싶었던 건 아니고요."

조그맣게 벙긋거리는 입술의 움직임이 절로 시선을 빼앗았다.

"다만 마음을 정리했기 때문에 그거 외에는 달리 관계를 설명할 수 없었어요. 예전에 좋아했는데 차이고 나서 선후배 관계 유지하는 사이라는 말은 너무 구구절절하니까요."

벌어진 입술 사이로 살짝 보이는 붉은 혀가 유혹적이었다.

"결국 제 합리화일지도 모르죠. 내심 마음에 걸린 것도 사실이니까요. 하지만 혹시라도 미련이 남아 있다고 오해하진 마세요."

진실한 눈동자가 오롯이 저를 향해 있었다.

　이안은 견딜 수 없을 만큼의 황홀경을 느꼈다. 그러면서도 한편으론 이 사랑스러운 여인이 애처롭기도 했다. 분명 영민한 사람이었으나 상대를 다루는 데 있어서 능숙함으로는 그에게 못 미쳤다.

　처음 건과 함께 있는 모습과 그에게서 나오는 말에 머릿속이 차갑게 식었다. 만일 그가 지금보다 열 살쯤 더 어렸다면 건을 때려눕히고 은하를 잡아끌었을지도 모른다. 하지만 그는 마냥 일방적으로 당기는 것만이 능사가 아니라는 걸 알 만큼 성숙했고 또한 영악했다.

　어떻게 해야 그 순간에 최선의 결과가 나올지 격동하는 가슴과 달리 머릿속으로 차갑게 계산했다. 강한 이에겐 더 강하고 약한 이에겐 한없이 약한 은하의 성정을 잘 알고 있기에 쓸 수 있는 방법이었다. 더욱이 그녀의 감정이 자신에게 흐르고 있다는 어느 정도의 확신도.

　그녀가 다가올 명분을 주기 위해 이번에는 이안이 한발 물러났다. 부러 상처 입은 얼굴로 그녀를 마주했다. 그 순간 흔들리던 눈빛에 확신을 얻었다.

　'그녀는 반드시 쫓아온다.'

　날파리와 그녀를 두고 돌아서는 마음이 편치만은 않았다. 하지만 그는 그 순간을 인내했다. 설령 제 생각대로 그녀가 움직이지 않아서 일이 꼬인다고 해도 그녀를 빼앗아 올 자신을 갖고 있었다.

　그런 자신감과는 별개로 은하가 그를 붙잡기 전까지 그의 가

습속은 애가 달았다. 금방이라도 다시 뒤돌아 그녀에게 돌아가고 싶었다.

그 자식 앞에서 보란 듯이 은하에게 입 맞추는 상상이 기꺼울 지경이었다.

은하는 결코 자신을 실망시키지 않았다. 그리고 결과는 그가 상상했던 그 이상이었다. 그녀의 입에서 교제하자는 이야기까지 나올 줄이야. 진심으로 놀라고 환호했다. 살면서 그렇게까지 놀라기는 처음이었다.

놀람이 가시자 이제는 못 견딜 만큼 그녀가 사랑스러웠다. 혹시 그가 오해할까 봐, 여전히 마음에 입은 상처가 남았을까 조곤조곤 설명하는 모습이 마음 저릴 만큼 예뻤다. 이처럼 순수한 그녀에 비해 시커먼 제 속이 미안할 만큼.

아껴 줄게요.

눈동자를 굴리며 눈치를 살피는 그녀를 보고 있자니 참을 수 없었다. 그는 기어이 은하에게 입을 맞추었다. 깜짝 놀라 크게 뜬 눈이 자신을 향하자 이안이 미소했다.

"알고 있어요."

은하의 뺨을 감싸며 나직이 속삭인 이안은 다시 그녀에게 입술을 겹쳤다.

❀ ✻ ❀

팝콘, 나초, 핫도그, 추로스, 즉석 버터 구이 오징어.

은하는 금방이라도 정신을 잃을 것 같은 혼몽한 눈빛으로 스낵바 메뉴들을 살폈다. 눈을 이리 돌려도, 저리 돌려도 고칼로리 간식들뿐이었다.

'이미 아는 맛인데.'

일부러 마음을 다독이려고도 해 봤으나 그림의 떡인 그것들은 오늘따라 유난히 먹음직스러워 보였다.

'아, 안 돼.'

삼시 세끼 꼬박꼬박 챙겨 먹으면서 다이어트를 하고 있긴 하지만 엄연히 금지 음식들이 있기는 마련이었다. 유감스럽게도 그녀가 지금 눈으로 보는 항목들이 모조리 금지 음식 목록에 해당됐다.

'한번 먹으면 정신 줄 놓고 먹게 될 것 같아.'

스스로에 대한 파악이 잘되어 있으면서도 좀처럼 메뉴판 앞에서 발길이 떨어지지 않았다. 미련이 가득 담긴 눈으로 안타까이 메뉴들을 살펴보고 있을 때 벌써 영화 티켓을 구매했는지 이안이 그녀에게 다가왔다.

"먹고 싶은 간식 골랐어요?"

"아뇨. 먹으면 안 돼요."

은하는 아쉬움 때문에 거의 울먹이듯 속삭였다. 이안은 그녀의 통통한 뺨을 양손으로 감싸고는 가볍게 도닥였다.

"먹지 못할 건 또 뭐야."

"왜 그런지 알잖아요."

은하가 고개를 좌우로 흔들며 좌절감에 작아진 목소리로 대답했다. 시무룩하니 고개를 숙인 그녀를 지켜보다가 문득 이안은 참을성이 바닥난 표정으로 얼굴을 치켜들었다.

"귀여워 죽겠네."

"네?"

크지 않은 음성이어서 극장을 쾅쾅 울리는 영화 광고 소리에 제대로 알아듣지 못한 은하가 되물었으나 이안은 아무것도 아니라는 듯이 손을 내저었다. 대답을 하느라 잠시 눈을 내린 게 실수였다.

눈을 동그랗게 뜨고 저를 올려다보는 은하의 얼굴이 시야에 차자 이안은 기어이 은하를 부둥켜안았다.

갑작스러운 포옹에 방금 전까지 간식을 먹을 수 없어 슬퍼하던 사실도 잊고 말았다.

"왜, 왜 갑자기?"

혼란스러워하는 은하의 머리 위로 이안의 다정한 음성이 내려왔다. 그는 은하의 등을 부드럽게 어르며 가만가만 속삭여 주었다.

"하루쯤 먹고 싶은 거 먹어도 괜찮아요. 뭐가 그렇게 먹고 싶어서 우울해해요? 보는 사람 속상하게. 응?"

살살 달래는 말투에 잊고 있던 서러움이 슬그머니 밀려왔다. 원래 다이어트 중에는 먹지 못하는 설움이 가장 큰 법이다. 그래선지 은하는 평소답지 않게 입술을 비죽 내밀고는 괜히 훌쩍거렸다.

"다. 전부 다."

"알았어. 가요, 다 사 줄게."

"아, 안 되는데."

은하는 말로는 안 된다고 하면서도 이안이 이끄는 대로 순순히 따라갔다.

두 사람이 매점 카운터로 향하고. 두 사람 근처에서 영화 시간을 기다리느라 의도치 않게 대화를 모조리 듣게 된 관객들은 완전히 얼이 나간 채 둘의 뒷모습만 망연히 봤다.

식탐에 처절하게 패배했으나 영화관을 나오는 은하의 표정은 어느 때보다 밝았다. 팝콘 상자부터 나초, 추로스, 심지어 콜라까지 완벽하게 비웠다.

상영관을 빠져나오면서 쓰레기통에 빈 곽을 버리는 손이 가벼웠다. 그녀의 한 손은 이미 이안에게 꼭 잡혀 있었지만.

"영화 재밌었어요?"

"네. 역시 영화는 영화관에서 봐야 돼요. 확실히 음질부터가 달라요. 이안 씨는 어땠어요?"

"나도 재밌었어요."

이안은 문득 상영관 안에서의 기억을 떠올리며 달콤하게 웃었다. 그는 사실 영화보다 은하를 보는 시간이 더 많았다. 어두운 장소, 그리고 시선이 몰린 영상은 그가 은하에게 집중할 수 있는 최상의 상황이었다.

영화를 보며 시시각각 변해 가는 표정과 간식을 먹으며 행복하게 짓는 미소 등 무엇 하나 놓칠 것 없었다. 눈에 담고 머리에 담으며 그 시간을 진심으로 즐겼다.

"이안 씨 표정 보니 정말 재미있었나 보네요."

그의 생각을 모르는 은하는 순수하게 영화를 즐긴 것으로 오해했다. 이안은 그 오해를 풀어 줄 의향이 전혀 없었다.

"그럼요."

"다행이다. 제가 고른 거라 이안 씨 취향에 안 맞으면 어쩌나 걱정했는데. 조금 잔인한 장면이 있긴 했지만 코믹 요소가 많아서 엄청 웃었어요."

"은하 씨는 웃는 게 예쁘니까 더 자주 웃어요."

"네?"

은하는 흐름이 묘하게 흘러가는 걸 느끼고 얼떨떨했다. 설마 하는 심정으로 그를 보는데 이안은 기어이 뒷말을 덧붙였다.

"단, 엄한 남자들 속 태울 수 있으니까 내 앞에서만."

부드럽지만 농담기가 없는 단호한 말투였다. 목소리가 그리 크지 않지만 주변에 있던 사람들이 듣지 못할 정도는 아니었다. 은하는 사람들의 시선이 쏠리는 걸 느꼈으나 그로 인한 민망함보다는 그녀가 받은 충격이 더 앞섰다.

"엄마야."

은하는 순식간에 밀려드는 낯간지러움에 아기가 잼잼하듯이 양손을 쥐었다 펴기를 반복했다.

'닭털 날리는 게 커플의 특권이라지만…… 어후.'

볼이 화끈했다. 은하는 저도 모르게 속도를 높여 종종걸음을 쳤다. 이안에게 금세 따라잡혔지만 그녀가 할 수 있는 최선의 저항이었다.

"가고 싶은 곳 생겼어요?"

이안이 그녀의 손을 잡고는 고개를 숙여 눈높이를 맞추었다. 은하는 문득 다른 사람들 눈에 이 모습이 어떻게 보일까 생각해 봤다.

온갖 미사여구로 꾸며진 소설책을 찢고 나왔을 법한 아름다운 남자와 뚱뚱한 여자.

타인에게 관심이 없는 사람이야 무심히 지나가겠지만 한 번쯤 이쪽을 보는 사람들 중 대다수는 무척 어울리지 않는 조합이라고 수군거리리라.

사람들의 시선이 얼마나 매서운지 이미 겪어 봤다. 그렇지 않은 사람들도 많지만 부정적인 눈빛들은 너무나 따가워서 더 크게 다가왔다.

그래서 타인의 시선을 신경 쓰며 살아갈 수밖에 없는 것이다. 남의 시선은 행동에 제약을 걸었다. 좋은 쪽으로든 나쁜 쪽으로든.

그런데 이안은 아니다. 눈을 마주하면 때때로 보여 주는 것 이상을 깨닫게 되기 마련인데 자신을 응시하는 이안의 눈동자에는 오로지 그녀만이 담겼다.

오직 그녀에게만 집중하는 이안은 주변을 탐색하느라 그 집중력 일부라도 허비하지 않았다.

마이너스 사고로 진행되기 직전 그의 시선이 제동을 걸었다.

'날 왜 이렇게 좋아해 줘요?'

너무 바보 같은 질문이라 도무지 입에서 떨어지지 않았다. 그는 처음부터 은하가 받기 미안할 만큼 많은 애정과 호의를 보냈기에 이제 와 묻는 게 의미가 없기도 했다.

만일 그렇게 묻는다면 이안은 너무나도 당연하다는 듯이 '당신이라서'라고 대답할 것 같다. 은하는 작게 한숨을 쉬고는 뒤늦게 대답했다.

"카페요. 커피 마시고 싶어요."

무너졌던 자존감이 이안으로 인해 오늘도 차곡차곡 올라갔다.

✻ ✽ ✻

비록 병원 내 정치와는 거리가 멀지만 대학 병원 내과 전문의라는 그럴싸한 명함을 가진 성우찬이 여태까지 결혼을 못한 이유는 사소했다. 너무 바빠서.

소수성애자도 아니고 무성애자도 아니니 연애나 결혼에 대한 의욕이 없을 리가.

하지만 세상에 바쁜 의사가 그 하나만 있을까? 그의 주장대로라면 노총각, 노처녀로 외롭게 늙어 가는 의사가 천지일 터. 그저 요령이 부족할 따름이었다.

이쯤 되면 의사씩이나 돼서 결혼도 못하냐는 시선이 따갑게 쏟아질 법도 한데 우찬에겐 최강의 방패가 있었다. 바로 윤이안. 얼마 전까지 잘난 제 동기는 모태 솔로에서 대마법사로 진화하던 참이었다.

그랬던 이안이 슬슬 단 향을 풍기기 시작하더니 기어이 애인을 만들었다. 그때부터 우찬은 발등에 불이 떨어진 기분이었다. 믿고 있던 마지막 보루가 사라졌다. 덩달아 마음이 급해진 우찬은 집에서 계속되는 결혼 압박에서 벗어날 겸 소개팅 자리를 물색했다.

이때 의사 면허증이 빛을 발했다. 다른 직업이었다면 소개팅이 부담스러울 나이였을 텐데 그의 직업이 나이라는 약점을 상쇄시켰다.

소개팅 주선은 그가 아쉽지 않을 만큼 들어왔다. 그리고 오늘이 두 번째 소개팅이었다.

졸업반이라는 명문 여대생. 상대와의 나이 차이 때문에 양심에 한 터럭 가책을 느꼈으나 제 짝을 찾기 위한 처절한 사투와 이때 아니면 언제쯤 여대생과 소개팅을 할 수 있을까 하는 약간의 속물적인 마음이 더해져 이 자리를 수락했다.

'젊음이 참 예쁘네.'

우찬은 소개팅 상대를 앞에 두고 저도 모르게 연배가 지긋한 분들이 할 법한 생각을 했다. 스스로도 아직 청춘이라 여기며 살아가고 있지만 싱싱한 젊음은 확실히 남달랐다.

졸업논문 준비 때문에 요즘 잠도 제대로 못 잤다는데도 충분히 빛났다. 거기에 젊은 사람답게 유행을 거스르지 않으면서도 제게 잘 맞는 화장과 옷차림이 보기 좋았다.

확실히 시각적으로는 흠잡을 곳 없는 상대였으나 이 나이쯤되니 외모도 중요하지만 대화에서 풍기는 분위기를 더 많이 살피게 됐다.

그리고 만난 지 30분 만에 이번에도 내 사람이 아니라며 속으로 낙담하고 있을 무렵이었다.

'응?'

출입구에 들어오는 장신이 낯설지 않아 재차 확인하니 이안이었다. 아직 날도 더운데 한 여자의 손을 꼭 붙든 채 카페로 들어오는 그에게 온갖 이목이 쏠렸다.

"이런 데서도 다 보네."

제법 놀라 중얼거리자 소개팅 상대는 의아해하다가 그의 시선을 좇아 뒤로 고개를 돌렸다. 이안을 발견하고는 여느 여자들과 비슷한 반응을 보였다.

"혹시 아는 사이예요?"

30분간 대화하는 중 가장 생기 있는 모습으로 물었다. 우찬은 기대에 찬 눈빛에 쓰게 웃다가 이안을 향해 손을 올렸다.

"여어, 윤 교수."

그의 부름을 듣고 이안이 우찬이 있는 자리로 눈길을 보냈다. 냉담하리만큼 반가운 기색을 보이지 않았으나 서운하기는커녕 그답다는 생각이 먼저였다. 이안은 은하에게 무슨 말인가를 하더니 그의 자리로 다가왔다.

우찬이 자리에서 일어나자 상대도 눈을 빛내며 몸을 일으켰다.

"여기서 보게 될 줄은 몰랐네?"

"그러게."

"이야. 드디어 얼굴을 보네요. 은하 씨 맞으시죠? 전 이 친구 대학 동기인 성우찬이라고 합니다."

이안과 더 얘기 나눠 봤자 삭막한 대답만 돌아올 게 빤하기에 우찬은 요령 좋게 은하에게 말을 건넸다. 첫 만남에 친근하게 인사를 건네자 은하는 당황스러워하지 않고 미소로 화답했다.

"안녕하세요."

"굳이 이름까지 기억할 필요 없어요."

이안은 농담인지 진담인지 알 수 없이 진지하게 덧붙였다. 은하는 어떤 표정을 지어야 할지 몰랐으나 우찬이 별로 섭섭해하는 눈치는 아니어서 안심했다.

그가 마음 상하지 않은 걸 확인하고 한결 부담이 줄어든 은하는 편하게 말을 꺼냈다.

"이안 씨가 사람이 너무 좋기만 해서 어쩌나 했는데 이렇게 편하게 지내는 친구분이 계시는 거 보니까 신기하기도 하고 좋네요."

"사람이 좋기만……. 으하하하."

우찬은 은하가 한 말을 곱씹다가 불쑥 웃음을 터뜨렸다. 영문을 모르는 은하가 이유를 구하듯 이안과 우찬을 번갈아 봤지만 누구에게서도 대답이 나오지 않았다.

'윤 교수만 그런 줄 알았는데 저쪽도 만만찮게 콩깍지가 씌었네. 윤 교수더러 사람이 좋다고 하다니. 아니지, 애인 앞에서 윤 교수 내숭이 대단한 건가?'

한참 웃고 나서야 겨우 진정한 우찬은 의례적으로 제 소개팅 상대 역시 두 사람에게 소개했다. 그녀는 이안에게 관심이 지대했다.

"설마 두 분 애인 사이?"

물론 관심이 항상 좋은 방향으로만 흐르는 건 아니었다.

'어려서 그런가.'

속내를 고스란히 드러내는 소개팅 상대를 이해해 보려고 그럴 만한 이유를 찾아봤으나 선뜻 수긍이 가지 않았다.

그녀는 마치 제가 부당한 일을 겪기라도 한 것처럼 불편한 감정을 내비쳤다.

"제 눈에 안경이라지만 아무려면."

눈치가 없는 건지, 안 보는 건지 주변 온도가 내려가고 있는데도 굳이 제 사감을 섞었다.

우찬은 슬쩍 이안의 눈치를 살폈다. 생각을 읽을 수 없어 사람을 더 긴장시키는 얼굴로 가만히 그녀를 지켜보던 이안이 돌연 은하에게 주위를 돌렸다.

"여기 케이크가 맛있다고 했죠? 난 한 번도 먹어 본 적이 없는데 은하 씨가 괜찮은 걸로 골라 주겠어요? 곧 뒤따라갈게요."

"이안 씨 취향 잘 모르는데."

"은하 씨가 골라 주는 거면 어떤 거든 맛있겠죠."

은하는 믿음에 보답하리라 결연한 눈빛으로 카운터로 향했다. 그녀가 자리를 비우자 우찬은 불안함이 슬금슬금 덮쳤다.

"요즘 세상에는 자기 관리도 경쟁인데 참."

소개팅 상대가 안타깝다는 듯이 중얼거렸다.

"이안 씨라고 하셨나요? 진짜 성격 좋으신가 봐요. 같이 다니기 부담스러울 텐데 대단하세요."

"그러게요."

우찬은 이안이 저렇게 순순히 수긍할 줄 몰랐던 터라 오히려 더 놀랐다. 소개팅 상대는 생긋 웃으며 이안을 봤다. 기대에 찬 눈으로 자신을 어필하려는 찰나, 그의 차가운 눈길이 그녀를 지나 우찬에게 향했다.

"성격 좋네, 성 선생."

"응? 나?"

왜 갑자기 자신이 이 화제에 들어간 건지 어리둥절했다. 이안의 진의를 못 알아차린 건 소개팅 상대도 마찬가지였는지 눈만

데굴데굴 굴렸다.

이안은 고개를 살짝 기울이며 우찬을 가늠하듯 응시했다.

"아니면 취향이 별나든지."

"응."

슬슬 감이 오기 시작했다.

'그러면 그렇지.'

"머리가 비었으면 티라도 내지 말든가, 티를 낼 거면 노련하기라도 해야 할 텐데. 아아, 애초에 그렇게 생각할 수 있는 정도라도 되었다면 머리가 비었다고 할 순 없겠군."

이안은 감흥 없이 말을 이었다.

"성 선생 취향은 머리가 깃털처럼 가벼운 사람이었나? 그전에 가벼운 머리가 쓸 데가 있던가. 아! 적어도 달고 다니기 무겁지는 않겠네."

이 정도쯤 하니 소개팅 상대도 사태 파악이 되는지 얼굴을 빨갛게 물들였다. 카운터까지 이안의 목소리가 닿지는 않겠지만 적어도 세 사람이 선 테이블 주변에는 들릴 만한 크기였다.

담담한 투로 내뱉는 독설에 구경거리를 찾은 사람들의 시선이 힐끔힐끔 와 닿았다. 그녀는 얼굴로 쏟아지는 시선을 받으며 모멸감을 느꼈다.

"지금 저보고 머리 비었다고 한 거예요? 당신이 무슨 자격으로요?"

"그러는 그쪽은 무슨 자격으로 애인 사이가 아니니, 자기 관리니 하며 떠듭니까?"

이안의 반격에 그녀는 잠시 말문이 막히는 듯했지만 변명을 쥐어짰다.

"……그거야 눈에 보이니까 보이는 대로 한 말이죠."

"나도 눈에 보이는 대로 감상을 말했을 뿐입니다. 그리고 연장자로서 충고하는데 다른 사람 자기 관리 운운하기 전에 그쪽이나 텅텅 빈 머리에 뭐라도 채워 놓으시죠."

그에게 반박할 말이 빈약한 탓에 잔뜩 약만 오르는 여자는 신경질적으로 핸드백을 집었다. 그리고 우찬을 향해 날선 시선을 던졌다.

"주선자한테 다 말할 거예요."

"아, 네."

우찬은 뜻대로 하라는 의미에서 어깨를 으쓱였다. 그녀는 분풀이를 성공하지 못하고 씩씩거리며 카페를 빠져나갔다.

"진지하게 만나 볼 요량이었어?"

이안이 돌연 질문했다. 우찬은 어쩔까 고민하다 솔직히 털어놨다.

"초면에 불쑥 연봉이 얼마냐고 묻는 순간 마음 비웠다."

"다행이군."

우찬은 저 다행이라는 말이 과연 누구를 향해서인지 궁금했지만 굳이 물어보지는 않았다. 소개팅도 파장이니 카페에 더 있을 이유가 없어 그 역시 떠날 준비를 했다.

"은하 씨한테 대신 인사 전해 줘."

이안은 그가 은하에게 관심을 보이는 것이 마뜩잖은 듯 눈썹을 치켜 올렸으나 별말은 하지 않았다.

"병원에서 보자."

"들어가."

짧게 인사를 나눈 뒤 이안은 곧장 은하에게 향했다.

우찬은 나가려다가 말고 눈길을 돌려 커플을 봤다. 은하가 무슨 얘기를 했는지 이안이 환하게 웃었다. 그 순간이 마치 크리스마스트리 전구에 불빛이 들어오는 것 같았다.

이안은 카페에 들어올 때처럼 한시도 떨어져 있을 수 없는 듯이 은하의 어깨를 감싸 안은 채 그녀가 미리 골라 둔 것들을 계산했다.

"저렇게 좋을까?"

잠시 그 모습을 지켜보던 우찬은 입가에 빙긋 미소를 지었다.

"그래도 뭐, 보기는 좋네."

우찬은 휘파람을 나직이 불며 뒤돌았다. 그가 흥얼거리는 노래는 〈내 님은 어디에〉였다.

은하는 이안과 자리에 돌아왔을 때 이미 우찬과 그 소개팅 상대가 보이지 않아 고개를 갸웃거렸다.

"이안 씨 친구분 가셨나 보네요."

"그러게요."

이안은 우찬이 남긴 인사를 전하지 않고 모르는 척 의뭉을 떨었다.

은하는 진동 벨을 테이블에 올려놓고는 이안을 마주 봤다. 이안이 일부러 그녀를 카운터에 보낸 걸 못 알아차릴 정도로 둔하진 않았다. 그녀는 잠시 고민하다가 입을 뗐다.

"이안 씨는 내가 싫지 않아요?"

"내가 은하 씨를 왜 싫어해요?"

"아니, 아니."

은하는 부족한 설명을 더 자세히 덧붙였다.

"내 체형요. 남들보다 뚱뚱한 게 부담스러울 수도 있죠."

솔직하게 말해 달라고 부탁했다. 이안이 거짓말을 할 사람은 아니었지만 그래도 혹시나 하는 우려 때문이었다.

차라리 마땅치 않은 부분이 있다면 그의 입으로 직접 듣고 싶었다. 제 외양 때문에 이안까지 자꾸 입에 오르내리는 게 마음에 걸렸다. 이안은 어떤 생각인지 궁금했다.

그런데 이안은 곧장 대답하는 대신 잠시 그녀를 살폈다. 은하는 대답 시간이 길어지자 살짝 고개를 들고 이안을 봤다. 눈이 마주치자 이안은 눈이 녹는 듯이 사르르 미소 지었다. 그리고 언제 그랬냐는 듯이 다시 진지한 표정을 지었다.

"내 진심이 궁금하다고요?"

"네."

"흐음. 은하 씨가 썩 좋아하지 않을 텐데."

"그래도 말해 줘요."

이안은 대답을 하기 전 테이블 위에 올려 둔 은하의 손을 감쌌다. 따뜻한 체온에 긴장이 한결 가셨다.

"난 사실 은하 씨 건강 문제만 아니라면 당신이 더 커다래지면 좋겠어요."

"예?"

예상과는 전혀 다른 말에 은하가 놀랐지만 그것은 겨우 시작이었다. 이안은 웃음기가 사라진 진중한 태도로 말을 이었다.

"은하 씨 몸이 더 커진다면 지금보다 더 많이 눈에 담을 수 있고 훨씬 더 많이 끌어안을 수 있을 테니까. 그래요, 솔직히 은하씨 살찌우고 싶어요."

듣기 좋으라고 하는 말이 아니었다. 은하는 넋을 잃고 이안을 봤다. 귀가 간지러워지는 말이었는데 이상하게도 코끝이 시큰거렸다.

'예뻐지고 싶어.'

은하는 불현듯 강한 욕구를 느꼈다. 지금까지는 큰 욕심 없이 그저 할 수 있은 만큼만 하자는 의지였다면 이 순간 그녀조차 놀랄 만큼 강한 열망이 들었다.

"아뇨, 예뻐질래요."

그녀 말에 이안이 여기서 얼마나 더 예뻐지려고 하냐며 투덜거렸다. 은하는 슬며시 미소를 지었다. 자존감이 또 한 조각 쌓여 갔다.

✳ ✱ ✳

새벽녘. 아직 어둠이 어슴푸레 자리 잡은 시각이었다. 이른 시간이었지만 이미 한참 전에 깨어났던 은하가 체중계 위로 올라갔다.

갑작스레 무게가 가해지자 체중계의 눈금이 한동안 좌우로 움직였다. 마침내 움직임이 서서히 잦아들고 계기판 중앙에 눈금이 표시됐다.

68kg.

숫자를 확인한 은하는 체중계에 내려왔다가 다시 한 번 올라가 봤다. 몇 차례 반복했지만 숫자는 변함이 없었다.

"똑같네."

은하는 자못 시무룩해져서 중얼거렸다.

20일간 몸무게 변동 없이 정체기가 지속되고 있었다. 시작 전에는 분명히 체중을 재는 기간을 정해 두었는데 정체기가 계속되면서 자꾸만 몸무게를 재 보는 버릇이 생겼다.

"초조해지지 말자. 초조해지지 마라."

그녀는 가슴 위에 손을 얹고 스스로를 다독거렸다. 사실 다이어트를 시작할 무렵에는 60대만 돼도 충분하다고 생각했다.

그게 벌써 석 달 전 일이었다. 최고 90kg까지 갔던 몸무게가 60kg 대까지 줄어들었다. 순조롭게 다이어트를 하고 있는 건 분명했다.

"정체기는 내 몸무게가 되어 가는 중인 거야. 불안해할 게 뭐 있어?"

다짐을 자꾸만 입 밖으로 내어 중얼거렸다. 사실 예전이라면 이 정도만 감량하고 다이어트를 그만두었을 것이다. 이쯤하면 충분하다고.

그런데 여전히 만족감이 들지 않는 건 순전히 이안 때문이었다. 군살 하나 없이 탄탄한 그의 몸을 보고 있자면 온몸이 몰캉몰캉한 자신과 너무 비교가 됐다.

이안 덕분에 자신이 사랑받을 자격이 있다고 믿게 되었지만 그에게 예쁜 모습을 보여 주고 싶은 건 별개였다.

그를 좋아하지 않고 그와 아무런 관계가 아니라면 상관하지 않았을 텐데 연애를 하다 보니 아무래도 신경을 쓰지 않을 수가 없었다.

무엇보다 본격적으로 사귀기 시작한 이후로 스킨십 질이 달라졌다. 수위가 점점 높아져서 깜짝깜짝 놀랐다. 방심하고 있다가 예고도 없이 그의 손이 허벅지나 엉덩이, 그리고 배에 닿을 때면 쩔쩔맸다. 의식하지 못했던 군살들이 너무 생생히 느껴지는 것 같아서 식은땀이 났다.

"진짜 어쩌면 좋지?"

뒤로 빼는 것도 한두 번이지, 번번이 그의 손을 밀어내기 미안했다. 싫어서도 아니라 몸매가 자신 없어서라니 이렇게 억울할 데가 있나.

"누굴 탓해. 그간 관리하지 않은 내 잘못이지."

은하는 푹 한숨을 쉬었다. 이안이 자신을 전혀 건드리고 싶어 하지 않으면 서운할 테지만 또 지금 당장은 스킨십을 마냥 반기지도 못해서 어쩔 바를 몰랐다.

연구실에서 나와 거침없이 복도를 지나가는 이안을 보며 시간을 확인하지 않은 이들까지 자연히 알 수 있었다. 규칙적인 시간에 언제나 생기가 돋은 얼굴로 나가는데 모를 리 만무했다.

"돼지가 시집가는 날이네."

누군가 육성으로 중얼거리자 또 다른 이의 안색이 어두워졌다.

"나도 도둑처럼 편하게 갈 수 있으면 좋겠다. 왜 밥 먹으러 가면서 눈치를 봐야 하느냐고."

회식 이후로 은하의 가게를 찾는 의사들이 늘었다. 입맛을 완전히 사로잡아서 꼭 이곳만 고집하는 의사들이 부쩍 늘어 가게 매상에 효자 노릇을 톡톡히 하고 있지만 정작 가게를 오는 의사들은 마음 한편이 무거웠다.

"식사만큼은 편하게 하고 싶은데 도독이 있으니까 눈치 보여."

이안은 점심에 시간 여유가 있으면 언제나 가게에 출근 도장을 찍었다. 자연히 시간대가 겹치는 의사들은 식사를 하러 왔다가 그와 마주치기 마련이었다. 지은 죄가 없으면서도 이안을 보면 숨게 되는 게 본능이었다.

"다 좋은데 왜 음식점에서 연애질이냐고."

또 다른 의사가 대화에 끼어들었다.

"도독이 그분한테 사근사근하게 굴 때마다 음식이 얹히는 기분이야. 적응 안 되게 왜 그러니, 진짜?"

여기저기 도독에 관한 성토가 끊이지 않았다. 주요 골자는 그가 신경 쓰여서 식사를 마음 편히 못한다는 거였다.

사실 음식점에서 보더라도 이안은 그들을 전혀 안중에 없이 행동했다. 소소하게 인사조차 건네지 않을 정도였으니. 정작 그들만 좌불안석이었다. 이안이 관심을 끄고 있으니 자신들도 신경을 거두면 만사가 편할 텐데 도무지 의식하지 않으려야 않을 수 없는 것이다.

"그냥 다른 데 가지 그러냐?"

회식에 가지 않았던 의사 하나가 그가 생각하는 최선의 해결책을 제시했다.

이안을 주제로 열심히 떠들던 의사들이 말을 멈추고 그를 일

제히 바라봤다. 여러 개의 눈동자들이 자신을 향하자 자못 부담
스러웠다.

"뭐야, 왜 그래?"

"넌 안 가 봤지? 그래. 그러면 앞으로 모른 채로 쭉 사는 게 정
신 건강에 좋을 거야."

기나긴 침묵 끝에 한 명이 아련한 눈빛으로 중얼거렸다. 영문
을 알 수 없는 소리라 어리둥절했지만 그를 제외한 다른 의사들
은 모두 동조를 나타냈다.

"차라리 몰랐던 게 행복하지. 알고 나면 안 갈 수가 없으니
까."

"비슷한 가격에, 비슷한 서비스에 맛의 질이 그렇게 차이가 나
는데 어떻게 다른 데로 가."

"나 요즘 병원 밥 못 먹겠어."

"나도! 나도!"

이런 분위기를 혼자 이해하지 못하고 있던 의사가 슬쩍 소외
감이 들려 했다. 음식점이 다 같은 음식점이지 저렇게까지 과격
한 반응이라니 이해가 안 갔다. 더욱이 '그' 도독까지 관련된 곳
이질 않나.

"어딘데? 같이 가자."

하지만 결국 호기심이 이겼다. 동료들은 그 말이 떨어지기 무
섭게 또 한 명의 희생양을 보듯 짠한 눈길을 보냈다. 그 시선에
는 분명 '결국 너도……'라는 의미가 담겨 있었다. 그는 여러모
로 머리가 복잡해졌다.

"그분 괜찮지 않냐? 볼 때마다 진짜 친절하더라."

"응. 언제 봐도 상냥하고. 특히 요즘 점점 예뻐지더라."

"처음 봤을 때랑 사람 자체가 달라진 것 같아."

"그 정도면 괜찮지."

혼자 대화를 따라가기 어려운데 그사이에 주제는 다른 곳으로 빠졌다.

은하에 대해 내리는 평가가 시간이 지날수록 긍정적으로 바뀌어 갔다. 호평은 크게 두 가지였다. 겪다 보니 괜찮다와 살이 빠지니 외모가 봐 줄 만하다.

무엇보다도 이안이 목매는 모습을 보다 보니 분명 뭔가가 있을 거라는 의견이 주를 이루었다.

한참 은하에 대해 얘기를 나누던 의사들은 점심시간이 흘러가는 것을 보면서 언제쯤 가야 도독과 마주치지 않고 식사만 잘 끝내고 나올 수 있을지 머리를 맞대고 궁리했다.

이안은 가게 앞에 차를 주차하고 후문 쪽으로 향했다. 은하와 연애를 시작하면서 가장 달라진 점이 바로 이거였다. 주방 쪽으로 향하는 문을 언제든지 오갈 수 있는 권리가 생겼다. 사소한 거지만 이안은 자신이 관계자 안에 들어갔다는 사실에 우월감을 느꼈다.

후문으로 향하던 이안은 마침 쓰레기를 버리려는지 두 손에 한가득 쓰레기봉투를 들고 문을 밀며 나오는 은하를 발견해 표정이 더욱 환해졌다.

"무거울 텐데 왜 무리를 해요?"

"이안 씨."

양손이 갑자기 가벼워지자 은하가 눈을 크게 뜨고 고개를 돌렸다. 어느새 그녀에게서 쓰레기봉투를 가져간 이안이 부드러운 눈길로 그녀를 응시하고 있었다.

감출 수 없는 반가움에 은하의 눈동자가 별처럼 빛났다.

"여기에 버리면 되죠?"

이안은 처음 해 보는 건데도 능숙하게 쓰레기봉투를 처리했다. 믿음직스러운 등은 미소를 자아내게 했다. 은하가 꿈을 꾸듯 부푼 웃음을 지은 채 그를 보고 있는 동안 봉투를 깔끔하게 치운 이안이 그녀를 향해 돌아섰다.

웃고 있던 채로 그와 눈이 마주쳤다. 시야에 가득 담긴 제 모습을 그의 눈동자를 통해 바라본 은하는 반사적으로 입안이 말랐다. 가만히 웃다가도 불쑥불쑥 긴장이 머리를 드밀었다. 그의 눈빛이 깊어진 지금과 같을 땐 더더욱.

이안이 주위를 가볍게 훑은 뒤 은하에게 다가왔다. 한 걸음씩 다가올 때마다 은하의 가슴이 요동쳤다.

"오늘 하루도 잘 지내고 있어요?"

다정한 질문이 날아왔다. 따스한 시선 역시 뒤따르고 있다. 은하는 가만히 고개를 끄덕이다가 문득 제게서 나는 음식 냄새가 신경 쓰였다. 얼마 차이가 나지 않겠지만 은근슬쩍 뒤로 물러나 거리를 조금이라도 벌리려 했다.

예전 같으면 상관하지 않았을 사소한 요소들이 마음에 걸려 과연 연애를 하고 있는 중이라 실감했다.

바람이 반대 방향으로 불어 냄새가 조금이라도 빠지길 바라는 마음 씀씀이가 무색하게 이안은 간신히 벌린 거리를 단 한 걸음

만에 좁혔다. 오히려 전보다 거리가 더 가까워졌다.

"그런데 오늘따라 왜 이렇게 우울해 보이지? 진상이라도 왔어요?"

"아뇨."

"그러면?"

은하가 방황하는 시선으로 그를 살피고만 있는데 이안이 팔을 뻗어 왔다. 섬세한 손가락이 이윽고 뒷덜미를 스쳤다. 서늘한 체온이 영 적응이 되지 않아 어깨가 움찔 떨렸다. 목덜미를 어르던 손이 우연처럼 귓불에 닿았다.

귀가 약한 탓에 등으로 긴장감이 흘렀다. 간지러우면서도 저릿한 감각이 그녀를 감쌌다. 초조해지는 속내를 아는지 모르는지 이안은 느릿하게 귀를 쓰다듬으며 그녀와 시선을 맞추고 입가에 호선을 그렸다.

"정말 별일 아니에요."

"별일인지 아닌지 일단 들어 보죠. 얘기해 봐요."

은은한 목소리가 너무 가까워서 옴짝달싹하기 어려웠다. 그녀는 자꾸만 말라가는 입술을 축이며 숨을 들이켰다. 도저히 안 되겠다.

"요즘 정체기가 와서요."

"그 이유가 전부예요?"

"네에."

이안은 가만히 은하를 들여다보더니 홀로 고개를 끄덕였다.

"그러면 이렇게 하죠. 은하 씨 나한테 운동 배워 볼래요?"

"운동요?"

의외의 제안에 은하가 눈을 깜박거렸다. 물에 물감이 번져 가듯 이안의 입술에 잔잔히 미소가 그려졌다.

"우리 집에 운동기구들이 준비되어 있어요. 언제든 와서 운동해요."

"이안 씨 집요?"

은하는 뜨뜻미지근한 반응을 보였다. 이안의 집에 가기에는 아직 시기상조였다. 함께 있기만 하면 불이 붙는데 그의 홈그라운드에 들어가게 되면 정신 차릴 틈조차 없을 것 같았다.

망설이는 그녀를 보며 이안은 다소 아쉬운 듯했으나 다른 대안을 제시했다.

"그럼 일단 헬스장에 가서 체험해 볼래요? 웨이트트레이닝이 은하 씨에게 맞는지 한번 알아보죠."

"이안 씨 시간 되겠어요?"

차선책이 제법 은하의 구미를 당겼는지 표정이 달라졌다. 긍정적인 반응에 이안은 선뜻 대꾸했다.

"얼마든지요."

"헬스장은 제가 알아볼게요. 이안 씨 시간 될 때 가요."

"그렇게 하기로 하고. 그럼 이제 웃어 볼래요?"

은하는 눈을 데굴데굴 굴리다가 그의 청대로 배시시 웃었다. 잠깐 경계심을 늦췄다. 지금 두 사람의 자세가 어떠한지 살짝 망각하고 있었다. 그녀가 의식하는지 여부와는 상관없이 분위기는 다시 끈끈하게 변했다.

잠시 눈을 깜빡이는 동안 그가 시야에 가득 찬 기분이 들었는데 어느샌가 살짝만 움직여도 금방 코가 닿을 거리까지 좁아졌다. 이안이 고개를 기울이며 더 가까이 다가왔다.

왜 또 이렇게 되는 걸까. 은하가 마음을 다잡기 위해서 애쓰는데 돌연 그가 말을 꺼냈다.

"맛있는 냄새가 나네요."

그가 속삭이자 입김이 은하의 입술을 간질였다. 부드러운 바람이 살랑이며 스치는 느낌에 은하는 금방이라도 긴장으로 얼굴이 터질 것 같았다.

"내, 냄새요? 고기 냄새가 배었겠죠."

은하는 도저히 그와 눈을 마주치지 못하고 눈동자를 돌린 채 어색하게 말을 받았다. 눈빛, 목소리, 제스처 이 모든 것들을 이용한 공격에 은하는 한계에 부딪쳤다. 오금이 떨렸다.

"아닌데."

일부러인 듯 이안이 말끝을 늘였다. 그답지 않은 아이 같은 말투에 저도 모르게 웃음을 흘리는데 이안의 입술이 그녀를 스쳤다.

부드럽게 와 닿은 촉감에 은하가 눈을 크게 뜨고 그를 봤다. 어느새 이안이 멀어진 채 입매를 휘고 있다.

"은하 씨 냄새예요."

"저 냄새나요?"

은하가 화들짝 놀라서 무심코 팔을 들어 킁킁거릴 뻔했다. 가까스로 이성을 찾아 이안에게 그 꼴을 보이지는 않았지만 '냄새'라는 단어가 주는 특유의 느낌에 계속 신경이 쓰였다. 그 속을 아는지 모르는지 그의 웃음이 짙어졌다.

"놀리지 마요."

슬쩍 눈을 흘기며 팔등으로 그를 툭 밀어냈다. 마치 단단한 벽을 친 것처럼 꿈쩍도 안 한다. 그의 손이 미끄러지듯 들어 올린 팔을 잡았다.

하지만 그것을 의식할 새 없이 그의 시선에 갇혔다.

키스를 할 듯이 고개를 기울인 이안이 그녀의 턱을 감쌌다. 입술이 바싹 말랐다.

"달콤하고."

한 음절씩 느릿하게 내뱉는 음성이 감미롭게 귓속으로 녹아들었다.

"부드러워서 식욕을 끄는 냄새요."

……무슨 욕요?

그의 말을 받을 겨를이 없었다. 이안이 입술을 부딪쳐 왔다. 맞닿은 입술의 움직임이 날것 그대로 느껴졌다.

그가 턱을 쥔 손으로 아랫입술을 누르자 입술이 벌어졌다. 그 틈으로 이안의 혀가 들어왔다. 아까 전의 소꿉장난처럼 가벼운 입맞춤과는 달랐다.

최초의 점막과 점막이 스치는 순간 이미 그녀의 허리께로 전율이 흘렀다. 그의 혀가 유려하게 입안 점막들을 훑었다.

은하는 키스에 응하며 자연스레 두 팔을 들어 그의 목을 감쌌다. 그에게서 풍기는 머스크 향은 느끼자마자 수컷이라는 단어를 떠올리게 했다. 그러면서도 무척이나 관능적이었다. 이안을 위한 향기였다.

그를 떠올리면 반사적으로 함께 연상되는 강렬한 향기가 그녀를 뒤덮자 마치 머리부터 발끝까지 그에게 잠긴 기분을 느꼈다.

발가벗겨진 채 그에게 안겨 있는 것 같았다. 색정적인 그의 눈빛에 몸이 비비 꼬였다.

위치를 바꾸며 잠시 입술이 떨어졌을 때 질척한 소리가 귀에 파고들었다.

은하는 그의 향기에, 감촉에, 그리고 소리에 취해 눈가를 붉혔다. 축축한 점막이 마찰하며 나는 소리가 몹시 야했다. 술에 취한 듯 머릿속이 눅진눅진 녹았다.

"하아."

잠깐 입술이 떨어진 틈에 은하는 참고 있던 숨을 내쉬었다. 촉촉하게 젖은 숨결이 그녀의 잇새로 흘러나오는데 한숨이 무척이나 달콤했다.

이안은 그녀에게 입술을 붙이며 은하가 흘리는 달콤한 숨을 삼켰다. 어미 새의 부리에서 먹이를 받아먹는 아기 새처럼. 물론 그렇게 귀엽지는 않았으나 숨결 하나도 바깥으로 흘리는 게 아깝다는 듯이 쪽쪽 입술을 핥는 데 열중했다.

온몸에 흐르는 전율 때문에 은하는 어찌해야 할지 모르는 기분으로 이안의 목에 더 매달렸다. 약에 취한 듯 술에 취한 듯 몸을 가누기 힘들었다. 이안의 존재 자체가 그녀에겐 지나치게 자극적이었다.

그의 혀가 입안을 유린할 때마다 발가락이 곱아졌다. 다리가 떨려 제대로 설 수 없는 사정을 알아차린 건지 이안이 그녀의 허리를 감쌌다.

왜 밖으로 나왔는지 그 최초의 이유는 휘발된 지 오래였다. 키스를 탐닉하는 것이 유일한 목적이 되었다. 장소, 시간 따위는 이미 머릿속에서 희미해졌다.

탐미하는 시선으로 핥듯이 자신을 바라보는 이안의 눈빛을 마주하는 순간 아무 생각도 들지 않는다. 시간視姦. 말 그대로 시선만으로 간음하고 있는 기분을 느꼈다. 죄악감과 야릇한 흥분이 동시에 밀려들었다. 열기로 인해 눈 밑이 뜨겁다.

술에 취한 사람처럼 은하가 비틀거렸지만 이안의 팔이 굳건히 그녀를 안았다. 쓰러질 듯 휘청거리는 그녀를 여유롭게 받아 든 이안은 차분한 외견과 달리 제법 바싹 달아오른 상태였다. 점차 사나워지는 미소가 그 방증이었다.

바라보기만 할 때 안달 나던 마음은 지금에 비하면 장난에 불과했다. 이제 두 사람 사이의 거리가 무색해지자 떨어진 순간순간이 못 견디게 조바심이 나는 것이다.

이런 속내를 감추어 두고는 있지만 그와 시선을 마주치고 이따금 은하의 미소가 어색해질 때면 미처 갈무리하지 못한 파편들이 흘러 나갔음을 알아차렸다.

이안은 자신에게 이토록 격렬한 정염이 있었는지 몰랐다. 옛적에 퇴화되었을 감정이 은하를 만나고 급속도로 그를 덮쳤다. 감정을 통제하고 조절하는 건 그에게 숨 쉬는 것만큼 쉬운 일이었지만 요즘은 이성과 본능의 힘겨루기가 팽팽했다. 정확하게는 감정을 자제하고 싶지 않았다.

허리를 두르고 있던 손이 티셔츠 끝자락을 파고들었다. 천천히 움직였지만 결코 부드럽다고만은 할 수 없는 손길이었다.

뜨거운 열기를 담은 채 배회하는 손길에 감겼던 은하의 눈이 뜨였다. 느릿하게 등을 어루만지는 농밀한 움직임이 서서히 범위를 넓혔다.

꿀물이 뚝뚝 떨어질 것 같은 시선에 평소라면 아무 생각을 할 수 없겠지만 그의 손이 옆구리에 닿았을 때, 그의 손 아래에 있는 자신의 물컹한 러브 핸들을 자각한 순간 은하는 현실로 돌아왔다.

'아, 안 돼.'

말랑도 아닌 물컹이라니! 머릿속에 찬물이 끼얹어지는 기분이었다.

"잠깐, 이안 씨."

흑역사를 생성하기 전에 서둘러 그를 떼어 놓으려고 했지만 이안은 그녀의 부름에 나른하게 대꾸할 뿐 손은 여전히 옆구리에 놓고 있었다. 더 정확히는 때때로 문지르고 주무르기를 반복했다. 제 옆구리 살이 찰떡처럼 주물러지자 은하의 안색이 희게 질렸다.

"손 좀 잠깐."

기어이 은하가 그의 팔을 붙잡는데 접촉을 다른 의도로 해석한 이안이 달짝지근하게 웃으며 그녀의 목에 입술을 묻었다. 뜨거운 숨결이 목덜미를 쓸었다.

"왜 이렇게 예뻐서 사람을 불안하게 해요. 눈을 뗄 수가 없잖아."

"이안 씨."

그건 병인데.

은하는 하마터면 되는대로 지껄일 뻔했다. 급히 뒷말을 삼켰지만 어색하게 굳어진 표정은 여전했다. 다행이랄지 불행이랄지 그녀의 목에 얼굴을 묻은 이안이 그 표정을 보지 못했다.

이안이 던진 말로 인한 컬처 쇼크는 배를 어루만지는 손길에 잊혔다. 옆구리 살에 이어 뱃살까지 사수하지 못한 은하는 머릿속이 어질했다. 이어서 어떻게 하면 그의 기분이 상하지 않게 거절할 수 있을지 열렬히 머리를 굴렸다.

그간 스킨십이 짙어지려 하면 별의별 구실을 대서 도망쳤는데 지금은 당장 뾰족한 이유가 떠오르지 않았다. 그녀도 여자이기에 '내 몸이 문제요!' 하고 솔직하게 털어놓기 민망했다.

은하가 애먼 입술만 물어뜯을 무렵이었다. 갑자기 울리는 핸드폰 벨 소리. 은하는 부리나케 이안을 밀어내고 한 걸음 뒤로 물러났다. 그녀를 강하게 붙잡고 있지는 않던 터라 손쉽게 벗어날 수 있었다.

요란하게 울리는 벨 소리의 주인은 은하였다.

"잠시만요."

은하는 주머니에서 서둘러 핸드폰을 꺼냈다. 모르는 전화번호였다. 평소라면 받지 않았을 테지만 이 기회를 놓칠 수 없기에 통화 버튼을 눌렀다.

"여보세요?"

– 반은하 님 핸드폰 맞나요?

조심스럽게 응해 오는 목소리는 소년과 청년의 경계에 선 미성이었다. 은하에게는 낯선 목소리였기에 의아함이 앞섰다.

"네, 맞는데 누구시죠?"

– 안녕하세요, 저는 소년별곡의 지민이라고 합니다.

"네?"

은하는 신종 보이스 피싱인가 싶어서 눈을 가늘게 뜨고 핸드폰을 잠시 노려봤다. 하지만 슬쩍 이안의 눈치를 살피곤 다시 통화에 몰두하는 척했다.

– 갑작스러운 전화에 놀라셨죠? 윤이나 선배님께 부탁해서 번호를 받았습니다.

"이나요?"

친구의 이름이 나오자 경계심이 한풀 누그러졌다.

– 여러 번 귓속말 드렸는데 답이 없으셔서요. 연예인 사칭해서 장난치는 거라고 생각하시는 게 아닌지 싶어서 전화로 직접 말씀드리는 게 낫겠다고 생각했어요. 혹시 바쁜데 연락드린 거면 제가 나중에 다시 전화드릴까요?

"아뇨."

전화가 끊어지는 순간 신사다운 얼굴 아래 짐승의 본성으로 가득 찬 남자가 기다렸다는 듯이 달려들 거라는 건 불 보듯 뻔했다. 은하는 최대한 두 사람 사이에 흐르는 긴장감이 한풀 꺾이길 바랐다.

그녀에게는 유예가 필요했다.

"말씀하세요."

– 전화드린 이유는 제가 귓속말로 말씀드린 것과 같아요. 〈보름달이 빛나는 밤에〉에 출연하고 싶은데 은하 BJ님 허락 구하고 싶어서요.

"진심이세요?"

– 그럼요!

은하는 하도 이해가 안 가서 되물은 건데 지민은 제 진심을 매도당한 것마냥 다부지게 대꾸했다.

"인기 있는 방송이 많은데 지민 씨가…… 지민 씨라고 불러도 되죠?"

– 예! 예! 그냥 '지민아' 하고 부르셔도 돼요.

"하하."

열정적인 대답에 은하는 어색하게 웃었다. 제대로 얼굴을 맞대고 본 적이 없는데 성격이 짐작이 갔다. 간단하게는 '열혈 청년' 그 자체였다.

"지민 씨가 이렇게 적극적으로 출연을 원하는 이유를 잘 모르겠어요. 그만큼 메리트가 있는지도 모르겠고요."

– 제가 은하수 님을 따라가지는 못하지만 BJ님 진짜 좋아하는 팬이에요. 혹시 아실지 모르겠지만 '지나가다'가 저예요.

"아!"

입으로 제 닉네임을 밝힐 줄은 몰랐지만 지민의 입을 통해 나온 닉네임은 은하에게도 제법 익숙했다.

"귓속말 보내신 닉네임이랑 다르네요?"

– 그건 매니저 형 아이디로 접속해서 그래요. 제 아이디로 활동이 잦았는데 그렇게 밝히면 머쓱하기도 해서 본의 아니게 일반인 코스프레 했어요.

"아, 네."

이유라고 댄 게 웃기기도 하고 귀엽기도 해서 살짝 미소 지었다.

"게스트는 전혀 고려해 본 적이 없어요. 아, 어렵네요."

은하가 선뜻 대답을 하지 못하는데 뒷문이 열리고 아주머니한 분이 나왔다. 한참이 지나도 그녀가 돌아오지 않자 일손이 부족하기도 하고 걱정이 되기도 해서 내다본 것 같다.

"금방 들어갈게요."

"천천히 와도 돼."

슬쩍 이안을 보고는 아주머니가 말을 바꾸긴 했지만 고양이 손 하나가 아쉬운 시간이었다.

"자세한 얘기는 다음에 하도록 해요."

— 예, 알겠습니다.

3년 차 정도 되었다는데 대답할 때 군기가 바싹 들어 있었다. 팬이라고 해서 고맙긴 했지만 거절로 마음이 굳어 있는 상태라 다소 미안했다.

은하는 전화를 끊은 후 이안을 슬쩍 살폈다. 이대로 곧장 주방 일 핑계를 대고 피할 수 있다는 희망이 떠올랐다.

살았다.

은하는 안도하며 서둘러 옷을 정리했다. 눈앞의 이안과 시선이 마주치자 어색한 미소가 지어졌다. 그는 먹이를 앞에 두고 사육사에게 '멈춰'라고 말을 들은 짐승처럼 일견 사나워 보였다.

'10kg는 더 빼야 할 것 같은데.'

이안에게 만져질 때 제 살에서 느껴지던 그 물컹함이 뇌리에 박혀 사라지지 않았다.

'아니면 못해도 66 사이즈를 넉넉하게 입을 정도는 돼야.'

은하는 속으로 재차 다짐했다.

검은 선글라스에 푹 눌러쓴 스냅백, 얼굴의 절반을 가린 마스크. 누가 봐도 수상하기 짝이 없는 모습에 은하가 어색한 미소를 지었다.

이나만큼, 아니, 그녀보다 더한 수준으로 철저하게 얼굴을 가린 모습이 의도와는 다르게 더 눈에 띄었다.

'고생스럽겠네.'

이나를 통해 간접적으로 연예계 고충을 알고 있기에 이런 모습들이 그저 딱해 보였다.

"은하 BJ님 방송을 접한 지 그렇게 오래된 건 아닌데요. 노래하시는 모습을 보고 정말 충격을 받았어요."

까만 안경알 너머로 부담스러울 만큼 반짝반짝 빛나는 눈동자를 마주하는 은하의 기분은 어색하기만 했다. 이런 비슷한 눈빛을 알고 있었다. 종류는 다르지만.

이안은 여자로서 그녀를 열렬히 바라봐서 당혹시켰는데 이 청년은 동경 어린 시선으로 그녀를 당황에 빠뜨렸다. 많은 팬을 거느리는 사람이 언더에서 소박하게 방송을 꾸려 나가는 자신을 부러워할 이유가 뭐람?

"제가 저희 그룹에서는 메인 보컬을 맡으면서 나름 노래를 잘한다고, 탈아이돌이라고 자부하고 있었는데 은하 BJ님 노래를 듣고는 부족한 걸 많이 깨달았어요. 성별이 달라서 음역대가 다르다는 걸 차치하고서도 정말 좋은 목소리를 가지고 계세요."

얼마나 열성적으로 떠드는지, 저러다가 금방 숨이라도 넘어가지 않을까 우려가 될 지경이었다. 은하는 다 녹아 가는 냉면 육수를 보다 못해 상을 콕콕 두드렸다.

"우선 식사부터 해요."

"아, 네!"

이안과의 분위기를 깨 주었을 때는 참 고마웠는데 지금은 전혀 고맙지 않았다. 사람 마음이 이래서 간사한가 보다고 은하는 떨떠름하게 생각했다.

하지만 그녀는 쏟아부을 듯이 던져지는 칭찬을 받는 게 영 익숙하지 않았고 그걸 면전에서 받아야 하니 낯설고 머쓱할 뿐이었다.

'민망한데.'

아이돌은 아이돌인지 저렇게 가리고 있어도 사람들의 시선이 이따금 이리로 향했다. 그를 알아본 건지 긴가민가해하면서 저희들끼리 소곤거리는 사람들도 있었다.

그 와중에 지민은 눈을 반짝이며 열렬하게 칭찬을 쏟아 대니 전체 그림으로 이 상황을 관조하는 은하로서는 난처해도 전혀 이상할 게 없었다.

그만하라는 의미에서 식사를 하라고 한 건데 어떻게 받아들였는지 은하 BJ님은 배려심도 깊다면서 칭찬 세례를 퍼붓다가 냉면을 먹고는 요리도 어쩜 이렇게 잘하시냐고 아예 손뼉까지 칠 기세였다.

"밑도 끝도 없이 갑자기 연락처 알아내서 연락드리고 이렇게 찾아오는 게 실례인 줄은 아는데요. 그래도 꼭 은하 님 방송 출연하고 싶어서요. 정확하게는 출연이라기보다는 방청객 심정으로 가고 싶은 거예요."

"학교 축제를 가는 것도 기획사와 합의가 이루어져야 하는 건데 지민 씨 임의로 출연 결정할 수 있겠어요? 기획사에서나 매니저분이 괜찮다고 해요?"

"그건 염려하지 마세요!"

지민은 밀고자의 눈빛을 한 채 한 손으로 입을 가렸다.

"기획사에서 휴가 주기로 해 놓고 계속 주지 않아서 대신 제 마음대로 하겠다고 했어요. 사장님도 아무 말 못하시고요."

'잘했죠?' 하는 눈으로 자신을 바라보는데 그 모습이 강아지 같아서 하마터면 머리를 쓰다듬을 뻔했다. 은하는 무슨 말을 해야 할지 몰라 가만히 그를 바라보다 속으로 한숨을 삼켰다.

그저 조용히 방송을 하고 싶었을 뿐인데 어쩌다가 여기까지 왔는지 영문을 모르겠다. 대다수 BJ들처럼 인기를 원했다면 진즉 이나에게 부탁을 해서 게스트로 초대했을 것이다.

하지만 은하는 인기도 중요하다고 생각하면서도 터줏대감처럼 언제나 그녀의 방송을 시청해 주는 사람들과 함께 길게 방송을 하고 싶다는 욕심만 가졌다.

잠깐 화제를 끌어서 시청자들을 모으고 그 뜨내기들이 물을 흐려 놓고 떠나는 걸 원하지 않았다.

시청자들도 BJ 성향 따라간다고 방송 자체도 굉장히 정적인데, 하필 그런 방송을 핫하다는 아이돌이 팬으로서 눈여겨봤을 줄이야. 심지어 출연까지 원한다니 고개가 갸웃거려졌다.

"이런 말 하면 안 되지만 은하 BJ님이 우리 회사 보컬 선생님보다 더 노래를 잘하세요. 가까이에서 들으면 공부가 될 것 같아서 실례 무릅쓰고 윤이나 선배님께 부탁드려서 찾아온 거예요."

"제가 누군가를 가르칠 깜냥은 안 돼요."

"은하 님은 음정, 박자, 호흡 모두 교과서적이어서 듣는 것만으로 충분히 얻어 가는 게 많아요."

엔간해서는 포기하고 돌아갈 것처럼 보이지 않았다. 사기성이라고 판단해서 귓속말 몇 번 무시했더니 아예 작정하고 찾아온 기세였다.

일단은 후퇴다.

"지금 주방 일이 바빠서 잠시만요."

"아, 예. 일 보세요. 촬영할 때 대기시간이 길어서 혼자 기다리는 거 잘해요."

쟤 아이돌인데 불쌍해.

은하는 짠함을 느끼면서도 일단 전열을 가다듬기 위해 주방으로 몸을 피했다. 그녀는 주방에 들어오자마자 이나에게 메시지를 보냈다.

은하: 나보고 어쩌라고 쟤를 나한테 보내?

스케줄이 꽉 차 있지는 않았는지 답장은 바로 왔다.

이나: 기어이 찾아갔다?
은하: ㅇㅇ 어떻게 해야 좋을거 모르겠다. 쟤 연예인 맞아? 연예계는 어린애들이라도 성공에 독이 올라서 보통 영악한 게 아니라며? 쟨 왜 저렇게 순둥순둥해?
이나: 그러니까 번호 알려 줬지.

결국 본인도 저 눈빛 공격에 못 이겨 은하의 핸드폰 번호를 넘겼다는 소리였다. 이나에게서 자신의 번호를 받아 냈다고 했을 때 보통내기가 아님을 알아차려야 했다. 제 친구가 어디 호락호락한 사람이었던가?

그런 이나를 설득해 전화번호를 받아 낼 정도면 고집이든 성격이든 상상 이상이라는 의미일 터. 의외로 천연 계열이어서 더 당황스러운 면도 없지 않았다.

이나: 네 열성적인 팬이라는데 한번 출연시켜 줘.

은하: 팬 많은 아이돌이라며?

이나: 그렇다고 하더라. 요즘 아이돌들은 잘 모르겠어서.

은하: 인기 BJ들이 얼마나 많은데 왜 하필 내가 하는 방송에 출연하고 싶대서ㅠㅠ

이나: 좋은 게 좋은 거라고 생각해. 이참에 방송 더 알리면 좋은 거고. 기존 시청자들한테는 이벤트 같아서 좋은 경험 줄 수 있고.

예상외로 이나는 지민을 게스트로 출연시키는 것에 호의적이었다.

'하긴 회의적이었다면 애초에 연락처를 줬을 리가 없겠지.'

은하는 답이 나오지 않는 시험지를 앞에 둔 것처럼 끙끙 고민했다.

이나: 그런데 네가 정 싫다 하면 거절해.

그녀가 고민하고 있을 때 이나로부터 메시지를 받았다.

게스트를 출연시키는 게 꼭 나쁜가, 한다면 그건 아니다. 다른

읽지 않은 부분

사람과 함께 방송함으로 인해서 이제껏 몰랐던 다른 재미를 시청자에게 전할 수 있고 저 역시 가질 수 있다. 이유가 한 가지만은 아니겠지만 다른 BJ들이 서로 연합하거나 게스트를 초대하는 이유 중엔 분명 재미도 포함될 것이다.

좋다 싫다로 따지면 딱 잘라서 거부감이 드는 건 아니었다. 단지 낯선 데서 오는 거리감이 있을 뿐이다.

스스로를 평할 때 자신은 그다지 도전 정신이 높은 사람이 아니었다. 그녀 인생에서 가장 처절하게 도전하고 실패를 답습했던 학창 시절 이후로는 익숙한 것, 그 안에서 성실하게 노력하는 사람으로 변모했다.

다시 생각해도 이안과의 만남은 그녀가 살면서 결정한 가장 큰 결심이었다. 물론 이안과는 매일이 도전의 연속이지만. 하지만 도전을 주저했다면 이 행복을 느낄 수 없었을 거라고 생각하니 낯섦에 대한 사고가 변했다.

과연 나쁜 점만 있을까?

여전히 확신은 없다. 하지만 이안을 떠올리면 뭐든 괜찮을 거라는 근거 없는 확신부터 생긴다. 이안 덕분에 막연한 자신감도 생겼다. 하려면 충분히 할 수 있다.

하지만 도전보다 더 중요하고 또 지키고 싶은 것들이 있다. 그렇게 길지 않은 시간, 몇 번의 부침이 있음에도 꾸준하게 그녀를 응원해 준 소수의 시청자들.

냉정하게 재미있다 재미없다로 분류하자면 그리 재미있는 방송은 아니었다. 그럼에도 항상 함께해 주는 시청자들. 그들 역시 그녀만큼이나 〈보름달이 빛나는 밤에〉 방송이 가지는 특수성을 아끼는 것이라는 생각이 들었다.

완전히 새로운 시도였다면 어쩌면 선뜻 도전했을지도 모른다. 다만 〈보름달이 빛나는 밤에〉는 본질 그대로를 지키고픈 장소였다.

그렇게 생각을 정리하고 나니 지금 피신하듯 주방에 들어와 있는 자신이 웃겼다.

은하: 의견 고마워.

은하는 이나에게 답장을 보내고 바깥으로 나갔다. 이제나 저 제나 주방 쪽만을 바라보던 지민과 시선이 마주쳤다. 나이 차이 가 심하게 나는 건 아닌데 이안과 만나다 보니 한참 어린 동생을 보는 듯했다.

은하는 설핏 미소를 지었다. 그 웃음에서 긍정적인 사인을 읽 은 것인지 다소 경직되어 있던 지민의 얼굴빛이 밝아졌다. 스포 트라이트를 많이 받는 유명인답지 않게 순수한 저 친구의 실망 을 어떻게 다독여 주어야 할지 고민하며 은하는 걸음을 옮겼다.

❊ ✽ ❊

미래 헬스 클럽

은하는 높다란 간판을 올려다보고 혀를 내둘렀다.

이안과 헬스장에 가 보기로 하고 그간 바빠서 알아보지 못하

읽지 않은 복권

다가 우연히 받은 전단지를 통해 알게 된 곳이었다. 등록하기 전에 헬스장을 체험할 기회를 준다기에 선뜻 이곳으로 선택했다.

시간 관계상 은하가 먼저 도착하게 됐다. 이안이 함께 오자고 하긴 했지만 일부러 그에게 부담을 주고 싶진 않았다.

헬스장에 발을 들인 게 언제 몇 년 만인지 모르겠다. 학창 시절에 다이어트 한다고 등록하고는 일주일을 채 다니지 못했다. PT가 아니라 자유 운동이기도 했지만 원체 운동과는 친하지 않았다.

안내 데스크에서 체험하러 왔다고 말하고 안으로 들어오니 과연 신세계였다. 꽤 많은 사람들이 운동을 하고 있었는데 대부분 운동을 하면서 기구 앞에 있는 TV를 보기 바빴다.

사람들이 가장 붐비는 장소는 단연 러닝머신 근처였다. 은하는 주변을 두리번거리다가 슬그머니 운동기구 하나에 접근했다.

'이런 건 어떻게 하는 거지?'

은하가 TV에서나 봤을 법한 운동기구를 앞에 두고 진지하게 고민하고 있을 때 온몸이 흉기로 보일 만큼 근육으로 다져진 단단한 체격의 남자 하나가 다가왔다.

"안녕하세요, 회원님. 처음 오셨나 봐요."

영업용 미소를 짓는 트레이너에게 은하는 얼결에 인사를 건넸다.

"예. 무료 체험할 수 있다고 해서요."

"아, 그러시구나. 그럼 제가 운동기구 작동 방법 간단하게 알려 드릴까요?"

헬스장에서 '곽 쌤'으로 통하는 트레이너 경력 5년 차 곽형규는 개인 PT 회원 모집에 언제나 열과 성을 다했다. 때때로 행동이 과해 회원들에게 강요처럼 느껴지는 단점이 있긴 했으나.

어쨌든 오늘도 여느 때처럼 새로운 회원들을 물색하던 중 마침 초보 티를 풍기며 헬스장에 들어오는 은하가 눈에 띄었다.

어디로 보나 다이어트 목적으로 방문한 게 분명한 그녀를 잘 구슬려서 회원으로 받아 월말 평가를 높일 작정이었다. 다른 경쟁자에게 빼앗기기 않으려면 선수 필승! 누구보다 빨리 은하에게 접근했다.

아쉬워하는 경쟁자들의 얼굴에 회심의 미소가 지어졌다. 곽형규는 운동기구 다루는 방법부터 차근차근 알려 주며 PT 등록을 하도록 유도하면서 가장 친절한 태도를 보였다. 상대의 기분을 고려하지 못한 게 그의 실책이었지만.

은하는 과한 친절이 못내 부담스러웠다. 어떻게 돌려보내야 서로 웃는 얼굴로 헤어질 수 있을까 고민하는데 트레이너가 운동기구 쪽으로 그녀를 이끌었다.

"직접 해 보세요. 제가 봐 드릴게요."

"괜찮아요. 일행이 오기로 해서 오면 그때 해 볼게요. 트레이너님도 바쁘실 텐데 저는 신경 쓰지 마시고 일 보세요."

"회원님들 한 분 한 분 불편함 없으시도록 관리하는 게 저희 역할이니까 부담스러워하지 마세요. 자, 여기에 앉으시고요."

곽형규가 연신 웃는 얼굴로 은하의 팔을 잡았다.

"뭡니까?"

분명한 물컹한 팔을 잡았건만 정신을 차리고 보니 한 걸음 뒤로 밀려난 상태였다.

차가운 음성만큼이나 냉랭한 눈으로 자신을 응시하는 낯선 남자에 벌크 업한 이후로는 처음으로 기가 눌렸다.

"벌써 왔어요?"

은하가 이른 시각에 나타난 이안에 제법 놀랐다. 이안은 곽형규를 훑던 시선을 돌려 은하를 세심하게 살폈다. 머리부터 발끝까지 상한 곳 하나 없었지만 그는 좀처럼 불편한 심기를 감추지 않았다.

"왜요."

은하는 성난 맹수를 달래는 조련사가 빙의한 듯 이안의 팔을 잡고 차분하게 말을 건넸다.

'사람은 참 좋은데 가끔, 아주 가끔 엉뚱하게 핀트가 나간단 말이야.'

트레이너는 무슨 상황인지 어리둥절해서 두 사람을 보고 있다가 된서리를 맞았다.

"싫다는 사람 붙잡고 지금 뭐 하는 겁니까?"

음성에 실린 냉기가 주변을 얼렸다.

"저기, 그게……."

가끔 예쁜 여자 친구와 함께 운동하러 와 주변 남자들을 견제하는 남자 회원을 몇 번 보긴 했지만 이런 경우는 처음이었다.

'몸매가 끝내주는 여자였다면 이해가 간다만.'

저 커플―이안의 태도가 워낙 명확해 애인이라고 확신했다―중 주변을 견제한다면 오히려 여자 쪽일 텐데 그의 관점에서는 도저히 이해 불가였다.

"처음 와서 어리둥절해하니까 트레이너님이 알려 주신다고 한 거예요."

곽형규가 당황해서 변명조차 못 하고 있을 때 그를 대신해 은하가 차근차근 해명했다. 그럼에도 여전히 이안은 경계의 빛을 감추지 않았다.

"상대방이 원하지 않는 친절은 도리어 폭력이 될 수 있다는 걸 모릅니까?"

"아, 알지요."

"알면서도 그랬다라."

불신이 깊어진 눈으로 곽형규를 훑었다. 그가 훑어보는 부위마다 마치 뱀이 지나가는 기분이라 바짝 소름이 끼쳤다.

"쓸데없이 예뻐서는."

못마땅한 음성이 바람결에 들려왔다. 딱히 곽형규를 저격해서 하는 말이 아닌지 소리가 명확히 들리지 않았으나 얼추 조합하면 내용이 대략 그러했다.

"시도 때도 없이 벌레가 꼬이는군."

이안은 진심으로 그렇게 생각하는 듯했고 얼결에 여자 회원에게 흑심을 품었다는 죄목을 뒤집어쓴 곽형규는 억울했다.

'월말 평가로 머리에 쥐가 나게 고민하는 것도 억울한데. 윤이나급 여자라 오해를 받았으면 덜 억울하기라도 하지.'

그러나 본심을 쏟아 낼 수는 없는 노릇이었다.

"그럴 의도는 아니었지만 오해를 드렸다면 죄송합니다."

멀찍이서 이 장면을 지켜보던 다른 트레이너들은 혀를 끌끌 찼다.

"형규 저놈, 앞뒤 안 가리고 PT 회원 모집하는 데 혈안이 될 때부터 알아봤지."

"언제 한번 호되게 당할 것 같더라니."

수군대는 동료들의 평가를 듣지 못한 곽형규는 진이 다 빠진 얼굴로 휘청거리며 물러났다.

"이제 운동해 볼까요?"

똥파리를 해치운 이안은 어느 때보다 개운한 얼굴로 은하에게 물었다. 은하는 차마 주변을 돌아볼 엄두를 내지 못하고 이안만 멀거니 봤다.

'어쩌면 이안 씨는 말로만 듣던 '개 썅 마이 웨이'일지도.'

새삼스러운 의심은 이안에 의해 금세 묻혔다.

"이리 와서 앉아요. 내가 자세 봐 줄게요."

은하는 이안에게 이끌려 운동기구 좌석 부근에 앉으면서 진지하게 생각했다. 이 헬스장은 텄다고. 만약 헬스장을 다니게 되더라도 여기는 꿈도 못 꾸겠다.

착잡해하고 있는데 이안은 전문가 이상으로 잘 가르쳐 줘서 상황을 잊고 감탄이 나왔다. 다른 사람은 몰라도 적어도 이안 눈에 그녀는 비너스와 동급이라는 게 슬슬 실감이 나기 시작했다.

❃ ✳ ❃

40년간 교직 생활을 하면서 바른 몸가짐이 아예 습관화가 된 ―심지어 도덕 교사였다― 장교희 여사는 식탁 앞에서 밥을 먹는 둥 마는 둥 하며 핸드폰만 만지고 있는 아들을 훈계하는 것도 잊고 신기하게 바라볼 수밖에 없었다.

생전 처음 보는 모습이었다. 다른 사람 같으면 따끔하게 지적했을 텐데 오히려 그녀가 말문을 잃어버렸다.

그나마 위안이라면 이런 반응을 하는 게 본인만이 아니라는 사실이었다. 장 여사는 가까스로 정신을 차리고 목을 가다듬었다.

"누구하고 그렇게 메시지를 주고받니? 중요한 상대야?"

"네."

이안은 잠시 핸드폰에서 시선을 떼고 모친과 눈을 마주쳤다. 물론 그 짧은 시간도 아쉽다는 듯이 곧바로 핸드폰으로 눈길을 되돌렸지만.

장 여사는 또 한 번 놀라고 있었다. '중요한 상대'라는 건 반쯤은 빈말처럼 던진 질문이었다. 이럴 경우 보통 아들에게서 돌아오는 대답은 부정이었다.

그는 학회나 세미나와 관련해 연락하는 사람들조차 별 볼 일 없는 인연 취급을 했다. 장 여사가 보기에 도저히 인간답지 못한 스케줄을 여유롭게 소화해 내는 아들은 보통의 범주를 벗어나긴 했지만 말이다.

사제, 교우, 연애 그 어떤 관계에도 흥미가 없는 아들 입에서 '중요한 상대'에 대한 긍정이 나오자 머릿속이 빠르게 돌아갔다.

'누구지?'

자식 교육은 기본적으로 자율에 맡기는 방침을 가진 장 여사라지만 인간적인 호기심이 생기는 건 자연의 순리였다. 아들이 어떤 사람인지 가장 잘 안다고 자부할 수 있기에.

호기심의 눈은 장 여사 하나로 끝나지 않았다. 모처럼 모인 친척들도 궁금증이 돋아서 이안만 봤다. 사실 그가 핸드폰을 붙들고 있을 때부터 하나둘 의아함을 띠고 따라붙던 시선들이었다.

그 와중에 이유를 아는 이나만이 질린 눈을 하고 있었다. 그녀는 얼마 전 은하와 나눴던 대화를 떠올렸다. 대화라기보다는 은하의 연애 상담에 가까웠다.

"연애를 할 때는 스킨십을 감안해야 하잖아."

"응. 그렇지."

"내가 너무 이기적인 건가? 너무 내 사정만 생각하고 자꾸 거절해서 미안해."

그러지 마. 사촌 오빠의 연애 사정 따위 궁금하지 않아!

이나는 이미 머릿속은 사색이 되었으나 얼굴에 그것을 내색하진 않았다. 다만 이 대화가 굉장히, 아주 몹시 불편해졌다.

"아직 준비가 안 됐으면 거절할 수도 있는 거지. 스킨십은 정해진 시기가 없어."

연애를 할 만큼 한 이나는 불편한 마음이 들든 어쨌든 일단은 성실하게 대꾸했다. 안 그랬다가는 이 연애 초보가 깊이 땅굴을 파고 드러누울 것 같았기 때문이다. 그러면 결국 제 사촌 오빠 좋은 일만 시키는 거기에.

"스킨십이 거북스럽다 싶으면 확실히 거절해도 돼. 일방적으로 몰아붙이면 고자 킥을 날려 버리고."

뒤에 덧붙인 말에 한참을 웃던 은하가 잠시 후 표정을 굳힌 채 고해성사하듯 털어놨다.

"싫지 않은 게 더 고민이야."

그만– 제발 그만.

은하가 서두를 뗐을 때 불길한 징조를 느낀 이나의 머릿속이 아우성쳤지만 그 치열한 생각을 알 리 없는 은하가 기어이 폭탄을 투척했다.

"스킨십이 원래 그렇게 기분이 좋은 거야? 아니면 그 사람이 능숙한 건가? 키스도, 손길도 너무 좋아서 그 이상의 것도 상상하게 되는데 내가 너무 밝히나 싶고."

쑥스러운 듯이 뺨을 긁적이는 친구를 마주한 이나의 넋은 이미 오래전에 이승을 떠났다.

"키스를 할 때도 정말 사랑받는 기분이어서 이다음이 궁금하기야 하지. 어지간하면 모른 척 맡기겠는데 그 사람은 관리를 너무 잘해서 비교가 되니까 선뜻 내보이기 민망한 거야."

"그래서 못 믿겠다고?"

"아니. 헬스장에서 있었던 일 얘기했잖아. 그럴 사람이 아니야. 혹시 물어보면 오히려 만질 곳 많아서 좋다고 할걸."

그 말을 하고 꽤 민망했던지 얼굴을 붉히던 은하는 한참 후에나 말을 이었다. 솔직히 그 말을 들은 이나 역시 잠깐 말문이 막혔다. 머릿속으로 이안의 얼굴이 떠오르며 자동적으로 음성 지원이 된 까닭이다.

무척 소름 끼치는 장면이었다. 사촌 오빠의 애정 공세 따위 알고 싶지도 않았다. 하물며 그 대상이 윤이안이라면 더더욱 무섭다고!

"그럴 리 없단 거 알면서도 항상 이성적으로만 생각할 순 없잖아. 그 사람은 예쁘다, 예쁘다 해 주지만 내 심정이…… 혹시라도 벗은 모습 보고 확 깨는 건 아닌지 괜한 걱정만 늘어서."

"장담하건대 절대 그런 일 없다."

정신에 입은 데미지를 가까스로 회복하고 이나가 반박했지만 은하는 쓰게 웃었다.

여성으로서 산산조각 부서진 은하의 자존감이 이제야 겨우 이안 덕분에 회복되어 가는 참이었다. 이나는 이미 은하의 삶에서 작별을 고한 건을 다시 한 번 욕하고는 덤덤하게 은하의 가슴에 손을 얹었다.

"뭐 하는 거야?"

은하가 질색을 하며 손을 쳤는데 뿌리침을 당한 이나는 묵묵히 엄지를 치켜들었다. 그 의미를 바로 이해한 은하가 주먹을 쥐고 그다지 아프지 않게 이나의 등을 퍽퍽 때렸다.

"진짜 창피한 줄도 모르고."

"네 몸무게의 대부분은 가슴과 엉덩이에 집중되어 있어서 괜찮아. 네가 눈앞에서 옷 벗으면 최소한 코피 뽑고 기절할 거야."

다소 과장스럽고 장난스럽게 얘기했지만 진심이 상당히 들어간 조언이었다. 물론 당사자인 은하의 얼굴은 새빨개졌지만.

'내가 뭔 짓을 한 건지.'

좋은 기분을 풀풀 풍기며 은하와―이나는 지금까지 연예계에서 자신이 이뤄 놓은 모든 것을 걸고 그의 메시지 상대가 은하일 거라고 확신했다― 메시지를 주고받고 있는 이안을 보며 자책했다.

결국 이안 좋은 일만 하고 만 셈이다. 저렇게 밝은 얼굴을 보자니 괜히 배알이 꼴렸다.

"중요한 사람이 누구야? 응?"

그때 다른 가족들과 마찬가지로 이안 관찰에 몰두하던 이나의 모친, 이서정 여사가 기어이 이안에게 묻기를 단행했다.

이안이 누구였던가. 타인의 사생활에 일절 관심을 두지 않는 동시에 본인 프라이버시가 철저한 사람이었다. 그 상대가 피를 나눈 가족이라고 해도 개인사를 시시콜콜 떠드는 성격이 못 됐다.

불어닥칠 폭풍을 예상하며 가족들이 눈동자만 굴리고 있는데 의외로 이안은 뾰족한 독설을 날리는 대신 숙모를 향해 빙긋 미소 지었다. 시원하게 대답을 해 주진 않았으나 이만하면 넘치도록 부드러운 대응이었다. 그 바람에 호기심이 천장을 뚫고 나갈 기세였다.

모두가 그 한마디를 입 밖으로 꺼내지 못해 안달복달하고 있는데 이나의 남동생, 이준이 기어이 한 건 올렸다.

"형, 연애하세요?"

늦둥이로 태어나 현재 고교에 재학 중인 이준은 고등학생의 패기를 보여 줬다. 물론 이안과 눈이 마주치자마자 강아지처럼 금방 깨갱거리며 꼬리를 말긴 했지만.

이안은 제 어린 사촌 동생을 주시하다 잠시 이나에게 눈길을 돌렸다. 홀로 하던 생각 때문에 지금 당장 이안과 시선을 맞대고 있기 불편했던 이나의 미간이 살며시 찌푸려졌다. 불편한 기운이 풀풀 풍겼다.

그러거나 말거나 다시 이준을 바라보는 이안의 입가에 나른한 미소가 서렸다.

같은 남자인데, 사촌인데 왠지 모르게 유혹당한다. 즉물적인 나이답게 증상이 곧바로 나타난 이준은 어리둥절했다.

서른 훌쩍 넘긴 양반이 저렇게 섹시해도 되나, 저 정도면 범죄 수준이다 별 영양가 없는 생각들이 머릿속을 스칠 무렵 오만하게 들린 턱이 슬쩍 숙여졌다.

"응."

그리고 이어 입술 사이로 흘러나온 긍정의 대답. 가족들의 턱이 끝도 없이 벌어졌지만 음소거 버튼을 누른 것마냥 숨소리 하나 새어 나오지 않았다.

그 어떤 경악스러운 반응에도 이안은 아무 일 없었다는 듯이 다시 은하와 메시지를 주고받고는 자리에서 일어났다.

핸드폰을 주머니에 넣는 것을 보니 대화가 끝난 모양이다. 이안이 식탁을 뜨자 너무 놀라 숨도 제대로 쉬지 못했던 가족들이 하나둘 라마즈 호흡을 시작했다.

"……쟤 방금 뭐란 거야? 형님, 저만 환청 들은 거 아니죠?"

가장 먼저 말을 꺼낸 사람은 이 여사였다. 그녀는 눈을 동그랗게 뜨고 이안의 모친에게 질문을 던졌다. 얼떨떨하기는 장 여사도 마찬가지. 그녀는 여전히 벙 쪄 있었다.

"제발 애인이라고 데려오는 상대가 생물이기만이라도 하라고 빌었는데."

그 말에 이 여사가 재밌는 농담을 들은 사람처럼 깔깔 웃었다.

"하다 하다 생물이라뇨? 그러면 뭘 애인이라고 데려올 줄 알았는데요?"

"거울."

단호한 답에 이 여사는 차마 반박하지 못하고 웃음을 그쳤다.

장 여사의 고뇌가 얼마나 컸을지 짐작이 가서 괜히 목만 쓸었다.

자식이라고는 덜렁 이안 하나밖에 없는데 며느리로 들어오는 게 거울은 아닐까 염려했다는 소리가 결코 농담으로 들리지 않았다.

나르시시즘이라고 단언하기 애매한 게 이안은 그다지 자신을 보며 황홀해한다거나 사랑에 빠졌다거나 하지는 않았다. 다만 스스로에게 엄격한 만큼 타인에게도 엄격한 탓에 사람을 보는 기준이 한없이 까다로웠다.

결국 제 입맛에 맞는 사람은 본인밖에 없어서 스스로에게 더 열중했다. 이안은 그저 자기가 잘난 걸 너무 잘 알고 있는 것뿐이었다.

성기 발랄한 청소년 시기에 그 잘난 외모, 성적, 배경으로 여자 친구 한 번 사귀는 걸 보지 못해 아들의 성 정체성을 의심한 적도 있었다.

당시엔 아들이 소수성애자일 수도 있겠다고 심각하게 고민했고 그게 가장 큰 우환이라고 여겼건만, 아들이 나이가 먹어 감에 따라 차라리 게이이기라도 했으면 좋겠다는 상황까지 왔다.

지금까지의 이안은 무성애자라고 볼 수 있었다. 남자라도 좋으니 제발 좋아하는 사람이라고 한 명 데려오길 바랐다. 비록 데려온 건 아니지만 애인이라는 말만으로도 감개무량했다.

"이안이가 사귀는 여자애가 누군지 궁금하네."

이 여사가 두 눈을 반짝이며 호기심을 드러내자 가만히 지켜보던 이나가 팔꿈치로 툭, 제 모친을 찔렀다. 맞은 데를 문지르며 옆으로 고개를 돌렸으나 이나는 묵묵히 물 잔을 올렸다.

"갑자기 왜 그러니?"

"괜한 데 관심 갖지 마세요."

"괜한 데라니? 이안이가 어디 남이야?"

"관심 가져 주면 퍽이나 좋아하겠어요."

이나의 쓴소리에 이 여사는 반박하지 못하고 입술만 삐죽거렸다. 이나의 경고는 비단 제 모친만이 아니라 그 자리에 모인 사람들 모두에게 향했다.

지금 이 자리에 이안의 성격을 모르는 이가 없어서 더 이상 가타부타 말하진 못했으나 눈동자에는 여전히 감출 수 없는 호기심이 어른거렸다.

남은 가족들에게 충격을 선물하고는 태연히 자리를 뜬 이안이 향한 곳은 조부의 방이었다. 입구에 다다라 노크를 했으나 안에서는 아무런 대답이 없었다. 이안은 망설이지 않고 문고리를 돌렸다.

헤아릴 수 없는 수많은 밤을~

문을 열자마자 이미자의 구성진 목소리가 들렸다. 조부의 애창곡인 〈동백꽃 아가씨〉가 오디오를 통해 흘러나오고 있었다. 이안은 어린 시절부터 듣고 자란 노래여서 담담히 안으로 들어갔다.

"할아버지 생신이라 바쁜 시간 빼서 모였는데 왜 식사는 안 하고 방에 계십니까?"

"네 모친 요리에서 피난 온 거다."

안으로 들어오는 소리를 다 들었을 텐데 여전히 등을 진 채 노래에만 심취해 있던 조부가 퉁명스럽게 대꾸했다.

"어머니가 들으면 서운해하겠는데요?"

"어쩌겠냐, 그게 사실인걸. 40년간 사회생활을 하던 사람이라 요리가 여직 미숙한 건 본인도 알 거다. 거기다가 기본적으로 요리 센스가 없어."

가차 없는 평가에 이안은 어느 정도 동의를 하기 때문에 굳이 모친의 입장을 대변해 주지는 않았다.

"나이 먹는 게 무에 자랑이라고 가족 친지들 불러. 알아서 흩어지라 해라."

조부답다.

"모이지 않으면 두고두고 곱씹으실 분이 말은 잘하십니다."

마음과 말이 다른 게.

싱긋 웃으며 정곡을 찌르자 조부의 어깨가 들썩거린다. 하지만 누구 조부 아니랄까 봐 금세 의연해진다. 이내 콧방귀를 뀌며 노래를 흥얼거렸다. 뻔뻔한 뒤통수를 보는 이안의 입매가 살며시 비틀렸다.

✳ ✱ ✳

"이제 들려 드릴 노래 한 곡 남았네요. 〈봄처럼 내게 와〉."

노래를 설명하던 은하는 채팅창에 올라온 댓글을 보고 웃음이 팡 터졌다. 준비한 멘트도 잊은 채 끅끅 웃으며 고개를 끄덕였다.

"그렇게 티가 나요?"

은하가 확인한 댓글에는 '은하 님 연애하시더니 요즘 계속 달달한 선곡이 주를 이루네요.'라고 쓰여 있었다.

"네, 제 사심이 팍팍 들어간 선곡입니다. 요즘 달달한 노래만 들으면 다 제 얘기 같고 공감 가고 그러더라고요."

반반치킨무많이: 나중에 양로원에 같이 손잡고 가려고 했는데
혼자만 솔로 탈출하시다니, 은하 님 배신자.
지나가다: 연애하더니 점점 예뻐지세요.
교수너나랑내적갈등: 커플 지옥.

등등 다양한 댓글들이 올라왔다. 은하는 댓글들을 읽으며 수차례 웃은 뒤에야 선곡을 플레이할 수 있었다. 웃느라고 정신이 없었지만 가까스로 클로징 멘트까지 마쳤다.

방송을 끝내고 은하는 자신이 얼마나 부끄러운 소리를 해 댔는지 자각했다.

"이안 씨가 몰라서 다행이지."

괜히 얼굴이 화끈거려 손부채질을 할 때였다.

갑작스럽게 핸드폰이 울리는 바람에 깜짝 놀라 봤다가 재차 놀라고 말았다. 발신자는 공교롭게도 이안이었다. 그녀는 양 뺨을 찰싹찰싹 때리고 전화를 받았다.

"네."

목소리가 조금 잠긴 것 같아 고개를 살짝 틀고는 급히 목을 가다듬었다.

– 너무 늦은 시간에 전화했죠?

어쩐지 이안의 목소리가 유독 즐겁게 들렸다. 뭔가 좋은 일이 있는 건가 지레짐작하며 대화를 이었다.

"이 시간에는 거의 깨어 있어서 괜찮아요. 그보다 오늘 할아버지 생신이라 본가에 갔다고 하지 않았어요? 생신은 잘 치르고 왔어요?"

– 오늘은 하룻밤 본가에서 묵을 거예요.

"할아버지가 좋아하시겠어요."

– 음, 글쎄요?

미지근한 대답이어서 은하가 어리둥절해하는데 주제가 바뀌었다.

– 주말에 하고 싶은 것 생각해 봤어요?

"학술 세미나는요? 이번 주였던 것 같은데."

– 일요일이니까 우리는 토요일에 데이트하면 되죠.

"그다음 날이 중요한 세미난데요?"

– 원래 공부 잘하는 학생은 벼락치기 안 해요. 시험 전날에 문제지 붙들고 있는 건 공부 못하는 애들이죠.

웃음이 서린 음성이 귀에 부드럽게 감긴다.

"그래도 어디 가는 건 신경이 쓰여요. 다음 날 일정도 있는데 이안 씨 피곤할 테고요."

하마터면 그 부드러운 유혹에 넘어갈 뻔했지만 은하는 단호하게 마음을 다잡았다.

그녀가 꿋꿋하게 휴식을 고수하자 잠시 침묵하던 이안이 복안을 제시했다.

― 그러면 우리 집에 올래요?

"네?"

― 그러고 보니 한 번도 집에 와 보지 않았네요. 그날은 우리 집에서 놀아요.

말하는 사람이 누구냐에 따라 느낌이 이렇게까지 달라질 수 있나? 이안의 입에서 나온 '놀자'는 말이 무척 야하게 들렸다.

은하가 당황해서 대꾸를 못 하는 동안 토요일에 이안의 집을 방문하는 것은 기정사실화되었다.

그녀는 원래 예뻤다

'남자 친구 집에 갈 때 입는 옷 코디'까지 쓰던 은하는 손을 멈췄다. 검색창의 커서가 여전히 깜박거렸다. 평소 잘만 입고 만났는데 '집'이라고 장소를 정하자마자 괜히 의식이 되었다.

사실 그녀가 거의 가게에 묶여 있다시피 해서 제대로 된 차림으로 만나는 일이 드물었다. 그런데 가게가 아닌 외부에서, 그것도 처음으로 방문하는 이안의 집이다 보니 신경이 가지 않을 수 없었다.

은하는 핸드폰을 주머니에 쑤셔 넣고는 거울 앞에 섰다. 바쁜 시간 쪼개서 부랴부랴 구입한 원피스는 그동안 은하가 입어 보지 않은 디자인이었다. 원피스 자체가 처음이기도 했다.

조금이라도 날씬해 보이고자 어두운 계열로 구입했는데 너무 칙칙해 보이나 고민이 되었다.

"애인 집에 가 본 적이 있어야지."

은하는 습관처럼 머리를 벅벅 긁다가 기껏 열심히 드라이한 머리를 떠올리고는 손을 멈췄다. 슬쩍 거울을 보니 아니나 다를까 그새 스타일이 엉망이 되었다. 시간을 확인하곤 마음이 급해서 손으로 대강 정리를 했다.

이제 더 이상 고민할 시간도 없었다. 은하는 초조함에 입이 말랐다. 원피스와 마찬가지로 사 놓고 한 번도 신지 않은 구두를 꺼내 발을 밀어 넣었다. 당최 구두를 신을 일이 없는 탓에 원피스만큼이나 어색하기 그지없는 구두는 고작 5cm 굽이었지만 체감상으론 15m는 훌쩍 넘는 높이 같았다.

가급적 자연스럽게 걸으려 노력하며 밖으로 나왔는데 대문 밖에 불쑥 솟아오른 뒤통수가 보였다. 어디에서나 존재감이 뚜렷한 장신이었다. 아직 약속 시간이 되려면 10분 정도 남은 상태였는데 그의 모습이 보이자 은하는 마음이 더 급해졌다.

황급히 대문 밖으로 나갔는데 서두른 게 화근이었다. 평소에 단화만 신어서 안 그래도 구두가 익숙하지 않은데 그걸 신고 뛰다 보니 발목이 꺾이고 말았다.

"엄마야!"

외마디 비명을 지르며 팔을 허우적거렸다. 대문 열리는 소리에 뒤를 돌아본 이안이 반갑게 미소를 짓다 말고 놀라 그녀에게 달려왔다.

"조심—!"

최소한 발목이 접질리겠구나, 체념이 들었다. 낙법을 배우지 않은 게 유일한 후회였다. 좋은 인생이었다고 반추하며 질끈 눈을 감는데 그녀가 예상한 지독한 고통은 없었다.

"괜찮아요?"

다만 귓가에 울리는 다급한 목소리. 은하는 저를 감싼 단단한 품에서 눈을 떴다.

"⋯⋯네."

얼떨떨한 기분으로 대답을 했지만 이안은 그것에 만족하지 못하고 그녀를 샅샅이 살폈다. 거침없이 무릎을 굽히고 그녀의 발목까지 확인하려 들었다. 은하가 깜짝 놀라 발을 뒤로 뺐지만 이안이 더 빨랐다. 그는 은하의 발을 잡은 채 조심스레 돌렸다.

"불편한 곳 있어요?"

"아뇨. 전혀요."

몇 번이나 확인하고서야 이안이 몸을 폈다.

"왜 이렇게 조심성이 없어요? 그러다 크게 다치면 어쩌려고."

이안이 화를 내는 건 처음이라 은하는 눈을 동그랗게 뜬 채 우물쭈물했다. 이 나이가 돼서 야단을 맞은 건 처음이었다.

"이안 씨가 보이기에⋯⋯."

"그래도 조심해야죠."

그가 머리를 쓸어 넘기며 깊이 한숨을 내쉬었다. 은하를 내려다보는 눈빛에 아직 가시지 않은 염려의 빛이 담겼다. 깊은 눈길로 그녀를 응시하며 양손으로 뺨을 감쌌다.

"심장 떨어지는 줄 알았잖아."

예상치 못한 공격에 심장이 간지러웠다. 그는 곧 아이를 대하듯 다소 느리며 또박또박한 어조로 말했다.

"앞으로 조심할 거죠?"

은하가 미처 대답하기도 전에 이안이 뺨을 감싼 채 직접 그녀의 고개를 위아래로 움직였다.

"좌우 잘 보고 다니고요. 응?"

"……네."

아이처럼 다뤄져서 부끄러운데 가슴엔 살랑살랑 봄바람이 분다.

대답이 늦었지만 이안은 만족한 표정을 지었다.

"자, 어서 가요."

그는 은하의 어깨를 보호하듯 단단히 안은 채 이동했다. 은하는 방금 전까지 구두 선택을 실패라고 생각했지만 이안의 태도를 보고 느끼며 그리 나쁘지만은 않다 결론을 내렸다. 물론 속마음을 말로 할 순 없지만.

이안은 운전도 상당히 안정적으로 했다. 그녀도 어디 가서 운전 못한다는 소리를 듣지는 않는데 이안이 운전하는 차는 너무 편안해 요람에 누워 있는 기분이었다.

편하게 이동해 온 은하는 이안의 집에 입성하자마자 다시 놀랐다. 분명 혼자 사는 집이라고 들었는데 그녀보다 더 깔끔하게 정리해 두었다. 현관에 들어오자 바로 보이는 탁 트인 거실은 흐트러짐이라고는 도저히 찾아볼 수 없었다.

"너무 깨끗한데요?"

은하는 진심에서 우러나오는 감탄을 터뜨렸다. 선입견이라고 할 수 있지만 기본적으로 남자가 여자보다 잘 안 치운다는 게 보편적인 생각인데 이안은 그것을 완전히 뒤집었다. 그녀가 제대로 치운다고 해도 이렇게는 정리하지 못할 것 같다.

"완전 정리의 달인."

놀라움을 금치 못하는 은하를 미소 지으며 바라보던 이안이 손끝으로 가볍게 은하의 턱을 밀었다. 바라지 않은 친절로 입을 다물게 된 은하는 눈동자만 굴려서 이안을 봤다.

"턱 아프겠다."

상냥하게 이유까지 설명해 주고는 멈춰 있는 은하의 어깨를 붙잡아 거실로 이끌었다. 안으로 들어오자 그녀가 본 건 빙산의 일각이었음을 깨달았다. 입구에서 예상은 했지만 짐작을 웃돌 만큼 깨끗한 거실이었다. 마치 모델하우스를 보고 있는 기분이었다.

"점심 준비할 테니까 그동안 편하게 있어요. 집 구경해도 되고. 아니면 게임이라도 할래요?"

그녀가 조금이라도 긍정하면 곧바로 틀어 줄 기세였다. 게임을 별로 즐기지 않는 은하는 얼른 두 손을 저었다.

"혼자 잘 놀아요."

"보고 싶으면 주방으로 와도 돼요."

이안은 그녀의 뺨에 부드럽게 입을 맞추고 돌아섰다. 그에게 키스당한 볼을 감싼 은하는 익숙해지기는커녕 매번 가슴이 술렁거리자 살짝 미간을 찌푸렸다.

'조상 중에 서양인이 있어서 그 피가 흐르나? 너무 자연스럽잖아.'

은하는 언젠가는 기필코 이안이 당황하는 상황을 연출하리라 다짐했다. 현재 그녀의 레벨로는 까마득한 미래였지만.

소소한 스킨십으로 인한 수줍음을 내려 두고 슬슬 움직였다.

모처럼 주인의 허락이 떨어졌기에 사양하지 않고 구경할 참이었다. 이안의 집 구조가 궁금하기도 했지만 거실이 의식적으로 정리가 되어 있는 건지 아니면 일상인 건지 확인하고 싶은 마음이 가장 컸다.

그녀는 거실에서 가장 가까운 방부터 탐문 조사를 했다. 문을 열자마자 보이는 건 운동기구였다.

"대단하다."

헬스클럽의 축소판이 바로 여기였다. 러닝머신을 비롯해서 사이클과 벤치프레스는 물론, 은하가 이름조차 알지 못하는 기구들까지 있어서 은하는 신세계에 온 기분을 느꼈다.

"역시 그 몸매가 그냥 나오는 게 아니야."

굳이 시간 내서 운동을 하지 않는 그녀와는 전혀 다른 생활상이었다. 그녀에게는 가까이하기엔 너무 먼 그대처럼 여겨져 살금살금 뒷걸음질 치며 나와 소리 내지 않고 조용히 문을 닫았다.

처음부터 난이도가 너무 높았다. 은하는 고개를 절레절레 흔들며 정신 줄을 챙겼다. 곧 다음 타깃을 정하고 걸음을 옮겼다. 다음에는 뭐가 나올까 잔뜩 긴장한 채 탐험가 정신으로 조심스레 문을 열었다.

"에이."

긴장한 게 무색하게 은하의 입가에 허탈한 웃음이 지어졌다. 그녀가 열어 본 곳은 욕실이었다. 다른 사람이 봤으면 욕실 문 하나 여는 데 뭘 그렇게 긴장하느냐고 놀리지 않았을까. 이 꼴을 목격한 게 자기 자신이라는 것에 안도하며 피식거렸다.

"그나저나 여기도 정리가 끝내주네."

벽이나 바닥이나 물이끼는커녕 물기 하나 없이 보송보송 마른 상태였다. 변기, 세면대, 욕조는 말할 것도 없었다. 그녀 역시 정리를 잘하는 편이지만 바쁘게 살다 보면 세면대 거울에 얼룩 몇 개쯤은 그냥 지나치기 마련이다.

그런데 매해 인력난에 시달리는, 그 바쁘다는 외과 의사면서 집이 모델하우스 같은 외관을 유지하고 있음에 놀람을 넘어 경이롭기까지 했다.

은하는 저에게서 머리카락 하나라도 나올까 발을 떼기 겁났다. 벌을 서듯 서서 그저 감탄하고 또 감탄을 반복할 때였다.

"은하 씨."

이안이 저를 부르는 소리가 들렸다. 은하는 꿈에서 깬 것 같은 얼굴로 눈을 깜박거리다가 서둘러 밖으로 나왔다. 누가 보고 있는 것도 아닌데 욕실 문을 닫을 때도 조심스러웠다. 아무것도 거들지 못한 게 미안해서 뒷목을 문지르며 주방으로 향하던 은하는 입구에서 멈춰 섰다.

'저 남자가 내 거라니!'

등을 돌린 채 서서 접시에 음식을 담고 있는 이안을 보고 있자니 순수한 감동이 밀려들었다. 은하는 저도 모르게 눈을 반짝반짝 빛냈다. 셔츠가 피부에 밀착되어 있어서 그의 움직임 하나하나마다 근육들이 유려하게 이완하고 수축하는 것이 고스란히 비쳤다.

이성을 놓고 저 듬직한 등을 끌어안고 싶은 충동이 자꾸만 그녀를 부채질했다. 은하는 번번이 자신은 지성인이라고 애써 충동에서 눈을 돌렸다.

하지만 그렇게 욕망을 이겨 내기도 잠시. 이안이 양손에 접시를 들고 뒤돌았다. 그녀에게서 대답이 없어서 이미 주방에 와 있을 줄은 몰랐던 이안은 눈을 잠시 크게 떴지만 이내 빙긋 웃었다.

"왔어요?"

"파스타예요?"

두 사람의 입에서 동시에 말이 나왔다. 이안은 고개를 갸웃하다가 곧 위아래로 움직였다.

"저번에 보니 메신저 상태 메시지에 파스타 먹고 싶다고 써 뒀더라고요? 다이어트도 좋지만 너무 참기만 하면 오히려 건강에 나빠요."

"아, 진짜."

은하는 쪼르르 이안에게 다가갔다. 입술을 뾰족하게 내밀고 미간을 살짝 찌푸린 얼굴에 혹여나 싫은 걸까 이안이 긴장했다. 그래 봤자 표시가 나지 않았지만 근육이 다소 경직되었다. 하지만 그를 반긴 건 말캉한 감촉이었다.

간신히 가라앉힌 충동이 결국 활활 타올라 이안을 끌어안고만 은하는 깊은 한숨을 쉬었다.

"너무 좋아요."

그녀의 행동을 예측하지 못한 이안은 제법 놀랐다. 부끄럽고 어색해서 좀처럼 먼저 애정 표현을 하지 않던 은하였다─한번 스킨십이 시작되면 너무 진해져서 중간에 제동 걸 타이밍 잡는 게 힘들어서일 거라는 가능성은 돌아보지 않는 이안이었다─.

요리 한 번에 이렇게 적극적인 애정 공세라니 그는 꽤 감동했다. 지금 양손을 쓸 수 없는 게 유일한 아쉬움이었다.

"요리 한 번에 포옹 한 번이라니, 수지맞는 장사네요."

눈매를 사르르 접으며 속삭였다. 은하는 달콤한 어투에 고개를 들었다가 그의 미소를 마주하고는 잠시 몽롱한 기분을 느꼈다. 하지만 가까스로 유혹을 이겨 낸 은하가 손을 놓고 한 걸음 떨어졌다.

이대로 있다가는 퉁퉁 분 파스타를 먹어야 할 것 같다고 머릿속에 경종이 울린 탓이었다. 은하는 눈동자를 옆으로 또르르 굴리며 자리에 앉았다.

"빨리 먹어요."

이안은 못내 아쉬운 듯했지만 선선히 수긍했다. 내심 이 순간에 양손이 접시로 묶여 있었던 것을 안타까워하며. 하지만 자신을 바라보는 기대하는 눈빛을 차마 외면할 자신이 없었던 이안은 아쉬움을 잊고 그녀 앞에 접시를 내려놓았다. 접시에 예쁘게 플레이팅된 파스타를 보자마자 은하가 입술을 모으고 감탄을 터뜨렸다.

"전문가 저리 가라 수준인데요?"

"내 앞에 진짜 전문가가 있어서 어떤 평을 받을지 떨리네요."

"전문가라니, 저요?"

은하는 엄지로 자신을 가리키고는 그가 맞다고 고개를 끄덕이자 웃음을 터뜨리며 곧장 양손을 내저었다.

"양식은 자격증만 있지, 자주 만들지는 않았어요."

단골집이 있어서 주로 사 먹는다고 덧붙인 은하가 포크로 파스타를 돌돌 말았다. 이안은 턱을 괸 채 유심히 지켜봤다.

살짝 벌린 입이 파스타를 반갑게 맞이했다. 포크에서 파스타를 쏙 빼 먹고는 오물오물 씹었다. 느릿느릿하게 움직이던 턱 관절이 점점 속도가 빨라짐과 동시에 두 눈동자가 커다랗게 뜨였다.

　"으음!"

　입안 한가득 파스타를 물고 있어서 그저 나오는 것은 비음 섞인 감탄이었으나 양 엄지를 치켜든 행동으로 그녀의 만족감을 미루어 짐작할 수 있었다. 그제야 이안이 환하게 미소 지었다.

　"괜찮아요?"

　"괜찮은 정도가 아니라 정말 맛있어요!"

　은하는 서둘러 파스타를 삼키고는 재빨리 대답했다. 입술에 크림소스가 묻은 줄 모르고 눈동자를 빛내는 그녀는 아이 같아 보였다. 이안은 물끄러미 그녀를 응시하다가 이내 팔을 뻗었다. 입술에 묻은 크림소스를 닦아 내는 손길은 부드러웠고 그녀를 바라보는 눈빛은 다정했다.

　그가 닦아 주고서야 묻히고 먹은 걸 깨달아서인지, 아니면 그의 행동 그 자체 때문인지 뺨이 달아올랐다. 둘 모두 원인인지도 모르겠다. 어서 먹으라고 권하는 이안을 보는데 가슴이 간지러웠다. 그 덕분에 음식에 관해 준비한 찬사를 1절도 채 끝내지 못하고 묵묵히 식사에만 전념할 수밖에 없었다.

　제 가슴이 단단히 탈이 난 게 틀림없다.

　"치우는 건 제가 할게요."

　식사를 끝내고 다 먹은 접시를 들고 일어나는데 한 발자국 떼기도 전에 이안이 가져갔다. 마냥 구경만 하는 성격은 못 돼 어서 돌려 달라 청해도 요지부동이었다.

"가서 놀고 있어요."

마치 어린아이 대하듯이 등을 토닥이며 주방에서 내보내는 통에 은하는 별수 없이 밖으로 나왔다. 치우는 게 번거로울 법도 한데 이안의 얼굴에는 싫은 기색을 찾아볼 수가 없었다. 은하는 잠시 주방 앞을 어슬렁거리다가 뒷목을 문지르며 걸음을 옮겼다.

총총걸음으로 발을 내딛던 은하는 마저 집 구경을 하기로 했다. 욕실까지 확인을 마쳤던 참이라 다른 문을 열어 보았다. 문을 열자마자 들어오는 광경에 은하는 재빨리 문을 닫았다.

'난이도가 높아.'

은하는 콩닥콩닥 뛰는 가슴 위에 손을 얹고 잠시 호흡을 가다듬었다. 집 구조를 알 리 없는 은하로서는 이안의 침실을 맞닥뜨리자 당황하고 말았다. 그의 침실이라고 그녀의 것과 별다를 게 있을까마는 '애인의 침실'이라는 데 의미가 컸다.

그녀는 숨을 크게 들이마시고 내뱉은 후 조심스레 손잡이를 돌렸다. 달칵! 소리가 나자 반사적으로 주방 쪽을 흘끔거렸다. 설거지를 하느라 듣지 못한 건지 이안 쪽에선 아무런 낌새도 느껴지지 않았다.

분명히 사전에 허락을 받았음에도 떳떳하지 못한 일을 하는 것처럼 가슴이 콩닥콩닥 뛰었다. 실제로 뒤꿈치를 들고 살금살금 들어가는 모양새였다.

당황해서 문을 닫는 바람에 언뜻 스치듯 봤던 공간에 발을 들여놓았다. 거실에서부터 누누이 생각했지만 침실은 정리 정돈의

끝판왕이었다. 은하는 입을 벌리고 있는 줄도 모르고 잠시 넋을 잃고 방을 빙글 돌아보았다.

손님을 초대하고 부랴부랴 치운 집은 표시가 나기 마련이었다. 그러나 이안의 집은 그런 부분이 전혀 없었다. 그렇다는 건 항상 이렇게 하고 산다는 건데 눈으로 봐도 믿기지 않는 광경이었다.

"……절대로 우리 집에는 초대 못 하겠다."

은하는 저도 모르게 진심을 내뱉었다. 항상 이런 환경에서 살다가 그녀 집을 본다면 눈살을 찌푸릴 것 같다. 그녀는 제 발에서 먼지라도 묻어날까 발 떼기가 겁났다.

하지만 인간은 적응의 동물이라고, 놀람과 경외가 지나고서 다시 슬금슬금 동선을 넓히기 시작했다. 그녀의 애인이지만 이 완벽한 남자의 흠을 찾아보고 싶은 욕구가 드는 건 어쩔 수 없었다. 누구라도 그러지 않을까? 빨간 딱지가 그려진 잡지라도 발견해야 승부욕이 수그러들 모양이다.

은하는 몸을 굽히고 침대 밑을 확인했다. 좋은 그림은 아니었으나 이미 탐험가 모드로 변한 은하는 제 모습이 지금 어떤지 미처 생각하지 못했다. 그녀에겐 아쉽게도, 이안은 침대 밑마저 완벽하게 치우고 사는 모양인지 잡지는커녕 먼지 하나 발견할 수 없었다. 진짜로 나왔으면 기분이 이상했을 텐데 없으면 없는 대로 묘했다.

은하는 침대에 이마를 기대고 자책했다.

'나란 인간은 도대체 무슨 상상을 하는 거야?'

그녀는 수차례 침대에 머리를 박았다. 제 딴엔 진지한 반성이었다.

"뭐 하고 있어요?"

이렇게 빨리 그가 들어올 줄 몰랐다. 은하는 바로 뒤에서 들린 목소리에 급히 숨을 들이켜며 뒤를 돌아봤다. 의아한 눈빛을 살피던 중 제 자세가 어떤지 자각이 들었다. 그녀의 얼굴이 삽시간에 붉어졌다.

자리에서 일어나려는데 이안이 먼저 그녀 곁으로 다가와 상체를 굽혔다. 가까워진 얼굴에 어찌할 바를 몰랐다. 슬그머니 눈동자를 옆으로 굴려 시선을 피했다. 죄지은 것은 없지만 완전히 결백하지만은 않은 탓이었다.

"설거지 다 했어요?"

"몇 개나 된다고요."

이안은 생긋 눈웃음을 지으며 대꾸했다. 어째 불안감이 살살 몰려오는 것 같다. 은하는 웃는 얼굴을 앞에 두고 이런 생각을 하는 게 미안하긴 했지만 이대로는 뭔가 사달이 날 성싶어 몸을 일으키려 했다. 하지만 그녀의 생각을 읽은 건지 그녀가 일어나는 것보다 먼저 이안이 어깨를 붙잡는 게 더 빨랐다.

"아!"

약한 탄성은 곧 상대의 입안으로 삼켜졌다. 부드럽게 마주쳐 온 입술에 그녀는 이미 익숙한 듯 눈을 감았다. 부드럽게 감겨오는 혀. 생생하게 느껴지는 감촉에 은하는 자연스레 턱에서 힘을 뺐다.

"좋네요."

아쉬운 입술을 뗀 후 그녀에게 이마를 맞댄 채 이안이 중얼거렸다. 은하는 할딱이는 숨을 고르려고 노력하며 가까스로 말문을 열었다.

"뭐가요?"

"당신이 내 공간에 있는 거."

고작 그 한마디에 가슴이 떨렸다. 눈을 내리자 이안의 입가에 부드럽게 걸린 미소가 보였다. 하지만 그것을 더 확인할 겨를 없이 시야가 급격히 바뀌었다. 그에 의해 가뿐히 들린 몸은 곧 푹신한 쿠션감을 느낄 수 있었다.

팔을 뒤로 뻗어 바닥에 기대고서야 침대라는 걸 실감했다. 그녀가 입고 있는 게 외출복이라는 사실을 떠올렸을 때는 이미 달콤한 입맞춤이 그녀를 감싸고 있었다. 한 팔로 그녀의 어깨를 안고 있던 이안은 빈손을 무릎으로 옮겼다.

기다란 손가락이 느릿하게 피부를 감았다. 은하는 이안이 했던 말을 곱씹느라 즉각적으로 반응하지 않았다. 그녀의 머릿속에는 온통 그의 달콤한 미소와 그것보다 더 다디단 말이 둥둥 떠다녔다.

"이 광경을 매일 그렸어요."

그의 음성을 듣고 있자니 뇌까지 설탕물로 가득 차는 기분이었다. 마치 꿈결 속을 걷는 것 같다. 이어지는 키스에 은하는 제법 열렬히 반응했다. 입안으로 들어온 그의 혀를 살짝 깨물었다가 혀를 내밀어 그가 한 것처럼 입술을 핥기도 했다. 그가 입술을 떼었을 때는 아쉬운 한숨을 흘렸다.

이안은 그녀의 뺨을 스쳐 귓불에 입술을 지분거렸다. 은하는 목 뒤로 미세하게 소름이 돋았다. 무심코 건드렸을 때 한 번쯤 경험했던 짜릿함은 지금에 비교하면 약과였다. 그의 입술이 움직일 때마다 목덜미부터 시작되는 아찔한 감각이 척추를 타고 흘렀다. 저도 모르게 몸이 움찔했다.

무릎 주변을 어루만지던 손 역시 차츰 영역을 넓혔다. 하지만 그 움직임이 음험하기보다 우아하게 느껴졌다.

"예뻐요."

그녀가 무슨 생각을 하려고만 하면 시각적, 촉각적, 심지어는 청각적 공격까지 퍼부어 대는 통에 머릿속이 비었다.

"이안 씨가 더 예뻐요."

생각을 거치지 않고 터져 나온 진심에 이안이 나직이 웃음을 흘렸다. 비로소 남자에게, 그것도 연상의 남자에게 쓰기 부적절한 단어였다는 걸 자각했다. 하지만 이안에게서 기분이 상한 기색은 전혀 없었다. 잔잔한 웃음소리가 끊어질 듯 이어졌다.

"그럼 더 예뻐해 줘요."

여전히 웃음을 머금은 채 속삭인 말에 은하의 얼굴이 붉게 달아올랐다.

"응?"

재촉하듯 한 음절을 덧붙이고는 그녀의 목덜미에 입술을 묻었다. 맥박이 뛰는 위치에 그의 입술이 닿자 다시 어깨가 떨렸다. 그에게 뭐든지 다 허락할 것만 같은 기분이다.

하지만 뭔가 귀에 거슬리는 소음이 느껴졌다.

"……무슨 소리 들리지 않았어요?"

은하가 몽롱한 머리를 흔들며 물었다. 정신을 차릴 수 없어서 몇 번이나 혀를 씹을 뻔했다. 지금도 제대로 된 생각을 할 수 없기는 마찬가지였다.

　가까스로 문장을 완성했으나 대답 대신 돌아온 건 부드러운 입맞춤이었다. 다른 생각을 하는 건 더 이상 용납할 수 없다는 듯이. 그 바람에 간신히 떠올린 생각이 산산이 흩어졌다.

　스커트 밑으로 파고든 손이 뒤로 움직였다. 가로막힌 건 고작 얇디얇은 스타킹 하나뿐. 까슬한 피륙 위로 그의 체온이 여실히 느껴지자 은하는 어깨를 약간 떨었다.

　아!

　가쁘게 튀어나온 탄성은 이안의 입안으로 삼켜졌다. 은하는 눈썹을 떨며 그의 팔을 잡은 손에 힘을 주는 것 외에 다른 도리가 없었다.

　놀리듯이 느릿하게 움직이던 이안의 손이 다리 사이로 파고들었다. 은하에게는 생소한 감각이었다.

　그의 손은 언뜻 보기에 피아니스트의 것처럼 유려하고 섬세하였으나 손 안쪽에는 오랜 의사 생활로 인해 단단한 굳은살을 갖고 있었다. 굳은살 박힌 손가락이 씻을 때 외에는 제 손으로도 닿지 않는 곳을 더듬자 목 뒤편의 세포가 쭈뼛 서는 기분을 느꼈다.

　"자, 잠깐."

　은하는 그의 손목을 잡으며 입술을 질끈 깨물었다. 그러고 잠시 숨을 골랐다. 하복부에서 야릇하게 피어오르는 열기가 몹시 낯설었다. 그녀는 떨리는 눈을 들어 이안을 바라보았다. 밤보다 짙은 검은 눈이 기이한 열기를 띤 채 그녀를 담고 있었다.

　"아앗."

멈춰 있던 손이 움직인 순간 제 귀에도 낯선 신음이 성대를 타고 흘렀다. 갈라진 틈새를 느릿하게 어루만지는 손길에 혀를 깨물 뻔했다. 안절부절못하는 은하를 달래듯이 한 손으로 그녀의 어깨를 감싸 안은 채 토닥였다.

사랑스럽고 배려가 묻어나는 손길과 다르게 허리 아래를 지분거리는 손길은 음란했다. 그녀는 자꾸만 곱아드는 발가락을 펴기를 끝내 포기하고 맹목적으로 그의 손목을 붙들었다.

하지만 이 느낌이 싫은가 하면 그렇다고 단정할 수 없었다. 오히려 기분은 동한 쪽에 가까웠다. 그럼에도 수많은 연인들과 부부들은 과연 이 처음을 어떻게 극복했을까 싶게 못 견디게 부끄러운 감정이 자꾸만 그녀의 발목을 잡아끌었다.

"다른 생각 하지 마."

그녀의 상념을 읽어 낸 듯 귓가에 단호한 음성이 들렸다. 상당히 연상이면서도 존중을 하듯 늘 존댓말을 하는 이안이 이따금 이렇게 툭 반말을 던질 때마다 그 갭에서 오는 자극이 아찔했다.

고작 반말 하나로 사람을 휘두르는 윤이안, 너란 남자. 내 남자.

은하는 제대로 뒤엉킨 머릿속으로 되지도 않는 드립을 치다가 새삼스러운 눈으로 이안을 봤다. 소름 끼치도록 아름다운 육신, 사랑을 논하는 입술, 진실한 감정. 그를 둘러싸고 있는 모든 것이 다 제 것이었다. 아직까지도 실감하지 못하는 은하를 향해 이안은 언제나 자신의 모든 것을 몰아주었다.

다 네 것이라고, 그러니 주저하지 말고 가지라고 소리치듯이. 폭력에 가깝도록 쥐여 주는 것들을 그녀 홀로 확신하지 못했다.

고작 껍데기 하나에 자신이 없어서. 이렇게 풍요로운 애정을 받는 와중에도 생기지 못한 자신감이 설령 말라깽이가 되면 생길까? 이토록 필사적으로 막는 게 정말로 처음이라 부끄러워서이기만 할까?

은하는 방어하듯 붙잡고 있던 손을 놓았다. 방금 전까지만 해도 명줄이 달린 것마냥 절박하게 막던 그녀가 행동을 달리하자 이안은 그 뜻을 가늠하듯 응시했다. 그녀는 이번에는 시선을 피하지 않은 채 두 손을 뻗어 이안의 뺨을 만졌다.

서른 후반의 남자 피부가 왜 이렇게 매끄러운지 반은 심술로 반은 장난으로 손에 힘을 주어 꾹꾹 눌렀다. 제 얼굴이 은하의 손에서 반죽처럼 굴려지는데도 이안의 눈은 웃고 있었다. 도리어 더 해 보라는 듯이 그녀에게 얼굴을 맡겼다. 두 손으로 꾹꾹 눌러 보다가 아프지 않게 꼬집어 보던 은하는 허리를 들어 이안에게 다가갔다.

촉, 가볍게 맞닿았다가 떨어지는 입술이 못내 아쉬웠다. 어린아이의 장난 같은 키스에도 이안은 제법 놀란 눈치였다. 은하는 빙그레 웃고는 다시 그에게 입술을 겹쳤다. 어깨를 어루만지던 손이 뺨으로 다가오는 게 느껴졌다.

은하는 고개를 좌우로 흔들고는 떨어졌다. 이안의 손은 그녀가 도망치자 허공을 붙잡을 수밖에 없었다. 그녀는 개구쟁이처럼 웃으며 여전히 이안의 뺨을 조물조물 만졌다. 이안의 고개가 그녀에게 기울어지자 은하는 냉큼 고개를 흔들었다. 그리고 빠르게 그의 입술을 훔치고는 달아났다.

이안의 눈동자에 이채가 감돌았다. 그녀의 의도가 무엇인지 읽혔다. 조급한 마음이 들지 않는 건 아니지만 잠시 그녀가 원하는 대로 놀아 주기로 했다. 이안은 다소 아쉬운 기분에 느른하게 지분거리고는 그녀의 다리 사이에서 손을 떼었다. 본의 아니게 눅눅하게 젖은 아래를 다시 한 번 자극당한 은하가 기어이 혀를 깨물었다.

지끈하게 올라오는 통증에 살짝 눈을 찌푸리며 혀를 내밀자 이안이 치아 자국이 남은 곳을 핥아 주었다. 병 주고 약 주는 행동이었으나 그를 보고 있자면 마음이 엿가락처럼 녹아 버린다. 은하는 그의 얼굴을 꼭 붙잡고는 입술을 떼었다.

"가만히 있어요."

제 딴에는 단호하게 말했지만 상황 자체가 희극적이었다. 그럼에도 이안은 그녀의 명령을 순순히 따라 주었다.

이렇게 보아도 예쁘고 거꾸로 보아도 예쁘다. 은하는 그의 매끈한 이마, 짙은 눈썹, 날카로운 콧날을 천천히 만져 보았다. 코끝을 엄지로 슥슥 문질러 보던 은하가 손가락을 펴며 인중과 입술을 살살 더듬었다.

그게 제법 간지러웠는지 이안의 웃음이 더욱 짙어졌다. 하지만 간지럽기는 그녀의 마음도 마찬가지였다. 은하는 그녀에 비해 얇은 입매를 수차례 어루만지다가 충동을 못 이기고 다시 입술을 포갰다.

"구경은 다 끝났어요?"

웃음이 서린 목소리로 가만히 속삭여 오는 그를 향해 은하는 고개를 흔들었다.

"아니, 아직. 아직요."

이렇게 관찰할 기회가 자주 있는 건 아니니 이참에 제대로 해 버리련다. 은하는 손끝으로 이안의 광대뼈 부근을 어루만지며 그와 눈을 마주했다.

여섯 살 때 이미 산타클로스의 존재를 불신한 지극히 현실적인 그녀가 할 법한 생각은 아니지만 윤이안은 마치 누군가 그녀를 위해 준비한 크리스마스 선물 세트 같았다. 소박한 기대를 지나치도록 넘어서 정말 제 몫이 맞는지 여러 번 의심하게 만드는.

느릿하게 손을 내리던 은하는 정말 포장지를 열듯이 조심스러운 손길로 이안의 셔츠 단추를 풀었다. 이미 첫 번째 단추는 풀어져 있었기에 은하는 두 번째, 세 번째 단추를 건드렸다.

은하가 이럴 줄은 생각 못 했던 이안은 처음엔 놀란 듯했으나 곧 깊은 눈으로 그녀를 바라보기만 했다. 이안의 기대와 달리 은하는 단추를 더 푸는 대신 셔츠 밑에 감춰졌던 지극히 사내다운 몸에 손을 가져갔다. 곧은 목선에서 이어지는 군살이라고는 전혀 없이 근육으로 단단한 어깨를 감상하듯이 어루만졌다.

경이로운 경험이었다.

사실 이 나이가 되도록 직간접적으로 사내의 상반신 누드를 한 번도 보지 못했다면 오히려 거짓말일 것이다. 여고생 시절, 이나와 함께 호기심에 본 AV로 사내의 성기가 어떻게 생겼고 여자의 몸에서 어떻게 움직이는지까지 생생하게 성교육을 했다.

다시 말해 미남 배우의 상반신 공개에도 부끄러운 척하지 않고 무덤덤하게 박수를 보낼 정도의 내공은 쌓였다. 잘빠진 상반신을 보며 '저 배우 몸 키우느라 헬스클럽에서 땀 좀 흘렸겠네'라고 할 정도니.

지금껏 이처럼 남자의 몸을 아름답다고 생각해 본 적이 없었다. 하지만 이런 감탄은 명화를 볼 때의 감상과는 달랐다. 그보다는 비밀스럽고 진득한 감정이 섞였다.

그녀는 충동적으로 이안의 목덜미에 얼굴을 묻었다. 그의 체취가 섞여 더 섹시한 머스크 향이 후각을 자극하자 은하는 기어이 이를 드러냈다. 막 이빨이 나기 시작해 잇몸이 간지러운 강아지처럼 그의 목을 아프지 않게 깨물었다.

입술을 떼니 그녀가 문 자국이 그대로 그의 목에 흔적으로 남았다. 혹시라도 아프지 않을까 하는 미안함은 제가 한 영역 표시를 보며 느끼는 만족감에 비하면 너무나 미미했다.

처음이었다. 이토록 사나운 욕심을 드러낸 적은. 제 안에 이런 소유욕이 있는 줄 전에는 깨닫지 못했다.

그런데 고개를 들어 본 이안은 오히려 배부른 맹수처럼 느른한 미소를 짓고 있었다. 은하는 느릿하게 눈을 깜박였다. 눈을 감은 잠깐 사이에도 그 표정에는 변함이 없었다.

은하는 뺨을 감싸던 손을 뒤로 뻗어 이안의 목을 끌어안았다. 지금도 꿈을 꾸듯이 마음이 들뜨고 실감이 잘 나지 않지만 그래도 점차 제 것이라는 확신이 쌓여 갔다. 차곡차곡 쌓인 확신들이 모여 그에게 등을 떠밀어 주었고 그것들은 다시 날개가 되었다. 그에게로 날아가는 환상이 너무나도 쉽게 눈앞에 그려졌다.

진실로 그는 은하가 어떤 모습이어도 개의치 않고 또 변치 않으리라는 믿음을 심어 주었다. 그 신뢰가 지금에서야 비로소 그에게 다가갈 원동력이 된 것이다.

은하는 고개를 비스듬히 꺾으며 눈을 감았다. 그에게 다가가는 입술에는 잔잔한 미소가 걸렸다.

"어떡하죠?"

다급한 말과 달리 그녀의 얼굴에는 숨길 수 없는 미소가 삐져나왔다. 사르르 눈꺼풀을 들어 올린 은하는 다시 가늘게 눈매를 접으며 웃었다. 그러나 마주한 눈동자에 떠오른 진심은 묵직했다.

"사랑해요."

뇌를 거치지 않고 흘러나온 말엔 오로지 진실만이 담겼다. 수많은 별을 박아 놓은 것처럼 반짝반짝 빛나는 눈동자에 넘실거리는 감정들은 저 한 마디로 다 나타내기에 부족한 감이 있었지만 이보다 더 정확한 표현은 없었다.

"이 이상은 불가능할 만큼. 누구보다도."

그녀를 응시하던 이안의 눈이 커졌다.

사랑은 조울증에 걸린 사람처럼 하루에도 수십 번씩 감정을 격동시키기도 하며 충동을 일으켰다. 예상 범주를 벗어난 행동과 말을 하게도 했지만 그녀가 던진 말은 예상 범위 안이면서도 한참 범주를 벗어난 것이기도 했다.

남들보다 더 탐스럽게 보인다마는 누구나 가지고 있는 신체 일부일 뿐이다. 차지하는 비율을 따지자면 이 입술은 신체에서 극히 작은 부분을 차지할 뿐인데 그 작은 입술 놀림 하나로 이안은 천국과 지옥을 오갔다. 오로지 이 입술만이 가능한 일이었다.

"이 모든 걸 계산한 거면 당신은 지능범이야."

이안은 지금까지는 장난이었던 양 거칠게 그녀의 입술을 덮었다. 혀를 감싸자 찌르르한 전류가 등허리를 관통했다.

다시 한 번 확신했다. 제게 이토록 사랑스러운 이는 은하 한 사람일 거라고.

휘몰아친 격정은 지금 당장 그녀 안으로 들어가 욕망을 분출하라 명령했다. 순진한 것 같으면서도 요망하기도 한 은하에게 본때를 보여 주고 싶었다. 그가 가진 감정은 그리 유순하기만 한 건 아니었다.

그럼에도 그녀의 안색을 먼저 살피게 되는 건 결국 그 사랑이란 이유 때문이었다. 그의 사랑은 복잡했다. 한없이 아껴 주고 부드럽게 대해 주고 싶으면서도 한편으론 제멋대로 휘두르고 물어뜯고픈 갈망이 공존했다.

지금이라도 당장 다리를 벌리고 그 사이를 게걸스럽게 파고들고 싶은 욕구에 입안이 바싹 말랐지만 그녀가 감당할 수 있는 범위를 머릿속으로 재단하고 있었다. 당혹에 젖은 얼굴도, 눈물이 그렁그렁 맺힌 모습도 예쁘지만 역시 가장 보기 좋은 건 웃는 얼굴이었다.

하지만 그에게 지속적으로 눌리고 눌린 사나운 감정들이 아쉬운 입맛을 다셨다. 집어삼킬 것처럼 그녀의 입술을 탐닉하는 건 그 잔재였다. 달콤한 걸 썩 선호하지 않지만 단 음식들이 그녀의 입술만 같다면 세상 모든 단 음식을 틀어쥐고 놓지 않았을 것 같다. 그녀와의 키스는 언제나 달콤했다.

영원토록 그의 입맞춤을 받아 줄 것 같던 은하가 손을 내려 그의 셔츠 깃 사이로 파고들었다. 피부에 바로 와 닿는 살갗의 감촉에 그녀는 눈가를 붉히며 찬란하게 미소 지었다. 그녀의 표정 하나하나가 이안에게는 모두 의미가 남달랐다. 전보다 적극적으로 움직이는 손길, 그 남지 않는 자취조차 사랑스러웠다.

"불가능하다고 하지 마요. 언제나 내가 당신보다 더 많이 사랑할 테니까."

진솔한 고백에 은하의 마음이 완전히 그에게 열렸다.

뜨겁게 안고 싶다는 열망이 그녀의 눈동자에 서린 순간 이안은 그 신호를 놓치지 않고 치맛자락을 잡아 뜯을 듯이 끌어 올렸다. 그리고 풍만한 가슴에 얼굴을 파묻고 향기로운 체취를 들이켤 요량이었다.

그래야 할진대.

삑삑삑삑삑삑, 삐리릭!

불협화음처럼 날아든 소리에 가까스로 모든 경계가 풀렸던 은하의 몸이 빠르게 경직되었다. 근육이 수축되고 어깨가 움츠러드는 것이 생생히 느껴졌다. 산산조각 난 유리병을 다시 모아 붙일 수 없듯이 둘 사이에 깨진 분위기 역시 마찬가지였다.

독고다이, 마이 웨이인 이안이라 하더라도 갑작스러운 방문객으로 인해 긴장한 연인의 사정을 모른 척하고 제 욕심을 충족시킬 순 없었다.

"누구 올 사람 있었어요?"

두 눈을 커다랗게 뜨고 은하가 소곤소곤 목소리를 낮추어 물었다. 얼핏 불안감이 스쳤다. 이안은 눈치 없는 방문객을 향해 혀를 차는 대신 다정스레 그녀의 눈가를 쓸었다.

"나가 볼게요."

그는 단추를 하나만 놔두고 다시 채우고는 침실을 나섰다.

"왜 이렇게 전화를 안 받아?"

장 여사는 차에서 내리면서부터 계속해서 전화 연결을 했지만 그때마다 반갑지 않은 여자의 목소리만 들어야 했다.

— 지금은 고객님이 전화를 받을 수 없어 음성 사서함으로······.

이제는 아예 외울 지경이 된 메시지를 더 듣지도 않고 끊었다.

"안 되겠다. 동서, 그냥 들어가지."

"그래요, 형님. 팔 부러지겠어요."

이안의 보약을 지으러 가는 김에 동행한 이 여사는 뜻하지 않게 짐꾼을 자처해야 했다. 하지만 장 여사의 두 손도 무겁기는 마찬가지여서 불만은 쏙 들어갔다.

"이안이 얘는 뭐 하느라고 연락을 안 받는대요?"

"외출 중인가 보지."

장 여사는 키패드에 비밀번호를 입력했다. 잠금이 해제되는 소리를 들으며 잠깐 내려놓았던 짐을 다시 들었다.

"제 몸 하나는 잘 챙길 텐데 형님은 뭐가 걱정이라고 이렇게 바리바리 싸다 주세요?"

"사 먹는 거랑 집 밥이랑 같나?"

"다르죠."

사 먹는 걸 더 좋아할 테니까요.

이 여사는 뒷말은 애써 삼켰다. 성격 면에서 부딪치는 부분이 없어서 잘 지내고 있지만 굳이 단점을 꼽으라면 장 여사의 요리 실력이었다. 오랫동안 사회생활을 한 덕분이랄지, 타고난 것인지 장 여사의 요리는 평범에 다소 못 미치는 수준이었다.

그나마 다행이라면 요리에 대한 실험 정신 같은 건 없어서 못

먹을 음식을 만들어 내는 건 아니지만 기본적으로 장 여사가 만든 음식은 짜든지 싱겁든지 간이 맞는 경우가 없었다. 그녀가 만든 음식 중에서 가장 그럴싸한 게 사골국이었으니 반론의 여지가 없다.

이 여사는 제가 들고 있는 짐을 보고 보이지 않게 한숨을 쉬었다. 이 모든 게 밑반찬과 김치였다. 젊은 시절 가족들에게 따뜻한 아침상 한 번 제대로 차려 주지 못한 보상 심리인지, 은퇴하고 나서는 열심히 챙겨 주고 있지만 안타깝게도 그것을 반기는 이가 없었다. 그저 노력이 가상할 뿐.

본인도 본인의 솜씨가 썩 좋지 못하다는 사실을 인지하고 있다는 게 아이러니였다. 그럼에도 불구하고 포기하지 않는 이유가 아들 이안이 인간미 없는 게 어린 시절 엄마의 돌봄을 충분히 받지 못한 까닭은 아닐까 괜한 고민을 갖고 있어서였다. 이제라도 인간미를 키워 보려는 모정 때문이니 첨언하기 꺼려졌다.

이 여사는 본인이 공연히 쓸데없는 말을 꺼냈다며 고개를 주억거리다가 문득 입구에 가지런히 놓인 하이힐을 하나 발견했다.

"혀, 형님!"

이 여사는 미처 그것을 못 보고 안으로 들어가려는 장 여사를 다급히 붙잡았다.

소리를 죽여 부르는 소리에 장 여사가 의아히 생각했지만 이 여사는 손에 들고 있는 짐 따위 기억 저 멀리로 보내 버리고 검지를 거꾸로 펼쳐서는 허공에 하염없이 찔러 댔다.

처음엔 이 여사의 손아귀에서 아슬아슬하게 흔들리는 짐을 걱정스럽게 보던 장 여사도 시선을 내리고는 동서와 비슷한 표정을 짓고 말았다.

윤씨 가문 장손 집에 여자 하이힐이 있는 날이 다 오다니!

지금 보고 있는 거짓말 같은 현실이 생시인지 보고도 믿기지 않았다.

"여자? 여자?"

"하이힐 신는 남자가 아니라면요."

두 사람은 눈을 마주한 채 놀람을 공유하다가 약속이라도 한 듯이 동시에 굳게 닫혀 있는 이안의 침실을 봤다. 평소와 다를 바 없는 평범한 문이었으나 오늘따라 저 주변에만 미묘한 기류가 흐르는 듯한 착각이 들었다.

꼴깍.

둘 중 누군가의 목에서 침이 넘어가는 소리가 빈 거실에 유독 크게 들렸다. 하지만 그조차 미처 깨닫지 못하고 시선은 침실에서 떨어질 줄 몰랐다.

"오늘은 그냥 가 봐야겠지?"

"아무래도요?"

"이안이가 하이힐 신는 취미는 없을 거야?"

"별나긴 하지만 상식을 벗어나는 짓은 안 하죠."

가야 한다고 생각하면서도 도저히 발걸음이 떨어지지 않아 신변잡기식 대화를 주고받을 무렵 영원히 열리지 않을 것 같던 침실 문이 열렸다.

그리고 문 너머로 나타난 아들—이자 이 여사에게는 조카—의 모습에 두 사람은 지은 죄 없이 공연히 제 발이 저렸다.

밖으로 나오던 이안은 현관 입구에서 서성이고 있는 두 사람을 보고는 속에서 깊이 우러나오는 한숨을 내쉬었다.

"너는 엄마를 보고는 인사하기 전부터 한숨이니?"

당황한 와중에도 장 여사는 이안의 태도를 지적하는 걸 잊지 않았다.

"어쩐 일이세요?"

"약이랑 밑반찬 좀 가져왔어."

이안은 두 사람 손에 들린 짐을 물끄러미 보다가 그들에게 성큼성큼 걸어갔다. 보폭이 넓어서 고작 몇 걸음 만에 다가온 이안은 두 여인이 나눠 들어도 묵직했던 짐을 가뿐히 들었다. 자신들이 불청객임을 현관 입구에 놓인 하이힐을 보고 바로 알아차렸지만 금방 돌아서지 못하는 건 순전히 호기심 때문이었다.

그 낌새를 알아차린 건지 이안이 눈썹을 찌푸렸다. 짐을 옮기지 않고 물끄러미 두 여자를 바라보는 눈빛이 예사롭지 않았다. 지금의 기분 상태는 '불유쾌함', 그 앞에 '굉장히'를 붙여 여러 번 강조해도 부족해 보였다.

"차라도 한잔……."

슬그머니 엉덩이를 붙일 요량으로 꺼낸 말에 날선 시선이 따라왔다. 이 여사는 괜한 말을 꺼낸 입술을 꼼질거리며 딴청 부리듯 눈길을 돌렸다.

하지만 이대로 그냥 가기에는 아쉽다. 다른 누구도 아닌 윤이안의 첫 여자 친구를 대면할 수 있는 기회를 날리자니 도무지 아까워서 발길이 떨어지지 않았다.

"정 없는 놈."

'형님, 나이스.'

저 싸늘한 면상에 대고 독설을 날리는 형님을 보며 이 여사는 가슴 밑바닥부터 존경심이 샘솟았다. 다만 욕을 먹은 당사자는 눈 하나 깜짝이지 않았지만.

"넌 꼭 너 빼닮은 아들 낳아라."

"네."

돌려 욕한 건데 이안은 넙죽 대답해 장 여사의 심기 불편함에 부채질을 했다. 장 여사의 얼굴이 울긋불긋해질 무렵이었다. 영원히 닫혀 있을 것 같던 침실 문이 열린 것도 그즈음이었다.

장 여사가 쌕쌕 거칠게 몰아쉬는 숨소리만 거실을 채우고 있는 터라 문이 열리며 들리는 경첩음을 기민하게 알아차릴 수 있었다. 세 사람의 시선이 일시에 침실로 향했다. 침실에서 단정한 차림을 한 은하가 다소 쭈뼛거리는 모양으로 나왔다.

은하는 세 쌍의 눈이 저를 향한 것을 보고는 움찔했다. 조금 긴장한 기색이 서렸지만 특유의 넉살을 간신히 끄집어내어 배시시 웃었다.

"안녕하세요."

저야말로 처음 와 본 공간이었는데 본의 아니게 집주인 행세를 한 것 같다고 생각하며 괜히 머쓱했다. 이안이 나가고 촉각을 곤두세우며 바깥에서 들리는 소리에 집중했다. 중년 여자의 목소리가 들려 그 정체가 대략 짐작이 갔다. 마주치지 않았으면 몰라도 아예 모르쇠 할 수는 없는 노릇이었다.

이렇게 인사를 하려고 나오기까지 은하는 많은 용기가 필요했다. 그런데 상대방이 굉장히 놀란 표정을 짓고 있어서 저렇게까지 놀랄 일인가 의구심이 들었다. 그때 은하의 귀로 놀란 탄성이 섞인 음성이 들렸다.

"너 은하 맞지?"

"네?"

은하는 그 말을 던진 여인에게 눈을 돌렸다. 다름 아닌 이 여사였다. 제 이름을 어떻게 아는 건지 고개를 갸웃거리다가 왠지 모르게 낯이 익은 것 같아 유심히 살폈다. 곧 은하의 머릿속에 어떠한 연결점이 생겼다.

"이나네 어머니?"

여기서 만날 줄은 몰랐던 터라 두 사람이 서로를 보며 입술을 벙긋거리는데 장 여사 홀로 영문을 몰라 두 사람을 번갈아 볼 뿐이었다.

❋ ✱ ❋

"넌 여기서 기다려."

이나는 운전석에서 내리려던 경태를 만류하고 차 문을 열었다.

"혼자 다니다가 뭔 일 나려고요."

"내가 애니?"

무성의하게 손을 대충 흔들어 대고 급하게 걸음을 내달렸다. 좀처럼 뛰는 일이 없는 이나를 보며 경태는 영문을 몰라 어리둥절해할 뿐이었다.

엘리베이터에서 주민들을 만났으나 호들갑을 떨며 말을 거는 일은 발생하지 않았다. 덕분에 이나는 찬찬히 생각에 집중할 수 있었다. 그녀는 엘리베이터에서 내려 현관문에 다다를 때까지도 생각을 그치지 않았다. 그런데도 적절한 변명의 말이 떠올려지는 게 없었다. 차임벨을 누르고 잠시 기다리는 순간에도 꾸역꾸역 변명을 짜냈다.

"왔어?"

정작 현관문을 열며 환하게 웃은 채 그녀를 맞이하는 은하를 보자 모든 생각이 사라졌다. 속인 게 괘씸할 텐데 그녀는 주먹으로 장난스럽게 이나의 볼을 누르는 걸로 그쳤다.

"어떻게 감쪽같이 속이냐?"

"그건…….'"

"뭐, 나 골리려고 한 건 아니겠지만 아무것도 모르고 별 얘길 다 했잖아. 쪽팔려."

"별 얘길 다 하긴 했지."

순순히 수긍하자 은하의 눈꼬리가 뾰족해졌다. 하지만 장난이었다는 듯이 금세 눈을 둥그렇게 뜨고는 안으로 이끌었다.

"이나 왔니?"

"네!"

거실에 있던 이 여사가 물어 오자 은하는 곧장 목소리를 높여 대답했다. 그러고는 이나에게 고개를 돌려 얼른 들어가자고 입 모양으로 말했다. 두 사람이 팔짱을 끼고 거실로 가자 세 쌍의 눈이 그들에게 향했다.

애인이 생겼다고 해도 윤이안은 윤이안이었다. 여전히 대화하기 편한 상대가 아니었기 때문에 가교 역할을 해 주는 은하의 존재가 필요했던 두 중년 여인들과, 모처럼의 데이트를 방해받아 심기 불편한 데다 손 뻗으면 닿을 곳에 그녀가 없으면 유독 허전함을 느끼는 남자 하나가 열렬히 은하를 기다리고 있었다.

"이나 너는 어떻게 엄마한테 이런 사실을 감춰?"

이 여사는 딸을 보자마자 타박했다. 들어 보니 이미 오래전부터 알고 있었다는데 저 혼자만 알고 있던 게 얄미웠다.

"잘 지내셨어요, 큰엄마."

"응. 요즘 드라마 잘 보고 있어."

그러나 이나가 가장 먼저 알은체한 대상은 장 여사였다. 몇 마디 덕담을 주고받고 이안과는 가볍게 눈인사를 한 후에야 제 모친에게 시선을 돌렸다.

"남의 연애사 꼬치꼬치 캐묻는 거 아니에요."

"이안이가 어디 남이니? 그리고 은하는 네 친구잖아."

"그러니까 말할 때 더 신중해야죠."

정론을 얘기하는 바람에 더 반박할 근거가 없는 이 여사는 '저 여자 윤이안 같은 계집애'라고 속으로 툴툴거렸다.

"그나저나 은하 진짜 예뻐졌다."

앙금을 오래 마음에 담아 두는 성격이 아닌 터라 이 여사는 금세 화제를 돌렸다. 갑작스러운 칭찬에 은하가 민망한 미소를 지었다.

"아주 몰라보겠어. 이제 조금만 더 빼면 배우 뺨치겠다, 얘."

"하하하."

"말씀은 똑바로 하시죠."

은하가 어설프게 웃고 있을 때 냉정한 목소리가 주의를 환기

시켰다. 바늘 하나 들어가지 않을 것처럼 단호한 어투에 이 여사가 머쓱한지 턱을 문질렀다.

"내가 좀 과장을 했다지만, 네 애인인데 너무 냉정하게……."

이 여사의 말은 끝까지 이어지지 못했다. 태연히 툭 끼어들었을 때보다 더욱 단호해진 얼굴로 이안이 덧붙였다.

"은하 씨는 항상 예뻤습니다."

그것만이 진리라는 듯이 선언하는 이안에 그 자리에 있는 모든 사람들의 얼굴이 처참하게 일그러졌다. 묘한 침묵이 내려앉았지만 이안의 눈빛은 한 점 흔들림 없이 올곧았다.

It Girl

마지막 손님이 일어나자 홀 아주머니 한 분이 급히 그 자리를 치우고는 예약석 팻말을 올려 두었다. 그 자리를 마지막으로 이제 전석이 모두 예약석으로 둔갑했다.

은하는 자리가 모두 비워진 걸 확인하고 출입문에 걸린 OPEN이라고 쓰인 표지판을 뒤집어 CLOSED로 바꾸었다.

"이제 마지막 팀 남았으니까 힘냅시다."

은하는 주방으로 돌아가는 길에 아주머니들 한 분, 한 분과 눈을 맞추고 파이팅을 외치며 힘을 북돋았다. 밑반찬 세팅은 이미 마친 상태였다.

"오늘 아주 불판 쌔 빠지게 닦아야겠네."

설거지를 도맡은 아주머니 두 분이 제 팔을 도닥거리면서 네 알통이 크니, 내 알통이 크니 농담을 주고받는 모습에 은하가 웃고 있을 때였다.

"손님 들어옵니다!"

홀에서 콜이 들렸다. 오늘 같은 큰 규모의 단체 예약이 드문 편은 아니지만 매번 겪을 때마다 몸살을 앓아야 했다. 이제 사투를 벌여야 할 시간이었다.

"3번 테이블 물냉 다섯."

"5번 테이블 물냉 둘, 비냉 하나, 6번 테이블 비냉 둘."

"8번 테이블 청국장 둘, 물냉 셋."

예약 당시 대략적으로 식사 종류도 맞춰 두긴 했지만 막상 현장에서 주문이 수시로 들어오기 마련이었다. 오늘도 어김없이 메인인 갈비가 나간 후로 추가주문이 이어졌다. 가만히 쉬는 사람 하나 없이 모두들 바쁘게 움직였다.

음식점을 통으로 빌린 만큼 한 번에 수용해야 하는 인원이 상당하기에 일거리가 엄청났다. 생고기에 비해서 양념갈비는 불판 교체 횟수가 잦아서 예고했던 대로 설거짓거리 역시 넘쳤다.

이 시간대가 지나가면 비교적 한산해지기 때문에 주방 식구들은 그들 나름대로 이를 악물고, 홀 식구들은 그들대로 피곤한 다리를 쉬지 않고 움직였다.

모든 걸 통솔해야 하는 은하 역시 주방으로 홀로 바쁘게 오갔다. 본격적으로 손님들이 식사를 하는 시간이라 더욱 정신이 없었다.

마침 홀 아주머니들 손이 꽉 찬 상태여서 추가 주문된 갈비를 가지고 홀로 나온 은하는 눈에 익은 이들과 가볍게 인사를 했다. 그 대상은 이나와 지민이었다.

톱 배우인 이나는 스태프들 사이에서도 의연하게 식사를 하고 있는 반면, 아이돌 가수로서는 정점을 찍었지만 배우로는 아직 햇병아리인 지민은 막 자대 배치를 받은 이등병처럼 군기가 잔뜩 들어간 상태였다. 그 극명한 차이에 은하는 설핏 웃었다.

중간중간 몇 번의 건배 선창이 더 있었다. 정신없이 식사를 하던 스태프들은 건배 선창이 들릴 적마다 급히 소주잔을 들어 올렸다. 몇 번이나 봤던 풍경이라 이제는 새롭지도 않았다.

그녀가 고기를 추가한 테이블에 넉넉히 놓아 주고 있는데 지각생 하나가 가게로 들어왔다.

"황 작가! 여기야!"

피곤한 기색이 역력해 보이던 여자는 저를 부르는 소리에 대충 손을 흔들고는 발 디딜 곳이 없는 와중에 용케 빈자리를 찾아 신발을 벗었다. 황 작가는 감독과 작가가 앉은 테이블로 갔다.

"어서 와."

"드라마 잘돼서 얼굴이 아주 활짝 폈네."

연락을 받기 직전까지 원고 작업을 하던 황 작가는 신수가 훤한 친구의 얼굴을 보고 혀를 찼다.

"시청률 좋고 통장은 차고 있는데 나쁠 건 없지."

드라마 작가는 거리낌 없이 그녀의 말을 받아쳤다.

"우리 윤 배우와는 초면이지? 굳이 소개 안 해도 우리 윤 배우 알지? 이나 씨, 이쪽은 〈냉장고에 뭐 있지〉 방송 작가예요. 우리 드라마에 잠깐 카메오로 출연한 김성진 MC가 맡고 있는 그 프로그램."

"처음 뵙겠습니다. 황영주예요."

"윤이나입니다. 방송 재미있게 보고 있어요."

황 작가는 자기 친구를 대할 때와는 전혀 다른 태도를 보였다.

"우리 방송에 이나 씨가 한번 게스트로 출연해 주면 가문의 영광일 텐데 혹시 관심 있으세요?"

"어이, 황 작가. 이런 자리에서까지 영업하지 마."

"이런 자리 아니면 내가 언제 윤이나 씨 존안을 뵐 수 있겠어?"

틀린 말은 아니지만 드라마 작가는 이나가 불편할 것을 배려해 그녀를 말렸다.

기본적으로 인간미가 없는 성격의 황 작가였지만 일 관련, 특히 섭외와 관련되면 인간 딸랑이에 인간 끈끈이주걱을 마다하지 않았다.

그러나 그녀를 상대하는 이나 또한 만만치 않았다. 황 작가가 보내는 끈끈한 눈길이 제법 부담스러울 법도 한데 이나는 대수롭지 않게 넘겼다.

"제 스케줄은 사장님이 관리하시니 소속사에 문의해 주세요."

이나는 매뉴얼대로 대꾸해 주었다. 확답을 받지 못한 황 작가가 실망을 고스란히 표정을 드러내고는 술잔을 들었다. 옆에서 드라마 작가가 식사하기도 전부터 술이냐고 핀잔을 주었지만 그녀는 연거푸 세 잔을 비웠다.

"요즘 방송 잘되면서 왜 그렇게 그늘이 졌어?"

"TV를 틀기만 하면 쿡방(요리 전문가들이 나와 직접 요리하는 모습을 보여 주는 방송)이잖아. 그러다 보니 이 방송에 나온 셰프가 저 방송에서도 나오고 그 방송에서도 나오고 이런다."

읽지 않은 부분

"그래도 포맷이 다르지 않아?"

"쿡방이 포맷이 달라 봤자 쿡방이지. 시청자들에게 어필할 수 있는 신선한 얼굴 찾기가 쉽지 않네. 어지간해서는 눈에 차지도 않고."

황 작가 스스로를 미식가라 자부하고 있기에 눈높이가 상향된 탓도 없지 않았다. 연락을 받기 전까지 섭외 문제로 머리를 싸매고 있었다. 나오기 싫었지만 식사를 거르고 있던 걸 기억하고 바람 쐴 겸 외출을 결정했다.

그런데 정작 식당에 들어와서는 식사에는 손대지 않고 술만 푸고 있었다.

"그러다 속 버린다."

드라마 작가의 타박이 이어졌다. 이나는 적당히 배를 채우고는 자리에서 일어났다. 여러 명의 시선이 따라붙었지만 개의치 않고 주방으로 향했다.

"부외자가 와서 불편한 건가?"

기어이 손에 쥐여 준 젓가락을 든 채 황 작가가 슬쩍 물었다. 드라마 작가는 그녀 앞에 고기를 옮겨다 주면서 피식 웃었다.

"새삼 신경 쓰이냐?"

"당연하지. 우리 방송에 출연할지 말지 중차대한 문제인데."

"이 가게 사장이 이나 씨랑 친구래. 얼굴 보러 간 거겠지 뭐. 밥이나 먹어."

"입맛 없는데."

황 작가는 계속되는 권유에 할 수 없이 고기를 집었다. 불판 위에서 지글지글 익어 가는 고기를 보면서도 식욕을 느끼지 못하는 얼굴로 억지로 입에 우겨 넣었다.

의욕 없이 느리게 움직이던 턱이 어느 순간 빨라지기 시작했다. 상한 동태눈처럼 흐릿했던 눈이 반짝거린 것 역시 그 순간이었다.

"가서 더 먹지, 왜?"

은하는 제 옆에서 어슬렁거리는 이나를 보며 피식거렸다. 어제 예상 밖의 만남을 아직도 신경 쓰는 눈치가 빤했다. 괜찮다고 했는데도 아무렇지 않게 넘기기엔 시간이 부족했던 모양이다.

은하는 그녀와 나눴던 대화를 떠올려 보고는 새삼 민망했다. 이나의 사촌 오빠인 줄 모르고 고스란히 스킨십 진도 얘기를 하고 말았다. 듣는 이나 역시 곤혹스러웠으리라 짐작했다. 어젯밤 허공에 몇 번이나 발차기를 했는지 모른다.

"그럴 리는 없겠지만 혹시 속상하게 만들면 얘기해."

이나는 가만히 있다가 이 말 한마디를 툭 내뱉었다. 이안을 이겨 먹는 게 쉬운 일은 아니지만 최대한 귀찮게 할 수는 있었다.

친구의 진심을 읽은 은하는 대답 대신 미소를 지었다.

"그래도 이제 사촌 오빠의 연애사는 안 들을 수 있겠네. 만세."

감흥 없이 중얼거린 말에 미소가 금세 흐려졌지만.

"이안 씨한테는 말하지 마."

"할 수 있겠냐?"

둘은 공감대를 형성하며 그저 고개를 끄덕였다. 어쨌든 비밀은 유지될 듯했다.

많은 대화가 오가진 않았지만 두 사람 사이엔 편안한 분위기가 이어졌다. 오랜 시간을 지낸 관계이기에 가능한 편안함이었다. 이제 한차례 폭풍이 지나가고 은하도 잠시 쉴 생각으로 손을 놓고 있었다.

이 시간은 제법 더 이어질 수 있었다. 갑작스런 불청객만 아니었다면.

"여기 사장님이 누구신지?"

낯선 여자의 목소리에 은하가 고개를 갸웃하며 홀 쪽으로 몸을 내밀었다. 혹시 음식에 무슨 문제라도 있는지 걱정이 앞섰다. 그러나 은하를 찾아온 사람은 항의하는 표정이 아니었다. 그보다는 훨씬 긍정적인 낯이었다.

"사장님이세요?"

"네. 무슨 일 있으세요?"

"그럼요! 큰일이죠!"

황 작가는 예고도 없이 은하의 손을 덥석 잡았다.

"사장님, 이 귀한 손으로 우리 대박 한번 만들어 보지 않으시겠어요?"

"네?"

은하의 표정이 황당함으로 물들어 갔지만 이미 황 작가는 자기 세상에 빠져 있었다. 뒤에서 이나 혼자 알 만하다는 얼굴로 헛웃음을 지었다.

세미나가 끝난 후 이안은 호텔에 올라와 잠시 휴식을 취하고 있었다. 1시간 후 친분 있는 의사들과 바에서 한잔하기로 하고 그전까지는 각자의 시간을 보냈다.

목을 조이고 있던 넥타이를 느슨하게 풀고 소파에 비스듬히 앉아 있던 이안은 핸드폰을 열고 사진첩으로 들어갔다. 고작 하루를 보지 못했다고 그리운 얼굴이 사진첩을 가득 채웠다.

어색하게 미소 짓는 얼굴, 슬쩍 눈을 피한 얼굴, 아예 다른 곳을 보고 있는 사진도 있었고 독사진 외에 이안과 함께 찍은 사진 수도 제법 여럿이었다.

은하와 만나기 전까지 이안의 사진첩은 기본적으로 주어지는 이미지 외에는 아무것도 없이 삭막하기만 했다. 그런데 이제는 시간이 날 때마다 볼 수 있게 은하의 사진으로 가득 채웠다.

계속 봐도 질리지 않았다. 고작 사진이었음에도 마치 그녀가 눈앞에 있는 듯이 이안은 무척 다정한 눈길로 화면을 응시했다. 문득 그것을 보고 있자니 그녀의 목소리도 듣고 싶어졌다.

통화를 할까 말까 그답지 않은 고민을 했다. 전화를 하기에는 꽤 늦은 시간이었다. 고민하는 동안에 어느덧 핸드폰 액정 화면이 까맣게 변했다.

그는 이내 눈을 감았다. 머릿속에는 자연스레 떠오르는 얼굴이 있었다. 예쁘게 웃는 얼굴, 수줍어하는 모습들이 하나둘씩 스쳐 간다. 누군가가 이렇게 소중할 수 있을까. 예전의 자신에게 말해 준다면 믿지 못할 것이다.

이안은 지금 당장 그녀에게 달려가고 싶었다. 충동에 져 버릴 것 같아 겨우겨우 참았다.

자신을 설득할 이유는 한 가지였다. 지금 서울로 올라간다고 해도 도착하면 너무 늦은 시각이 될 것이다. 막 잠에서 깬 얼굴도 사랑스럽겠지만 억지로 깨워 피곤하게 하고 싶지 않은 것, 그 이유였다.

이안이 충동과 애써 힘겨루기를 하고 있을 때 핸드폰에 새로운 메시지가 들어왔다. 영양가 없는 내용일 거라 짐작하고 핸드폰 패턴을 풀었다.

마음이 통한 건지 예상과 다르게 발신자는 지금 그의 머릿속을 가득 채우고 있는 당사자였다.

은하: 세미나는 잘 끝났어요?

같은 기종에 똑같이 서비스되는 평범한 폰트였는데 글자가 유난히 귀엽게 보였다. 이안의 입에서 바람 빠지는 소리가 나왔다.

이안: 끝나고 호텔 올라왔어요. 은하 씨는 지금 뭐 해요?
은하: 이런저런 생각들요.
이안: 이런저런 어떤 생각?
은하: 이안 씨 보고 싶다는 생각?

마지막으로 도착한 은하의 메시지를 보고 이안은 더 이상 가만히 있을 수 없었다. 그는 핸드폰을 쥔 채 행거에 걸어 두었던 재킷을 걸쳤다. 마침 세미나를 끝내고 그대로 호텔에 올라온 뒤라 짐을 풀어 놓지 않았다.

침대 옆에 세워 둔 캐리어를 끌고 객실을 나섰다.

"어? 윤 박사, 어디 가?"

마침 복도에 있던 동료 의사가 이안의 행색을 보고 의아히 여겼다.

"서울."

"뭐? 이 시간에 왜?"

"급한 일이 있어서."

평소의 이안답지 않게 서두르는 기색이라 의구심은 더욱 증가했다.

"한잔하기로 한 건?"

"나중에."

이안은 손을 들어 보이고는 그를 지나쳤다. 동료 의사는 다소 멍해진 얼굴로 그의 뒷모습을 지켜볼 따름이었다.

단체 예약 손님들이 2차를 위해 떠나고 나서도 이나는 한참이나 가게에 머물렀다.

이나만큼이나 오래 머문 사람이 또 하나 있었는데 바로 자신을 〈냉장고에 뭐 있지〉의 방송 작가라고 소개했던 황 작가였다.

첫 만남의 강한 인상이 무색하지 않게 제 개성을 뽐내던 황 작가는 끈질기게 은하를 섭외하고자 했다.

셰프들이 제한된 시간 내에 게스트들이 요청한 요리를 만들어 내는 포맷의 방송이었는데 그녀가 이 방송에 걸맞는 새로운 얼굴이라고 입에 침이 마르도록 설득했다.

은하가 수락할 때까지 가지 않고 버틸 것처럼 굴던 황 작가는 기어이 그녀의 핸드폰 번호를 받고서야 일단락 지었다.

"보통이 아닌 사람이었어."

은하는 황 작가를 회상하며 고개를 내둘렀다. 섭외 장면을 고스란히 지켜본 이나 역시 어느 정도 동조했다.

'그럼에도 불구하고 끝까지 수락하지 않은 너도 만만치 않은데.'

이나는 의미심장한 표정으로 은하를 보며 생각했지만 굳이 그 생각을 입 밖으로 꺼내지는 않았다. 내일 새벽부터 광고 촬영이 있다는 경태의 닦달에 이나는 겨우 엉덩이를 뗐다.

"내일 촬영 잘해. 경태도 운전 조심해서 가고."

"들어가세요, 누나."

은하는 손을 흔들어 주고는 한 걸음 뒤로 물러났다. 경태는 조수석 쪽 창문을 열고는 은하에게 꾸벅 인사했다. 뒷좌석에 앉은 이나 역시 창문을 연 채 손을 살랑살랑 흔들었다.

은하는 두 사람이 떠나는 모습을 지켜보다가 차가 까맣게 점으로 보이게 된 후에야 비로소 뒤돌았다.

여러 가지로 재미있었던 하루라고 생각하며 대문을 밀었다. 피로가 뒤늦게 밀려들었다.

"은하야."

걸음을 옮기던 그녀의 발을 어떤 목소리가 붙잡았다.

은하는 소리가 들리는 곳으로 고개를 돌려 건을 마주했다.

오랜만에 보는 기분이었다. 사실 제대로 인사도 나눌 새 없이 헤어지고 난 다음에 처음 보는 것이니 만나지 않은 날이 짧지 않았다.

"잘 지냈어요?"

"그냥."

건이 흐리게 웃으며 어깨를 으쓱했다.

"차 한잔 마실 시간 있어?"

곧장 권유를 해 온다. 은하는 손목시계를 잠시 들여다보고는 고개를 끄덕였다.

"요 앞의 카페로 갈까요?"

"그래."

두 사람은 나란히 걸었지만 별말을 주고받진 않았다. 그건 카페에 들어와서 차를 주문하고 나서도 지속되었는데 다소 어색한 흐름을 깨 준 건 진동 벨이었다.

은하가 그것을 들고 일어나려는데 건이 만류하고 데스크로 갔다.

건이 쟁반에 주문한 음료를 가져오는 동안 은하는 담담히 앉아 있었다. 늦은 시각이어서 커피 대신에 주문한 허브티는 그녀 입맛에는 밍밍했지만 향기만은 만족스러웠다.

"그 사람이랑은 사귀기로 한 거야?"

"네."

건이 먼저 그 화제를 꺼낼 줄은 몰랐다. 하지만 그 질문은 근황과도 연결되었기에 은하는 순순히 대꾸했다.

고개를 끄덕이며 인정하는 그녀를 보는 건의 눈빛이 다시 흐려졌다.

"그날부터?"

"네."

"오래 알고 지낸 사람 같진 않던데."

"맹장 수술 때문에 병원에 갔다가 알게 됐어요."

"아아, 그때."

고작 몇 달. 시간을 비교하자면 건이 그녀를 알아 온 시간과는 비교가 되지 않게 짧은 기간이었다.

"내가 멍청한 건지 그 사람이 똑똑한 건지 모르겠다. 아니면 둘 다인가?"

알 수 없는 말을 하는 건에 은하는 고개를 갸웃거렸다. 무슨 의미인지 이해를 하지 못했다. 얼굴에 고스란히 드러나는 생각을 읽고는 건이 씁쓸하게 웃었다.

"너를 알게 된 시간이 짧은데도 그 사람은 금방 네 진가를 알아봤으니까. 내가 바보 같아졌어."

"왜 그런 소리를 해요?"

"네가 나한테 얼마나 소중했는지 더 빨리 알아차렸으면 좋았을 텐데. 넌 충분히 오래 기다려 주었는데 미련한 내가 너무 싫다."

"오빠."

"한 번만 기회를 달라고, 돌아와 달라고 해도 안 되겠지?"

체념조로 중얼거렸으나 건의 눈빛은 제법 진지해서 은하는 자신 역시 진지하게 대답해 주어야 한다는 책임감을 느꼈다.

잠시 숨을 고르는 동안에 생각을 정리하고는 천천히 입을 열었다.

"누구의 잘못도 아니에요. 제가 오빠에게, 오빠가 제게 향했던 감정이 그저 서로 만나지 못했을 뿐이니까. 이렇게만 말하면 무책임하게 들릴지 모르겠지만. 응, 그냥 그랬어요. 자책할 필요 없어요. 저와 오빠의 감정은 그저 평행선 위에 놓였던 거예요. 그래서 만날 수 없었던 거니까 후회도 하지 마세요."

그 말을 하는 은하의 목소리가 상냥하지만 그만큼 또 단호해서 건은 쓰게 웃을 수밖에 없었다.

"제가 그 사람을 만난 것처럼 오빠 역시 일직선 위에서 또 다른 누군가를 만나게 될 거예요. 오빠는 좋은 사람이니까."

그녀의 마음을 되돌릴 수 있으리란 기대는 이미 버린 지 오래였다. 하지만 아쉬움이 드는 건 그와 별개였다.

"너 같은 사람이 또 있을까?"

그의 음성에 짙게 배어 나오는 회한을 그녀라고 눈치채지 못했을 리 없다. 그래서 은하는 짐짓 장난스러운 미소를 머금었다.

"저 같은 사람이 흔하진 않죠?"

뻔뻔한 응수에 건은 얼빠진 표정을 지었다. 잠시 후 두 사람의 입에서 동시에 웃음이 터져 나왔다.

"내일 출근도 하려면 이제 일어나야겠죠?"

은하가 먼저 청하며 자리에서 일어나자 건은 턱 끝으로 테이블을 가리켰다.

"나는 차 좀 더 마시고."

"음, 그래요."

은하는 그를 향해 돌연 손을 내밀었다. 건이 의중을 살피니 그녀가 눈을 굽히며 미소 지었다.

"우리 악수나 하자고요."

건은 직감적으로 이것이 감정 정리의 마지막 단계임을 알아차렸다. 악수를 하고 나면 모든 게 끝일 거라 예감했지만 거절할 수 없었다. 그는 은하의 손을 마주 잡았다. 그녀의 손은 참 따뜻했다.

글씨 않은 부권

짧은 악수를 마치고 은하는 돌아섰다. 하지만 건은 그녀가 카페를 나갈 때까지 자리에서 움직일 수 없었다.

건에 대한 감정은 진즉 정리했다. 그것에 미련이 남았던 적은 없는데 오늘의 일은 남달랐다.

은하는 건과 악수했던 손을 한번 훑어보고는 뒷짐을 졌다. 마음에 남아 있던 부채감이 마저 사라졌다.

이 순간 이안이 갑자기 보고 싶어졌다. 지금쯤이면 세미나도 끝났을 것 같아 그에게 메시지를 보냈다.

은하: 세미나는 잘 끝났어요?

메시지 앞의 숫자가 금세 사라지고 그에게서 답장이 왔다.

이안: 끝나고 호텔 올라왔어요. 은하 씨는 지금 뭐 해요?

집으로 돌아가는 중? 걷는 중? 아니면 건과 만나고 헤어졌다고 해야 하나?

하지만 그 어느 것도 적당하지 않았다. 그래서 은하는 좀 더 두루뭉술하게 대답했다.

은하: 이런저런 생각들요.
이안: 이런저런 어떤 생각?

그의 질문에 은하는 핸드폰을 꺼내기 직전 자연스럽게 떠올린 생각을 되뇌었다. 어떤 수식어도 붙이지 않은 날것 그대로의 진심을 전하기로 했다.

은하: 이안 씨 보고 싶다는 생각?

숫자는 사라졌지만 이 메시지 이후로 그가 답장이 없자 은하는 다소 아쉬움을 느꼈다. 그의 대답을 기다리는 동안 은하는 어느새 집에 도착했다. 그 후로도 한참이나 기다렸지만 메시지는 오지 않았다. 그렇다고 섭섭하지 않은 건 아니었지만.

그녀는 메시지를 읽는 중에 급한 다른 일이 생겼구나, 홀로 납득했다. 은하는 핸드폰을 소파 위에 둔 채 집 안 정리를 시작했다. 적당히 치우긴 했지만 아무래도 손님이 다녀간 흔적이 곳곳에 남았다.

거실을 치우고 인터넷도 좀 하다가 책을 읽기도 하며 시간을 보냈더니 어느새 2시간이 훌쩍 가 버렸다. 그녀는 피곤한 눈을 비비며 책을 내려놨다.

느리게 하품을 하고 자리에서 일어나는데 잠잠하던 핸드폰이 울려 댔다.

"어?"

갑자기 걸려 온 전화는 이안에게서였다. 2시간 내내 답장이 없어서 섭섭하던 마음이 이 전화 한 통에 녹아내렸다.

"이안 씨?"

– 집 밖으로 나와 볼래요?

"설마!"

은하는 저도 모르게 큰 소리를 냈다. 그녀가 얼마나 놀랐는지 짐작이 가는지 이안의 웃음소리가 들렸다. 은하는 거의 뛸 듯이 현관으로 걸어갔다. 종래에는 결국 뛰고 말았지만.

대문까지 뛰어나가면서도 핸드폰은 여전히 통화 상태였다. 은하는 대문을 열고 깜짝 선물처럼 등장한 이안을 봤다. 그녀를 보자 이안은 다정한 미소를 지었다.

"한 밤 자고 온다면서요?"

"내가 보고 싶었다며. 안 반가워요?"

"그 메시지 하나 때문에 이렇게 왔다고요?"

"나도 보고 싶었으니까."

장거리 밤 운전이 얼마나 피곤한지 잘 알고 있었다. 하지만 제 한마디에 그것을 모두 감수하고 달려와 준 이안 때문에 가슴이 벅찼다. 그녀는 마음이 시키는 대로 무작정 그를 끌어안았다.

늦은 시각이라 다소 감성적이 된 건지도 모른다. 그럼에도 입 밖으로 흘러나오는 말을 멈추고 싶지는 않았다.

"자고 가요."

그녀의 포옹에 기꺼운 마음으로 마주 안던 이안이 멈칫했다. 그 한마디는 여러 가지로 해석이 가능했다. 하지만 은하는 금방 그의 고민을 일축시켜 주었다.

"피곤하지 않으면 어제 못한 것 마저 하고요."

너무나도 명백한 초대에 오히려 잠시 아무것도 하지 못했다. 은하가 그의 가슴에 파묻었던 고개를 들어 올리기까지.

별을 담아 놓은 것처럼 예쁘게 반짝이는 눈동자를 마주하는 순간 이안은 더 이상 참지 못하고 그녀를 덮칠 듯한 기세로 입술을 포개었다. 두 팔 가득 그의 등을 끌어안으며 은하는 희미하게 미소 지었다.

　살을 스치는 쌀쌀한 새벽 공기에 은하가 잠시 눈을 떴다. 이제 가을로 접어드는 날씨여서 새벽녘은 온도가 낮았다. 그녀는 주변을 살피다가 제 옆에 누워 잠든 이안을 발견했다. 아직은 자신의 침대 위에서 그를 보는 게 낯설었다.

　자연스럽게 지난밤 일들이 머릿속을 지나갔다. 은하는 잠시 얼굴을 붉혔다.

　이안은 대부분 신사답지만 그런 젠틀함이 침대 위까지 이어지지는 않았다. 처음인 그녀를 배려해 주었지만 그녀가 아는 것보다 더 즉물적이었다.

　몹시 부끄러운 대화도 주고받았던 기억이 절로 떠오르자 두 손에 얼굴을 파묻었다. 몸살이 난 것처럼 나른한, 그러면서도 하복부에서 느껴지는 통증에 홀로 민망했다.

　한동안은 저 입술로 무언갈 먹는 모습만 봐도 고개를 돌릴 것 같았다. 은하는 이안의 요망한 입술을 지그시 노려봤다.

　저 입에서 도대체 어떤 말들이 나왔던가. 그리고 또 무엇을 했던가. 기억들이 한 번에 덮치니 부끄러움에 몸을 떨 수밖에 없었다.

　심지어는 그가 예쁘다는 말을 해도 고개를 들지 못할 것 같았다. 어젯밤 수천 번은 더 들었을 것 같은 예쁘다는 말이 그토록 야하게 들릴 줄은 전에는 미처 몰랐다.

"더 예쁘게 울어 봐요."

귓가에 느릿하게 뱉어 대던 말이 새삼 떠올랐다. 금욕적인 얼굴을 해서는 밤새 그녀를 놓아주지 않고 듣는 사람이 더 부끄러운 말들을 쏟아 냈다.

어젯밤에는 도대체 무슨 정신이었는지 모르겠다. 그녀도 제법 부끄러운 소리를 해 댔던 것 같다. 그런데 그 순간에는 전혀 의식하지 못했는데 지나고 보니 얼굴을 들기 어려웠다.

전부 이안 때문이었다. 객관적으로 통통과 뚱뚱 사이에 있는 몸일 뿐인데 이안은 세상에서 가장 아름다운 여자처럼 그녀를 대우해 주었다. 밤의 효과인지 몰라도 그 순간 은하는 진실로 저 자신이 아름답게 여겨졌다.

하지만 지나고 보면 이안은 언제나 그녀를 예쁘고 아름답다고 노래했다. 그리고 행동으로 직접 보여 주기도 했다. 은하의 입가에 천천히 미소가 지어졌다.

적어도 이 사람에게 자신은 세상에서 가장 아름다운 여자일 것이다. 그거면 충분하다.

"왜 벌써 일어났어요?"

그녀의 벗은 등으로 이안의 손길이 닿았다. 은하는 고개를 흔들고는 다시 눈을 감았다. 언제인지 모르게 이안이 그녀를 제 품에 끌어당겼다.

"더 자."

새벽이어서 다소 가라앉은 음성이었으나 은하는 그 목소리도 듣기 좋았다.

그녀는 이안의 품에서 고개를 끄덕였다.

등을 토닥이는 손에 점차 밀려났던 수마가 돌아왔다. 곧 은하는 고른 숨을 내쉬며 다시 잠들었다.

✽ ✽ ✽

병원 관계자들은 신기하면서도 불안한 상황을 맞이하고 있었다. 특히 그 증상은 외과 레지던트 및 인턴들에게 더 심하게 나타났다. 그 이유라면.

"요즘 도독 님답지 않아."

"너무 다정해졌어."

물론 그 다정하다는 기준이 망망대해처럼 관대하긴 했지만 분위기가 풀어진 것에 대해서는 모두가 입을 모아 한목소리로 인정했다. 이안은 여전히 그다웠지만 예전에는 시베리아 허허벌판 한곳에 툭 튀어나온 송곳 같았다면 지금은 서울 시내에 있는 송곳이라고 할 수 있었다.

그 변화는 여러 날 이어지고 있어서 불안한 마음으로 그를 주시하고 있었다. 그에 대해 이안의 동기이며 내과의이기도 한 남자가 의외로 정상적인 진단을 내렸다.

"연애가 순항 중인가 보지."

도독답지 않게 너무 인간적인 반응이라며 모두가 질색을 하긴 했지만.

다른 사람들이 저에 대해 뭐라고 떠들든 관심 없는 이안은 유난히 더 신경 쓴 차림으로 퇴근 중이었다.

그 후 황 작가의 섭외 전화가 계속해서 이어졌다. 그녀가 인터넷 방송 BJ로 활동하고 있는 것까지 알아내고선 카메라 수만 몇 개 더 늘어날 뿐이지, 그리 부담되는 일이 아니라면서 듣기 좋은 말로 구슬렸다.

다른 곳에서도 섭외 전화를 받기는 했지만 그중에서도 황 작가의 열정은 은하가 혀를 내두를 정도였다.

저렇게 열정적으로 자기 일을 하는 사람에게 호의적인 은하는 새로운 시각으로 이번 섭외를 생각해 보게 됐다. 아직 확실히 결정한 건 아니지만 새로운 일거리에 대해 은하는 나름대로 긍정적인 생각을 가졌다.

뿐만 아니라 돼지가 시집가는 날의 2호점 문의까지 지속적으로 들어오고 있어서 정신없는 나날을 보냈다. 원체 스타들의 맛집으로 유명했고 최근에는 지민까지 자주 오가다 보니 팬들 사이에서 알음알음 계속 퍼져 나가는 모양이었다. 항상 바빴지만 요즘은 더더욱 눈코 뜰 새 없었다.

그러나 아무리 일이 많다고 해도 오늘은 빠질 수 없는 약속이 있기에 일찌감치 집으로 와서 고기 냄새를 지우기 위해 샤워를 한 참이었다.

신중하게 골라 놓은 옷을 입으면서도 은하는 자꾸만 옷장에 시선을 던졌다. 결국 몸에 걸친 건 지난밤 내내 고민해서 결정한 옷이지만 여전히 부족함이 눈에 들어왔다.

이토록 머리 싸매고 있는 그녀를 아는 걸까? 전화가 울리며 은하는 옷에 대한 생각을 잠시 잊었다. 그녀는 반가운 얼굴로 전화를 받았다.

"이안 씨!"

– 도착했어요.

"벌써요?"

은하는 깜짝 놀라 시간을 확인했다. 이안이 약속보다 조금 이르게 도착해 그녀는 마음이 급해졌다.

"금방 나갈게요."

그녀는 핸드폰과 백을 챙기고는 급하게 밖으로 나왔다. 이안은 차에 내려서 그녀를 기다리고 있었다. 은하는 차에 오르면서 뒷좌석에 실려 있는 과일 바구니를 발견했다.

"이건 제가 준비했어야 했는데요."

"누가 준비하든 무슨 상관이에요?"

사실 이런 거 필요 없다며 첨언하는 이안의 표정은 태연하기만 했다.

"처음 인사 가는 거니까요."

이안의 집에 인사를 하러 갈 계획은 갑자기 잡혔다. 전화번호를 교환하고 종종 연락을 주고받았던 장 여사가 집에 놀러 오라고 한 게 계기였다. 거절할 구실은 전혀 없었고 한 번쯤 인사가 필요했던 참이라 속전속결로 날짜가 정해졌다.

"나 오늘 괜찮아요?"

은하는 몸을 돌려 이안을 바라보며 물었다. 다소 긴장한 기색이 묻어나자 이안은 용기를 주는 미소를 지었다.

"예뻐요."

"그러지 말고 진지하게요."

"진지한데?"

글지 않은 부분

그 말마따나 진지한 표정을 짓고 있어서 은하는 결국 픽 바람 빠지는 소리를 냈다. 긴장도 조금 완화되었다.

"이안 씨 다른 가족분들은 어때요?"

"아버지는 무뚝뚝한 분이신데 의외로 표정이 얼굴에 잘 드러나는 편이라 잘 관찰하면 어렵지 않아요."

"무뚝뚝한데 표정이 잘 드러난다고요?"

"자세히 봐야 알 수 있어요. 감정 기복도 그렇게 크지 않아서 무뚝뚝해 보이는 얼굴이긴 한데, 긴장하지만 않으면 내가 말한 의미를 이해할 수 있을 겁니다. 은하 씨를 환영하는 마음은 어머니와 다르지 않으니까 어렵게 여기지 마요."

"음, 할아버님은요?"

"조부는."

이안은 잠시 말을 멈추고 곰곰이 정리를 했다. 한마디로 정의 내릴 수 없는 사람이 바로 조부였다.

"즉흥적이면서도 이해타산적이고 속이 의뭉스러운 노인이에요. 상대방 골려 먹기 좋아하는 심술궂은 면도 있지만요."

이안이 누군가에 대해 이렇게 야박하게 말한 걸 본 적이 없는 은하는 다소 놀란 표정을 지었다. 하지만 그의 얼굴을 본 순간 납득하게 됐다.

'할아버님이랑 친하구나.'

그의 눈빛에는 제법 애정이 묻어나고 있었다. 은하는 이안이 이렇게까지 말하게 만든 그의 조부에 대해 호기심이 피어났다.

"재미있는 분이신가 봐요."

"당하는 입장에서는 그렇게 여기지 않겠지만 보는 건 확실히 재미있죠."

은하는 수긍하며 고개를 끄덕였다.

"조부도 걱정하지 않아도 돼요. 그분은 확실히 은하 씨를 좋아할 테니까요."

"그걸 이안 씨가 어떻게 알아요?"

"서프라이즈를 위해 그 이유는 지금 말하지 않을게요. 조부를 뵙고 나면 은하 씨가 절로 이해할 거예요."

이안은 거기까지만 얘기하고 더는 설명해 주지 않았다. 은하는 더욱 궁금했지만 정말로 말해 주지 않을 심산 같아 단념했다.

다른 주제로 대화를 나누다 보니 어느덧 이안의 본가에 도착하게 됐다.

"은하야, 어서 와."

현관에서부터 장 여사는 반갑게 그녀를 맞이했다. 아무 이유 없이 무턱대고 좋아해 주는 그의 모친이 고맙기도 하고 의아스럽기도 한 은하였다. 하지만 호의를 가진 상대에 은하는 그 못지 않게 반갑게 응대했다.

"오는 길 막히지는 않았고?"

"네. 어머님은 그때보다 더 고와지신 것 같아요."

"어머, 얘는."

자고로 외모를 추켜세워서 싫어하는 여자가 없듯이 장 여사 역시 웃음소리가 한결 더 커졌다.

"여보, 어서 와서 은하 봐요. 당신 계속 보고 싶어 했잖아요."

장 여사는 현관 앞에 서서 들어오라는 말을 하기도 전에 은하를 붙들고 한참 얘기를 나누다가 뒤늦게 뒤편에서 잇달아 들리는 헛기침 소리를 알아차렸다. 장 여사는 이제야 제 남편의 존재를 기억하고는 목소리를 높여 불렀다. 좀 전까지 요란하던 헛기침 소리가 잦아들며 오히려 잠잠하게 변했다.

"어휴, 점잔 빼기는."

그녀는 고개를 절레절레 흔들고는 은하를 안으로 이끌었다.

"안녕하세요, 아버님."

"흠흠. 그래, 어서 와라."

오면서 이안이 말한 대로 부친은 굉장히 무뚝뚝한 인상을 가졌다. 말투 역시 정감 가는 투는 아니었으나 희미하게 서린 반가운 기색을 읽을 수 있었다. 만일 이안에게 듣지 못했다면 반기지 않는다고 오해했을지도 모른다.

은하는 상대가 거북하지 않을 정도로 관찰을 하며 자그마한 힌트를 찾았다. 그의 표정을 세세하게 뜯어보고는 결론 내렸다.

'수줍음이 많으시구나.'

그녀는 해치지 않는다는 뜻에서 더욱 친애의 뜻을 담아 웃어 보였고, 이안의 부친은 더더욱 무표정해졌으나 볼 근육이 꿈틀거렸다. 은하는 오기 전에 마음을 무겁게 짓누르던 부담감을 훌훌 털었다. 실실 웃음이 흘러나올 것 같아 입술을 꼭 다물었지만 이안의 가족과 잘 지낼 수 있을 거란 기대감이 샘솟았다.

"앉아 있으렴. 할아버지 지금 서재에 계셔. 엄마가 불러올게."

앞에 말은 은하에게, 뒷말은 이안에게 했다. 장 여사가 움직이려는 걸 말린 사람은 이안이었다.

"저희가 가 보겠습니다."

"어머?"

장 여사는 의외라는 얼굴이었다. 슬쩍 은하를 보고는 이안에게 다가가 속삭였다.

"괜찮겠니? 할아버지가 평범한 성격은 아니잖아. 마음의 준비나 더 하게 하지그래."

"괜찮아요. 괜찮죠, 은하 씨?"

"네? 네."

은하는 장 여사가 무얼 걱정하는지 몰라 다소 어리둥절했으나 할아버지를 뵈러 간다는 요지를 파악하고는 선뜻 대답했다.

"어머님 쉬고 계세요. 저희가 할아버지 모시고 올게요."

"그럴래?"

그녀까지 동의하니 더 말리진 않았지만 그래도 내심 걱정했다.

'아버님이 워낙 비범하셔야지.'

괜한 소리를 해서 기껏 데려온 손자며느리 도망가지 않게만 하면 좋겠다고 소박하게 꿈꿨다.

"어머님이 왜 저렇게 염려하세요?"

서재로 가는 길에 은하가 슬쩍 물었다. 작은 소리로 묻느라고 이안에게 붙듯이 가까이 다가가자 이안은 배부른 짐승 같은 얼굴로 웃었다. 은하는 웃지만 말고 대답해 보라고 채근했다.

"저기요."

이안은 대답 대신 은하의 어깨를 기어이 감싸 안았다. 그녀는 혀를 내두르며 제 어깨에 얹은 손을 톡톡 두드렸다.

"잘생긴 의사 쌤, 손 원위치에 두시고 대답이나 해 보세요."

"괜한 걱정이니 마음 편히 가져요."

몇 번의 다그침 끝에 대답이 돌아왔으나 그녀를 안은 팔을 풀지는 않았다. 두 사람의 교제가 더욱 깊어진 그날 이후 스킨십을 더더욱 빈번히 했다. 그나마 본가라 어깨를 안은 정도지, 두 사람 집이나 차 안이었다면 이 손은 더 아래에 있었을 것이다.

안팎으로 사이가 좋다 못해 끈끈한 커플이었다. 한 쌍의 바퀴벌레처럼 서로에게 안달이 나는 건 연애 초기를 겪는 커플이라면 대다수 비슷한 양상이었다. 연애 초기와 중기가 다르고, 또 연애와 결혼이 다르다고들 하니 다시 오지 않을 이 시기를 그냥 즐기자고 결심이 선 것 역시 그날 이후였다.

그래도 어른들 앞에서 너무 붙어 있는 모습은 예의가 아니라는 생각에 자중하려 했다. 떨어질 줄 모르는 이안으로 인해 결과는 실패였지만.

똑똑!

이안이 서재까지 안내하고 나직이 노크했다. 가타부타 대답 대신 그들을 반기는 건 노랫소리였다.

은하는 간드러지는 음성으로 부르는 '서울엘랑 가지 마오' 구절에서 설핏 웃었다. 어르신들 취향은 비슷한가 보다 여기며.

"할아버님이 노래 좋아하시나 봐요."

이안은 대답 대신 묘한 얼굴로 잠시 그녀를 바라봤다. 그리고 짧은 눈 마주침 후에 서재 문을 열었다. 문을 열자 노랫소리가 더욱 크게 들렸다.

처음에 은하는 오디오 스피커 음질이 참 좋다고 여기며 '어느 제품이지?' 하고 생각했다. 그러나 서재에 앉아서 음악 감상을 하고 있는 노인을 발견하고는 좀 전의 생각들을 잊지 못했다.

노인은 그녀를 보고는 전매특허 같은 심술궂은 미소를 지었다. 오기 전에 이안이 왜 그녀에게 걱정하지 마라, 조부는 당신을 마음에 들어 할 거라며 안심시켰는지 단번에 이해했다. 눈앞에 있는 노인은 그녀도 잘 아는 사람이었으니까.

"할아버지?"

한 달에도 몇 번씩이나 봤던 사람이었으니 못 알아볼 리 없었다. 바로 어제도 그녀의 가게에서 식사를 하고 가지 않았나.

표정으로 봐서는 그는 은하가 오늘 올 거라는 걸 이미 알고 있었던 듯하다. 그러면서 어제 한 마디도 하지 않았다. 은하는 속았다는 분함보다 유쾌함이 커서 결국 놀란 표정을 지우고 웃음을 터뜨렸다.

이안의 말대로 서프라이즈였다.

❋ ✱ ❋

"흥흥흥흥, 흥흥흥."

작게 콧노래를 부르며 병원에 들어서는 여자에게로 열 명 중 대여섯 명의 시선이 꽂혔다. 그런 시선을 아는지 모르는지 두 손 가득 든 짐에도 불편한 기색 하나 없이 경쾌하게 걸었다.

병원에는 다양한 인간 군상이 있었는데 여자는 그 어디에도 해당되지 않았다. 적당히 흥겹고, 그러면서도 크게 표 내지 않는 예의를 갖추었다. 실제로 뛰지는 않고 있지만 걸음을 내딛는 두 다리는 한없이 가벼웠다.

하지만 그도 잠시, 제가 타야 하는 엘리베이터 문이 닫히고 있는 걸 발견하고 부리나케 달려갔다. 사람들을 피해 뛰느라 아슬 아슬했다.

"감사합니다."

다행스럽게도 마침 안에 있던 승객 하나가 열림 버튼을 눌러 주었다. 그녀는 엘리베이터에 올라타고 곧장 인사했다.

"윤 교수 보러 왔어요, 은하 씨?"

숨을 가다듬으며 고개를 드는데 제 이름이 들려왔다. 은하는 상대를 확인하고는 이내 눈을 접으며 웃었다.

"안녕하세요, 선생님."

"이름으로 불러도 된다는데 계속 선생님이래요."

이안의 동기이자 내과의 성우찬은 짐짓 서운한 체했다.

우찬은 제법 넉살이 좋은 편이었고 은하 역시 내향적인 성격 은 아닌 터라 몇 번 만나지 않았더라도 불편한 기류는 없었다.

"손에 그거 무겁지 않으세요? 들어 드릴까요?"

"많이 무겁지 않아요. 아 참, 선생님 혹시 호두 파이 좋아하세 요?"

"호두 파이요?"

순간 우찬의 두 눈이 반짝 빛났다. 그 기세가 자못 부담스러운 나머지 은하는 티 나지 않게 뒤로 한 발자국 물러났다.

"없어서 못 먹죠."

열성적인 대답과 함께 성우찬의 시선이 자연스레 은하의 손으 로 향했다. 그녀가 들고 있는 물건의 정체를 간파한 것이다.

이글이글 타오를 것 같은 눈빛에 은하는 혀를 내둘렀다. 우찬 이 체구에 비해서 대식가라는 사실이 새삼 떠올랐다.

그녀는 넉넉하게 가져오길 잘했다고 스스로를 칭찬하며 상자 하나를 그에게 건넸다.

"가져가서 드세요."

"이걸 받아도 되는지 모르겠네요. 윤 교수가 알면 저 구박할 텐데?"

"에이, 안 그래요. 이안 씨 몫도 따로 있는 데다 다른 선생님들도 드실 수 있을 만큼 양이 넉넉해요."

은하는 제 손에 든 짐을 흔들었다. 우찬은 거절하려던 뉘앙스와는 달리 재빠르게 두 손으로 상자를 영접했다.

"잘 먹을게요."

마침 엘리베이터가 도착했다. 은하는 그에게 웃어 준 후에 밖으로 나왔다. 이안의 연구실로 가는 길이 더 이상 낯설지 않았다. 그녀는 연구실 문을 가볍게 두드린 뒤 손잡이를 돌렸다.

"제가 방해했나요?"

마치 그녀로 인해 대화가 급하게 중단된 것마냥 묘한 분위기가 흐르자 은하가 어색하게 입꼬리를 말았다.

"그럴 리가요."

이안은 산뜻하게 부정하며 힐긋 창식에게 눈길을 보냈다. 주눅 든 표정을 짓던 게 거짓말처럼 창식은 멀쩡해져서 고개를 흔들었다. 그녀를 반기는 모양새가 상당히 노골적이었다.

"어서 오세요, 사모님!"

"편하게 부르시라니까요."

그녀와 창식이 비슷한 또래였으나 교수의 애인과 제자라는 입장상 호칭이 애매했다. 이안의 동기들이야 그녀를 이름으로 불렀지만 제자들은 선뜻 이름을 부르지 못했다.

초반에는 가게를 빗대어서 사장님이라고도 불렀는데 어느 날부턴가 그 호칭이 쏙 들어갔다.

그리고 누군가 '사모님'이라고 부르기 시작한 뒤로는 그대로 호칭이 사모님으로 굳어졌다. 은하는 영 어색할 따름이었다.

"사모님을 사모님이라고 부르는데 왜 사모님이라고 부르냐고 하시면, 사모님이라서 사모님이라고 부른다고 할 수밖에 없죠."

이안의 제자들 중에서는 창식이 가장 넉살이 좋았다. 은하는 졌다는 듯이 고개를 절레절레 흔들다가 문득 떠오른 듯이 짐을 풀었다.

"혹시 견과류 알레르기 없으시죠?"

"전혀요."

"잘됐네요! 피곤할 때는 달달한 게 최고니까 이거 가져가서 동료분들이랑 나눠 드세요. 호두 파이예요."

"뭘 이런 걸 다."

창식은 슬쩍 이안의 눈치를 보더니 혹시라도 그녀가 마음이 변할세라 냉큼 상자를 받았다.

"잘 먹겠습니다. 교수님, 그러면 전 이만 가 보겠습니다."

그는 상자를 품에 끌어안고는 뒤돌아보지 않고 도망치듯 밖으로 나갔다.

"급한 일 있나 봐요."

"글쎄요?"

이안은 눈썹을 살짝 꿈틀거렸으나 은하를 돌아볼 때는 여느 때처럼 웃음 띤 표정을 지었다.

"나 주려던 거 나눠 준 거면 서운한데."

"이안 씨 거는 특별히 호두 더 많이 넣었어요."

은하가 의기양양하게 상자를 꺼내 들자 이안은 짐짓 서운한 척하던 것을 관두고 피식 웃음을 흘렸다.

"그리고 이건 이안 씨 점심."

내내 들춰 보지 않던 또 다른 짐을 가리키며 비밀을 말하기라도 하는 것처럼 작게 속삭였다. 확실히 이안을 위해 만든 특식이어서 남 주기는 아까웠다.

"바쁘게 움직였겠네."

이안은 그녀의 손에 들린 짐을 테이블에 내려놓고는 양손을 끌어당겼다. 순순히 그에게 끌려간 은하는 이안의 품에 안겼다. 그에 비해 확연히 아담한 체구는 흡사 그에게 파묻힌 것처럼 보였다.

"그냥 와도 된다는데 힘들게 자꾸 무리해요. 쟤들 것까지 굳이 챙기고."

"어차피 하는 김이라 그렇게 힘들지 않아요. 난 이안 씨 맛있게 먹는 모습 상상하면서 음식 만들 때가 제일 즐겁더라."

"말 한마디도 어쩌면 이렇게 예쁘게 할까? 그렇게 예쁜 소리 하는 게 이 입인가?"

이안은 그녀에게 고개를 숙이며 가볍게 입술을 포갰다. 은하는 살며시 닿았다가 떨어지는 감촉에 간질간질한 기분이 들어 혀를 내밀어 입술을 할짝였다.

그걸 본 이안의 눈매가 가느스름하게 변했다. 하지만 장소가 장소인지라 정도 이상의 스킨십으로 번지지는 않았다.

"어서 와서 먹어요. 이후에 급한 일정은 없는 거죠?"

은하는 이안의 손을 잡아 테이블로 끌었다. 그를 자리에 앉히고는 도시락을 펼치기 시작했다. 자그마치 3단 도시락통이었다.

맨위 칸에는 새싹과 소불고기를 가지런히 담은 비빔밥, 두 번째 칸에는 스테이크 꼬치를 비롯한 각종 모둠 꼬치와 채소 구이, 그리고 마지막 칸에는 수제 리코타 치즈 샐러드와 계절 과일이 담겼다.

"손 많이 갔겠네요."

이안은 감탄을 터뜨리는 한편 그녀의 고생을 안타까워했다. 은하는 제 수고를 공치사하지 않고 꼬치를 하나 들어 이안에게 내밀었다.

"맛있게 먹는 모습 보여 줘요."

조르듯이 말꼬리를 늘이며 그의 입술 앞에서 꼬치를 살랑살랑 흔들어 댔다. 이안은 고개를 숙여 꼬치를 덥석 물었다.

"교수님! 아……."

빠르게 노크를 하고 문을 열었던 규찬은 알콩달콩한 두 사람을 발견하고 낭패 어린 표정을 지었다.

본의 아니게 분위기를 깨 버렸다. 등 뒤로 진땀이 흘렀다. 평소에는 꼭 대답이 들리고서야 들어갔는데 오늘따라 뭐에 홀렸는지 허락이 떨어지기도 전에 문부터 열었다.

짧은 동안에 규찬의 얼굴은 희어졌다가 파랗게 질렸다.

"무슨 일이야?"

이안은 입안에 있던 음식물은 완전히 삼킨 후에 정적을 깼다. 규찬은 문가에서 쭈뼛거리며 자신의 손에 든 두툼한 문서를 만지작거렸다.

"리포트 제출 때문에. 죄송합니다."

규찬은 변명을 주워섬기다가 뒤늦게 꾸벅 허리를 숙이며 사과했다. 그에게 다행이라면 은하가 이 자리에 있다는 거였고 이안은 그녀 앞에서는 다소 유해지는 경향이 있었다.

"책상에 두고 나가 봐."

"옙."

"이 선생님, 김창식 선생님 편에 호두 파이 보냈는데 같이 드세요."

은하는 상냥한 음성으로 일러 줬다. 자리를 피할 구실이 생긴 규찬은 슬금슬금 뒤로 물러났다. 그러는 동안에도 이안은 별다른 기색이 없었다. 규찬은 은하를 향해 인사하고는 부리나케 밖으로 나갔다.

"급한 일 있나 보네요."

"빨리 가지 않으면 호두 파이가 다 사라질 테니까요."

더 이상 신경 쓰지 말라는 의도로 은하의 뺨을 감싸 부드럽게 제게 돌린 이안은 꼬치를 건넸다.

"점심 먹었어요?"

은하는 그의 손을 물리다가 기어이 입에 가져오는 걸 먹으며 고개를 끄덕였다.

"일찌감치 먹었죠. 그러니까 이안 씨나 어서 드세요."

그녀는 그를 대신해 비빔밥을 섞었다. 미리 고추장에 밥을 볶아 둔지라 채소와 불고기만 밥과 섞으면 완성이었다. 젓가락으로 능숙하게 밥을 섞어서 채소의 숨이 많이 죽지는 않아 더 먹음직스러웠다. 은하는 숟가락으로 재료가 모두 올라오도록 요령껏 푼 다음 이안에게 내밀었다.

"자! 아 하세요, 윤이안 어린이."

그녀가 장난스럽게 놀리는 말에 이안은 피식 웃었다. 순순히 입을 벌려 받아먹었다. 은하는 그의 손에 숟가락을 쥐여 주며 '참 잘했어요' 하고 속삭였다.

"상은?"

이안이 물끄러미 바라보며 짤막하게 물었다. 어디까지가 농담이고 어디까지가 진심인지 모를 진지한 표정이었다. 하지만 그 속셈을 알 만해 은하는 혀를 찼다. 대답 대신 보온통에서 미역국을 따라 그의 앞으로 밀었다.

"자, 상요. 목 막히지 않게 국물 떠먹으면서 먹어요."

예전 같으면 얼굴을 붉히고 순진한 반응을 할 텐데 이젠 제법 응수를 했다.

아쉬운 한편 두 사람 사이에 이만큼 시간이 쌓였다는 방증이 마음을 흡족케 했다. 처음과 완전히 같을 수 없지만 확실한 것은 서로에 대한 감정이 지나 온 시간에 비례해 점점 깊어진다는 사실이었다.

이안은 그녀가 밀어 준 그릇 대신 은하의 손목을 잡아 저에게로 이끌었다. 입술 위에 가볍게 키스를 하고서야 만족스러운 미소를 지었다. 은하는 얼결에 입맞춤을 당하고는 눈을 동그랗게 떴다.

예쁘다.

이안은 제 생각을 입 밖으로 내뱉는 대신 다시 한 번 입을 맞추고 바로 앉았다. 눈을 가느다랗게 뜨고 잠시 이안을 봤지만 은하는 결국 못 말리겠다는 듯이 고개를 흔들었다.

"장난 그만하고 이제 제대로 먹기나 해요."

"응."

천연덕스럽게 대꾸하고는 본격적으로 식사를 시작했다. 은하는 양손으로 턱을 괸 채 그 모습을 지켜봤다.

참 신기한 게 저렇게 듬뿍 떠서 먹는데도 게걸스러워 보이지 않았다. 그 이유가 식사 예절을 잘 갖춰서인지, 아니면 뭘 해도 그림이 되는 외모 덕인지 여전히 모르겠다. 먹는 모습을 보고만 있어도 기분이 좋았다.

"아, 토요일에 할아버지랑 노래방 가기로 했어요."

한참 그가 먹는 모습을 구경하던 은하가 갑자기 생각난 것을 툭 던졌다. 이안의 손이 멈칫했다.

"자꾸 받아 주면 버릇된다니까."

이안은 낮게 혀를 차며 그녀의 계획을 원치 않는 기색을 드러냈지만 대놓고 반대하지는 않았다.

원래 손님과 가게 주인으로 만나 왔던 이안의 조부와 은하는 정식으로 소개를 받고 난 이후에 관계가 더 돈독해졌다.

그로 인해 파프리카TV 얘기까지 나오지는 않았으나─이안이 은하수고 이안의 조부가 청담동말론브란도라는 사실은 아직까지 두 조손만 아는 비밀이었다─ 은하는 그녀가 아는 것보다 더 오래전부터 이안이 그녀를 마음에 두고 있었단 걸 알게 되었다.

전보다 자주 만나고 많은 대화를 나누다 보니 더 친해져 둘이 곧잘 데이트했다. 그러면서 이안의 조부는 사리사욕을 채웠다.

이안은 그것을 못마땅하게 여겼으나 예비 시어른에게 잘하고자 하는 은하의 노력을 막지 못했다.

"그 시간에 나하고 놀아요."

다만 지금처럼 소극적으로 시위하곤 했다. 은하는 그럴 때마다 웃음으로 때웠다. 상냥한 태도 때문에 종종 착각하는 사람들이 있지만 그녀는 제법 고집이 있는 성격이었다. 마음먹은 일은 반드시 하는 사람이라는 걸 이안은 잘 알기에 물러났다.

"이안 씨하고는 다녀와서 놀아 줄게요."

은하는 개구쟁이 같은 미소를 지으며 슬며시 그에게 다가갔다. 연구실에는 두 사람뿐이었지만 누가 듣기라도 하는 양 그녀는 귓속말을 했다.

"그때 새 속옷도 보여 줄게요."

그녀의 숨이 귀를 간지럽혔다. 이안이 그녀에게 눈길을 돌리자 은하는 눈을 접으며 웃었다. 예쁜 미소였는데 꽤 짓궂었다. 시간이 지남에 따라 그녀 역시 진화했다. 어느새 이렇게 유혹하는 경지까지 이르렀다.

예고치 않은 유혹에 이안은 한 방 얻어맞은 기분이 들었으나 그것은 잠깐이었다. 지금 장소가 병원이라는 게 유감이었다. 두 사람의 집이었다면, 하다못해 차 안이기라도 했다면 진작 그녀에게 손을 뻗었을 것이다.

두 사람 사이에는 병원은 사람을 살리는 신성한 곳이라는 불문율이 있었다. 정확히는 은하의 뜻이었다. 그래서 입맞춤 이상의 스킨십은 할 수 없었다.

사실 그 불문율 덕분에 은하가 더 자주 병원에 올 수 있는 거지만 바싹 애를 태우고 저토록 천연덕스러운 표정을 짓고 있는 걸 보니 속이 쓰렸다. 그런데도 이렇게 휘둘리는 것마저 좋으니 중증은 중증이었다.

이안은 너털웃음을 짓고는 그녀의 손에 깍지를 끼웠다. 그를 이겼다고 방심한 은하는 손가락 사이가 느릿하게 문질러지자 눈동자를 굴려 이안을 봤다. 어느새 그는 입가를 비스듬히 휜 채 그녀를 응시하고 있었다.

손을 마주 잡고 있는 건 기껏해야 12세 관람 수위였으나 그 당사자인 은하에게는 전혀 건전치 않았다. 묘한 상상을 불러일으키는 움직임이었다.

더구나 그녀를 바라보는 눈빛은 목석마저 홀릴 나른한 열기로 가득 찼다. 아무것도 모를 때라면 안절부절못할 뿐인데 그의 손길, 눈빛이 의미하는 바를 잘 알고 있는 지금은 배 속을 간질이는 열기로 몸이 달았다.

"각오해요."

성적 뉘앙스가 담긴 속삭임에 은하는 인정할 수밖에 없었다. 아직 저 남자를 이기려면 멀었다고. 그가 얄미운데도 모순적으로 기대감에 가슴이 떨렸다.

이안은 그녀의 손을 뒤집은 채 제 입술에 가져갔다. 손바닥에 입을 맞추며 내리뜬 눈을 돌연 그녀에게 향했다.

주말이 기다려지는 건 이안만이 아니었다. 은하는 속마음을 이미 들켰음에도 부러 새침한 표정을 지었다. 결국 오래지 않아 웃어 버렸지만.

맹수에게 쫓기는 초식동물마냥 날 듯이 뛰어 당직실에 들어온 규찬은 테이블에 놓인 호두 파이 상자를 발견했다. 그리고 결정적으로 그 상자에 한 조각만 남은 걸 알아차렸다.

때마침 욕심 사나운 동기, 김창식이 하나 남은 호두 파이로 손을 뻗었다. 규찬은 독수리가 먹이를 낚아채듯 마지막 조각을 손에 쥐었다.

"에이, 언제 왔냐?"

창식은 아쉬움이 가득 묻어나는 눈길로 규찬의 손을 봤다. 그에 규찬은 보란 듯이 호두 파이를 우걱우걱 씹었다.

"치사한 새끼, 누가 뺏어 먹는다고."

"너."

규찬은 속이 막혔으나 주먹으로 가슴을 몇 번 쳤다. 이 같은 일이 드문 일이 아니었다. 창식은 운이 좋아서 매번 은하가 올 때마다 그녀와 마주쳤다. 따라서 그녀가 하사하는 음식을 가져오는 경우가 많았다.

그때마다 창식은 나눠 먹으라는 은하의 말은 허투루 들었는지 독식하려고 들었다. 몇 번 텅 빈 그릇을 보며 손만 빨아야 했던 규찬은 기회가 있을 때면 결코 창식에게 빼앗기지 않았다.

"사모님 온 거 봤냐?"

"응."

규찬은 당직실에 있던 다른 동료들을 불신 어린 눈으로 살폈다. 치사한 새끼들. 한 조각을 남겨 줄 생각을 안 하냐?

창식이 아니었어도 제 몫을 챙기기 어려울 뻔했다. 욕심 사나운 동료들을 속으로 욕하며 침대에 대충 엉덩이를 걸쳤다.

"도대체 사모님은 못 하는 음식이 뭐냐. 사모님 올 때마다 입이 호강해서 좋은데 한편으론 입이 너무 고급화돼서 못쓰겠다."

창식의 한탄에 동료들은 어느 정도 공감했다.

"도독 님은 확실히 난 사람이야. 예뻐, 요리 잘해, 착해. 맞다. 사모님이 복면 가수왕 출연한 거 봤냐? 난 노래도 그렇게 잘하시는 줄 몰랐다. 거기다가 요즘 쿡방계의 대세 셰프이기까지 하다니. 만나도 어떻게 이런 사람을 만나지?"

"야야. 더 놀라운 게 뭔지 알아? 예뻐지기도 전에, 뚱뚱했을 때부터 도독이 대시를 한 거잖아. 사모님이 패왕색일 줄 예전에 누가 짐작이나 할 수 있었냐? 말 그대로 긁지 않은 복권을 주운 셈이지. 도독은 뭘 해도 될 거야."

남자 동료들의 대화를 가만히 듣고 있던 홍일점 레지던트는 한심한 표정을 지었다. 입에 묻은 부스러기를 털면서 대화에 툭 끼어들었다.

"이 우매한 중생들아. 1년 가까이 지켜봤으면서 본질 파악이 그렇게 안 되냐?"

"뭔 소리야."

"애당초 도독에게 있어 사모님 외모는 중요하지 않아. 그러니 도로 살이 찐다고 해도 별로 신경 쓰지 않을걸?"

"에이, 아무리 그래도."

"쯧쯧. 그러니까 도독 발끝도 못 따라가지. 도독이 사모님에게 처음 꽂혔을 때를 떠올려 봐. 꼴랑 몇 kg 빠졌다고 병원 생활 고돼서 말랐다니 어쩌니 하던 그 망언은 다 잊었냐?"

그녀의 말에 동료들은 새삼 그 기억을 상기하고는 온몸에 치솟는 소름에 몸을 떨었다. 그녀는 더욱 의기양양했다.

"이제 알겠냐? 애초에 사모님이 예쁘니 어쩌니 하는 건 의미가 없어. 장담하건대 사모님이 다시 뚱뚱해지면 그것대로 귀엽다고 할 거야."

"그러면 사모님은 굳이 다이어트 할 필요 없지 않나?"

철없는 소리에 그녀는 마치 하찮은 것을 보듯이 동기를 쏘아봤다.

"여자 심리를 모르니 연애를 못 하지. 여자는 사랑을 먹고 자라는 생물이야. 도독이 그렇게 애지중지해 주는데 노력하지 않고 배겨? 지금의 사모님을 만든 공헌의 반은 도독 몫이었을 거야. 그러니까 너희들도 예쁜 여자 뒤꽁무니만 쫓으며 허송세월 보내지 말고 꽃을 키우는 노력을 해라, 쫌."

동료들에게 일침을 놓았지만 정작 말을 할수록 그녀 역시 외로웠다. 단내 폴폴 풍기는 교수 커플은 언제나 그들에게 옆구리 시림만을 남겼다. 크리스마스가 앞으로 몇 달 남았지만 그때까지 짝을 찾기란 요원했다.

솔로이긴 마찬가지지만 우선순위가 남다른 규찬은 우울해 보이는 동료들 사이에서 외따로 중얼거렸다.

"사모님이나 자주 왔으면 좋겠다."

덤으로 자기들 먹을 음식을 싸다 주면 더 좋고.

그의 머릿속에서 은하는 사나운 짐승을 길들이는 조련사였다. 이유야 다르지만 이 커플이 오래오래 잘 지내기를 진심으로 바랐다.

1. Before/After 사진

〈beforeafter.jpg〉

시작: 90kg （사진 左）

현재: 54kg （사진 右）

2. 다이어트 동기

동기가 특별하진 않아요. 태어날 때부터 우량아였고 한 번도 날씬해 본 적이 없어요. 하지만 뚱뚱하다는 이유로 불행해 본 적이 없어서 다이어트에 대한 강박관념은 없었어요.

하지만 꿈이 생겼고 그 꿈을 이루기 위해서 다이어트가 필요하다는 걸 깨닫고 다이어트를 했던 적이 있어요. 꿈에 다가가는 과정이 너무 힘겨웠고 무리한 다이어트를 하며 급기야 저 자신을 미워하기까지 했어요.

많은 분들이 다이어트의 성공과 실패를 겪어 보셔서 알겠지만 대책 없이 시작한 무리한 다이어트는 성공하지 못했고 전 제 최초의 꿈을 놓았습니다.

그 이후로 다이어트 결심을 한 적이 없어요. 물론 제 외양만을 두고 욕하는 사람들이 없진 않았지만 제가 운이 좋았던 건지 제 주변 사람들은 있는 그대로의 저를 아껴 주었어요. 저 역시 어린 날 이후로는 거울 속의 제 모습을 미워하지 않았고요.

그렇게 살아가고 있다가 계속해서 이어지리라 여겼던 일상이 뒤바뀐 일이 생겼어요. 때마침 병원에 입원하게 되었고 그 며칠 사이에 몸무게가 감량이 되었더라고요.

20대가 되고 나서는 한 번도 앞자리가 8이 되었던 적이 없던 터라 정말 신기했어요. 그리고 가급적 그 좋은 기분을 오래 유지하고 싶기도 했고요. 그래서 무리할 필요 없이 조금만 빼 볼까? 생각했던 것이 열한 달간 이어지게 되었네요.

3. 운동 방법

다이어트 초반에는 식습관만 바꾼 터라 특별히 운동을 하진 않았어요.

위낙 고도비만이어서 운동 없이도 식습관의 변화만으로 감량이 잘 이루어지기도 했고요.

그러다가 정체기가 오면서 빠르게 걷기 운동을 시작했고 두 번째 정체기부터는 3분 뛰고 3분 걷는 인터벌 운동을 했습니다. 체지방 감량에는 유산소 운동, 특히 인터벌 운동이 최고예요.

4. 식이요법

극단적인 식사 조절로 인한 다이어트를 수차례 겪은 경험을 반면교사 삼아 식사는 기존 그대로. 다만 한 숟가락씩 덜 먹고, 세끼를 정해진 시간에 먹기를 실천했어요.

밀가루나 튀긴 음식은 가급적 안 먹으려고 했지만 혹여 먹게 된다면 죄책감 갖지 않고 즐겁게 먹었어요. 다음 식사 때 그만큼 더 적게 먹었고요.

평소에 위낙 불규칙하게 식사하고 야식을 자주 먹었던지라 그 두 가지를 금하는 것만 철저하게 지켰고요.

5. 하고 싶은 말

저도 무수히 많은 실패를 겪고 그로 인한 좌절도 경험했어요. 그래서 지금 다이어트 하시는 분들이 얼마나 힘들고 괴로운 과정을 견디고 있는지 이해해요.

하지만 다이어트 성공 여부보다는 자기 자신을 아끼고 사랑하는 게 더 중요하다는 걸 잊지 않으시면 좋겠어요. 다이어트의 이유가 각양각색이지만 건강이든, 혹은 누군가에게 보여 주기 위해서든 궁극적으로는 나를 위해서라는 걸 잊지 마세요.

미래의 바뀔 자신만을 바라보다가 현재의 나를 미워하지도 마시고요. 눈물 짓고 땀 흘리는 지금의 내가 있기에 아름다워진 미래의 내가 있으니까요. 너는 왜 이러니, 못난아, 돼지야 하고 화를 내기보다 고생하고 있어, 잘하고 있어 하고 스스로를 격려해 주세요. 지금은 한없이 못나고 미워 보여도 아직 만나지 못한 내 짝에게, 혹은 미래의 어느 날 되돌아봤을 때 지금의 여러분은 모두 1등 당첨 번호가 적힌 긁지 않은 복권이에요. 모두 파이팅!

#추가

격려해 주시고 축하해 주신 분들 모두 감사드립니다. 부족한 글인데 이렇게 많은 댓글을 남겨 주시리라 상상도 못 했어요. 한 분, 한 분의 정성 어린 댓글들을 소중히 잘 읽었습니다. 좋은 소식을 전하려 이렇게 다시 찾아왔습니다.

⟨wedding.jpg⟩

다시 수정했는데 이번엔 오류 없이 사진 잘 보이시나요?

여러분, 저 시집가요. 후기 글을 처음 작성했을 때는 뜨거운 여름 무렵이었는데 벌써 선선한 바람이 부는 계절이 되었네요. 그동안 결혼 준비를 하느라고 카페에 들어오지 못해서 제 글이 베스트 글로 선정된 것도 몰랐어요. 아직도 많은 분들이 댓글을 남겨 주셔서 좋은 소식 나누고자 추가 글 작성합니다.^^

예쁘게 살게요. 축하해 주시는 분들 모두 감사합니다.

댓글 1509

└20kg감량: 은하 님 진짜 긁지 않은 복권이셨네요. 정말 미인이세요. 결혼도 축하드립니다!!

└도전다이어트: 자세한 다이어트 방법 공유 부탁드려요. 연말까지 목표 달성하고 싶어요ㅠㅠㅠㅠ

└냐하하: 은하 님 결혼 추카추카^^ 행복하게 사세요. 너무 부러워요.

└168/70: 대단하세용

└밀가루사랑: 반 셰프님이다! 요즘 왜 방송 안 나오시는가 했더니 결혼 준비 중이셨군요! 축하드려요!

└다이어트꿈나무: 쿡방계의 지존 반 셰프님. 빨리 방송도 복귀해 주세요. 반 셰프님표 야식이 너무 그리워요. 흐엉ㅠㅠ

└아직10kg: 와, 대단하십니다. 완전히 다른 사람 같아요. 결혼도 축하드립니다. 행복하게 사세요.

└시러시러: 부러워요ㅠ

└닭가슴살비려: 난 언제쯤......

◀ 이전 1 ... 28 29 30 31 다음 ▶

에필로그. 그리고 어느 날

　Q저널의 이보람 기자는 콩닥콩닥 뛰는 가슴을 붙잡고 차에서 내렸다. 이제 막 수습 딱지를 뗀 자신이 이런 기회를 얻어도 되는 건지 계속 의심만 들었다. 선배들과 사수에게도 굉장히 죄송스러웠는데 그들은 그녀가 놀랄 만큼 아무렇지도 않아 했다.

　보람은 호출 벨을 누르고 깊은 한숨을 내쉬었다. 마음 같아서는 '첫 단독 기사다, 올레!' 하며 난리 법석을 떨고 싶었지만 긴장이 그만큼 컸다.

　– 누구세요?

　그때 듣기 좋은 여성스러운 음성이 응답했다. 보람은 얼른 정신을 차리고는 긴장 때문에 잔뜩 오그라든 목구멍을 열었다.

　"안녕하세요. 오늘 인터뷰하기로 한 Q저널의 이보람 기자입니다."

목소리가 다소 잠기긴 했으나 듣기 싫을 정도는 아니었다. 보람이 안도하는데 잠시만 기다리라는 대답과 함께 유리문이 열렸다. 보람은 얼른 걸음을 옮겼다. 그녀가 방문하기로 한 곳이 최고층이어서 엘리베이터에 올라서도 마음을 가다듬을 시간이 더 허락됐다.

'떨려 죽겠네.'

엘리베이터가 열리고 몇 걸음 옮기지 않아 곧바로 현관문 앞에 도달했다. 초인종을 누르고 잠시 기다리니 곧 문이 열렸다. 이렇게 빨리 문을 열어 줄지 몰라 눈을 동그랗게 뜬 채 인사할 타이밍을 재는데 그녀가 말을 꺼내기도 전에 뒤편에서 나직한 음성이 들려왔다.

"내가 나가면 되는데 가만히 있지 않고요."

얼핏 듣기에는 훈계조였으나 실상은 다정함이 뚝뚝 묻어났다. 그것을 잘 아는지 문을 열어 준 여자는 작게 웃었다.

"여기까지 거리가 얼마나 된다고요."

호출 벨에 응답한 여자가 그녀인지, 목소리가 귀에 익었다. 보람은 인사를 하려고 고개를 들었다가 여자와 눈이 마주쳤다가 깜짝 놀랐다. 그녀도 아는 얼굴이었다.

"반은하 셰프님이시죠?"

그녀의 기억보다 체중이 더 나가 보이지만 얼굴은 기억하는 그대로였다. 보람의 알은체에 은하가 빙긋이 웃었다. 보람이 시선을 찬찬히 내리고 부푼 배를 확인했다. 예정일이 가까운 듯 만삭이었다.

8개월 전, 임신을 이유로 출연하던 모든 방송에서 하차했던 은하를 이곳에서 보게 될 줄 꿈에도 몰랐다.

'어, 그러면?'

보람은 머릿속으로 관계도를 그려 보며 새삼 놀랐다. 때마침 그녀가 떠올렸던 대상이 눈앞에 나타났다. 훤칠한 키에, 현실감이 안 드는 범상치 않은 외모의 미남자. 보람이 오늘 인터뷰를 해야 하는 대상인 윤이안 박사였다.

그녀가 인터뷰하러 오기 전 선배들이 입을 모아 그의 외모에 대해 묘사를 해 주었어도 보람은 과장이 심하다고 웃었는데 실제로 본 이안은 온갖 찬사가 뒤섞인 묘사조차도 비루하게 만들었다.

'잠깐만, 올해로 나이가……. 헉! 진짜 사람 맞아?'

보람은 이안의 나이를 셈해 보다 지레 놀라 눈만 끔벅거렸다. 그녀가 속으로 '세상에, 세상에'만 중얼거리고 있을 때 어느새 이안이 은하 곁으로 다가왔다. 그는 은하의 어깨를 감싸 안고 안색부터 살폈다.

"피곤하죠?"

말끝에서 꿀물이 뚝뚝 떨어질 것 같다. 저에게 하는 말이 아닌데도 온몸이 간지러울 지경인데 당사자는 어떤 기분일지 짐작도 안 갔다.

"괜찮아요. 그보다 일단 손님부터 안으로 모셔야죠."

은하는 저를 안은 이안의 팔을 나긋하게 몇 번 두드리고는 보람에게 관심을 돌렸다. 사르르 미소를 지어 주는데 성격은 방송에서 나온 그대로 다정해 보였다.

"들어오세요."

"아, 예. 감사합니다."

보람은 넙죽 인사하고는 얼른 신발을 벗었다. 하도 긴장이 돼서 집 안을 둘러볼 여유조차 없었다. 안내를 받아 거실로 온 보람은 소파에 앉아서도 내내 좌불안석이었다.

이안은 차를 준비하려는 은하를 부득불 말리고 본인이 직접 움직였다. 그 바람에 덜렁 보람만 남겨질 터라 은하가 자리를 지켰다.

보람은 어색함에 녹음기만 만지작거렸다. 사수를 따라다니면서 많이 배웠다고 자부했는데 실전 앞에서는 무용지물이었다. 본래 입담이 좋은 성격도 아닌지라 '나는 왜 이 직업을 선택했는가' 하는 부정적 사고로 번지던 참이었다.

"이보람 기자님은 인터뷰하기 위해 많은 분들 만나 보셨겠어요."

그녀의 부담을 읽기라도 한 것인지 은하가 먼저 물꼬를 텄다. 보람은 이 분위기를 타개해 준 건 고맙지만 정작 제 대답이 비루해서 어쩔 줄 몰라 했다.

"……아, 아뇨. 이번이 처음이라."

'왜 나는 이런 식으로밖에 대답을 못 하냐. 이래 갖고 인터뷰나 제대로 할 수 있겠어?'

보람이 자책을 하는데 이어서 은하의 말이 들렸다.

"무슨 일이든 처음이 있는 거죠. 경험들이 하나둘 쌓여서 그게 경력이 되는 거니까요. 처음이라면 굉장히 떨릴 만도 한데 기자님 뵈니 그런 티가 전혀 나지 않아서 익숙하신 줄 알았어요."

'상냥해. 천사다.'

은하의 말에 거짓말처럼 긴장이 사르르 녹았다. 덩달아 보람의 표정 역시 녹아내렸다. 그 모습이 퍽 웃겼는지 은하는 더 진한 미소를 지었다.

"결혼한 지 7~8년 되셨죠?"

"올해로 8년 차예요."

"그러면 지금 임신 중인 자제분은 몇 째인가요?"

"둘째요. 큰애랑 터울이 크게 지게 됐어요. 그래도 큰애가 워낙 의젓해서 다행이죠."

"네네. 반 셰프님 뵈니까 자제분도 착할 것 같아요."

보람이 열성적으로 긍정을 하자 은하는 결국 소리 내어 웃었다. 두 아이의 엄마라는 게 이 순간만큼은 믿기지 않게도 웃음소리가 몹시나 청아했다. 듣는 귀가 도리어 즐거워지는 음성에 보람 역시 살짝 미소를 그렸다.

"무슨 얘기가 그렇게 재미있어요?"

때마침 한 손에 쟁반을 든 채 이안이 거실에 나타났다. 김이 모락모락 나는 잔을 세 개 들고 온 그는 너무나도 자연스럽게 시선을 은하에게 먼저 두었다. 무표정으로 있으면 주위를 차갑게 얼릴 것 같은 분위기인데 아내를 앞에 두고서는 봄날처럼 따스하게 돌변했다.

'그러고 보니.'

보람은 문득 일전에 이안을 인터뷰했던 선배가 한 말이 떠올랐다.

"차라리 네가 가서 다행이다. 난 인터뷰 내내 견제를 당하느라고 심신이 다 지쳐서 어떻게 인터뷰했는지도 몰라. 나 유부남이

라는데도 그리 견제를 할 게 뭐야. 그 앞에서 당신 와이프한테
쥐뿔도 흑심 없다고 할 수도 없고 참. 어휴, 자택 인터뷰면 난 다
시는 못해."

자신이 인터뷰를 하게 되었다면서 송구해하는 보람을 다독이
기 위해 괜히 하는 말인 줄 알았는데 정확히 그 의미가 이해되기
시작했다. 하지만 그녀는 여자 입장이어서인지 저런 애정을 받
는 것에 부러운 마음이 컸다.

보람은 이안이 건넨 차를 황송하게 받아 들고는 인터뷰 준비
를 시작했다. 미리 준비해 둔 질문지를 꺼내고 녹음기 버튼을 눌
렀다. 이제 일을 할 시간이었다.

여러 번의 인터뷰를 해 왔지만 특히 이번에는 이안이 세계 저
명한 의사들로 구성된 학술 대회에서 최우수 학술상을 탄 직후
여서 이에 관련한 주제가 인터뷰의 메인이었다.

보람은 밤새워 야심차게 준비했지만 역시나 틀에 박힌 질문을
주로 했다. 입상한 소감을 비롯해 그가 쓴 논문에 대해 몇 가지
질문을 던지고 보니 어느덧 약속한 인터뷰 시간도 끝이 임박했
다.

이안은 분명 성심껏 대답을 하는데도 보람은 그가 무척 어려
워 프로답지 못한 실수를 몇 차례 했다. 정작 이안은 별로 신경
쓰지 않았지만 그녀는 속으로 자책했다.

툭. 슬슬 마무리를 하던 중 그의 어깨 위로 은하의 머리가 떨
어졌다. 두 사람 사이에서 완충 역할을 해 주던 은하가 임신 탓
에 의도치 않게 졸고 말았다.

어차피 인터뷰가 끝날 무렵이기도 했고 보람 자체도 별로 개

의치 않았다. 오히려 자리를 떠나지 않고 지금껏 있어 준 것만으로 감사했다.

"피곤하셨나 봐요."

보람이 슬쩍 말을 건네다가 문득 이안을 보고는 눈을 커다랗게 떴다. 그는 너무나도 다정한 눈으로 제 어깨에 기댄 은하를 응시하고 있었다. 그 장면을 보며 보람은 가슴께가 간지러웠다. 숨길 수 없이 고스란히 드러나는 감정이 방금 전까지 자신과 인터뷰했던 저 남자의 것이 맞는지 의심스러울 정도였다. 어쩌면 사람이 저렇게 바뀔 수 있을까, 신기했다.

그래서 평소라면 하지 않을 질문을 하고 말았다. 질문지에는 당연히 없는 내용이었다.

"결혼 8년 차라면서요. 아직까지도 셰프, 아니, 사모님이 그렇게 예뻐 보이세요?"

그 말 어디가 그의 심기를 건드리기라도 한 걸까? 이안은 눈썹을 슬쩍 올렸다가 다시 제자리로 돌렸다. 보람은 저도 모르게 뒤로 물러났다. 실없는 소리를 늘어놓아 지레 찔린 탓이었다.

그러나 이안은 그녀에게 신경을 쓰지 않은 채 은하만을 바라봤다. 그녀의 뺨을 더듬는 손길이 마치 소중한 보물을 만지듯 조심스럽기까지 했다.

"그녀는 항상 사랑스럽습니다."

이어진 말에 보람은 아무 소리도 내지 못하고 입만 벙긋거렸다. 그 어떤 말보다 진심이 가득 담겨 있어 감히 어떤 첨언조차 할 수 없었다. 이어진 말은 그랬다.

어제보단 오늘이. 오늘보단 내일이 더. 감히 그 외에는 상상할 수도 없다는 당연한 확언. 그리고 그의 말을 증명하듯 한시도 아내에게서 떼지 못하는 시선에 숨이 막혔다.

제 부족한 언어로 이 장면을 모두 묘사하기란 요원했다. 그저 이 광경이 예쁘다는 말 외에는 어떤 단어라도 섣불리 붙일 수 없었다.

어느 순간 보람의 입가에도 천천히 미소가 감돌았다. 잠시 후 두 사람의 집을 나서는 보람의 걸음이 들어올 때와 달리 너무나도 경쾌했다.

—The End

글지 않은 분원

작가 후기

　예쁘고 잘생긴 사람을 덕질하는 건 숨을 쉬듯 자연스럽지만 그 반대의 경우는 보통 어렵지요. 《읽지 않은 복권》은 '다수의 시각에서 예쁘지 않은 여주를 덕질하는 남주'가 보고 싶다는 사심으로 썼습니다.

　때마침 습작 노트를 정리하던 중 10여 년 전에 다이어트 소설을 쓰겠다며 의욕적으로 시놉을 써 놨던, 당시의 제 오글 감성이 충만해 제목마저도 오글오글한 《작전명: D.G.G.(Diet Go Go)》를 발견했어요.

　원 시놉에서 여주는 통통한 대학생, 남주는 여주 짝사랑 상대의 외삼촌이자 (여주는 모르지만) 여주 이웃집에 사는 외과 의사 선생님이었습니다.

　2층 주택에 사는 남주가 아침에 일어나 창문을 열면 항상 씩씩하게 걸어가는 여주가 보이지요. 매일같이 여주를 지켜보기만 하다가 충수염으로 병원에 온 그녀의 수술을 맡게 되면서 알콩달콩 사랑을 키워 나가는 그런 내용이었네요. 원 시놉에선 남주가 여주의 다이어트를 직접적으로 도와줬지요. ^^

수정과 변형을 거쳐 '덕질+환골탈태 여주' 이 두 가지를 만족시키기 위해 지금의 은하가 되었습니다. 그리고 살짝 까칠하지만 다정했던 남주인공은 작가 사심 충족을 위해 이안으로 거듭났습니다.

은하는 외양 때문에 편견을 받지만 자기애를 가질 줄 아는 사랑스러운 여자로, 이안은 스스로가 너무 잘나 기준이 높은 탓에 만민 평등사상을 가진, 똘끼는 있지만 반듯한 심성의 남자로 그려 봤어요.

제 전작들의 여주들과 은하는 외양적으로 많이 달랐는데요, 쓰는 내내 굉장히 재미있었어요. 은하를 쓰는 부분에서는 마음이 온화해지기도 했고요. 즐거운 경험이었습니다.

이안은 제가 쓴 남주인공들 중에서 가장 이성적인 남주인공이었던 것 같아요. 집착+똘끼는 예외로 치고(똘끼를 부릴 때는 항상 고의적입니다+_+) 어른스럽고 인격적으로 완성된 인물이죠. 이안이 동료 의사를 통해 처음 은하를 알게 되었던 회상 부분이 이안의 성격을 단적으로 보여 준다고 생각해요.

《긁지 않은 복권》은 오로지 힐링을 위한 작품입니다. 그 때문에 이름을 가진 인물들 중에서 얄미울 수는 있으나 정말 나쁜 사

긁지 않은 복권

람은 없어요. 이 글을 쓰기 시작한 작년 여름은 저한테 혹독하고 힘든 시기였어요. 심정적으로 힘든 시기를 극복하기 위해, 또 저처럼 힘든 독자님들이 이 글을 읽고 위안을 받았으면 하는 마음에서 썼기에 악역을 포기했어요.

다른 상황이었다면 건이나 재희가 악역 노릇을 톡톡히 해 줬을 수도 있겠지만 이 글은 힐링을 목적으로 하기 때문에 악역이 두드러질 필요가 없다고 생각했어요. 그 결과 적당히 속물적이지만 어딘가 있을 법한 두 사람이 만들어졌습니다. ^^

편하게, 막힘없이 읽히는 글을 쓰고 싶었는데 독자님들은 어떠셨는지 궁금하네요. 《긁지 않은 복권》을 읽으며 유쾌한 시간을 보내셨다면 더할 나위가 없이 좋겠어요.

아직 하고 싶은 얘기가 많아요.

가게에서 진상 부리다가 이안에게 면박당하는 신 과장이라든가, 은하가 성공적으로 방송에 진출한 뒤 인기를 끌자 그로 인해 애타는 이안이라든가.

복면 가수왕을 통해 대중들 앞에서 꿈의 무대에 오른 은하라든가, 출산 후 불어난 몸무게를 감량하려는 은하와 그녀를 돕기 위해 육아 휴직을 하는 이안, 그로 인해 뒷목 잡게 되는 병원 임원들 등.

하지만 한 권에 넣기에는 완성도와 흐름을 깨뜨릴 수 있는 에피소드들이라 아쉽게도 빠졌어요. 이렇게 후기에서나마 독자님들께 상상의 여지를 드릴 수 있어서 좋네요. ^^

다이어트 소설은 언젠가 쓰고 싶어요. 실제 경험을 바탕으로 한다면 리얼리티가 살아나겠죠!

적당한 시기는…… 음, 제가 다이어트에 성공하면요?ㅋㅋㅋ

한 10년 후쯤이면 가능하려나요?ㅜㅜㅋㅋㅋ

짧지 않은 글, 그리고 후기까지 읽어 주셔서 감사합니다.

새로운 글로 다시 찾아뵙도록 하겠습니다.

2016. 03.

박샛별 드림.

글지 않은 부건